蒋毅 著

花桥

Hua Qiao

血/浓/于/水

一个家族的百年宏愿

天津出版传媒集团
百花文艺出版社

图书在版编目（CIP）数据

花桥 / 蒋毅著. -- 天津：百花文艺出版社，
2023.5
ISBN 978-7-5306-8550-1

Ⅰ. ①花… Ⅱ. ①蒋… Ⅲ. ①长篇小说-中国-当代
Ⅳ. ①I247.5

中国国家版本馆 CIP 数据核字（2023）第 060926 号

花桥
HUA QIAO
蒋　毅　著

选题策划：王　欣
责任编辑：由高峰　　**装帧设计**：云上雅集
出版发行：百花文艺出版社
地址：天津市和平区西康路 35 号　**邮编**：300051
电话传真：+86-22-23332651　（发行部）
+86-22-23332656　（总编室）
+86-22-23332478　（邮购部）
网址：http://www.baihuawenyi.com
印刷：长沙市精宏印务有限公司
开本：710 毫米×1000 毫米　1/16
字数：320 千字
印张：20
版次：2023 年 5 月第 1 版
印次：2023 年 5 月第 1 次印刷
定价：98.00 元

如有印装质量问题，请与长沙市精宏印务有限公司联系调换
地址：湖南省长沙市岳麓区观沙岭街道西江庭院 006 栋 705
电话：(0731)85817162
邮编：410023

序一：请为自己喝一次彩

姜孝德

蒋毅出版《蒋毅小说选集》的时候，其中的序是我写的，在序中，我说："如果七十岁的蒋毅就此封笔不写了，我为他骄傲，毕竟坚持写到了七十岁；如果蒋毅过了七十岁，还要重作冯妇，甚至是放弃了一切俗务来专心写作，那么……"

"过了七十，重作冯妇"，不过是当时的随口一句而已，岂料四年后，蒋毅再次拿出一部长篇小说稿要我作序！那一瞬间，万道金光冲天，礼花般的光芒炸燃在空中——我一时语塞，想说什么，又没有思维能力去组织词语，便只有一句土得掉渣的话冲口而出："老头，你了不得吔！"

也许，蒋毅真没意识到自己怎样做了一件了不起的事，于是我想真诚地对他说一句："请为自己喝一次彩吧！"

——我们这一生都在为别人喝彩，独独把自己忘记了。当我们想到为自己喝彩的时候，却偏偏找不到喝彩的理由。蒋毅用四年时间写出这部二十多万字的长篇小说，这难道还不是喝彩的理由吗？

有人玩笑说，六十岁退休，余生就是在"等那一天"了。然而，七十四岁的蒋毅还能小宇宙爆发，写出如此长篇，这无疑在告诉那些"等那一天"的人们，我们还能再努力做点事，完全还可以活着更精彩；当然，我们人人也都可以再找一找，自己潜藏的小宇宙在哪里，然后去引爆它。

对于创作过多部长篇小说的作者而言，再写一部，也就是再爬一次小山丘，而对于从没有创作过长篇小说的人来说，写一部长篇小说，无异于攀登珠峰。更值得一说的是，如果蒋毅正值三四十岁，有着青壮年的精力充沛，上山擒虎，下海缚龙，那也是寻常之事，但七十有四近乎高龄，便创作如此鸿篇巨制，可谓一飞冲天，能不让人喝彩吗！

蒋毅，你真的应该给自己鼓一次掌！

小说写作的时间虽只有四年，但其构思的时间却很长。蒋毅曾与我聊过这部小说的“真实与虚构”。他觉得，若是写一个真实的家族，书成之后，他或许会被人告上法庭，又或许将被某些人的口水淹死。我的观点很明确，既然是写小说，那就离家族远一点，这样不仅可以让人物典型化，也可以让事件典型化，家族只是作者的背景色和资料库。后来，蒋毅便没再聊过此类问题。应该是他自己也想明白了。

在蒋毅的长篇小说中，仍是以自己的“蒋”姓作为故事的缘起，以“家族故事”的手法，串起广安花桥的许多人文事物，于是许许多多民风民俗，甚至是山川地貌，都化作了材料源源不断地流进小说之中，织成了小说的血肉，也算是借小说为一方人文景物作传吧。后来，仍是为了避免书成之后被人“对位入座”，他只好用“姜”替换掉了“蒋”。

姜氏家族将近百年（1930—2021）的兴衰史，便在蒋毅手中缓缓铺开。我一直认为，家族史是民族史、国家史之中的一个小章节，家族与民族和国家血肉相连、息息相关，民族或国家的每一次疼痛，家族都会跟着流泪。大家且看近百年间，发生了多少“大事”：抗日战争、解放战争、中华人民共和国成立、第一次城市化……改革开放、第二次城市化……次第展开。姜氏家族随着历史的车轮起起落落，特别是在第二次城市化进程中，姜家人几乎都进城了，但他们是在改革开放的大潮中，从最底层的打工者做起，后来都成了“城市人”，有的当工人，有的当老板。

在这些人当中，比较典型的人物是姜贵。

姜贵自购一层楼开起了大众旅馆，而购房、装修的钱还有一部分来自族人支持——姜花两万，翠翠六万……作者似乎在暗示，这正是姜氏后人拧成一股绳，努力奔小康的表现。百年艰难历程，幸福就在当代——作者歌颂改革开放的主旨放到了故事的背后，因而使作品显得更加有张力。

就小说的艺术性而言，《花桥》这部作品可圈可点的地方真还不少。比如，小说以小节为单位，双线索交替叙事，对于这种故事性较强的小说，肯定比一章一章交替叙事更紧凑。姜仕德仿佛是一位世外高人，他重返人间，浑身充满了神秘感，这不仅没有削弱他的可信度，反而增强了小说的质感。姜花的武功，无疑让小说变得精彩，最后，她变身游击队队员重返花桥，让人颇有些惊喜，这也是有担当、有精神力的一个身份。作者还将医与药的知识带入了小说，这不仅增加了小说的知识性，也使小说人物身份更落到了实处。当然，最重要的是，这也展示了作者对医与药的了解程度和认知水平。

就文学作品的创作来说，本书当然也有一定的缺点或不足之处，总体来说却绝对是瑕不掩瑜的，如果你不信，且自己来读读品品，或者能读出更多滋味来呢。

（姜孝德系重庆市江北区作协荣誉主席、重庆市作协会员）

序二：人性人情与百态人生

冉 耕

2021年深秋，某晚突然收到一条手机信息，说“请成兄给我的长篇小说写个序”。这是文友蒋毅发来的微信，令我感到意外，但仔细想想，倒也在情理之中。

前两天，我刚从微信上收到蒋毅二十多万字的小说稿《花桥》。能先睹为快，我当然欣喜不已，立即开始阅读，且还对“作者简介”及“自序”部分提了两点小小的修改建议。现在他嘱我作序，承蒙看重，虽我亦是七十八岁老朽之身，但凭他与我那不同寻常的关系，当然无法推辞！

说到我跟蒋毅的关系，并不复杂。蒋毅与我同住一个小区，相距极近；我们又在同一个文学社，他是文学社社长，我是顾问，是配合默契的搭档；他写小说、戏剧、童谣，我写诗歌、散文、儿歌，我们是有相同爱好的文友；最后，蒋毅生于1947年，而我生于1944年，我们经历过同样的风风雨雨，是同一时代的人。就是这些同与不同之处，使才认识三年多一点时间的我们，从彼此尊重、彼此信任开始，慢慢地变得相互欣赏，推心置腹，无话不谈，成为相见恨晚的知己。

蒋毅爱好广泛，多才多艺，又热心公益，常常参与社会活动，曾任民建江北区六支部主委和北国风光小区业主委员会主任。业余时间，既能埋头读书写作、泼墨绘画，也能翩翩起舞、放声高歌，每逢年节时候文学社搞活动，你都能看见他激情满怀地领唱，神采飞扬地指挥。正因如此，我们这个基层社区的草根文学社才能在他的倡导下成立、发展、壮大起来，形成了独特的风格和趣味。

作为北国风光文学社的社长，蒋毅鼓励文学社的文友们勤奋创作、踊跃投稿，经常从他嘴里冒出来的一句话便是“发表才是硬道理”。蒋毅就是这么一位热心肠的领头人。而且，蒋毅不但发动大家创作，自己也积极带头创作，长篇小说《花桥》就是在这样的背景下创作出来的。

蒋毅曾说："《花桥》这部小说，在十年前我就准备写了，开始是想将族中长辈，爷爷、奶奶、爸爸、妈妈等人勤俭持家，团结互助，齐心协力创造财富的事儿写出来。"据我所知，在提笔之初，蒋毅曾在实还是虚之间有过徘徊，后经朋友建议，才最终将《蒋家大院》更名为《花桥》。当然，正式的写作时间也是漫长的，历时近四年，从初稿到修订，一点点雕琢，一点点补充与删节，人物的塑造与故事性均有了较大提升。可谓呕心沥血"十年磨一剑"，精益求精。

作家冯骥才曾作经验之谈，说："小说的人物特别是主要人物大多是有原型的。有原型的人物具有生命的实体性，可以更好地感觉他。当然，原型不是原人。他从属小说特定的世界，这个世界是虚构的。所以，小说的人物与其原型往往真真假假、或虚或实地混在一起。谁知道鲁迅的阿Q、曹雪芹的贾宝玉、吴承恩的孙悟空，有哪个人哪几个人哪些人的影子；他们从这些人身上拿来哪些性格的外貌的行为的细节，甚至哪些故事？当然，高明小说家一定要进行个性鲜明的生命再造。"

我以为，勤于读书善于思考的蒋毅是深得其中奥妙的。蒋氏家族蜕变为姜氏家族，由此及彼，既不影响参照，又免去了过度对照；《蒋家大院》更名为《花桥》，博得了更大的自由创作空间，而亲情仍然归于亲情，大院仍是那座亲切的大院，土地仍然是那片熟悉的土地；然而，摆脱了实写的羁绊，作者的视界却大大地打开了，人物的塑造与故事的拓展不再拘泥，甚至连"大院"都可以多了两扇门，景致可以增加一座山峰了。

读者们可从《花桥》中读到摇曳多姿，引人入胜的故事情节；看见一众人物血肉丰满，栩栩如生；追随作者的文字置身于乡土生活现场，体验一些从陌生渐次熟悉起来的人和事、情和景。在蒋毅叙事的客观呈现中，读者还可以清晰感受到传统家庭结构与道德伦理、亲情观念与价值判断逐渐瓦解的过程，可以在冷静客观的欣赏与咀嚼中，领悟到新的历史时期、新的人际关系和价值观念。

2021年11月12日

（再耕：本名成再耕。中国作家协会会员。重庆市体育局原副厅级巡视员。重庆新诗学会原常务副会长。《银河系》诗刊原主编。重庆市江北区作家协会顾问。重庆市江北区北国风光文学社顾问）

自　序

在十年前我就准备写《花桥》这部小说了，初始是想把家族中的长辈，爷爷、奶奶、爸爸、妈妈等人的故事写出来，同时记录下同辈们艰苦创业、实现勤劳致富的精彩过程。且我的原定名是《蒋家大院》，但一写起来才感到面儿太狭窄、太直白，且我们蒋家并没有发生过什么值得一写的大事。还有，如果写实，那不就写成传记了？写传记是很麻烦的，许多人物都还健在，不少故事一眼就能看得出是在谁身上发生过，不说“家丑不可外扬”，就是得罪亲属那谁也不愿意啊。但作为一部小说，总要有那么点跌宕起伏吧，若全写“积极阳光”的，也太平淡太无趣。文章需要有“嚼头”，但这“嚼头”又不能是亲人丑陋的一面，我苦想无计，只好搁笔。

但好在，有好友给出了中肯建议。小说毕竟不是传记，故事性才是小说的灵魂。我恍然大悟，遂更名为《花桥》，主要人物的姓氏全改之外，还把小说中的人和事全部虚构化，只保留真实且有书写价值的故事。虚构化之后，谁当读者都只能觉得“像我又不是我”“我家根本没有这个人”，然后我才能做到表达上的自由，有的人物该歌颂，有的人物该批评，我只做那支客观述事的笔，一切是非对错都是对事，而不是对人。当然，如果有谁对号入座，觉得书中表扬歌颂的人物就是自己，或者是自己的亲人，这也还是可以——对真善美的追求，对光荣的向往，是好的，我总是持赞赏态度。

《花桥》是继我在《蒋毅小说选集》之后，创作的一部长篇小说，这部作品费了我极大的精力，多次删改修订，但因经验久缺，其中总还有些不足之处，欢迎各位朋友斧正。

但我需要郑重说明的是：本小说的的确确纯属虚构，请勿对号入座。

蒋　毅

2021 年 10 月 10 日于重庆江北区猫儿石

目录 MU LU

上卷

下卷

上卷

SHANG JUAN

01 花桥

第一章

1

初春二月的黑夜，大地还带着寒意。虎头坡下，一间小茅草屋还亮着灯，那灯是一个土碗装的菜油，菜油里浸泡着一卷灯草，只露出灯草头在碗边边上，点着灯草头，有一微微亮，就算是照明了。屋里其实还是灰暗的，一个四十岁模样的女人，时而看看炉子上的小铜壶里的水开了没，时而用筷子头挑一挑灯芯头，让灯芯头继续燃烧。

那女人中等个儿，微微发胖的脸显得和善，头发整洁，在头上绾成发髻，髻儿上还插了支簪子；一件大半新的蓝布上衣，配着条深黑色的宽腿长裤，着一双黑色的半新布鞋，整个人都显得干净利落。她一双手格外白皙，倒不像种庄稼的人，但朴实的装束也表明她绝对不是有钱人家的女人。

屋子中间的小灶吐着火苗，增添了屋里的热度，窗上挂有一幅窗帘，虽只是用旧布做成的，却把整个窗子遮得严严实实。此外，屋里很简陋，一张立柜、四张长木凳，一张木床，便没有其他东西了。

床上躺着个十七八岁的姑娘，那圆圆的脸还显得有些幼稚，眼里噙着泪花，流露出了她的忧伤，这忧伤中还带有几分恐惧。不过，这些却都遮不住她的年轻和美丽。

姑娘低声对那女人说：“吴妈，我好害怕！”

那个叫吴妈的女人又挑了挑灯芯，走到床边，一边帮姑娘整理着被盖，一边微笑着说：“翠翠，不要怕，女人嘛，都要过这个坎的。”

被盖掩不住她凸起的腹部，显然这姑娘是怀孕了，且即将临盆。

难道这个女人是接生婆？可这接生婆又无助手！

吴妈在房间里走来走去，她倒显得很沉着稳定。只等小灶上的水壶里的水开了，便提起水壶开始干活，且轻言细语地咕哝着："水烧好了，我得烫烫布，给剪刀消消毒。"

说着，吴妈熟练地将一把磨得十分锋利的剪刀在小炉灶上翻来覆去地烤了烤……

屋外有一个高大强壮的男子汉，大约二十岁出头，一张青铜色的脸，五官长得倒还周正。他正双手交叉插在衣袖间，忐忑不安地在院坝中踱来踱去，看得出他有多紧张和多不耐烦。走了一会儿，这男人又闷闷不乐地走到了门边，蹲下，在黑暗的隐匿下，像一头黑熊。

正在此时，一个蒙着面的黑衣人悄悄来到窗下，伸手到窗里轻轻地挑开了旧窗帘，想偷看屋里的情况，一缕微光投进了他的眼睛。而守在门口的"黑熊"虽然看似粗鲁，却也时常在留神周边情况，他立刻发现了窗边的黑衣人，并且立刻大呼一声："贼娃子，你给老子站住。"

黑衣人见自己被人发现，扭头拔腿就跑，直接钻进了离屋子不远的水竹林里。

"黑娃，出了啥事？"吴妈开门问道。

黑娃急忙解释，说来了贼娃子，正在掀窗帘呢。

"那你看清人没有？是谁？"吴妈着急地问。

黑娃烦闷地鼓着眼睛答道："天太黑了，他又包着脑壳，看不清楚哟。"

这时，正躺在床上的姑娘又痛苦地叫了起来。吴妈也顾不了屋外边发生的事了，转身进屋就在门手摸了根楠竹扁担扔给黑娃："再来就给打走！"

黑娃却傻乎乎地说："贼娃子是傻的，我这屋有啥子偷的嘛，了不起就是抓到把灰。"

姑娘痛苦的叫声越来越大了，吴妈低声斥责："作孽，这是生怕别人不晓得！"

"黑娃，你进来。"吴妈无话可以安慰翠翠，冲门外嚷了一声，把黑娃叫进屋来。黑娃进了屋，瞧见翠翠满头大汗，脸色苍白，也是不知所措，便憨憨地说："翠儿妹，你忍到哈，我也帮不到你痛。"

吴妈搓暖了手，又把手伸进被窝摸了一阵，心里一阵惊喜。这时候，翠翠却痛得身子扭动得更厉害了，吴妈一看，这可不行，立即拿出两条布带，扔了一条给黑娃，自己拿着一条，对黑娃说："快把翠翠的手绑在床杆上。"

黑娃迟疑了一下，感觉下不了手，于是疑惑地问："吴妈，你这是要害死翠翠哟，她又没犯法，绑啥子嘛？"

吴妈气急骂道："黑娃，你懂个啥，不绑才会害死人呢，常人说'儿奔生，娘奔死'，她再这样挣扎可不行……"

黑娃好像被骂醒了，赶紧拿起布带子行动起来，跟吴妈合力将翠翠绑在了床上。黑娃站在一旁傻眉愣眼地看着翠翠，心里想起吴妈刚说的"奔死"，翠翠可不就是那样子？他心头咚咚直跳。吴妈抬头看了一眼，皱眉对黑娃道："男人出去，把门看好。"

黑娃赶紧说："我可以搭个手嘛！"

吴妈两眼一瞪："女人生娃儿，你一个大男人站在这里？"

黑娃点头，表示有点懂了，急忙出门，又把门拉上关好。

吴妈见门关上了，这才回到床尾一头，轻轻地掀开半幅被子往边拢拢，将翠翠赤裸着的下半身露了出来。这时候的吴妈直接化身为一个经验丰富的接生婆，对痛得头发都湿透了的翠翠说："翠翠，你把两脚分开，要稳住喔，不要乱动。"

翠翠痛得难忍，又怕吴妈责骂，双手又被缚住了，只能用嘴死死地咬着被子，不再叫唤了。吴妈伸出几根手指试了试铜盆里的水温，把剪刀也拿过来放到了准备的干净布料上，守在翠翠身旁……

半夜里，屋外的黑娃只能听到吴妈的声音，在连声叫着："翠翠，一、二、三，使劲儿；一、二、三，使劲儿……给我使劲儿，快了，快了，再使一把劲儿……"

"哇——"

过了好一阵，屋里突然传出一声婴儿的哭叫，这嘹亮的叫声惊醒了黑夜，也惊动了抱着头坐在台阶上的黑娃。

"好哇，是个带把的！"吴妈冲着翠翠叫道。翠翠勉强睁开了眼睛，想笑一下，却没笑得出来，又累得闭上了眼睛。天气寒冷，耽搁不得。吴妈赶紧将被子拿下来盖紧翠翠的身子，这才将新生儿擦拭了一番，穿上软棉布小衣衫，又拿厚棉片子包了起来……

忙完这一阵，吴妈才叫黑娃进来。

黑娃开门进屋，带进来一股冷风。"快，把门关上！"吴妈吼道。

黑娃赶紧又反手关上门，这才凑到吴妈跟前，来看她怀里抱着的小孩儿，那婴儿的粉脸，还不到他的一个拳头大呢。黑娃咧嘴笑了，心里柔软得一塌糊涂，他那青铜色的脸庞显得忠厚，同时还显得苍老。但没有谁留意到了，在他憨厚的笑容中，还藏着些让人捉摸不透的神色。

吴妈用袖子蹭了蹭额头上的汗，才蓦然察觉自己贴身的衣服都湿了。

“你抱着，这样抱!”吴妈把婴儿递到黑娃怀里抱好，又给婴儿盖上一块大红的棉布巾子挡风，悄悄地在黑娃耳边嘀咕了几句。黑娃点了点头，急忙抱着婴儿朝村里跑去……

2

姜家大院里一早就传出了喜讯，姜二少爷的婆娘昨晚生了个大胖小子。

在广安县花桥镇灵王庙村，姜家大院算是个“大院”了，因为建成不过十来年，所以院里房屋还是崭新的，四合大院的中央是一个椭圆形的水池，水中有座假山，假山四周还漂着浮莲，水里养了这么多小红鱼游来游去，喜气得很。

正堂屋的外阶上立有两根巨柱，大柱立在础石凹中，活像两位顶天立地的卫士；堂屋正墙上挂着两块用黑漆涂得亮晶晶的木匾，左边联写的是：天地人和世世明，右边联写的是：仁德忠信年年兴。而正首高挂的横联则写有“礼义廉耻”四个大字。据说这四个大字是姜家的祖训。

堂屋左房厢房住的是姜家大爷姜仕恩和唐氏夫妻俩，右边厢房住的是大少爷姜敬明和玉贤两口子；而在四合大院的左厢房里住着二少爷姜敬良和殷秀两夫妻俩，依次是三少爷姜敬福；右厢房住的是大小姐姜敬玉，隔壁间就做了客房。在院门左侧的倒座房里住的是黑娃，右侧的倒座房住的长工胡三。

一家子主人用人大大小小的都有了安排，而吴妈和翠翠则是住在后院的房子里，这里靠近柴火房、杂物房。后院左侧还有个大棚，是打篾席的作坊，作坊旁边的柱子上还拴着一头大水牛。

这一大家子人，生活起居可不容易，厨房就是正堂屋右侧的耳房，厨房旁边是女厕，后面是猪圈。而堂屋左侧的耳房便是男厕。那时代，厕所都还是叫“茅房”，茅房墙上会挂着黄竹软篾，方凳上放着的是粗黄毛纸，里头还摆着各户都少不了要用的尿罐，那是夜间拿回屋里用的。

这份家业不算大也不算小，水田，干田，竹林坡地，又在花桥镇上开了一家生意兴隆的篾席铺。因而，这些家业都是大老爷姜仕恩和大少爷姜敬明辛苦挣来的。

一大早，姜仕恩嘴里叼着烟杆，与大少爷姜敬明坐在堂屋边的木椅上，正在谈事情。姜仕恩问道："确有此事?"姜敬明点头说："昨晚我看得清清楚楚，后来被黑娃发现了，我才跑了的。"

姜仕恩那略有些长方形的脸拉得更长，嘴里骂了几句，又恶狠狠地说："居然干出这样的事，看老子怎么收拾他!"

"父亲息怒，事已出了，家丑切不可外扬。"姜敬明听了，连忙起身劝说。

"那咋个办?"姜仕恩还准备继续说，就看见二儿子姜敬良正急匆匆地跑了进来，走近了就喜气洋洋地向姜仕恩作揖：

"父亲大人，殷秀昨晚生了个大胖小子，儿子特来报喜!"

姜仕恩收起了脸上的怒气，面无表情地冲姜敬良说："晓得了。"

姜敬良不明白父亲为何并无喜色，于是又转向姜敬明作揖："大哥好久回来的?你看我都当老汉了。"

姜敬明微微一笑，双手揖了一揖，回答道："二弟有福分，添丁了，快去准备哟。"姜敬良报完了喜，便回身忙自己的去了。

姜敬良兴高采烈地在院子里指挥着黑娃和胡三等人忙碌起来，姜家大门底下挂上了两只大红灯笼，院内走廊也都挂了红绸带，这是按当地风俗挂红辟邪。再说，姜敬良才不到二十岁，但已经结婚三年了，现在老婆终于给他生了个儿子，当然要满宅披红挂彩张罗一番。

命人布置好了院内的摆设，姜敬良又急急忙忙地回到里屋。今天他显得格外兴奋，身穿一袭蓝绸长衫，腰板也挺得比平时更板直，有几分英俊的国字脸，且在嘴唇上方留着条一字胡，使他看上去多了几分成熟。大床上躺着个用布巾子绑着额头的女人，这是姜敬良的老婆殷秀。姜敬良进了内室，脸上浮着幸福的微笑看着吴妈怀里抱着的婴儿，忍不住就大大咧咧地伸了手去，想把儿子抱到怀里来感受一下。吴妈脸上笑容神秘而兴奋，她边将孩子递给姜敬良，边喜笑颜开地说道："二少爷，看看这孩子多像您哟，这脸，这眼，这鼻子，这耳朵，哎呀，真是哪里都像……"

姜敬良听了果然十分高兴，两眼瞅着孩子怎么也看不够似的，便毫不顾忌地笑道："这是我的娃儿，哪个能不像我嘛!"

殷秀头上包着一条蓝布巾子，这是刚生完孩子的女人坐月子必须遵守的规矩，只有包头才能不受风寒，否则就会一辈子头痛。

殷秀躺坐在床上，背后靠着一个布垫。看着姜敬良哄孩子，她脸上倒没什么幸福安慰的样子，倒显得有些不自然。话说，这刚生完孩子呢，她脸上仍是白里透红，眉清目秀的大姑娘样，一点月婆子的样都没有。

“吴妈！”殷秀突然叫了一声。

吴妈赶紧到了殷秀面前，满脸赔笑：“二少奶奶，有何吩咐？”

殷秀在吴妈耳边轻轻地说了几句，吴妈点了点头，才走过去轻声地对姜敬良说：“二少爷，娃儿的奶水不够吃……”

听了这话，姜敬良一怔，然后把眼睛一瞪，从牙缝里挤出句话：“那么结实的身子，还会没有奶水！”

“二少爷，黑娃只能晚上偷偷地跑过去取一次奶水，白天怕人瞧见。”吴妈接过话说，但还想继续说，又不知怎么开口了，索性停了下来等姜敬良拿主意。

姜敬良皱了皱眉头，将臂弯里的娃儿递回给吴妈，抬眼看了看床上的女人，走到床边坐下，轻声细语地哄道：“秀儿，我们还是合计合计，把翠翠……”

话还没说完，殷秀就明白了姜敬良心里想的啥，顿时拉下脸来，直接打断了姜敬良的话：“你想怎么合计？你不说我都知道你那点馊主意。”

听到婆娘这么一说，姜敬良顿时觉得有些理亏，便显得有些尴尬，只好更低声下气地讨好道：“我的乖婆娘，那你说咋个办嘛！这都啥时候了，还顾脸面，保咱们儿子要紧哟！”

“儿子，儿子！”殷秀就是吃了没生出孩子的亏。眼下她沉着一张脸，一时却也想不出什么好办法来，只是咬着嘴唇沉默不语。姜敬良见软的不行，就打算来上几分硬的。姜敬良瞪着一双大眼睛，直勾勾地逼着殷秀说：“老婆大人唉，你有奶水喂娃儿吗？当真不是你亲生的你就不心疼，可这是我亲生的孩子！要不，你今天就给老子生一个出来看看！”

“生孩子，生孩子！”这是殷秀的气短之处，人前人后都说不起话，现在被姜敬良怼到，直气得脸青面黑，毕竟过门来也有三年了，她也没生出个娃儿来显显本事，现在又上了姜敬良的贼船下不来，少不得只好吃亏忍气吞声，便咬紧牙关说：“那你想咋个办？”

姜敬良一听这话，知道有戏，马上抬头看了一眼神色紧张的吴妈。吴妈心里的小九九不断，正琢磨着呢，见二少爷示意，立马会意地靠近了殷秀：“二少奶奶，事到如今，只有翠翠才有奶水啊。要不你拿个主意，我当下人的一定照办！”

听到吴妈先开了口，姜敬良这才转了满面温和，装作随意地问道：“吴妈，翠翠那丫头奶水如何啊？”吴妈马上答道：“翠翠那对奶儿涨鼓鼓的，奶水多得很呢，常往外流，估计奶两个娃都够。可惜现在只能晚上拿点回来。奶水放着久了就不新鲜，娃儿吃不得。”

听说翠翠奶水足够，姜敬良立刻兴奋起来，同时不由自主就想起翠翠来，他心里一动，便不假思索地对吴妈说：“那得想想法子，今晚就把翠翠给接回来。”吴妈听了一喜，也不看少奶奶的脸色了，只管答道：“好，今晚我就带黑娃一道去接。”

“唉——”殷秀叹了一口气，“慢点，你们硬是不怕家丑外扬？”

“娃都饿坏了，还慢点？”姜敬良发起气来，真正是秤砣铁了心，越发要这样做不可了！殷秀定了定神，默默地看了姜敬良一阵，知道事到如今她已经骑虎难下，为了娃儿的命，她也得认了——毕竟外间人都知道，这可是她十月怀胎刚生下来的小子。这可是眼珠子，命根子，大宝贝，她可不能做出毫不相关的样子来。想到这里，殷秀愁着脸说：“敬良，看在我们打小就相好的分上，夫妻一场，我也答应把翠翠这丫头接回来，但她必须留在我身边，你以后一步也不能靠近她。而且要答应我，绝不能让其他人晓得内情。”

听到殷秀松了口，姜敬良心里一块石头落了地，心想先把翠翠接回家再说，人到了眼前，以后怎么样谁知道呢。于是姜敬良表面露出了十分诚恳：“天知、地知、你知、我知，还有吴妈，黑娃，我们哪个说出去，就打断哪个的腿，还挖了他的心都可以。这一切都听你的安排——毕竟这娃就是你亲生的，你可是亲妈哟。”话说到这儿，姜敬良特别满意，忍不住哈哈大笑起来。

3

姜敬良认识殷秀那年，她才八岁多，但那时候姜敬良也才五岁啊，他就觉得特别喜欢这个小姐姐，整天跟在殷秀后面跑，还满口叫着“秀姐”。

殷秀的父亲殷元楷是县里有名的私塾先生，祖上也是大户人家，现在学问高深，教学能力出众，往他这儿来求学的人可不少。再说，殷元楷曾在重庆读了几年书，他广交朋友，也接触了不少三教九流的思想，视野开阔得很，所以他不让女儿裹脚，还主张女孩子也要读书，也不歧视目不识丁的乡邻，谁家有点文字方面的需求都还会请他帮个忙，因而他深受乡亲们的爱戴。但那时候的姜敬良家境却不太好，家里只有几亩地，日子算过得去，但与富裕完全不沾边。那时候，姜仕恩常年跑重庆，赚的钱拿回家养家糊口，略有富余便积累下来也买些田地。在大城市跑得多了，姜仕恩深知娃娃不读书是根本没有前途的，于是把两个儿子姜敬明和姜敬良送到了殷家的学堂里去念书。长子姜敬明不太爱说话，也不爱搭理人，平日里都孤孤单单。姜敬良却与他哥哥大不相同，他特别好动，说话也很能附和他人，学习上又肯下功夫，聪慧机灵，成绩总排在前茅，深得殷元楷的欢心。

殷秀就这样在她父亲办的学堂里读书，认识了姜家两兄弟。姜敬明见女生就躲，殷秀与他谈不拢话。姜敬良能言善语，与学友们都谈得很投机，见殷秀是先生家的女儿，又文秀可爱，马上就成了小迷弟一枚，而殷秀对软萌的小男生自然没什么防备之心，也对姜敬良照应有加，二人自然处得要比旁人好得多。几年下来，姜敬良渐渐知道了人情世故，而殷秀此刻也出落得美貌如花，有了少女的娇嗔和眉眼，落在姜敬良的眼里，便对她是越发的痴迷。

姜敬良很有心计，知道大家闺秀是很忌讳谈情说爱的。姜敬良常常就学问上的事，古今中外之事，向殷秀请教，相互切磋，一副有理有节的文雅范儿。殷秀对姜敬良的文学才能也有些敬佩。转眼，殷秀就十九岁了，姜敬良十六岁，殷秀长得如花似玉，姜敬良也英俊潇洒，对殷秀爱慕有加。这时候青梅竹马的两人心里就都有了对方。眼见着殷秀出落成了大姑娘，按照乡俗早该议亲了，姜敬良心里不踏实，虽然自己才十六岁，但到底是怕别人捷足先登，等殷家真开始跟人家换生辰八字了，他就来不及，于是思虑再三，只好回家硬着头皮求父亲姜仕恩去殷家提亲。

姜仕恩心中有些顾虑，虽然他这些年在重庆打工挣了些钱，家里也修了大房子，购置了不少土地，但他姜家毕竟还是农民出身，一个泥脚子，哪怕就是个商人，哪里又敢去高攀人家有名的读书人家的女儿呢。于是姜仕恩明确表态，门不当，户不对，他是坚决不会去提亲的。

亲是必须提，父亲不肯出头，那他也不能就这样放弃殷秀啊，姜敬良一气之下，决定自己去向殷秀的父亲殷元楷提亲。

上有父母兄长的人，哪里有自己去提亲的理由。只见得姜敬良抖了抖胆子，硬是跨进了殷家大门。那天，殷元楷正坐在堂屋里喝茶，突然看见学生姜敬良进到了院子里来，一直走到殷元楷面前，也不待先生问话，突然一把跪下了。跪在地上的姜敬良一时紧张得说不出话来。

殷元楷见学生一进门就奔过来给自己跪下了，都不知道这是发生了什么事，一时也蒙了。于是放下茶壶，低头问道："敬良，你这是做了啥，要行如此大礼?"

听先生开口询问，姜敬良终于鼓起了勇气，说："先生，我要做您的女婿。"殷元凯听了，心里先是一惊，他沉思了一会儿，想起女儿平素虽然常与姜敬良接触，但大都谈的学问，要不也就是些论古谈今的话题，他还没看出姜敬良爱上了殷秀。

心爱的学生跪在跟前，望着从启蒙至今一直在自己跟前念书的姜敬良，殷元楷把脸色一沉，道："你要做我女婿，你可晓得秀儿比你大三岁？"

听这话，姜敬良感觉还是有戏，赶紧将胸一挺，理直气壮说道："都说女大三抱金砖！"这倒是句常话，但料不到会在姜敬良这么个半大小子嘴里吐出来。此话一出，逗得殷元楷笑出声来，他摸了摸八字胡须说："你这小子懂个啥，我们这里是南方，又不是北方，南方风俗讲宁可男大十，不可女大一，难道你不知道?"

姜敬良从小就十分敬畏殷元楷，他也就是为了爱情发了疯，才敢这样麻着胆子冲上门，但他到底还是个机灵人，此时见殷元楷没有发火，而是与他谈笑风生，于是继续举证："我大嫂比我大哥也大了三岁，还有镇长家大少娶的媳妇也比他年长了两三岁，听说大少奶奶跟李镇长小老婆一样年纪……"

姜敬良还想继续说，但殷元楷到底是听不下去了，于是叫姜敬良站起来说话。

可见先生还有些喜欢我，对于提亲这事也没有什么强烈反对的样子。姜敬良心中明白三分，于是干脆大胆表白："先生大人，我是真心实意地喜欢殷秀，她若是嫁我，先生放心，我定会一辈子也对她好！"

姜敬良的才华殷元楷早已看出来了。男大当婚女大当嫁，殷元楷也早已在考虑女儿的婚事。虽说殷秀十六岁就有人来提亲了，但他心疼女儿，怕殷秀年纪太小嫁到婆家，低眉顺眼的会吃苦，便在家里多养上两年享享福。但女儿满了十八岁后，夫人王氏便暗中催了几回，认为女大不中留，实在也该找个婆家嫁出去，生几个孩子也就一辈子有了依仗。结果王氏允了几回来提亲的大户人家进门，殷秀却死也不肯松口，只说是一心想要读书。王氏抱怨了几回，说殷元楷让女儿读书把女儿读坏了，殷元楷就有些纳闷了，但他是真没发觉殷秀对姜敬良有什么爱意。眼下姜敬良突然来提亲，这是姜敬良单相思吗？会不会是女儿心中有这个男人了呢？

女儿的幸福是殷元楷看得很重的，他不愿意女儿勉强成家，将来受尽委屈。想到这里，殷元楷吹了吹茶水，抿了一口，又瞧一瞧姜敬良，心里也还是有点满意。毕竟是自己跟前长大的孩子，知根知底，品性柔和，家境还好，倒不算太勉强，于是殷元楷对姜敬良说："现在是民国了，那种媒妁之言、父母之命的婚姻制度已不存在。你说的事，得让我去问问殷秀，看我那闺女是啥想法才行。"

姜敬良还太年轻了，看问题就比较浅，一见殷元楷托词，就心里想，虽然眼下都是民国了，但老祖宗的婚嫁规矩哪家哪户还不是靠媒妁之言、父母之命？

越想越没有希望了。姜敬良哭丧着脸呆呆地站在那里，也不说话，也不告辞，殷元楷这时方觉得姜敬良对殷秀的心意还真是深，于是冲姜敬严肃地说："敬良啊，你看看清朝才倒下多久嘛，这封建的风俗习惯还是很严重，我也没有不答应你，倘若殷秀喜欢你，我也不会说什么。但就算是殷秀答应了，你也还得请你父亲来提亲吧？哪有孩子自己跑出来提亲的道理？"

听了这话，姜敬良才真相信了殷元楷说的不是托词，他是真的在儿女婚事上如此开明。殷秀肯定会答应，当然会答应啊，那娶殷秀的事就妥妥的，不会有什么阻碍了……姜敬良高兴得心都快蹦出胸腔来了，他赶忙给先生作了几个揖，欢欢喜喜地告别殷元楷，回家去了。

4

姜家有祖上传下来的制篾席手艺，因而姜仕恩自小也算是个篾匠，他家的篾工手艺在当地很有名气。别小看这篾席活路，其操作过程也是很复杂，要做出漂亮又精致的篾制品，那可真是工艺。

就拿选料来说，首选是茨竹，水竹次之，其他竹也有不少能用，但只能是次次之了。姜家院子东西北面是丘陵，满坡都是茨竹一笼一笼地生长着。茨竹要选长成熟了的，每根都有小饭碗口粗，长长的，直冲云霄，节巴尽量稀疏，长得越挺直越好。当然了，竹子生性就好强，节节向天冲，大多数都长得极挺直。

制蔑工具并不复杂，一把篾刀，也可叫弯刀、月亮刀，须磨得十分锋利；还有刀板，就是那种一寸厚、四尺宽的长方形杂木板；再就是修边用的剪刀。

姜仕恩家的治家规矩就是子子孙孙人人都要学这制蔑手艺，男女都要会，这样做一是保持工艺的传承，二是保证祖祖辈辈谁都有讨生活的一技之长。也就是说，不管家里当时富裕与否，也都要学祖宗传下来的手艺。眼见到了民国前后这一代人，这制蔑手艺最精湛的就是姜仕恩，所以家族里的其他人也都是他一个个亲自带出来的，包括妻子唐氏，儿子姜敬明、姜敬良，女儿姜敬玉、大儿媳妇玉贤，二儿媳妇殷秀、丫头翠翠、吴妈、长工胡三，还包括用人黑娃在内，都学了一手好工艺，个个都是打席子的高手。一家人最怕苦的要数三儿姜敬福，他是个什么活儿都不想干的人，也被逼着学会了做一些打杂的事。

俗话说"篾席编得好，全靠手艺巧"。几千年没有空调的日子，人们总在想尽一切办法来改善生活的舒适度，这包括了冬天的火炉和棉被，也包括了夏天的蒲扇和凉席。百姓对凉席的需求是很大的，掌握好这门手艺足可以养家糊口，姜家的篾席便是因为手艺好而远近闻名。

篾席也分不同的尺寸，一般都会制作几个固定尺寸供人挑选，或者有特殊的尺寸定制，那也是可以的。毕竟不是生产线批量制作，手工打造还是比较容易操作。

一说起篾席制作方面的事，姜仕恩真是可以滔滔不绝地连说三天，但归纳起来，又只有几点，一是选好茨竹后，要根据竹子的材质，照席子的长短砍成一节节，逢中而破——这是一门高超的技术，学起来也难，就难在必须不歪不斜，中间开花。所谓"势如破竹"嘛，一定要掌握好速度、力度，且不要一不小心划到了手。划到手可就惨了，竹片子会将手割得鲜血直流；若不能逢中而破呢，划歪了斜了，都是浪费材料。竹子破成两片后再分成数条，有五条的、八条的，每条又还要片成四层。

这些手工艺活计，记名字一点都不难，难的是千锤百炼才娴熟起来的技术。

靠竹皮的第一层叫青篾，是编篾席用的。将青篾完整地片下来是很要技术的，这得要手艺好，还得刀快，起皮而下，逢竹节一刀而过，才能不厚不薄地片下青篾。第二层叫篮篾，就是可用来做筲箕、簸箕或次等的篾席及粮仓的围席等用品。而到了第三、四层则统一叫黄篾，都算是废料了，但篾家人也不会浪费它，而是将软一点的选出来挂在茅房里，当作大便后刮屁股用的篾条，余下的就只能当柴火烧了。

编织篾席也是一个精细活路，从古至今，编篾席都没有过现成的图样，全都是靠口头传授，代代相承。青篾放在刀板上了，根据席子的长宽大小，编织者盘坐在地上，在刀板前开始起头，两条压两条地编起来，篾席的四条边还要织出三行花、五行花，且收头时要圆角，最后用剪刀将四周不整齐的青篾剪去，留下一寸来长的圆角，把青篾往席背后伸插进去，青篾尾消失在插缝里，看不出一点接头，一张完整的青篾席子就这样完工了。当然，为了更好看，也可以用白布或青布包边。

在姜仕恩的悉心教导下，编席子最能干的是大儿媳玉贤，她可以从头到尾都编成行花，既不浪费材料，还能让席子好看，连姜仕恩都常常夸玉贤手巧。其实玉贤还会绣花、纳鞋底，她把这些技巧都用到了编篾席上，使篾席有了这么多新花样，特别受买家喜爱，于是玉贤就把这些花样的打法教给了家里人，使姜家的篾席更加出风头了，也抢占了更大的“高端”市场。

花桥有九条街，条条都热闹非凡，其间无数店铺，卖篾席的也不少，但就数姜家的篾席制作得最好，也卖得最好。特别是玉贤发明的那种行花多的，有不少外地人都特地来买，买不着就跑到姜家大院来订货。唐氏是个很会经营生计的女人，她总是出面来洽谈生意，言辞妥帖，又极讲信誉，很受订货人的信赖。

在姜家的“传说”里，有一次，一个大户人家派了管家来订货，管家对唐氏说要编一张宽五尺的篾席，必须用上等的材料，篾席中必须有一个大红的双喜字。唐氏一听就被难倒了，采用最好的材料当然没有问题，但要这个大红囍字就太为难人了，如何能把青篾条变成红色呢，唐氏说做不到，不能接这单生意。于是这管家就挖苦道：“都说姜家编篾席天下第一，这点小事就被难倒了？”

此时，玉贤听说遇到了难事，也来到了堂屋，她便对唐氏说：“娘，这事我来做，叫他三天后来取货吧。”

唐氏一听就愣住了，问：“那红漆上在竹篾上要脱壳，你这样做了，出丑是小事，败了我家名气可是大事。”

玉贤笑了笑，说她有办法，于是出面将这活路揽了下来。

那管家见能完成主人交代的任务，笑了笑，交了定金就离开了。唐氏不知说啥好，她知道玉贤很能干，但要把篾席染成大红的，这可是头一回遇到，但既然她都把这事揽下来了，那就让她试试吧。

玉贤安排了几个帮手帮忙编席，她把篾条量好尺寸，叫帮手们用糨糊将红绸粘在篾条上，席从四个方向往里编，玉贤就用粘了红绸的篾条和青篾条同时开始编制，几个帮手眼睛都看花了，却只见玉贤东织一根红色的，西编一根青篾的，手势如飞，编得那样认真仔细。不多会儿，她果然将篾席的中间部分编好了，还真有一个大红的“囍”字，众人乐得直鼓掌，人人都夸玉贤心灵手巧。

一个住在重庆的花桥老乡回家来探亲，他也姓姜，是在码头当工头的，每天逛来逛去，有一天就在逛市场时看到了姜家的篾席，十分欣赏，于是他找到姜仕恩说这种竹席在重庆一定好卖。姜仕恩也很想到外地去走走，于是就在这个工头的带领下到了重庆江北的猫儿石。

到了重庆，姜仕恩按姜工头的授意去拜了码头，加入了袍哥，这样才在猫儿石正街有了立足之地。接下来，姜仕恩租了间房开起了篾席店，另外还卖一些箩兜、扁担、筲箕、簸箕、木蒸子、木脚盆、木马桶……

开始，姜仕恩是带着大儿子姜敬明在重庆经营，生意还不错。但那时也正是抗战时期，猖狂的日寇侵犯中华大地，许多外省的厂矿都迁到重庆，猫儿石也迁来了好几家工厂，因为这些工厂需要大量的蔑制品用具，工人们也需要篾制的生活用品，姜仕恩店里变得供不应求了，他赶紧就带着一帮人回到了家乡，把其他篾席店的货都收了送往重庆。那时候的生意真是太好了，姜仕恩真是忙不过来。

5

却说这姜敬良生了儿子，家里大排筵席，亲朋好友齐来祝贺，人来人往，姜家大院热闹非凡。这天天气甚好，因而就在院坝里摆了八桌，姜敬良自然是一一敬酒答谢。众宾客上门贺喜是一，但进了姜家大院也要拜见一家之长姜仕恩，以及未来的家主姜敬明才合礼数，可来得早的没瞧见这俩人，来得晚的站在院坝中间一打望，也没见这家里掌事的老爷和大少，心里惊讶，少不得要问问。二少爷姜敬良便解说是昨儿晚上重庆城里来了人，带信说生意上有要紧的事情等姜仕恩作主，所以父亲带着大哥连夜就启程去了重庆。

客人既送了礼，自然是放开了肚皮吃，划拳的喝令的吹牛的叫好的，把个场院里闹翻了天。姜敬良是一个聪明至极的人，虽然今儿特别高兴，但父兄都不在家，他就是一家之主，万不敢先把自己给醉得东颠西倒，所以他每敬一桌，也就是吃一小口酒，人家来敬他的酒，他也只饮一小口。作为二少爷，素来都不迎来送往，人家巴结他的也有限，闹了一晌就自顾去喝酒划拳，结果客人醉了不少，姜敬良倒还留了三五分清醒。

隔了个把时辰，姜敬良送走了所有客人，他也不回房来，就在堂屋姜仕恩的那把竹摇椅上小憩，心随着身子起伏，不免十分得意。家中有喜事，父亲跟大哥却出了远门，让他体会了一把当大家长的感觉，用人可以随呼随喝，客人也都恭敬捧场，感觉真是太爽了，于是他眯着眼睛又进一步想到，大哥在重庆做生意，将来父亲老了，这个家还得是自己来作主，迟早的事……

酒席早散场了，这时候姜家大院门又跨进来一个中等个儿、肥瘦相宜的年轻人，一身紫色长袍，头顶个瓜皮帽，即使二月间的日头根本不热，他手里也摇着一把绸扇，身后还跟着两个背盒子炮的跟班，真是一步三摇，威风凛凛。用人抬眼睛一看，这人不是别人，正是三少爷姜敬福回来了，赶紧就哈腰点头地奔过去迎接。

姜敬福进了大门，冲着迎上来的用人就嚷，叫赶紧给跟班安排吃的喝的，他自个儿呢，说是要去给嫂子道个喜，看看侄儿，就直奔厢房而去。到了二哥姜敬良房门口，姜敬福也不叫人通报，也不嚷一嗓子，直接拿肩将虚掩的门一撞，门就开了。

此时，翠翠正在屋里给孩子喂奶呢，双手搂着儿子吃奶累得满头大汗，眼里母爱流淌，吴妈也在旁边瞧着孩子吃奶，顺嘴也跟翠翠聊几句没油没盐的闲话。突然门一响，一阵冷风就扇了进来，吴妈几乎像道闪电就移动了身子，直接挡住正在奶孩子的翠翠。姜敬福的视线绕过吴妈瘦瘦的身材，瞧着她身后的翠翠，眼睛都发直了。吴妈心里有气，但没她发气的余地，只好赔着小心笑道："三少爷，您都回来了!"

翠翠动作也快，瞬即侧过身去，同时伸手将衣襟扯好，这才红着脸将吃奶累得瞌睡迷瞪的孩子送到殷秀怀中。

姜敬福直愣愣地盯着翠翠那绯红的脸看，生过孩子的翠翠有了小女人的迷人风韵，的确越发漂亮了。姜敬福咽了咽口水，嬉皮笑脸地说："这才一年不见，翠翠越长越乖了呢!"说着，姜敬福就绕过吴妈，伸手想摸翠翠的胸脯。

翠翠被这举动吓得魂都没了，惊叫一声，慌忙躲到吴妈身后去。

殷秀怀里抱着孩子，看着姜敬福这个模样真是气得不行，生气地说道："三弟，你怎么这样，别太放肆了，翠翠是我屋里的丫头！"

听了这话，姜敬福直接在脸上释放了他的不高兴，皮笑肉不笑地说："二嫂坐月子，我当三弟的特来道喜，讨碗喜酒喝。"

"那去找你二哥喝酒嘛，莫非你还能懂女人坐月子的事儿？莫来我这里伸脚动手的！"姜敬福倒被殷秀挖苦了一顿，讨了个没趣，到底跟嫂子不好翻脸说太难听的话，就道："好，二嫂好好休养，我找二哥去。"

说着，姜敬福就转身出去了，到底还是没看上一眼新生的亲侄儿。

"到底是嫂子的房间，三少爷门也不敲，直撞进来，吓死我了！"吴妈本来就生气，但她没跟三少爷说话的身份，也就刺激一下殷秀，希望她去发个威。殷秀嘴巴动了动，也没接吴妈的话。

…………

堂屋里的姜敬良正着当家作主的美梦呢，突然就被姜敬福劈头盖脸吵转了神。

"你娃不落教，你答应过要把翠翠给我做妾的，后来不给了。你娃又非要说她在家乡定了亲，回娘家去了，怎么又回来了呢？"

姜敬良今天心情特别好，也懒得跟姜敬福生气，便和气地训道："啥子你娃你娃地叫，一点大小都没得，叫二哥！"姜敬福自然知道自己的举止失礼，见二哥这么说，便嘿嘿一笑，央求道："二哥，你还是体贴一下小弟哂，从小我就喜欢翠翠那丫头，你看她都回来了，你不能失信啰，还是把她给我！"

姜敬良不可能把翠翠交给姜敬福，又不能说真正的原因，只好婉言劝道："三弟，你别打歪主意了，翠翠早有男人了。"见二哥还是不肯把翠翠给自己，姜敬福不服气，扯直了脖子嚷道："你怕是故意叫她外出躲着我，好留着自己享用哟。"

听了这话，就像踩了姜敬良的尾巴似的，他这下可发怒了，从摇椅上坐直了身子，盯着姜敬福的眼睛阴沉地反问："老三，你娃太不像话了，我家丫头还要随便送人不成？"

姜敬福用怀疑的口气压迫姜敬良："我可看见翠翠在二嫂屋头喂娃儿的奶，这是怎么回事儿？"

啊，姜敬福看见翠翠给娃儿喂奶？那不是看见了翠翠的身子？

姜敬良一时间气得脸色发青，像青菜叶似的，既然恼恨姜敬福老惦记翠翠，又怕是姜敬福知道了殷秀的孩子原来是翠翠所出。气归气，又没办法。姜敬良忍住气，装作无事的样子说：“敬福啊，那是因为你二嫂的奶不够娃儿吃，所以让吴妈请翠翠回来的，每月还要给翠翠开一份奶妈的工钱呢。我可啥也不晓得，翠翠的具体情况，你还是得去问吴妈。”

怕姜敬福再问下去，姜敬良只好用吴妈去堵姜敬福的嘴。

姜敬福是个天不怕、地不怕的人，就连他老子，也敢顶几句，于是紧接着说：“二哥耶，你说到哪儿去了！从古至今，天下美人都是服侍男人的撒，你看古代四大美人，西施服侍吴王夫差，貂蝉服侍董卓后来还服侍吕布，杨玉环也先后嫁给了皇子和老皇帝两父子，那王昭君后来还不是嫁到西域服侍王爷去了……”

一说起这些，姜敬福一脑门子贴满了故事。

姜敬良打断姜敬福的话，挖苦道：“你娃又不爱读书，茶楼酒肆里听来点啥？那西施是越王勾践和范蠡使的美人计，是为了国家的命运才去服侍夫差。那貂蝉是王允使的美人计，是利用吕布干掉奸贼董卓。杨玉环那是真爱上了老皇帝。至于王昭君，她才是真了不起，一名女子，能为了国家安危与民族和睦，屈身嫁到了西域……算了，我不给你说这些，说多了你娃也不能懂。”

姜敬福被嫌弃了，论读书他是说不出一二三四，但姜敬福毕竟还有一肚子坏水吧。他还是不服气，冲着二哥嚷了一句，“你也没喝多少墨水，还挖苦我？”说完马上就改了个沮丧的表情，装作哭兮兮的样子讨好姜敬良，“我的好二哥，我想翠翠也不是一年两年的事儿了，我拿两个丫头来跟你换成不？我那两丫头可都比翠翠漂亮得多哟。”

翠翠是姜敬良儿子的亲妈呢，也是他心里隐秘的小妾，随便姜敬福怎么说，那都是不可能送人的啊。姜敬良火冒三丈，站起身吼道：“十个百个都不换，你给老子滚出去哟！”姜敬福鼻孔里哼了一声，心里很不是滋味，心想天底下还没有老子要不到的东西，何况一个丫头。

“啥子滚出去哟，二哥你还是要客气点，你可要想好哈，翠翠不给我是不行的哟，吐出去的口水咽不回去！”说完，他气冲冲地快步朝大门走去。

听了这话，姜敬良还没坐稳椅子，又气得从椅子上跳了起来，对着姜敬福的后背骂了两句，最后仍是不松口地吼道：“你娃休想！”

姜敬良疾步回到屋里，吴妈慌忙地迎了过来。

姜敬良板起个脸：“你咧个让老三进屋了呢？”

“平时也没有男人会进这间屋，没想到三少爷今日会回来，何况他又不守规矩，明知二太太在屋里坐月子，男人是不能进屋的，可他门都没敲，直接就撞门闯进来的。”吴妈辩解着，又故意用二少爷听得清的声音，咕哝道，“三岁的娃儿都懂的道理撒，三少爷怎么就不懂呢!”

吴妈很了解姜敬良的为人，知道他从不会在女人面前发脾气，特别是对自己一直另眼相看，否则寻常人家，当用人的哪有能数落主人家，背地里讲坏话的。但吴妈把话说到这里，姜敬良也没办法了，只好摆了摆手说：“好了好了，今后翠翠喂奶时一定要把门闩上。”

吴妈也没别的办法，只能点头称是。

6

吴妈并非本地人，她是十年前从外地逃荒讨饭来到花桥镇的，身边还带着个六岁大的小女孩，女孩子面黄肌瘦，吴妈逢人便说这女娃是她在逃荒路上捡的，她取了名字叫翠翠，可她自己也没吃没穿没住房，靠讨饭把翠翠养了这么大，现在就求有好心人收养翠翠，别让她跟着自己饿死了。

其实吴妈还真是个苦命人，这翠翠就是她的亲生女儿。

吴妈是婆家花钱从逃难人家买来的，当童养媳养着，好在婆婆待她不错，田里的粗活都不让她碰，平时就只教她做些缝衣、绣花、纳鞋之类的女红活计，所以她那针线活儿做得极好。婆家人员关系不复杂，就一个比她大两三岁的独子，虽然身子瘦弱了些，但对人也是和气的，两人青梅竹马一起长大，感情还不错，因而到了十六岁，婆婆就把婚事办了，让小两口儿圆了房。婚后除了照料丈夫起居，她就是跟婆婆学着操持家务，且又还没生孩子，家小业小的倒也不用操心许多，那真是无忧无虑的好日子。转眼结婚三年，孩子还没生呢，谁知她男人就得了痨病，咳咳喘喘没过几年就病死了，年纪轻轻的呢，她便成了寡妇，三亲四友的风言风语多，婆家这时候也忘了儿子从胎里出来就弱，恨完天恨完地接下来就只恨是她克夫，一气之下便把她卖给了有钱人家去当用人。

从小到大，她可是小姐太太一样养过来的人，性子也不服输，突然被卖掉了变成用人，不亚于天打雷劈的感觉，比死了丈夫更让人痛彻心扉啊。

买下吴妈的这家人姓吴，先是买她回来照管两个小姐，因而也让她跟了这家的姓，叫吴妈，没有起名字。亲生父母的姓，她从小不知道，而后来婆家的姓，以及给她取的名，也随着转卖而被她抛弃了。

这时候，吴妈刚二十岁，初买回来的时候还很憔悴，但在吴家养了半年，日子不难过，两个小姐也不难照料，素来要强的吴妈重新燃起了生活的希望，心情便渐渐恢复了些，姿色又恢复了几分。

没生过孩子，模样清秀，身材也还不错，慢慢的，男主人吴老爷便瞧着动了心思，打起吴妈的主意来。吴家财大势大，但吴家太太在一连生了两个女儿之后歇了火，再没有添孩子，偏生吴老爷盼星星盼月亮想生一大堆儿子，转眼就是也四十好几岁了，他日愁夜愁，怕到他这一代断了香火，对不起列祖列宗。

土财主吴老爷天天看着吴妈在眼前晃来晃去，越看越勾火，一心想纳吴妈为妾，背地里也跟吴妈摸个小手，说几句温柔的话，算是表达了内心的想法。吴妈从米箩跌得糠箩里，这辈子就是做用人的命了，见老爷喜欢自己，哪怕是当个小妾她也愿意啊，于是就悄悄地遂从了吴老爷的心愿。

天不遂人愿，正当吴妈心里高兴苦日子总算要熬出头了的时候，财主的老婆开始发威了。从前她就防着家里的丫头，买用人都愿意买些年纪大点的，长相不风流美丽的，没想到买个克夫的寡妇当用人，都能被老爷给看上了，她十分嫉妒，日常就少不得拿吴妈出气。老爷想要儿子的心愿，太太是门儿清的，于是她恶言恶语的内容，常就是一句："寡妇克夫，在别人家都不下蛋，到了我吴家还能下蛋不成!"

在吴家，小妾身份都没坐稳的吴妈没什么话语权，只能忍着气默默地服侍着财主，希望有拨云见日的一天。隔了不久，吴妈果然怀孕了，财主老爷从此不让她到太太跟前伺候，只管养着胎，要给他生个大胖小子，吴妈也千求万愿的，只望能生个儿子，稳固她在吴家的地位。天还是不遂人愿，吴妈生了个女儿。

吴妈也生了个女儿，太太高兴极了，但财主很不高兴。太太高兴，是因为吴妈也跟她一样是个"没用的东西"，她的地位坚不可摧，同时，她还暗戳戳地在找机会，要将吴妈赶出门去。财主可不知道太太有这样的心思，虽然生了女儿不合心意，但既然还能生，那就能一直生啊，万一她下回生出个儿子呢。如此一想，等小女儿刚满百天，财主老爷就又住进了吴妈的房间，努力耕耘，想赶紧再生个儿子。

看到老爷一个月倒有大半个月在吴妈房里住，太太真是恨得夜夜都睡不着。好不容易才等到了机会，等老爷带着管家出远门去谈一桩生意，来去双程都得靠脚走，一趟就是半个月。机会难得！老爷前脚出门，太太第二天就让家丁租来马车，把吴妈母女捆了装上车，让马车走了一天一夜，把吴妈母女往路边一丢就离开了。

大字不识一个的吴妈抱着女儿在陌生的乡间流浪，她既不可能回原婆家去丢人现眼，也对吴老爷这个家冷了心——太太这么狠心，她若找了回去，恐怕下次会被太太毒死。

吴妈只好抱几个月大的女儿四处流浪。翠翠这个名字就是她自己给取的。为了翠翠将来能嫁个好人家，自从翠翠会说话起，吴妈就教翠翠叫她干妈，仿佛这样叫，翠翠就不算是个流浪的乞妇的孩子。

翠翠跟着吴妈流落在外，饥一顿饱一顿，赚一顿讨一顿，有时给小店里洗洗碗，有时到裁缝店里做做零工，有时去寺庙里蹭点施舍，有时被好心的穷人家收留两天，农忙的时候就到村子里去帮忙农活的人家做做家务……身边带着个小孩子，穷人家养不起，富人家不肯收，只能一天天混个活命。就这样，翠翠就长到了六岁，虽然她也不明白吴妈到底是不是她亲妈，但同吴妈相依为命，吴妈视她若命根子，她是知道的。

转眼六年过去了，这年深秋，一连几场雨，便天寒地冻。衣着单薄的吴妈母女落难到了花桥镇。那天，母女俩坐在街沿，又冷又饿，正为即将到来的寒冬发愁——每年深秋，吴妈都以为会冻死在接下来的冬天，但她却带着翠翠熬过了一个又一个寒冷冬天。直到这年深秋，她们坐在街沿，刚好看见姜仕恩缓缓地从街头走过。

吴妈一直在观察路人，凭她的经验判断可以从谁手上讨到点吃的。姜仕恩从她眼前经过，吴妈瞬间觉得此人面善，于是拖了翠翠就凑了过去，向姜仕恩作揖道："大老爷，孩子饿了几天了，求求你赏口饭吃。"

姜仕恩愣了一下，停下脚来，眼见母女俩如此衣衫不整，黄皮寡瘦，果然十分同情，于是带着吴妈母女走到路边一处包子摊，让老板端来一笼包子，两碗稀饭，还有一小碟子咸菜，吴妈和翠翠千恩万谢了一阵子，然后坐下来狼吞虎咽。

付完吃食的钱，姜仕恩抬步正想离去，吴妈瞬即离开了小板凳，咚的一下就朝姜仕恩跪下了，央求道："求求您好事做到底，菩萨保佑您！您是个大好人，收留我母女俩，我能绣花能做饭，我可以做牛做马报答您。”

战乱年代，道边的乞丐太多了，卖儿卖女的人家太多了，任凭多富有的人家都管不尽这许多穷苦人家的事，再大的善人，也不过是做一点是一点，自家老小的生计才是排在第一位的。但姜仕恩不同，他除了素来心软，还是个世世代代的手艺人，这几天名声渐起，生意不错，他领着一家人省吃俭用，因而存了点钱置了点地，算是新近才富有了起来，一是农民的本性还没有改变，二是家里扩张了正在陆续添些打杂的用人。现在看见这可怜的母女俩，姜仕恩一时虽然感到为难，但到底还是在犹豫了。

听得小丫头叫干妈，他便好奇地问了一声：“这女娃不是你亲生的?”

吴妈人精似的，知道有戏，便继续愁着脸说：“也不知是哪个作的孽，将几个月大的孩子丢在路边，我虽然自己也吃不上饭，但看着孩子可怜，便带上了，跟着我吃了几年苦，现在犹如亲生。”

听到一个自己都吃不上饭的人，能好心收养弃婴，姜仕恩感动了。一个弱女子居然有这么善良的心，那肯定是个靠得住的好人啊，姜仕恩这么一想，便将那七分犹豫变成了七分愿意，开口道：“那你们跟我走吧，看看我家太太的意见……”

吴妈连连道谢，就牵上翠翠，随着姜仕恩到了灵王庙村。

灵王庙村离花桥不远，只有三四里路，很快便到了姜家院子。姜仕恩带吴妈母女进了堂屋，叫来夫人唐氏。唐氏个儿不高，脸微胖，穿着一件斜襟和敞口袖边的蓝色上衣，衣长及腿，底下笼着黑色长裤，一对软底子绣鞋，衣料不算贵重，花样也是素简的。吴妈有眼色，见这太太气质温婉，倒是个好说话的样子，赶紧上前作了个揖，道：“夫人，您好。”

唐氏忙摇了摇手：“快别这样叫，叫大姐就是了。”说着，又拿眼色去看姜仕恩，于是姜仕恩把遇见吴妈的事向唐氏讲了一番，唐氏看了看吴妈，倒是能干的样子，又摸了摸翠翠的脸，心有怜惜地说，“都瘦得这个样子了，当家的，我看就把她们留下来吧，眼下我正好一个人也忙不过来，家里也缺少人手。”

姜仕恩见唐氏没有意见，心里一块石头就落了下来。夫人若不肯留，他也不好拂逆，但要再把吴妈母女赶出去，他心里又不落忍。当然了，多年相守，夫人的心性他也算知道，否则哪里他敢带回来。

就这样，吴妈母女被收留了，吴妈当用人。

但姜仕恩毕竟是个生意人，心细，贫苦年代，半路有人捡不奇怪，但不知底细，还是怕惹上官司。假使哪天有个啥男人找上门来，他就说不清楚了。

“我们请你留下来干活，还是得签个做工契约，立了规矩，工钱也不会少你的。”吴妈这就算找到工作了，有了容身之所，心里十分感激，心想自己还带着翠翠，多一张嘴巴吃饭，心里也有些过意不去。吴妈眼泪哗哗地说：“东家，您好心收留我，我又带个娃儿，多一张嘴巴吃饭，契约随便你写什么我都画押，不要一文工钱，你管我们吃住就要得了。”

姜仕恩更加觉得不妥当了：“哪有做事不要工钱的呢，一个小娃娃又吃得了多少嘛。”吴妈很有心计，希望能在这好人家长住，帮着把翠翠养大，否则她带着个姑娘也找不到容身之处，几个工钱根本不够他们母女开销。见她坚持不要工钱。唐氏只觉得吴妈厚道，笑着说：“莫得事儿，我晓得你一个人带个孩子的难处，听老爷的签了便是，钱我帮你收着，几时要用了你尽管给我说。”

姜仕恩见唐氏已承诺，于是就叫大儿姜敬明拿来纸墨，简单地写了张契约，大概意思是，吴妈自愿上姜家做事，姜家管吴妈母女俩吃住穿，工钱随时可取。吴妈再次作揖谢恩。

唐氏找了套六七成新的衣服和一段红花蓝底的布料，对吴妈说：“我看你个儿也比我高不了多少，将就着还穿我的，这段布我来给翠翠做身衣裳吧。”

吴妈赶紧弯腰福了一福，说：“谢谢夫人，我会做针线活的，我自己来撒。”唐氏听了也不霸蛮，就先带着吴妈母女俩往厨房隔壁的洗澡房去，让这一身脏兮兮的两人将自己打理干净。

不多会儿，吴妈母女俩洗涮完毕，来到堂屋。人是个桩桩，全靠衣裳。唐氏夸口不绝：“看你这模样，年轻时准是个好看的女人。”吴妈听了更是感恩不绝：“夫人，我该做点什么事儿?”唐氏笑了笑，“不忙哆，今儿你熟悉一下环境，先把翠翠的衣裳做了吧。”

吴妈回到分给她和翠翠的小房子里乐滋滋瞅了两眼，然后动手裁剪，半天工夫就把翠翠的衣裤都缝好了。翠翠当即换上一身崭新的花衣裳，越发显得乖巧可爱。这可是翠翠长这么大的头一身新衣服呢，她自己爱惜得什么似的，低着头左瞧右瞧，都舍不得挪开眼睛。唐氏看了笑得合不拢嘴，“乖丫头，让大妈好好看看，长大了准是个美人儿。”唐氏一边说着翠翠长得漂亮，一边夸着吴妈的针线活做得好，翠翠也很懂事，依着唐氏用温软的声音问：“大妈妈，我好看吗?”

唐氏笑得连连点头。

从此，翠翠就叫唐氏为大妈妈，唐氏也乐意，吴妈的心也更踏实了。

7

姜家到了姜仕恩这一辈是两兄弟，姜仕恩的弟弟叫姜仕德，小名狗儿，狗儿从小就聪明过人，九岁时候被一个疯癫和尚拐走了，家人四处寻找了好些年都没找见一丁点儿音讯。

姜仕恩膝下有三男一女，大儿姜敬明、二儿姜敬良、三儿姜敬福，三兄弟是挨着出生的，年纪都还不大，姜敬玉是幺女，只比翠翠年长一岁。姜家孩子心性都还不错，见家里多了一个大眼睛翠翠，都蛮开心地一起玩，特别是姜敬良，经常买点糖果悄悄塞给翠翠。六岁的女孩也知害羞了，总是红着脸，但在外面乞讨多年，倒也没有什么不接人家东西吃的规矩，见有糖果，嘴里小声说句谢谢，糖果就装进口袋了。由此，翠翠就跟和蔼可亲的姜敬良特别亲近。但翠翠有点害怕三少爷姜敬福，因为这小子爱扮个鬼脸吓唬翠翠，追在后面嚷：“麻老虎来了，要吃人了。”姜敬玉小名叫玉儿，翠翠叫她玉儿姐，两人年龄相近，闺中密友一般，常在一起玩耍。

姜敬明年纪大一点，又是长子，少不得要跟着父亲出去跑腿，或者帮母亲跟着照料，除了他之外，姜家大院子就因为有了翠翠的加入，而热闹得可以翻天。一天，姜敬福缠着要同玉儿、翠翠玩捉猫猫，玉儿应了，翠翠当然也就只能跟从，没想到几个玩得正高兴呢，姜敬福突然在大树后把躲藏的翠翠捉了出来，而且抱着翠翠不放手，还揪翠翠粉嫩的脸蛋儿说：“我抓住你了，长大了你就得嫁给我当媳妇。”

翠翠再不懂男女之事，但她跟着吴妈在流浪途中，没少看见男人家揪着媳妇儿打骂，因此她知道当媳妇是很可怕的，吓得就大哭。玉儿听到了哭声，从另一处藏身点跑出来，揪住她三哥就打，嚷着让姜敬福放手。吴妈也听到了翠翠的哭声，忙跑过来拉开姜敬福，可她又不敢得罪这个蛮横的小子。

翠翠扑进吴妈怀里哭着说：“干妈，敬福真坏!”

吴妈心里忍着气，嘴上责怪翠翠：“敬福是你叫的？你要叫三少爷!”

这边的吵闹比平时凶多了，翠翠哭得要断气似的，唐氏也闻声而来，走到院坝一看就明白了是什么事，把姜敬福给训了一顿，又揽过翠翠安慰道："翠儿乖，福儿不乖，大妈妈打他哈！"翠翠见有人给自己撑腰，姜敬福也不敢再说当媳妇儿的事了，她这才破涕为笑。

孩子小不懂事，但从此吴妈却常常提防着姜敬福，姜敬福在家的时候，她就把翠翠带在身边走，都不离开视线。姜敬福淘气，精力旺盛的小子朋友多，他时常都是在外面疯。

随着时间的推移，姜家院子的小孩们渐渐长大。长子姜敬明最先承担起了家庭责任，父亲姜仕恩到重庆做生意，也都会将他带在身边，随时教导。唐氏管着家的时候越发多了，要使唤吴妈的时候也更多，吴妈本来就能干，现在办事越发精明老练，深得唐氏信赖，不少家务事就直接都交给吴妈管了。这时候，姜敬明已经娶了媳妇，由于重庆的生意需要自己人照料，他带着媳妇儿一年倒有多数时间是待在重庆。

话说姜家上上下下对吴妈和翠翠那真是极好，几年下来在姜家食住无忧，翠翠已经忘掉了幼时流落街头的日子，真是一点儿都不记得了。她被养得像个小姐似的，天天都很快乐，又白嫩可爱，好看得很。

三少爷姜敬福是兄弟几个里个儿最矮的，但他长得英俊，又是从小被父母娇生惯养长大，真是父母身上的优点他样样不沾，见天地淘气撒赖和好吃懒做，只读了几年私塾就开始逃学，后来根本不去学堂，就每天出门和一些差不多性情的败家子一起斗鸡斗狗。姜敬福喜欢翠翠，但被唐氏警告过几回，吴妈又看得紧，翠翠也躲着他，因而他也没把翠翠怎么样。在姜敬福越来越不正经的思想里，他觉得翠翠养在自己家，也只是用人家的女儿，是不能给他当正房太太的，最多只能做妾。心里早拿定了主意，翠翠迟早是他的，所以他也不在家时时惦着守着。

姜敬良都结了婚以后，唐氏也安排人给姜敬福相过几次亲，希望他结婚后有个女人管着，有孩子要教养，便会安下心来过日子。可相亲一次失败一次，大户人家嫌他无才无德，好吃懒做。穷苦人家的女儿，他又看不上。且姜敬福特别好色，总想着找一个仙女般的女子。

姜敬良的老丈人有个故交，是花桥镇的镇长，姓李名章成。家财万贯，娶了三房太太，都没生个一男半女，李镇长十分苦恼，就请了个挺厉害的老郎中来给自己把脉，老郎中给三个太太把脉，发现三位太太都有生育能力，那问题就应该是出在李镇长身上了。郎中哪敢点明，更不敢说需要给李镇长也把把脉，如果真是镇长的问题，他治好治不好都是个罪，于是拿定了主意，便连声应酬道："镇长大人，夫人身体都好，孩子会有的，只看时候了。"李镇长心里有了底，真还不那么纠结了，就这样过了两年，李镇长又开始有些忧心烦躁的时候，喜从天降，三太太怀孕了。

从此李镇长独宠三太太。千盼万盼，十月怀胎，一朝分娩，三太太生了个闺女，李镇长喜也有忧也有，他就盼着三太太再给他生个儿子。但是，后来三太太再也没怀孕，其他两个太太也偶沾雨露，却从来没有怀孕过。

就在这样的盼望和失望里，李镇长的独女长大了，身上肤色倒是白白净净，却慢慢长成了一个癞子头，钱花了不少药吃了不少，完全没改善，眼见长到十六岁要说婆家了，根本就没人来说亲。再说了，没儿子的李镇长是想找个上门女婿，将来生了孩子也姓李，得给他李家继承香火。

姜敬良为了把这个总爱缠着翠翠的讨厌的弟弟弄出家门，恰好又听到老丈人讲了这事，便编了一大筐的好话想骗姜敬福去李镇长家求亲做上门女婿。姜敬福听了姜敬良一阵猛吹牛，想想李镇长有权有势，在地方上是一方霸主啊，家中家产丰厚，还有丫鬟用人和十来个家丁，这么庞大的家业，李家没有男丁，将来都是上门女婿的。这么一想，都是便宜，于是姜敬福勉强答应了去看看。

李镇长的三太太，十几岁就被卖到李镇长家里。李镇长看此女长得如此漂亮，当晚就把她强占了，让她当了三太太。眼见一过就是三年都没怀上个孩子，李镇长就觉得她也是个不下蛋的"母鸡"，还想再买个丫头回来呢，没想到三太太居然就怀上了。其实大太太和二太太早就猜到是老爷没有生育能力了，但这没人证物证的，她们没办法，还要靠着李镇长照顾娘家呢，更不愿意轻易打破饭碗。只是没孩子生嘛，又不耽误她们当太太和打麻将，于是看到三太太居然怀孕、生孩子了，她俩也只是敢怒不敢言。特别是三太太年轻又生了女儿，在家中的地位扶摇直上，她改变不了自己的命运，只求母女俩以后日子好过一点，倒也不生事，对大太太和二太太总是姐姐长姐姐短地应酬着。大太太和二太太彼此做伴，心里都怪老爷识人不明，还独宠着三太太，自己备受冷落，心中都记恨。

其实，三太太暗中与长工好了多长时间，大院里那么多人哪里瞒得过，恐怕是多数丫鬟和家丁都知晓，唯独李镇长不知。

一个晚上，三太太又暗暗地约了长工去坟地，两人见面干柴烈火了一番。

完事后，长工便突然说，这样下去他实在受不了了，见了女儿在跟前他也不敢认，提出来要三太太带着女儿与他私奔。长工是没钱，但三太太存了不少私房钱啊，李镇长可没少给她添置首饰。走远些，把这些首饰卖了，置几亩地买两间房子，他们一家三口就能把日子过起来。

三太太一听，吃惊不已。她在长工身上得到了肉体的满足，但得不到李镇长给的荣华富贵，女儿哪能生活得好？再说将来万贯家财都是她的，如此周全的日子，她凭什么要离开？

见三太太坚决不肯带女儿跟自己逃走，长工方觉得这女人并不是真心爱他，恐怕就是拿他借种安稳地位，还能从他身上满足性欲罢了。李镇长什么都霸占了他的，他什么都得不到，长工越想心里就越不是滋味。一气之下便说："我到李镇长那里说去，谅他也不敢把家丑外扬，说不定一生气就把你给休了，我们也就团聚了。"

这是什么蠢话？李镇长知道了，他们三人哪里还能活命？

三太太睁大眼睛，她从没想到长工会如此恶毒，如何真被老爷知道了，后果不堪设想。三太太定了定神，想到平时李镇长都是如何处事，也狠了狠心，悄悄琢磨办法对付长工。三太太装作委屈的样子，"时间不早了，咱们得先回去，明天晚上再来这里商量吧，万一要离开这里可不是小事，要筹划好点。你可千万不要向外人泄露一个字哟。"长工一听三太太愿意离开了，又推翻了开始的疑心，只觉得是女人胆小，要逼一逼才能勇敢一点。他当即高兴万分，抱着三太太亲了又亲，三太太不耐烦地起身先走了。

第二天夜里，长工心里揣摩着要问问三太太到底藏了多少私房钱，因而早早就来到坟地，心急地等待着三太太的到来。等得心都焦了天才黑，一会儿三太太来了，手里还提了一瓶酒。

长工伙食差得很，以前三太太偶尔也有偷带些吃食酒水过来，长工不疑，只是着急地问道："你打听了李镇长哪些日子不在家了吗？想好了哪些东西可以带走？"三太太满脸堆笑，"死鬼，着啥急嘛，来，喝酒！""带酒来干啥？"长工烦恼地怼道。"当然是庆祝我们很快就能一家三口团聚的好事儿呀！"三太太飞了个媚眼儿，在月光下显得更是妩媚，长工也就暂时不再纠结私奔的事了，抱过三太太来就在李镇长家老祖宗们的坟包包围之下动手动脚。完事后，三太太主动说："我已把这些年存的私房钱都打包好了，明晚擦黑我们就在村口大黄桷树旁见，带我把女儿带出来，咱们有多远走多远！"长工心里盘算，李镇长在这一镇是地头蛇，走远点，多隔几个镇子，找个乡下再换个名字，怎么都找他不到。想得得意啊，长工高兴得心都飞了出来。三太太又说："今天得小心点儿，可别让人看见我们一起，我先回，你在这里待半个时辰再回去，说帮人干活人家请你喝了几口小酒。你一身酒气，就没人会拽着你问三问四了，我先走一步。"

说着，三太太收拾好了身上的衣裳，拍拍打打草碎儿，移步先走了。

长工坐地上还没起身呢，瞧着女人远去的身子，在月光下一晃一晃的，真好看。他乐呵呵地扎紧了裤腰带，顺手拿起放在石碑上的酒坛子，揭开口子就小饮了一口，真好喝，他又痛饮了几口，然后靠着李镇长奶奶的墓碑，抖着腿喝起了小酒儿，一边还哼着小曲儿，"东家妹儿长得乖，走起路来摇摆摆，屁股甩得圆又圆……"

清晨，家丁在李家坟山外的小道旁发现了长工的尸体，立即跑回家悄声报告给了李镇长。李镇长夜宿三太太房间，这才刚起床还没洗漱呢，便被这一清早的人命案给吓坏了。他心里想不通，一个普通长工，这是有人要报复自己警告自己吗？不会啊！可这长工人挺老实，无财无家小的，也没个机会与人结怨吧，年纪轻轻的怎么就会暴毙？据说还七窍流血？

李镇长叫家丁不要吱声，叫他带路先去看看。这样的事，本来女人是绝不会往前凑的，但此刻三太太心中有鬼，她想亲眼看看什么情形，回头也好应对得上，因此就跟在了李镇长后面。李镇长一门心思在思考各种原因，根本没注意身后的女人。而跟在李镇长身后的两个家丁呢，眼见三太太魂不守舍地跟在后面，心里还有什么不明白的。心里想法多多，有吃惊的也有害怕的，但谁也没吱声。

到了长工倒地的小路边，李镇长亲眼瞧见了长工果然是七窍出血，这一路可碾坏了不少野草，不远处还滚着一只小酒坛子……

家丁小声问："老爷，是否报官？"

三太太急忙插话："报啥子官哟，镇上最大的官就是老爷了。"

李镇长吓了一跳，这才发现三太太跟来了，倒也没想其他，就沉思了一会儿，说："报官也是我来处理，难道我带人把我家查个底朝天？"三太太装着有些害怕的样子，站在李镇长身后，故意说："看他这个样子，是醉死的吧？"

"女人，就是没见识！"李镇长心里哼了一声，也没说这七窍流血应该是中毒身亡，便借着这话道："是啊，醉死的传出去也不好听，扔乱坟岗埋了吧，别脏了我李家的祖坟地。”家丁边连连点头，边悄悄拿眼神瞅着三太太这个谋杀情郎的毒妇，没想到三太太又插了一句：“老爷，你一向大慈大悲，赏他一副薄皮棺木也好啊！”李镇长一听，心想也是，不能叫其他家丁看了寒心，于是改口说：“听三太太的，你们把这事办了。”

…………

8

姜敬福按照姜敬良的意见，清早起来，打扮了一番。身穿一件紫色长衫，头戴一顶青色礼帽，手里提着姜敬良给他买的一大包礼品，前往李镇长家拜望。姜敬福心想，若是看得中意我就答应下来，若看不中意就溜之大吉。

姜敬福赶到镇上，到了李镇长大院前一看，大吃一惊——这是好大一座院子！大门两侧一对石雕，门叶子上贴的是一对凶巴巴的门神，门关着，但两边各站着一个头扎着白布巾子、身穿黑褂黑裤黑布鞋的大汉，两人身材高大魁梧，目露出凶光，且僵着一张石雕一般的冷脸，面无表情。

姜敬福向两位家丁作揖道：“我是殷元楷先生介绍来见李镇长的。”

殷元楷在镇上也是有名望的人，家丁不敢怠慢，一家丁说：“镇长一大早到政府去了，你来有何贵干？”

姜敬福好不容易进了镇，这没见着真章呢，就赖着不走，直说是这礼品都买了，镇长不在，见个家里能掌事的人就行。家丁一想，三位太太分工明确，大太太管钱，二太太管家务事，三太太管待人接物。于是道：“那我去通报给三太太。”

“好，你先见见三太太，看她哪个说。”

姜敬福答应了，他到底是要先见见那女娃再说，镇长不在家说不定是件好事，万一不同意呢，也不至于惹毛镇长啊。

过了一阵，家丁把姜敬福领进了大院，姜敬福看得眼花缭乱。这院里比院外看，可气派多了，柱雕龙，梁雕凤，书上的画似的，真跟姜敬良说的一样，比自家那工艺简单的姜家大院比，可不只是强一点点。

姜敬福在客堂里略坐了两分钟，就见门外摇曳走过来一个丰姿绰约的女人，女人头戴一支珠花，耳坠子晃啊晃的，一件贴身的粉底白花旗袍将圆润的身材裹得像珠花一样好看。

三太太扭着腰走进了堂屋，见是个生面孔，便先打量了几眼。

姜敬福看到如此美貌的三太太，眼睛都直了。

三太太刚三十岁出头，正是风韵时候，加上保养得宜，肤色白嫩嫩的，贴身旗袍长在身上似的将一身曲线都展示出来，十分妖娆。

三太太眼里的姜敬福首先就是英俊，然后就是年轻，她忍不住咽了一下口水，心中的小兴奋已经开始燃烧了。姜敬福这时在三太太面前拿出了十分斯文和恭敬，躬身送上礼品，家丁接了。姜敬福又掏出殷元楷写给李镇长的信，家丁接了交给三太太身边的老妈子，老妈子接了送到三太太眼前。

三太太进府还年轻，后来生了女儿，巴望着有一天能管家，也略略识了些字。此刻她低头认真地看完了信，心里一愣，这是奔着做她女婿来的啊！

“姜三少爷一表人才，我想女儿十有八九能相中你。”三太太低着眉眼笑盈盈地看着姜敬福，眼里有说不尽的柔情和满意。姜敬福心里一动。

贞贞请过来了。大户人家的闺女，举止落落大方，她走进堂屋先嗲声嗲气地冲三太太叫了声妈，三太太便向贞贞介绍了姜敬福，贞贞这才认真抬眼睛看人，也是眼前一亮，脸上就添了三分娇羞，便福了一福身子给姜敬福问了一声：“姜三少爷好。”

姜敬福见三太太如此美貌，对那贞贞也是十分期待，谁晓得这大家闺秀走出来，脸上粉儿抹得厚厚的，腮红擦得浓浓的，口红抹得红红的，倒像是刚从戏台子上下来的旦角儿。而且，这姑娘还很奇怪地用一块花绸布包着头呢，不知道这又是演的哪一出。

仔细看几眼，眼前这装束古怪的女子倒也还是有几分和三太太相像，且坐在三太太身边，两相映衬，都是一样的肤色白皙，眉眼弯弯，有点像两姐妹一般，只是，可能三太太会显得更好看、更水嫩一些。

姜敬福不知道贞贞的花绸里包着的是她的癞子头，要是现在掀开就能直接将他吓得跌坐在地。姜敬福对贞贞不是很满意，但他也舍不得走，两只眼睛吃不饱似的看着三太太，像饿着肚皮的巴儿狗。三太太是过来人，她已经把姜敬福那点五花三层都看穿了，这倒是让她暗暗得意和高兴。这男人说是来相看贞贞，肯定是为了李家家业来的，但李家的家业，她不也正馋着吗。

旧世界的规则已经打破了，新的规则还没出台，还是会有很多人家照旧只听媒妁之言就将从没见过的一对男女凑成夫妻；但也有不少人会拼死奔自己的爱情而去，哪怕头撞南墙血流成河……当然，更多的还是老一辈在坚守传统，而年轻人在抵死相争。

三太太哪种都不是，她是穷人家的孩子，自从被卖到李镇长家破了身子，又扶了平头太太身份，她便习惯了这样富贵的日子，一天都离不得，但她又在自己都没察觉的情形下，极度地想打破李家的所有规则。

“你们这也见过面了，都有印象了吧，回头自己好好思量吧。”三太太支开女儿，然后浅笑着问，“姜三少爷，你意下如何?”这声音抹了蜜一样，充满了诱惑。站在门外的家丁和老妈子互相对视了一眼，低下头去，仿佛没嗅到空气里浓烈的暧昧气息。

李家的独女长得不怎么样，姜敬福为难地抓了抓头皮，轻叹了一声：“……哎……若是小姐长得跟三太太这样就好了!”姜敬福不怕死地用一句轻薄话试探。

三太太明白，她和姜三少爷这就算是一见钟情了，于是顾左右而言他，看着是在聊些闲话，其实眉眼传情的二人心领神会。

9

姜敬福顺利地答应了要入赘李家，但他在回家路上又想起一个大老爷们给人家当了上门女婿，太没有脸面。走一段想一段，叹一段笑一段，像个刚陷入恋爱中又不如意的小青年，姜敬福这一路魂不守舍，好几次都踩着湿泥差点就摔上一跤。

李镇长家大业大，权势也大，三太太风韵动人，看来还很知情识趣，对李家小姐身上的那点不如意，也就被姜敬福给强行压了下去。

姜敬福不知道二哥算计自己，还当他是给自己做个媒，料不到他会看上三太太，舍得下将一辈子赔进李镇长家，去娶那个把头包得紧紧的李小姐，因而他一回到家里就马上去跟二哥姜敬良汇报进程。当然不会说和三太太一见钟情，只说是愿意为姜家付出，去李镇长家做上门女婿也可以的。

姜敬良暗自欣喜，其实姜敬良早几天已托人给三太太送了一串金项链。小姐是三太太的亲闺女，嫁人的事总还得她先点头，虽然李家比姜家富有，但耗不起女儿是个癞子头，这两年多少还是传了出去，如果让姜敬福上门，这样也算扯平了，成功的把握还是挺大。

姜敬良文笔好，道理百千万，洋洋洒洒写了一封信去重庆告诉父母和兄长，没说自己出的主意，只说姜敬福跟李镇长家的闺女对上了眼，想去做上门女婿，且和李家已经“说”好了，只是还没父亲同意，所以待定。

书信送到了重庆姜仕恩手里。姜仕恩感到有些棘手，心想李镇长有权有势，是个面善而心不善的歹人，本不想攀这门亲。好在在重庆闯了十几年，思想也放得开一些了，儿女的事由儿女去做主吧。就这样商量了两天，姜仕恩本人还不想回去，但怎么都得顾姜家的面子，还不能得罪李镇长家，于是就叫姜敬明回家办理此事，特别强调婚礼要办出分量来。

对于姜敬福，唐氏并没放纵过他，都是姜敬福自己顽劣，唐氏容得多，管不住，从小的那点宠爱慢慢也消磨得差不多了，现在见老爷没空回来安排幺儿的亲事，少不得她要出头张罗。好大一个儿，家里也不是过不下去，平白送去给人家做上门女婿，真是说不过去，但在姜家却有点人人都巴不得的味道。

姜敬明回家后见过唐氏，给母亲请了安，便想去找姜敬良商量三弟的婚事。唐氏装成不高兴的样子说：“这么久没回来，赶紧回屋去看看你媳妇嘛。”姜敬明向来听从父母的话，于是赶紧回到自己屋里。

姜敬明的媳妇叫唐玉贤，小名“金妹”，她个儿矮小，但五官长得精致，她还裹过脚，但辛亥革命成功之后了，民国大力提倡解放妇女，女子无须裹脚，这时候唐玉贤的脚丫子才得了解放，因此脚虽然略小一点，但也不至于是那走点路都疼得钻心的三寸金莲。大脚走路多舒坦啊，走起来稳稳当当的，嫁过来以后就分担了家里多数的家务，而且她为人忠厚善良，孝敬公婆，没有一点儿大少奶奶架子，家务事样样精通。只是，但姜敬明很不满意这桩包办婚姻。

当年，姜仕恩跟唐世泽结拜，胜似亲兄弟，又相互盟约，若是谁家生了女儿，谁家生了儿子，就是儿女亲家。先是唐世泽家生了长女，三年后姜仕恩家长子姜敬明出生，唐世泽高兴地提起婚约，姜仕恩满口应承。到了姑娘十九岁那年，姜敬明也十六岁，两家就把婚事给办了。姜敬明一直都闷闷不乐，但他也不敢反对。

姜敬明回到屋里，玉贤忙打来洗脸水，又将茶奉给丈夫，好生服侍着他。姜敬明也不言语，只管洗了脸，端过茶来喝了几口，这才淡淡地说：“我这次回家主要是为三弟办婚事，重庆生意忙得很，给三弟婚礼一过就得走。”玉贤听了也无言以对，她过门好几年了，姜敬明难得在家住几天，回来对她也不冷不热的，看不出有什么夫妻的浓情蜜意来，她不知道姜敬明心里只有翠翠，暗恋着翠翠好几年了。姜仕恩倒是早就看出了大儿子的心思，但他考虑深远，长子将来是要管家的，决不能许他娶一个丫头当太太。

喝了会儿茶，姜敬明就出门去找姜敬良商量三弟的婚事。作为长兄，姜敬明还受父亲委托，他得负起责来，少不了再三问姜敬福是否愿意当上门女婿。姜敬福这些天跑了几趟李镇长家，该尝的不该尝的甜头他都得手了，正是浓情蜜意得紧，哪里有什么不愿意。到了李镇长家，那是大树下面好乘凉，一辈子也不愁吃穿，说不定还能给他个一官半职呢。

李镇长虽然只此一个女儿，但娶亲这事他可是着急得很，因着姜家条件并不算差，他隐约还有点怕姜敬福反悔。这么一拍两合，姜家和李家很快就选定了良辰吉日准备完婚。按当地风俗，嫁女儿坐轿，上门女婿骑马。但别人家做上门女婿的一般都是穷人家，这姜家要打破富家公子做上门女婿的先例，嫁女儿似的准备好了价值不菲的嫁妆。

入赘那天，姜敬福骑着一匹黄骠大马，马头上系着一朵大红花，姜敬福头戴一顶黑色礼帽，帽檐边镶着红带，左边还插了一朵小红花，穿着一件枣红色绣喜字的缎袍，胸前还斜挂着一朵大红绸花，状元游街似的神气十足。

姜敬明、姜敬良兄弟二人跟在两辆装满了礼品的马车后头相送。

李镇长院前的敞坪上锣鼓齐鸣，唢呐奏乐，鞭炮声声震耳，好不热闹，围观者数不胜数。李镇长的管家上前来接姜敬福下马，姜敬福作揖道谢。

门前大红灯笼高高挂，门两边贴着对联，上联是：天地做媒千年良缘，下联是：夫妻恩爱百年好合。进了院大门，又见堂屋贴着斗大的双喜字。

李镇长和大太太坐在中堂，二太太、三太太坐在两侧的靠椅上。三太太虽说是自己的亲生女儿婚礼，但她不是正房，只能坐在旁侧，但她此刻的心里却有着隐秘的幸福感，仿佛这等着拜堂成亲的是她自个儿，女婿有她一半，将来女儿再生个一男半女的，这整个家就都是她的了。话又说回来，姜敬福先前就跟三太太说过了，自己愿意娶贞贞的原因，就是为了她这个丈母娘。

管家将姜敬明、姜敬良一干人请入府中座席去了，但姜敬福得站在大门前。姜敬福一看，在大门和堂屋之间放了三根用红绸布包着的水竹竿儿，管家一挥手，六个家丁跑到竿前蹲下去，双手握住竿的两头。

管家笑着对姜敬福说："请姑爷过红桥。"姜敬福有点莫名其妙，管家笑着说："这是入赘女婿的'上门'规矩，请不要介意。"姜敬福很不高兴地点了点头。问："这要怎么过？"管家指点说："跨过一竿，就是过了红桥。"说着，管家就抬高了声音叫道，“一进李家门，一辈子是李家人!”

这还挺憋屈的嘛，姜敬福很是不高兴，心中暗骂这上门女婿硬是不好当，但他已经没退路了啊，于是就照着管家的意思跨过了第一根竿。

管家接着又高声叫道：“二进李家门，媳妇是主人。”

围观的人哄的一声就笑了起来，少不了指指点点。姜敬福一下拉下脸来，刚准备问一句“那将来还得是婆娘来管我咯”，下一念却又想到将来有三太太作主，他才不怕呢。这么一想，他抬脚就跨过了第二道竿。

管家第三次高叫：“三进李家门，后人都姓李。”姜敬福这时真的气得忍不住了，难道老子的后代都把姓给卖了，咬着牙就是不跨这竿。管家笑嘻嘻地说道：“姑爷莫摆架子，这是入赘的规矩嘛，老爷让你来上门，就是要你来继承香火的撒。”姜敬福脸都气得发青，就是不想跨这竿子，三太太看出了姜敬福的心思，忙走过来，笑着说：“咦，三少爷硬是不想当我的女婿了。”看到三太太那桃花似的脸，姜敬福心头的气也消了一大半，事到如今容不得自己后悔了，硬着头皮跨了过去。

正堂上，姜敬福第一次看清楚了李家大太太那张皮笑肉不笑的脸，二太太那张木呆呆的脸。不一会儿，两个丫头扶着新娘来到了堂前。新娘头上披着大红盖头，管家拿着一条大红绸子，中间还扎了一朵大红花，他叫姜敬福和新娘站在一排，又把红绸子一头交给姜敬福，一头交给新娘，马上又充当起了司仪，嘴里高声喊道：

“一拜天地!”扯着红绸子的两人跪下向天地一拜；

“二拜高堂!”两人起身又朝李镇长和大夫人跪拜；

“夫妻对拜!”丫头扶着新娘和新郎相互一拜；

“送入洞房咯!”

两个丫头扶着新娘，姜敬福跟在后面向洞房里走去。

一会儿，姜敬福回到院坝中，依次敬酒。敬完酒，准备去和两个哥哥喝上一喝。这时，三太太在他手背上一拍，送了个秋波，退回自己屋里去了。

…………

第二章

1

办完姜敬福的婚事，姜敬明心里也平静下来，第二天一早他便去向唐氏告别，说："娘，我回重庆去了。"唐氏很不高兴，认为大儿至少也得多住几天再走吧，这大儿媳妇进门都几年了，她都还没有抱到孙儿呢。于是唐氏拿出当娘的权威来，坚决不准姜敬明立刻回重庆，让他好好陪陪媳妇。

玉贤本分，服侍公婆也周到，服侍丈夫也细心，但姜敬明一般都不会买账，夜里打来水想帮他洗脚，他总是自己洗，晚上睡觉，总是把枕头抱到对面去睡。玉贤心中不悦，但从不敢责怪丈夫，她内心难受又自卑——自己一个矮小的女子，跟这样一个高大英俊的男子在一起，是真的配不上的。但这都已经嫁了，又有什么办法呢，也许丈夫过几年就好了吧，她也就是嫁鸡随鸡，嫁狗随狗，听天由命吧。

嫁过来几年，其实玉贤早看出来姜敬明喜欢翠翠了，她便常常在唐氏面前说翠翠的好话，待到翠翠一满十六岁，玉贤还主动提出让姜敬明娶翠翠做二房。

唐氏同样明白长子不爱玉贤，心里早想娶翠翠，可玉贤是大家闺秀，手巧心灵，家里大小的事，人情往来，她都能安排得很周到，何况玉贤才二十出头，日子还长着呢，姜敬明会被玉贤感动的。于是唐氏常安慰玉贤，说："我和你公公也是包办婚姻嘛，男人就是那么一点傲气，过几年就好了。"

姜家三个少爷，真跟翠翠心意相通的其实只有二少爷姜敬良，他也喜欢翠翠，且打小就护着她。翠翠虽是个丫头，但在姜家大院，上下下下全把她当成和敬玉差不多的小姐对待。姜敬良还常常教翠翠识字、写字。翠翠乖巧，又有吴妈那样一个心机娘指点，因而十分巴结二少爷，久而久之也对二少爷产生了爱慕之意。在旁人还没察觉这些事之际，吴妈便早已关注和计划着了，姜敬良和女儿往来的一言一行她都瞧着记着，只盼着姜敬良早点娶了翠翠，在姜家戳破这层窗户纸，依翠翠在这家的情分，给姜敬良当个平妻应该是能够的，那翠翠就能为她的下半辈子富贵和养老送终负责了。

二少奶奶自幼体弱多病，嫁进门来几年也都没怀孕，这样下去，姜敬良只有娶翠翠为妾一条路走了。

二少奶奶嫁进来以后，翠翠就成了殷秀身边的丫头，因此服侍唐氏的吴妈也待殷秀十分周全，慢慢的，殷秀开始依赖吴妈了。玉贤操持家务也忙，唐氏时常让吴妈过来帮手，这反而让翠翠有更多机会接触姜敬良。翠翠既是二少爷房中的丫头，姜敬良当然也会时常使唤她泡茶，磨墨，甚至打水洗脚。翠翠对姜敬良真是百依百顺。

一天，姜敬良看书正起劲，突然心口感到一阵痛。他的呻吟声惊动了翠翠，翠翠急忙走到姜敬良身边，“二少爷，啥子了?”姜敬良脸色苍白，“心口好似针扎哦。”翠翠使劲把姜敬良扶到躺椅上，翠翠轻轻地揉着姜敬良的胸口，姜敬良看着这长得水灵灵的大姑娘，心中得到极大的安慰，好像心头疼痛也减了一半。翠翠让姜敬良喝了些温水，又轻轻地揉着姜敬良的心口，姜敬良才慢慢缓解过来。

这时候，两人的脸近得都能听到对方的呼吸声，姜敬良看着翠翠动人的脸，顿时克制不住心中的欲火，一下抱住翠翠，翠翠先是一惊，挣扎起来：“二少爷，你别这样。”

姜敬良热诚地问：“翠翠，平时我待你好不好?”

翠翠害羞：“二少爷待翠翠好。”

姜敬良又问道：“那你喜欢我不?”

平时翠翠也常听吴妈讲一些男女之情的事，特别嘱咐翠翠要顺二少爷的心，将来成了二少爷的人就能享富贵了。姜敬良这么一问，翠翠感到很为难，她毕竟还是一个涉世未深的小姑娘，不回答又怕得罪姜敬良，只好说，“你对我好，喜欢是喜欢，我只是个丫头，二少爷不要为难我了。”

一听这话，姜敬良就不管不顾了，抱着翠翠亲吻起来，翠翠不敢反对，也不懂如何对待这男女之事。翠翠苦笑着说：“二少爷，你若真对我有意，翠翠愿一辈子服侍你。你若不真心，会害死翠翠的。”

姜敬良正在兴头，信誓旦旦地说：“我一定要把你娶进家门，等你生了娃，我就立你为正室……”说着，姜敬良顾不得翠翠的挣扎，就扒下翠翠的裤子，翠翠捂着双眼，任凭姜敬良摆弄。姜敬良不顾一切地把翠翠压倒在地上，翠翠轻声哭着：“二少爷，好痛。”姜敬良摸出白手巾一擦，白手巾立即被染红了。姜敬良好不得意，虽然他知道翠翠是个黄花闺女，但现在印证了，更是无比满足。姜敬良一阵阵兴奋，一边也心疼起翠翠来，“好好好，我轻点，一会儿你就不痛了。”

吴妈在卧室门外听着动静，一阵欣喜，轻轻地把外屋门给带上，悄悄出去了。

得了手的姜敬良时常缠着翠翠，只要翠翠一落单，他就想亲热一回。一天晚上，吴妈一个人在打扫厨房，姜敬良在外面喝醉了酒，歪歪倒倒地来厨房想找点水喝，突然见吴妈在扫地的背影，就一步三摇地走了过去。吴妈见状，连忙扔了扫把，扶住他问：“二少爷，我给你弄点醒酒汤。”姜敬良醉得有些糊里糊涂的，开始以为是翠翠，现在一看是吴妈，眉眼上和翠翠有那么些神似，且还有几分姿色呢，情动起来便调戏起了吴妈，“吴妈，没想到你还长得这样美呢!”

吴妈一听这话，慌了，连连躲闪，但她这动作又惹怒了姜敬良，姜敬良色胆包天，一把拽着吴妈的外衣，说，“你今天得跟我睡觉!”吴妈吓得一下跪在地上，可她又不敢大声呼叫惊动别人，只好满脸泪花地求饶：“二少爷，我是翠翠的亲妈啊!”

一提翠翠，姜敬良酒醒了一大半，“你你你，你是翠翠的亲妈?”

吴妈倒了一大碗醒酒汤递给姜敬良喝下，把她与翠翠的事情向姜敬良说了个明白。姜敬良这才想到平时吴妈对翠翠那么好，再一想到自己跟翠翠的关系，羞得脸都没处搁了，立即跪在吴妈面前：“吴妈，是我不好，得罪您老人家了。”他当然怕吴妈跟翠翠说，但吴妈从惊吓中过神来，想到事情已发展到如此地步，她也不得不给姜敬良施加压力，于是说：“你和翠儿的事情我都晓得了。”

姜敬良吃惊不小：“你千万不能告诉殷秀，也不能把此事对任何人讲。”

吴妈一听就生气了，问道：“你不娶她，叫我女儿今后还怎么嫁人?”

姜敬良有些尴尬，“翠翠我一定收进房里，少不了你吴妈的那一份，现在说出去不得了，除非翠翠生了娃，那就是生米煮成了熟饭。我二少爷说一不二，殷秀能奈我何。”

“此话当真?”吴妈问。

姜敬良很中肯地说道：“天地作证，将来我一定要娶了翠翠!”

听了这保证，吴妈才感觉心里踏实了：“那我就把翠翠交给你了。”

2

李家大太太信佛，每天都按时在佛堂诵经，她大门不出二门不迈，平素动静也不大，好像她这边的大院子里没住人似的。服侍她的是从娘家带来的张妈。大太太娘家很有点本事，李镇长结亲的时候就是为了沾那点光，后来也自认惹不起，平时对大太太都要让三分，但大太太一直没有生出小孩，所以她说不起狠话。按照大家族常规操作，当家作主的一般都是大太太，李家的事也都由她说了算，连油盐柴米酱醋茶这样的琐碎她都过问，一家上下每个月开支多少钱都由她调拨，张妈负责传话或执行。

二太太是聪明人，虽然娘家远比不上大太太，她嫁过来也挺得欢心，因此分管了家务事，再说她跟大太太处得非常好，像是大太太肚子里的蛔虫，事事都顺着大太太，很受大太太赏识。家务上下，都是她调派人手，只可惜没有掌握到钱财，私房钱也没存得几个。

李镇长成天在外面奔波忙碌应酬，家就交给了大太太管财务，二太太管家务，两位太太也很让李镇长放心，但对于那个当丫头上位的三太太，大太太和二太太都不喜欢，一是因为三太太人长得漂亮，二是因为大太太和二太太都没有生娃娃，后来三太太生了。大太太和二太太越发说不起狠话，李镇长很宠爱三太太，时常在三太太房里过夜，还各种名目地给三太太塞私房钱。

等姜敬福顺顺利利地入赘了李镇长家，日夜贪欢，时间久了也就觉得平常，一颗心又惦记着姜家的翠翠，心想人家嫁女儿也有个陪嫁丫头，自己入赘，姜家也花了不少钱，但没给他一个丫头，显得好没面子。他几次找理由，让二哥把翠翠给他做妾，说李镇长这儿家大业大，也不多一个人吃饭，但二哥千万个理由，就是不同意。

为了得到翠翠，姜敬福仍旧隔三岔五地回姜家大院去，理由是他仍是姜家的儿子，要分家分财产，要么就是给他翠翠。这些混账话听得唐氏无比烦恼，越发嫌弃当初最疼爱的小儿子了，痛骂了几句，又说狠话："老娘还在，你休想得到半点家私!"

这一早，姜敬福突然悄悄回到姜家，想跟翠翠来一个"私会"，可等他鬼鬼祟祟地从后门进了大院，来到翠翠住的屋子，只见门半掩着，他轻轻地叫了几声“翠翠”，屋里并没有人应他，进去一看，果然不在。姜敬福就纳闷了，心想这丫头跑哪儿去了，他一下想起了二哥姜敬良叫翠翠服侍殷秀去了。他又轻手轻脚地来到他二嫂的屋门前，只见门关得严，他轻轻一推，门还从里头给闩上了。他脑袋贴近门一听，也没啥动静。没一会儿，姜敬福听到他二嫂的咳嗽声，还有吴妈的说话声。于是姜敬福绕到屋后的窗边，正好窗开了一缝，里面的窗帘垂着，遮得严严实实，他大起胆子掀开一点缝，看见了屋里的情况。就这一眼，姜敬福可吓了一大跳——翠翠正抱着婴儿喂奶呢。

看见婴儿正含着翠翠那硕大的奶儿在吮吸，姜敬福气得脸青面黑，心想必然是翠翠被他二哥占有了，姜敬福不顾一切又到前头去敲门。屋里的人一听到动静也只能去应门，吴妈故作镇静开了门，满脸微笑迎了上来：“三少爷，今天一大早你就过来了？”姜敬福没有好脸色，大声吼道：“我都看到了，翠翠在喂娃儿的奶，那娃儿是翠翠生的！”二少奶奶一听这话，可大吃一惊，明面上谁都知道孩子是她生的，怎么能让姜敬福一顿胡诌，于是她怒了：“你瞎说，给我滚出去！”姜敬福还是有些畏惧二少奶奶，赶紧退了出去。

吴妈欲言又止，被二少奶奶叫了回去。

姜敬福不甘心，又跑去找到了姜敬良。到了书房，一见到姜敬良他就吼上了：“那娃儿不是殷秀生的，是翠翠生的！”姜敬良先是一惊，明白了姜敬福晓得了此事，反倒显得镇定起来。姜敬良沉着脸，摆出二哥的谱来，故意带节奏道：“饭可以乱吃，话可不能乱说。你凭啥子说不是我的儿子？”姜敬福却咬定青山不放松，继续他的愤怒：“是你强占了我的翠翠，殷秀的娃儿是翠翠生的，你还我的翠翠！”

姜敬良大怒：“你娃胡乱说，信不信老子今天捶你！”

“我亲眼看见翠翠给那娃喂奶了。”姜敬福梗起脖子叫。此言一出，姜敬良内心被狠狠一击，说不出话来……

“这个，这个是场误会。”

早有些顾虑的吴妈跟着姜敬福到了书房这边来，站在门外听得一清二楚，眼看此事快要露出马脚，吴妈急忙走进屋来：“二少爷，噢，三少爷也在呀，今天还请不请郎中来给二奶奶把脉哟？”还没等姜敬良回答，姜敬福大声斥责：“你个烂婆娘，给我滚出去！”姜敬良头大如斗，看了看吴妈，忙递了个眼神，嘴里却说：“吴妈来得正好，你把娃儿奶妈的事给三少爷讲讲，免得他疑神疑鬼。”

吴妈尴尬一笑：“哦，这个事么，二少奶奶招呼过，下人也不敢乱讲，去年翠翠回老家，就是跟同村的王老二结婚了，家里穷也没大办，前不久生了个女娃娃，还没满月就生病夭折了。”吴妈装得特别痛心的样子，伸袖子抹了抹并不存在的眼泪，接着说，“翠翠生了娃儿以后，奶水特别多，孩子没了她也伤心，我就叫黑娃去把翠翠接了过来给少爷喂奶。你看，二少奶奶体弱，好不容易生了孩子，又没有奶水，翠翠帮少奶奶喂孩子，她的精神也好恢复一点嘛！”

吴妈把话说得有条有理，像真有这么回事似的。

“你敢扯把子哄老子！”

“我是翠翠的干妈，扯啥把子嘛，再说二少奶奶怀娃娃，全家老少都是晓得的撒。”

一说全家都晓得，这倒也是啊，姜敬福的气仍未消去，便半信半疑地问：“这王老二是哪个哟？”吴妈说：“娃儿还没生呢，王老二就被抓了壮丁，不晓得走到哪个地方打仗去了。”

世道混乱，到处打仗到处抓壮丁也是事实。这一说，姜敬福听得无言可对，只好灰溜溜地走了。

姜敬良佩服地看着吴妈，没想到这个一字不识的女人，居然能如此自如地对待人世间的事，解了他的围，打消了姜敬福的疑心。殊不知姜敬福并非等闲之辈，他一心想得到翠翠，哪怕翠翠生过孩子他也要，所以他马不停蹄地到翠翠老家调查王老二和翠翠的婚事去了。

3

姜仕恩很信任唐氏，家里的事儿都由她作主，平时自己在外做生意也踏实。别小看这个小脚女人唐氏。她把家里的事儿安排得顺顺当当，家里人人相处都和气，每个人的性格唐氏都摸得清清楚楚。唐氏心里也很明白，姜敬明不喜欢他媳妇，不由得也后悔这指腹为婚的事，又一想自己跟姜仕恩也是媒妁之言、父母之命的包办婚姻，日子也过得很不错，又觉得姜敬明和玉贤的婚姻还是有希望的。只是全家都着急玉贤要赶紧生个孩子就好，唐氏想起这事就心里隐隐发痛。

姜仕恩从重庆回来，又忙着竹山里的活计也不消停，唐氏见姜仕恩难得的一次没有出早门，赶紧打理完了事务就准备去找姜仕恩商量。此时，姜仕恩正在堂屋里走来走去想一件事儿。昨天李镇长和镇里征兵办公室王队长都找过他，按民国政府征兵的命令，姜仕恩三个儿子，两丁抽一，三丁抽二，他家就应该抽两个去。一个弹丸岛国还敢侵犯我泱泱中华，姜仕恩恨透了小日本，要打仗他都愿意亲自上阵，只可惜年纪大，家里的事也放不下，但儿子去当兵，他还是舍得的。姜仕恩答应了儿子去征兵，这一夜就在心想想着儿子的安危，又有点舍不得。

这事说起来简单办起来难，三儿姜敬福是李镇长的上门女婿，现在李镇长的家丁全部转入镇保安大队了，姜敬福穿上了保安队的队服当上了小队长，也算当了兵，保安队就是维护镇上秩序的，又不上前线打仗，这安全性还是比较好的。

姜仕恩想留着大儿姜敬明将来当家，这一个他也舍不得。可二儿子姜敬良又刚刚当了爹，总不能让孩子一出生就爹都认不到吧。再说了，几兄弟就数这老二的身子弱，又读过几年私塾更显得文弱，让他干点力气活就三天两头装病，打篾席喊腰痛，抬竹子喊肩膀痛，这样的人送出去当兵，岂不是丢了姜家的脸面。还有，重庆的生意谁来支撑呢？思来想去，又不敢得罪政府，只好咬着牙准备还是让姜敬明去。

正愁着呢，正好唐氏来找他，姜仕恩就把征兵三抽二的事讲了，唐氏一听也吓得不轻。她知道若是一个都不去，征兵队就会逼着随便抓一个，村里已经抓了好几个壮丁，抓走的还名声不好听，说是当兵打鬼子都不肯去是不爱国家，不关心国家存亡。这罪名就太大了，谁敢不听。唐氏听了姜仕恩的分析，左右为难，也拿不定主意，于是狠下心来同意了姜仕恩的意见，让大儿姜敬明去顶壮丁。

这么大的事，还是要同本人说一说，姜仕恩让人去叫姜敬明过来。姜敬明还没到，用人却把姜仕恩的大女婿赖大全给领进来了。

姑爷赖大全一身军装，威风凛凛，他中等个儿，一张脸黑瘦，一对黑刷刷的虬眉，结实的腰板，发达的肌肉，看上去就是正经八百的军人模样。赖大全生在广安县龙台市，曾在一个杨姓人家里当家丁。他家文武双重，赖大全这个家丁生得壮实，也不含糊，就被安排了跟着武师一起练本事，几年下来，赖大全练功能吃苦耐劳，又勤学苦练，悟性极高，学了不少功夫，拳打脚踢，刀枪棍棒，大刀长矛样样精通。主家看在眼里，就把赖大全当成个重要亲信培养，被收到主家的警卫队。

赖大全性格快人快语，很重江湖义气，但由于长期在部队，他很少回家。姜敬玉从小娇养，婆家不甚约束她，她便时常回到娘家来住。

姜敬玉是个好强的人，虽然嫁人了，但她在姜家的屋子谁也不敢去住。这时她正在后院的作坊里编篾席。作坊紧靠着院墙，墙上挂着各种的篾刀、锯子、剪刀、麻绳等工具，堆了不少砍好了的茨竹。姜仕恩一早就破好了青篾，这里需要手艺的，基本都是家里人为主在做，而二三四等的黄篾需要等其他粗工夫的人来编。

姜敬玉长相一般，一头青发浓密及腰，盘在脑后结了个发髻，插了根青玉簪子，她坐在刀板前正编篾席，嘴里还哼着歌："城里的姑娘下乡来，脚上穿的是高跟鞋，哟哟，这么大个灶灶要架多少柴？乡下的姑娘进城来，脚上穿的是绣花鞋，这么小个灶灶怎么好架柴……"

姜敬玉哼着歌，听人传话说赖大全回来了，撇下手中的工具，飞快地从后院跑到堂屋，一看果然是丈夫回来了，眼泪哗哗直淌，指着赖大全就骂道："你啷个不死到外头嘛，跑回来干啥子！"赖大全耿直，知道妻子这是又想念自己又担心自己的安危，现在见到他又惊又喜，就是这个反应了，也不觉得内疚什么的，只觉得姜敬玉可爱，便哈哈大笑起来，凑拢来握住姜敬玉的手，指着自己肩上的军衔给她看："婆娘，老子是连长了，来接你到重庆去享福！"说完他就紧紧地抱住了姜敬玉。

一听可以跟着赖大全走，姜敬玉像只小绵羊似的又哭又笑，扑在赖大全的怀里。

唐氏一听，心里一下就想到了大儿姜敬明的事儿来，她悄悄告诉姜仕恩："老爷，何不让赖大全把敬明和玉贤也带到重庆去呢，敬明在重庆的生活有个人照顾，说不定还能早些生个一男半女。"姜仕恩心里顿时也打起算盘来，姜敬明要是守在重庆，家里就剩下姜敬良了，何况我家还有个女婿是当了连长的，抓壮丁这一关，女婿定有良策。

他十分赞同唐氏的看法，顿时心中有了主意。

黑娃走到姜仕恩身边悄悄地说："老爷，酒菜都准备好了。"姜仕恩点了点头，笑着说："姑爷，请席上坐，陪我喝几杯酒，敬玉你也留下来作陪。"敬玉高兴得不得了，因为农村女人是不能上桌吃饭的，今天赖大全回来接她，她的身份似乎一下子就转换成了"客"。

姜仕恩又让黑娃把姜敬明和玉贤也叫来。

姜敬明见了赖大全也挺高兴，两人来了个亲兄弟似的热烈拥抱，赖大全还向玉贤敬了一个礼，问了声："大嫂可好？"玉贤哪里见过这阵仗，顿时红了脸，细声细气答道："好，好，大家都好。"

一会儿，姜敬良也来了，大家全部入席。

姜仕恩笑着说：“今日姑爷回来，难得团聚，大家好好陪姑爷喝喝酒。”赖大全站起身，恭敬地说：“我常不在家，敬玉一直都靠岳父母照顾，小婿敬二老一杯酒，祝二老身体康健，家业兴旺！”

回头，赖大全又向姜敬明、姜敬良也各敬了一杯酒，席间十分热闹。

姜仕恩一下严肃起来：“姜家能有今天这样的好日子，全靠大家的吃苦卖力，我有一个安排，看如不如大家的意。”说着，他就朝几个孩子道：“这次姑爷回来是要接敬玉去重庆，这是个大好事，家里事情繁多，我决定以后就我留在家里办办事儿。敬明，你带玉贤一起到重庆去，一道打理生意，身边也有个照应。”

姜敬明很不高兴地说：“我一个人就够了，哪有带家属去的。”

姜仕恩听了便有些生气，“玉贤贤惠能干，也可以照顾你的生活。”

玉贤听了倒是很高兴，眉眼里都是笑，但姜敬明也不像平时那样退让了，他猛地一下站起来：“我不同意，实在要帮手，就叫黑娃跟我到重庆。”姜仕恩大怒：“老子的话都不听，明天就给我启程！随大全一道去重庆，要不你……”姜敬明一听他爹又要说狠话了，心里的气又平白消失，跌坐在椅子上不吭声了。

玉贤想，不管敬明对她如何，她一定服侍好丈夫，为姜家生儿育女，做个贤妻良母，以后跟着敬明去了重庆，就是受再大的气她也要忍着。

敬玉见气氛变了，急忙拉走赖大全，把他拉进自己的屋去。姜敬良也趁机溜了，宴席不欢而散。

4

赖大全回到重庆陪了姜敬玉一天，就得各种军事操练，敬玉作为随军的军官太太，也没什么事可做，偶尔便去兄长店铺帮帮忙打发时间。

姜敬明虽然不喜欢玉贤，但玉贤毕竟已经是自己媳妇了，他也只好听从父母之命，带着妻子玉贤跟赖大全、姜敬玉一起往重庆去。姜敬明忙生意，玉贤全心照料丈夫，打理家务，两两相对久了，情感上倒也还是有了一些小小的变化。

赖大全十六岁就跟在主家身边随军作战，因作战勇敢，屡建奇功，从班长升到排长，又从排长升到了连长。他的大刀要得好，连队的所有战士都配有大刀，带的连队也是打出了名的特战强队，还有人叫他们“大刀敢死队”的。赖大全对部下的练功十分重视，练功不分个头大小，好多大个儿还打不过他呢，他的副连长叫汪东北，老家在东北，父亲是做生意的，日本占领了东北后，成立日本“开拓团”，汪东北的爷爷婆婆坐在土地上绝不相让，被开拓团的人活活烧死，汪东北的父母气得吐血，绝不肯接受日军统占，便带着全家逃到重庆做起了日用品小生意。汪东北一米九的个儿，虎背熊腰，打起架来三五个人都不在话下。汪东北在重庆多年，但能说一口标准的北方腔。

赖大全和汪东北是加入国民革命军的时候在新兵连结识的，一个大个儿和一个小个儿，汪东北很瞧不起赖大全，还学着川话说：“你个小崽儿，还打啥仗嘛，回去放牛吧。”赖大全嘿嘿一笑，不予计较。正好军长想检验一下新兵的战斗力，就搞了个比武大会，将牛高马大的汪东北指定为擂台主。

要能打得过汪东北的，那也不可小觑了吧。但接下来几天，擂台上仍然败兵堆积，多少身强力壮的新兵都被汪东北打得招架不住，甩下擂台。

教官见赖大全坐在长凳上专心地看着，时而鼓掌，时而欢呼，就是不上台。教官叫赖大全站起来，赖大全一站起来只到教官平肩高度，教官摇了摇头：“算了，你这个儿就不要上去了，免得摔得骨头散了架。”

赖大全做了一个鬼脸，嬉皮笑脸地对教官说：“报告长官，要是我打赢了他啷个说?”教官惊讶地看了看赖大全，嘲笑说：“你娃打赢了他，我赏你个班长当。”

赖大全立马说：“君子一言!”教官便顺口回应：“驷马难追!”

赖大全一个箭步登上擂台。新兵们看到这个矮个子的人上台，一阵哄笑，都笑：“傻儿，你这是送死去吧!”

汪东北一看这小子，不耐烦地说：“算了，下去吧，别来逞英雄。”赖大全很不客气地说：“行不行，试了才晓得!”汪东北直摇头，“算了算了，我一拳就把你打下去，叫人看了多笑话!”赖大全说：“那就由不得你了，看招!”说着摆开了架势，汪东北也恼怒了，挥起拳头向赖大全打去，赖大全节节后退，汪东北步步紧逼，快到擂台边了，台下起哄声不断，“打他小崽儿下来!”汪东北得意地冲上去，想一拳把赖大全打下擂台，谁知赖大全腾身而起，一个筋斗翻到汪东北的背后，双手按住汪东北的头顶，身子立上了天，这一刹那，惊动全场，众人直呼好。

汪东北伸出双手去抓赖大全的双手，赖大全瞬间朝汪东北背后一滑，双手抱住了汪东北的腰，像棉花一般的柔软，贴紧汪东北的后背，汪东北被缠得脱不了身，双手又想使劲儿掰开赖大全的手，汪东北全身汗水直流，这时才觉得赖大全的手劲了得，像一个铁箍，越箍越紧了，喘不过气来。擂台上就像一个大人背了个小孩，久久分不开。赖大全也大汗淋漓了，两人难解难分，台下顿时鸦雀无声，无数双眼睛盯着，想看个究竟。汪东北确实没想到，赖大全的手有如此大的力量，于是反手打击赖大全的腰，赖大全一闪身跳出，两拳猛击汪东北的屁股，汪东北想稳住脚跟，极力想翻过身来，只见赖大全飞起一脚踢在汪东北肥大的屁股上，汪东北扑通一声扑倒在擂台上，不服气的汪东北站起身来双拳向赖大全猛击。赖大全连着几个后空翻，连皮都没挨着，突然一腾起，越过汪东北的头，又飞到他的身后，一巴掌打在汪东北的腰间，又一脚踢在汪东北的屁股上，汪东北顿时倒在擂台外。

全场顿时欢呼声起，掌声雷动。裁判上前举起赖大全的右手，高声呼道："赖大全获胜，获得本次比赛冠军！"新兵们冲上台去，把赖大全高高地举起，赖大全兴奋得红光满面。

汪东北灰溜溜地从地上爬起来，很不服气，他是想不通自己怎么就让这小子收拾了。

其实汪东北就输在自傲上。赖大全在台下观察了许久，知道台上只用拳脚难胜汪东北，虽然自己一身功夫，但对方人高马大力气大，所以他想了个办法，以退为进，把学到的腾挪功夫巧妙地用在比武上，以自己的强项战汪东北的弱项，慢慢地消耗了汪东北的体力，并把他引到了擂台边来，出其不意，一招制胜。

赖大全笑容满面，走到汪东北面前，双手一合作揖道："老兄，承让，按实力是打不过你的，请多多包涵。"汪东北是东北汉子，心直口快，豪爽耿直，也双手一合："老兄确实功夫了得，不知出自何门何派？"

赖大全见汪东北如此通情达理，也就实话实说了。

"我小时候父母因病先后去世，五岁时我舅父就把我送到寺里练了几年少年功，本来我想当个和尚过一辈子，无奈舅父家一连生了四个女儿，为了继承香火又把我接回了家。我生性好动，爱舞刀弄枪的，后又在一户杨姓人家当了家丁，在杨家的武师手下受教了几年，学得这么点功夫。你看，现在日寇竟敢侵犯我中华，为了保家卫国打日本鬼子，我就报名入伍了。"

汪东北一听提到日本鬼子，恨得咬牙切齿，一想起父母说过家人如何死在日本人手里的惨状，他就怒火冲天："小鬼子，老子非把你们斩尽杀绝不可！"

打鬼子是两人共同的志向，从此汪东北和赖大全两人共同作战，性格又十分合得来，关系好得很。两人一合计，汪东北生于1917年农历三月初五，赖大全是农历十月初八生人，于是就要磕头喝酒拜把兄弟。

赖大全和汪东北两人在街上买了些香烛，一瓶酒，一包花生米，悄悄到军营附近的一座土地庙，插上香，倒上酒跪在庙前，共磕了三个头。同声道：“不求同年同月同日生，但求同年同月同日死。从此结为金兰，若有二心，如同此碗！”两人碰了碗，一饮而尽，将碗摔在地上，摔得粉碎。

5

姜敬明夫妇与赖大全夫妇分手后，姜敬明就带着玉贤来到重庆江北猫儿石。姜家杂货铺就在猫儿石正街右边的最靠角落处。唐小壮是唐氏的亲侄儿，交给姜仕恩带到重庆在铺里当伙计，目前也是店铺里唯一的伙计，虽然他才十多岁，但很得唐氏信任，再说唐小壮对人有礼貌，身体又结实，做活也勤快，手脚还干净，上上下下的人都挺喜欢他。

姜家的铺面在街角，面积有一百多平方米，各种竹制品货物分类摆放着，有成卷的青篾、黄篾席子，也有箩兜、扁担、筲箕、簸箕、扫把，还有木桶、木脚盆、木马桶，寻常家用品种还挺齐全。

铺后面有两间屋，一间是仓库，一间是卧室，卧室里只有两张木床，两床之间摆着张小小的四方桌子，还有两条长凳，一口装衣裳的樟木箱放在房间角落里，箱子上丢了几件男人的衣服裤子，正散发着一股难闻的汗气。卧室里有一扇小侧门，出门去是一小块空地，因此贴着墙又用篾席搭了一间偏厦做厨房用，厨房里就更简单了，只有两个小灶和一个简易的碗橱，靠主墙这边的墙根码了半垛柴火和小堆煤炭。

姜敬明领着玉贤进了店铺，唐小壮有点意外，但还是笑嘻嘻地迎了上来：“大表哥这次回去了好多天啊，怎么才来！”唐小壮招呼了一声，又赶紧向玉贤道：“大表嫂也来了，一路上可还顺畅？”

“还好，顺畅的。”玉贤局促地点了点头。

这还是玉贤第一次跟着丈夫出远门呢，还要长住，这里虽然陌生，但好歹还算“回家”吧。

带来的东西都靠墙放下，姜敬明兀自先到桌上倒一盏茶喝了，他还满脸不高兴，这才回复唐小壮：“还不是你姑爷叫我带她下来，一个女人也兴到处乱跑。”

玉贤隐隐有些觉得委屈，咬了咬嘴唇，把想说的那句“你在这里，这里就是家，不是乱跑”给咽了回去。唐小壮看气氛有点不对了，只好转圜说：“大表嫂来了挺好啊，以后我们就不必饱一顿饿一顿了。”

“哼!”姜敬明就回了一声表示不屑，但姜玉贤还是堆起了温柔的笑，说，“嗯，我会煮饭、洗衣，以后家事不要操心了。”

看到唐小壮赔小心的样子，姜敬明到底还是不好再说什么了，就问唐小壮：“近段时间生意如何?”唐小壮从柜台里拿出账本递给姜敬明，姜敬明略翻了翻，满意地点了点头：“还不错，生意就是一本经，天天要念着，有盈利就对。”说着，姜敬明又接过了唐小壮递过来的生活开支账本，但翻开一看，姜敬明的脸就马上拉下来：“我是啷个跟你说的，你还年轻，干活又多，得吃好点，隔天打个牙祭也好啊，看你净买些什么……馒头稀饭，这些……你莫不是想当和尚……我有要求你这么节约吗?”

世道艰难，赚几个钱不容易，唐小壮平时是挺省，但听到表哥这样说，还是开心，忍不住做了个鬼脸，就说：“大表哥，你看我长得多结实。除了青岗无好火，你我亲表兄弟，你不要说这些话了。”

姜敬明这批评，温情脉脉的，玉贤忍不住抬眼瞧了丈夫一眼，心里暗暗叹气，只希望自己也能得到这样的亲情和心疼。说着话，见又冷场，唐小壮便想让姜敬明带大表嫂出去逛逛，熟悉一下环境，因而说：“现在不忙，店铺我照管着，大表哥，你带大表嫂去猫儿石转一转撒。”姜敬明平时一个人也会去猫儿石走走，但今天他就觉得哪里都不如意，便不乐意地说：“这么小个猫儿石有啥看头。你带你表嫂去转转，顺便割一斤肉回来，还是我守铺子。”

唐小壮十来岁就到了猫儿石，对这里比较熟悉，带着表嫂玉贤就在猫儿石转了一圈，还滔滔不绝地把他知道的那点故事都讲起来：

“这猫儿石神得很，传说也多。”他指着那块大石头，“那就是猫儿石，你看嘛，那块石头就像个猫儿一样，听说是玉皇大帝的御猫下凡来捉老鼠的。”走到江边，他又指着那嘉陵江说：“你看嘛，这就是嘉陵江，我们就吃这江头的水……你看河对面那块大石头就是虎头岩。传说猫儿是老虎的师傅嘛，但猫儿留了一手，没把爬树的本事教给老虎。结果这老虎学会了本事就不肯认师了，有一天没找到吃的，饿得很，就想吃了猫儿，没想到猫儿飞快地爬上了树，老虎不会爬树啊，他又羞又愧，于是跳进嘉陵江里，游到江对岸去了。后来，老虎也很后悔，他觉得自己对不起师傅，经常坐在岸边眺望这边，后来老虎就变成了一块石头，人们把那块石头叫作‘虎头岩’。”

过了猫儿石码头，走到了街上。这大街是条石板路，路的一头朝着嘉陵江方向延伸，梯坎似的大青石铺成的石板路，每块完整的青石板都有一丈多长、三尺多宽，由于人们长期来回走动，青石板表面的纹路已经磨得有点光滑，但原本该平整的位置却因年年月月的车辙碾轧而有了几条辙痕。

猫儿石街道虽不长却样样俱全，饭店、旅社、茶馆、杂货铺、照相馆……唐小壮领着玉贤慢慢走过去，一路解说，间或遇到个相熟的人，便打个招呼，笑着介绍一句“这是我表嫂”，等对方和玉贤相互点了点头，就接一句“您先忙，我先称肉去”，就离开了。

大青石板梯坎下的大坝左边有一百来米长的小街，那里还有药房、宰牛场之类，真是麻雀虽小但五脏俱全，特别是自上而下建成的斜坡半边街，平时卖菜、卖鱼、卖杂货、卖小吃的都多，临时摊点也满满当当地摆了长长一串。小贩们的吆喝声，市场上的喧哗声，声声悦耳，十分热闹。

唐小壮指了指岩上边的墙给玉贤看，然后说：“听说好多地方都在打仗，不得安宁，所以好多厂子都迁到重庆来了……你看，这边是天原化工厂，那边是中央造纸厂，厂子再往后就是农村了……大表嫂你看，那个山坡顶上有座鸿恩寺，鸿恩寺上面还修了一座碉堡呢，听说这碉堡是专门用来打日本鬼子飞机的。等哪天我有空了，再带大表嫂去别处走一走。”

玉贤一路过来，本有点累，见姜敬明不想理她，才跟着唐小壮出来转转，眼下看了个新鲜，心里也挺高兴的，就问唐小壮：“说是重庆很大很好耍，但这猫儿石正街还没有我花桥九条街大呢。”唐小壮听了就笑：“大表嫂，你就看了这一点儿，才一条半条街的，重庆几天都走不完呢……等哪天有空了，让我大表哥带你坐船过化龙桥去看看，到上清寺去看看，到会仙桥去看看，你才晓得啥子叫大城市哦。”

…………

边走边说，唐小壮带玉贤就到了市场，按大表哥的吩咐割了一斤二刀坐凳肉，又买了几样小菜，这才急急忙忙地回到杂货铺。玉贤对姜敬明说：“你们忙你们的，我去弄饭。”姜敬明爱理不理地哼了一声。

唐小壮说：“大表嫂，我带你去厨房看看。”

两人来到厨房，唐小壮指着小灶说：“大表嫂，这个小灶是炒菜用的。”玉贤一瞧，笑道：“哟，比我们家乡的灶要小得多。”唐小壮又指着一只小铁桶似的煤球灶说："这种灶是烧煤的，可以烧开水、蒸饭、炖汤用，火耐得久些，不用加柴也不用人看着。"玉贤只见过烧柴火的灶，烧煤球的灶是什么东西，她都没听说过，赶紧摇了摇手，说："这个东西我倒没见过，咋个用嘛？我不敢用。"

"先把柴火燃起，再把和稀了的煤盖在面上，火就燃起来了。"说罢又指着屋里的一个大水缸说，"这个水缸里装的就是我们要用的水，这个天气河水是浑的，我们用明矾漂白它就清亮了。"玉贤看着这个不清不亮的水皱了皱眉头，舀了一点尝了尝，连忙吐了出来，"这水好涩口，哪有我家们井水那样香甜。"

唐小壮用手指挠了挠头皮，不好意思地笑："大表嫂，走到哪个地方就要适应哪个的生活嘛。"

…………

玉贤对唐小壮说："那你去忙你的，这里就交给我了。"唐小壮说："你先忙，我还要到河边再去挑些水回来。"说着，便挑着水桶朝江边走去。

玉贤一边生火烧开水，一边把火钳插在火堆里烧红，把猪皮上面的碎碎毛给烙了，再洗干净肉、切成片，开始忙活弄起饭菜来。

大约个把钟头后，玉贤就把饭菜都盛好放在了卧室里的方桌上，这才朝着外间叫："当家的，小壮，过来吃饭了！"

"你们先吃到，"姜敬明虽然冷冰冰地回应玉贤，但他还是说，"小壮，你把酒拿出来，你大表嫂也能喝两口的。"

玉贤和唐小壮坐在饭桌前，唐小壮高兴得合不拢嘴，"好香的回锅肉哟，大表嫂真会弄菜饭，我陪你喝两口酒吧。"不一会儿，姜敬明也过来了，闷生生地吃起饭来。姜敬明和唐小壮吃完饭就到前面看铺子去了，玉贤把屋里屋外收拾得干干净净，把厨房也打整得像模像样的。唐小壮说："有了大表嫂就像个家了。"

吃过晚饭，姜敬明和唐小壮关了铺子，这才搬了张凉板放在两条长凳上。

姜敬明对唐小壮说："我今天晚上就睡这里。"唐小壮大吃一惊，问："大表嫂来了你们不住在一起？那，那，那我怎么能住到里屋去？"

姜敬明猛然一醒，才想到这样安排确实不恰当，尴尬笑道："这不就亏了你睡硬木板了？"唐小壮摇了摇头，直接抱了床铺盖过来，连脚都没洗就在凉板床上呼呼地睡起来了。

里屋有两张大床，玉贤把被子收拾得整整齐齐，默默坐在床边等着姜敬明，姜敬明进了房间合上门，看了看床，说：“你睡这张床吧，我睡那边床。”

本来是谁家太太听了都得生气的，但玉贤一点也不动气，她牢记着婆婆唐氏的话，生活慢慢来，总有一天敬明要认你的。

6

姜仕恩离开了姜敬明就像缺了左膀右臂，在对于处理姜敬良的问题上，姜敬明走时一再和父亲讲了利害关系，不仅是家丑的问题，还关系到殷秀假孕，翠翠的名声，姜敬良今后做人的事儿。

姜仕恩遇大事情都要找大儿姜敬明商量。姜敬明平时语言少，但办起事来主意多，办法好，成功率也高，所以姜仕恩也常常采纳姜敬明的意见。姜仕恩也十分信任唐氏，唐氏仁慈贤惠又稳重，看问题也拿得准，是他的好贤内助，于是他慎重地找到唐氏，就把姜敬良出的丑事给唐氏一讲，唐氏当时就大吃一惊，她知道翠翠一直很乖巧，从小就和几个儿女一起玩耍长大，有一些感情，但她没想到会出这等大事，一时也想不出个好方法来。老两口想来想去，合计了几个办法。

一是让姜敬良纳妾，殷秀无生育，这也是说得通的，但殷秀是大家闺秀，是否能说得通还是个问题。再说，现在殷秀已掌握了孙子的所有权，若这件事透露出去，说翠翠才是孩子妈，殷家岂能服气，殷元楷又死要面子。二是找个人家把翠翠嫁出去。如今看来姜敬良真爱上了翠翠，翠翠也贴上了姜敬良，若翠翠不愿意，有个三长两短的如何是好。

老两口合计去合计来，觉得这里面有个关键人物，就是翠翠的干妈，吴妈，全部的事都是她经手的，她一定全都知晓，于是他们决定先从吴妈入手。

姜仕恩和唐氏，在佛堂正坐，叫来吴妈。吴妈一走进佛堂心里就紧张起来，想必老爷和夫人找自己是为了翠翠生孩子一事。

唐氏客气地说：“吴妈，平时事儿多，你也辛苦了，今天请你来问个事儿，在观音菩萨面前，可说不得半点假话，说假话是要遭报应的。”

吴妈一听就明白啥事了，故作镇定地问：“老爷，夫人，有啥事尽管问，我一个下人，怎么敢说半句假话。”

唐氏和气地问：“二少奶奶殷秀生娃，正好翠翠也回乡下去结婚生娃的事，到底是怎么回事？”

吴妈一听，知道事情已经败露了，为了顾及翠翠和姜敬良，吴妈顿时冷静下来，把大家都知道的事儿从头到尾讲了一遍。

姜仕恩沉下脸来，一掌拍在桌子上，“好个吴妈，平时我们都很相信你，你却干出这种大逆不道的事，殷秀假怀孕是谁的主意？翠翠怀孕后在黑娃屋里躲了几个月，也生了娃儿是怎么回事？你们每晚叫黑娃送奶又是怎么回事？你假借翠翠生的娃儿死了，请回翠翠来当奶妈是怎么回事？”

在姜仕恩的一连串质问下，吴妈吓得面如土色，知道此事全暴露了，吴妈跪在地上不敢言语。

唐氏素来信任吴妈，也真没想到吴妈竟干出这样的事来，气得直喘气：“你带着翠翠今儿必须滚出我家，滚得越远越好！”

吴妈一听此话，吓得浑身哆嗦，心想这下翠儿完了，我这个当娘的活在世上还有啥用呢？吴妈顾不了那么多了，一把鼻涕一把眼泪地哭诉起来。

“这些年来，老爷、夫人对我和翠儿恩重如山，出了这种事，真叫我有口难言。其实这都是二少爷干出来的好事，他把翠翠的肚子搞大了，后来的事都是按二少爷的意思办的，二少奶奶也是同意了的，我一个下人，也不得不从啊。怎么说，翠翠生的儿子都是你们姜家的后代吧，赶出去……你们不能这样对我们母女啊！”

吴妈这话说得太有道理了。姜仕恩和唐氏听了竟一时说不出话，姜仕恩跺了跺脚，痛心疾首地说：“养子不教父之过也，没想到敬良不是个东西，败坏家风，真，真，真不是个东西！”

见老爷气得真哆嗦，唐氏也没办法，叹了叹气对吴妈说：“这些年来你也辛苦了，我给你钱，你带翠翠远走他乡，找个好人家嫁了，好好过日子吧。”

吴妈知道这老两口的心意，也来了个激将法，说话也硬气起来：“好，既然老爷夫人无情无义，我和翠翠走就是，娃是翠翠拿命生下来的，要走就一定要带走她生的娃，以后我们的死活也不要你们管了！”

带走娃？怎么可能！那可是众所周知的姜家孩子！

吴妈这话果然镇住了姜仕恩和唐氏，这翠翠生下的娃可是姜家的后人啊。

姜仕恩和唐氏见吴妈说了如此绝话，也没办法继续谈下去，唐氏叫吴妈去休息会儿，又叫了黑娃来。黑娃早已在门外驻足已久，黑娃进了屋，“夫人，有什么事？”

唐氏说道："叫二少爷来！"

不多会儿姜敬良进了佛堂，见二老脸色不好看，他心里也虚了，脸上带着微笑问道："爹，娘，叫孩儿来有啥子事哟？"

姜仕恩满脸怒气，手在桌子上狠狠一拍："给我跪下！"姜敬良吓了一大跳，还不知爹爹为啥发这么大脾气呢。

唐氏暗示姜敬良跪下，姜敬良嘴里喃喃道："我又没犯啥子错，为啥要跪？"

姜仕恩猛地一呼："黑娃，拿戒尺来！"黑娃胆战心惊地拿来戒尺。姜敬良心想我到底是犯了什么事？

姜仕恩叫黑娃出去，把门关上，又对姜敬良连声问道："你把你与翠翠的事儿从实招来！"

"翠翠？"姜敬良这一下就蒙了，不由自主地跪在地上，想必是他与翠翠的事彻底暴露了，难道是吴妈说的，还是黑娃说的，或者殷秀说的，反正不会是翠翠。姜敬良知道这时已经瞒不住了，一五一十地全说了出来，他还很有理由地表明了，说是因为殷秀进门三年不生娃，他才如何爱上翠翠的。

姜仕恩和唐氏听毕，倒与吴妈讲得差不多。但心里恼恨儿子干出了这等荒唐事，便叫姜敬良伸出手来，要惩罚。姜敬良从小就怕被爹打手板，打得又急又猛，肿起来要痛好几天，眼见多年没挨罚了，这又……

姜敬良战战兢兢地伸出左手，姜仕恩猛地打了下去，姜敬良突然手一缩，姜仕恩打了个空。姜仕恩气急，站了起来，抓住姜敬良一阵乱打，打得姜敬良哇哇直叫，他又不敢真的跑出门去，心知这时姜仕恩正在气头上，求他是无用的。姜敬良直往唐氏身边扑去，哭叫道："娘呀娘，打在儿身，痛在娘心，你就叫老爹不打了嘛！"

唐氏向来心软，站了起来："老爷不要打了，娃儿都是当爹的人了，教训一下就是。"

姜仕恩心里的气难消，戒尺还抽打在姜敬良身上，姜敬良抱住唐氏的大腿几乎要哭出来，唐氏也心疼起儿子来，冲着姜仕恩生气地说："老爷要打就连我一起打吧，谁叫我生了个不争气的儿子！"

一听唐氏的话，心想儿子不争气也有自己的责任，姜仕恩喘了喘气，接过唐氏递来的烟杆，添上烟叶，点起了火，姜仕恩吧嗒吧嗒地猛吸了几口，气都喘不过来，呛着了，又猛咳一气。

唐氏边给姜仕恩拍着背顺气，边在心里盘算怎么收拾这个烂摊子，唐氏问姜敬良："翠翠那丫头也真心跟你吗？"姜敬良很认真地说："从小她就喜欢我，我和她好，大家也是看到的，我想二老成全我与翠翠，纳她做妾，反正殷秀不会生孩子，翠翠还会给姜家传宗接代多生几个孩子的。"

传宗接代可是正经事，姜仕恩听了这句话，心里也平静一些，他现在要愁的是亲家殷元楷那边怎么交代。姜仕恩举起烟杆说："现在都是民国了，你还想娶二房，信不信我给你一烟杆老壳？"姜敬良小时候挨过姜仕恩的烟杆老壳的，一敲就是一个大青包，并不比打手板轻松，他赶忙先躲到唐氏身后。

唐氏沉思了一会儿，还是说："虽说现在是民国了，都说不许娶妾，但那些有钱人家娶什么二姨太、三姨太，甚至娶平妻的大有人在，我看翠翠那丫头人还本分，只要她愿意做小，就这么办了吧。"姜仕恩也知道没有更好的办法，就没作声。唐氏见姜仕恩不吭声，大约也是同意了，就叫门口的黑娃把翠翠叫来。翠翠早已在吴妈那里知道了详情，加上吴妈又给她出了主意，所以壮着胆过来了。

翠翠一进门，见老爷、夫人铁青着脸，姜敬良也狼狈地跪在地上，她心里刚鼓起的那一点勇气又没有了，但想着也就是要命一条，她豁出去了，便一下子跪在姜敬良身边。翠翠生了小孩后丰满了许多，模样越发乖巧。唐氏从前一直心疼她，现在想到这丫头也算自家媳妇，便怕姜仕恩又做出什么不得体的事，于是唐氏首先发了话，叫翠翠先站起来说话。

翠翠就是跪着不动。

"翠儿，事情我清楚了，都怪我儿子不争气，为了你的名誉，我们做主，给你找个好人家嫁出去，好好过日子！"唐氏试着说。

翠翠听了这话，眼泪直流："我如今已是二少爷的人了，绝不嫁二夫！"唐氏说："这事儿外边都不晓得，我安排你和吴妈一起去，绝对找个好人家，一辈子不缺吃穿。"

翠翠赌气地把头一撇，眼睛盯着姜敬良看，说："那看二少爷拿个话来吧。"

姜敬良哪舍得这如花似玉的美人，忙说："我，我要你……"

姜仕恩打断了他的话："婚姻大事，父母做主，由不得你！"

翠翠的语气也强硬起来，"老爷、夫人，你们不要我，我也无话可说，但我必须带着我的儿子走，他是我的亲骨肉，没了儿子我就去死。"说完，翠翠就哭起来。

到这时候，唐氏才转了口气，低下声说："翠儿，你可晓得，你留下来只得做小，上面还有殷秀二少奶奶呢！"

"留下来当牛做马我都愿意，为老爷、夫人养老送终，伺候二少奶奶一辈子，为姜家传宗接代，我翠翠永不变心。”此话一出，多多少少让姜仕恩、唐氏心里解了些气，也有了几分安慰。

姜仕恩心中还是想到殷秀今后怎么相处，殷元凯那里如何交代，想来想去都是愁，只能先放放再看吧。姜仕恩语气深重地说：“看你从小在我家长大，我就留你下来照顾二少奶奶和娃儿，但从此不得认子，不得对外人说一个字，否则你晓得后果。”

姜敬良一听姜仕恩这话，还是不允许他收翠翠做妾啊，拖着就还会生变故，因而他直磕头：“爹、娘，就让翠翠做个小妾吧。”翠翠也求着说：“反正我生是姜家的人，死是姜家的鬼，你们不答应，那我就死了算了！”说完，翠翠起身就向房柱子上撞去。跪在旁边的姜敬良一见如此变故，吓得就呆住了，倒是姜仕恩上前去一把拽住，但只拽到了衣袖，没消掉多少力气，翠翠这一下撞得可不轻，顿时就昏迷了过去。眼见要出人命，屋里一下子就乱了，唐氏试了试鼻息，还好有气，忙就叫姜敬良和黑娃送翠翠回房去，姜敬良这才反应过来，抱起了翠翠送回房间。

怎么办呢，到底要怎么办？老两口在佛堂里商量起对策来……

7

赖大全夫妇与姜敬明夫妇到了重庆之后，便各自去安排安身之处。赖大全把婆娘带到了新居，想着以后可以长相厮守了，晚上二人特别欢喜了一阵，真是久别胜新婚。

刚进城安家的姜敬玉还新奇得很，便缠着要赖大全带她逛逛重庆城。赖大全笑着满口答应：“让你这个乡巴佬看看重庆是啥样儿。”赖大全安排好了公务，特地带着姜敬玉到城里去逛街。

姜敬玉头次见到这么大这么繁华的城市，感觉特别稀奇，口里叫嚷不停，“好高的房子哟！好宽的街子哟！赶场的人好多哟！好热闹哟！”赖大全忍不住插嘴道：“这哪是农村的赶场嘛，大城市天天都是这么多人。”姜敬玉一边夸着大城市美，一边又要吃这样，要买那样，零嘴儿吃不了还兜着走，赖大全也舍得花——只要敬玉高兴就好。

姜敬玉像个天真的小孩，在大街上跳来跳去，那紧身的蓝花格子衣服裹着丰满的身子，不时摆动起来，别有一种风韵。赖大全就喜欢他婆娘那丰满的身材，看到来来往往的城市人，特别是那些穿着旗袍的女人，他忍不住瘪了瘪嘴，觉得还是自家婆娘好看得多，虽然土气了点。

赖大全决定把姜敬玉打扮成城里人，不然将来同事见了会笑话。

“你现在是城里人了，穿戴还是要像城里人撒，我带你去服装店买一套新衣服。”赖大全对姜敬玉说。姜敬玉一听高兴得都快飞起来了，忙说：“要得，要得！”边走边东张西望的，也不认路记路，就被赖大全带到了一家旗袍成衣店，请掌柜的量了量身材，掌柜极力推荐了一件紫蓝暗花的旗袍。姜敬玉高兴得马上到试衣间去换好了。姜敬玉换好旗袍后一出试衣间，赖大全一看，旗袍还是好看，就是下半身被穿着的长裤弄得都不服帖了，他哭笑不得，悄悄地对姜敬玉说：“快把长裤子脱了，这样穿多丢人现眼哟。”姜敬玉一听吓了一大跳，嘟着嘴说：“这脱了裤子穿，不是要露大腿和屁股呀！”

赖大全说：“旗袍就是这样穿的撒，你看街上那些女人不都是这样穿的嘛！”

新进城来，没什么信心，城里的规矩自然也不懂，自家男人总不会哄骗自己，特别是露屁股大腿这样的事。姜敬玉犹豫了一下，为了赖大全的面子，她果然进了试衣间大胆地脱下了那条土里土气的长裤。赖大全看着从试衣间里羞答答走出来的婆娘，满脸堆笑，“这样才对撒！”

店家自然也是极力夸赞姜敬玉穿旗袍如何美，姜敬玉更是羞得满脸通红。

赖大全突然想起了今晚团长家里召开家庭舞会，听说赖大全接老婆来了，特意送了请柬。

于是赖大全带着姜敬玉到理发店把头发烫了，又到鞋子店买了一双高跟鞋，在皮包行买了个女士小挎包。

回到住所，姜敬玉全副美装齐上，自己也感觉像变了个人似的，对着镜子照了又照，的确比那个土里土气的乡下姜敬玉美丽多了，就是那高跟鞋穿上了就不知道该怎么走路了。姜敬玉只得要求穿带来的绣花鞋。赖大全也深感无奈，这高跟鞋就是配旗袍的，穿绣花鞋在那种隆重的场合下岂不是丢了脸面？

赖大全劝了又劝，扶着姜敬玉练习走路，侍候老佛爷似的。姜敬玉为了男人的面子咬着牙穿着这高跟鞋在屋里走来走去。虽乡下姑娘那大脚经不起这么折腾，但好在鞋子还蛮合脚，姜敬玉也争气，心想变成了城里人了，变漂亮了，忍痛也要练下去。

练了两三次，慢慢走路是没什么问题了，还腰肢摇曳，款款而行，的确有那么些风情，赖大全退后了几步看着婆娘走了一个圈，眼都直了，只差淌口水。

“脚痛！”敬玉愁道。

赖大全这下子更积极了，马上拿木盆装了半盆热水给敬玉泡脚，揉揉捏捏，让她休息好了，晚上可以带去团长家里参加舞会，好在一众女眷中露脸。

眼见夜幕降临了，赖大全带着姜敬玉准备到汪东北家去，此时的汪东北已升为团长了。姜敬玉换好了衣衫，淡淡化了妆，都准备出发了，一听说是舞会，就吓呆了，直说自己鞋还穿不稳呢，又不会跳舞，会被人看笑话的，抱着柱子、哭丧着脸不愿意走。赖大全好话说了一大堆，跳舞不会，坐在旁边看着嘛，下次就会了，很容易的。姜敬玉听了，似乎不去还不可以，这才松开抱着床柱子的手，被赖大全牵着朝外走。等到了大门外，见到街角的黄包车，赖大全赶紧叫了辆黄包车直奔团长家。

团长家灯火辉煌，客人也来了不少，但他知道团长请的客人并不多。

汪团长和夫人在门前迎客，见赖大全手臂上挎着一位走路还不太自然的女子下了黄包车走过来，就知道是赖大全的乡下老婆来了。汪东北立即迎上去与赖大全紧紧拥抱，这对在战场上经历了九死一生的战友都深深地感到活下来有多不容易，两人又是把兄弟，更显亲热。

赖大全向汪东北夫妇介绍姜敬玉，姜敬玉低眉点了点头，说：“长官好，太太好！”汪东北一听乐得哈哈大笑，用他那很不正宗的川话说：“啥子长官啰，我是你哥啊，你可是我们的弟妹。”赖大全忙解释道：“敬玉刚从乡下来，还不太懂这些礼数，哈哈，敬玉，这就是我的大哥。”姜敬玉被搞蒙了，心想：“我们大哥不是姜敬明吗？”

赖大全装作生气道：“这是我们结拜的生死大哥，比亲大哥还好还亲。”

听了这话，姜敬玉才明白过来，点了点头，“我晓得了，是你认的大哥嘛。大哥好，大嫂好！”

敬玉如此乖觉，又惹得汪东北一阵大笑，直到夫人上前解围，“你们这些男人就会逗妹儿耍，弟妹跟我来，进屋聊聊就自在了。”

客厅里十分热闹，汪夫人把姜敬玉和赖大全安排好座位，叫用人上茶，陪坐了一阵，又忙着去接待其他客人了。一会儿，汪东北端来三杯红酒，递了一杯给赖大全，又递了一杯给姜敬玉。姜敬玉双手接过，好奇地问：“颜色好好看，这是啥子水水哟？”赖大全和汪东北碰了碰杯，这才对姜敬玉解释说：“敬玉，这叫红酒，是洋酒，国外来的，好喝，你试试。”

姜敬玉只知道洋火洋画，洋酒还没喝过，便直爽地说："我家的酒都是白的，这洋酒还没喝过。"汪东北客气地说："过段时间弟妹熟悉了大城市就好了，来，当大哥的，为你们两口子能在重庆团聚干一杯！"

乡下也是有酒的，且那酒水度数还不低，姜敬玉在老家也陪父母兄长喝过酒，抬眼见汪东北将红酒一饮而尽了，也学着举杯一饮而尽。喝完了，姜敬玉咂咂嘴，挺香的，但也涩得很。一抬眼，看两男人都盯着自己看呢，才笑着说："这叫啥子酒哟，一点酒味也没得，像喝红糖水差不多。"这不够时髦的话，让赖大全尴尬了一秒，于是笑着对汪东北道歉："大哥，见笑了啊。"汪东北倒是乐呵呵的，又说了一句四川话："没啥子得，习惯了就好噻。"

留声机里一直在放音乐，声音不大，不碍着大家见面招呼、聊天，现在人基本到齐，舞会也正式开始了，音乐的声音就成了主旋律，在悠扬的舞曲里，一对对男女轻拥，侧着漂亮的脸蛋儿，在舞池里欢快地旋转起来。姜敬玉好奇地望着那留声机，感到很神奇，悄悄地问赖大全："老公，那么小个盒盒，怎么装得下人唱歌哟?"赖大全一时也解释不清楚，只好说："是人的声音录到里面去的，好多东西你也不懂，回去我慢慢教你，现在你只要晓得人家送东西来，你要说谢谢就行了。"赖大全看见人家跳舞心里也痒痒的，今天姜敬玉在场，也不好约其他女人跳舞，怕这个乡下婆娘搞不懂，要吃醋的。

赖大全拉着姜敬玉的双手说："来，我们也去跳一下。"姜敬玉瞪大眼睛："你疯了咋个哟，我又跳不来你们那个抱抱舞，除非叫我跳秧歌舞差不多。"赖大全耐心地劝道："啥事儿都有头一回嘛，我来教你。"说完不管姜敬玉同意不同意就把她往舞池里拖，大庭广众，姜敬玉也不好拒绝挣扎，那丢男人的面子也丢自己的面子啊，她只好被迫学习起交谊舞。赖大全轻轻地在姜敬玉耳边说："你出左脚，右脚，左脚退……"这师傅显然也教得不好，两口子的脚丫子就在舞池里像打架似的，不是姜敬玉踩在了赖大全脚背上，就是赖大全差点踩到了姜敬玉。赖大全穿的是军用皮鞋还不感觉到很痛，他就是担心自己一个来不及，就会把敬玉踩一脚，估计她会叫出来，那就丢人了。赖大全像拥着笨拙的敬玉晃来晃去，还怕踩着她，心里一百一千个紧张，跳了大半支舞，他已经累得满身是汗。

"呜——"

一阵尖锐的防空警报声突然响起，所有人都心里一紧，舞场里瞬间就乱了。

还好汪东北很冷静，他马上叫卫兵熄灭了所有的灯，由卫兵打着手电筒领大家转移到附近的防空洞去。小日本的飞机来得也真快，不一会儿，炸弹就下雨似的从上空投下来，整个重庆城充满了爆炸声、呼喊声、哭叫声……剧烈爆炸声让大街小巷都在摇晃。汪东北气得满脸通红，他以前没办过舞会，今天是因为夫人三十岁生日，所以为她办个小小的舞会轻松一下。谁知这也能被小日本的轰炸给搞砸了。汪东北从一个卫兵手中抢过冲锋枪朝楼上的窗口冲去，嘴里骂道："狗日的小日本，看老子不把你打下来!"

赖大全拉着姜敬玉二话不说就往防空洞跑，姜敬玉从不曾遇到过这样的情形，她被吓蒙了，只会边跑边尖叫，连脚上穿了一双高跟鞋都不记得了，于是一下就摔倒在地，脚还被崴了。赖大全可顾不得那么多了，他一弯腰，就把敬玉背到了背上，背着她就往防空洞奔去。

8

赖大全跟汪东北是在抗日战场上结下的生死之交，那时候两人都还是兵蛋子，因为打起仗来生死不惧，勇猛有余，很快就得到了上司的赏识。

当时民间有个说法叫"无川无军"，可见四川军队能打仗，兵力多。川军出川抗日，前线阵地牺牲了不少战士，日军的实力太强大了，军队训练有素，武器精良，作战勇猛，国军虽英勇奋战，却也节节败退。川军虽然顽强抗敌，但武器太差，抵不住日军猛烈的进攻，阵地丢失了。退入城里，展开了巷道战，为了掩护大部队转移，赖大全所在这个团留下来阻击来犯的日军。

团长挑选了二十名精兵交给赖大全和汪东北组织的敢死队，赖大全任队长，汪东北任副队长。二十个勇士身佩冲锋枪、手榴弹，一人一把大刀。汪东北和赖大全的大刀比一般的大刀要更大、更重，他们冲在巷子的最前面，两边民房也有战士守着，上面的命令是守到当晚八时才能撤退。

赖大全领着二十名勇士冲到大街前沿，那里的战壕里只剩下几个士兵了，仍在顽强地战斗着。有两个带伤的士兵抱着炸药包，滚进了鬼子的坦克下面，随即轰隆一声巨响，两辆坦克被炸翻了。

赖大全等二十名勇士冲到战壕，二十支冲锋枪直向鬼子扫去，只见鬼子纷纷倒下，被迫撤退。

日军是久经军事训练的军人，武士道精神充斥着他们的思想，他们具有了不怕死的精神，加上作战经验也十分丰富，就算一时失利，也很快又重新组织并进行阶梯性的进攻，向赖大全他们扑来。榴弹炮也猛烈地打在阵地上，在坦克的掩护下又气势汹汹地扑向前沿阵地。赖大全一声令下，命令道："走近点了再给老子打！"勇士们端着冲锋枪，瞄着鬼子，这时赖大全他们都能看见鬼子狰狞的面目了。

赖大全猛吼一声，"打！"

二十支冲锋枪猛向鬼子扫去，前面的鬼子纷纷倒地，后面的鬼子也节节后退。赖大全大声命令道："手榴弹伺候！"手榴弹像雨点似的扔去，在鬼子中爆炸，炸得鬼子哇哇狂叫。日军指挥官也没想到国军援军来之迅速，装备也极有战斗力。

日军被迫撤退了。

战场上安静了下来，赖大全、汪东北亲自带了几个机灵的士兵爬出战壕，从死了的鬼子身上把枪和弹药都取了回来。

不久，鬼子再一次发起更加猛烈的进攻。这次，狡猾的鬼子采取了新的战术，坦克在前面不断地开炮，坦克后面的鬼子不断开枪射击，不断地向阵地扔手雷，战壕堆的沙包都被炸翻了好几处。

坦克接近阵地十米左右，赖大全急中生智，把五个手榴弹绑在一起，决心与坦克同归于尽。此时，他身边的高个子战士小刚猛呼一声："队长，你不能去，战斗还要你指挥！"说着，小刚一下抢过赖大全手中的手榴弹冲出战壕，敌人的子弹雨点似的打来，击中了小刚的胸膛，他倒了下去，赖大全正想出战壕，却见小刚猛地一下立起来，像个巨人似的又冲了上去，扑在了坦克下面。

"轰——"

一声巨响，坦克被炸得烈焰纷纷。

小刚牺牲了。这一幕让赖大全和战友们悲痛不已，但同时更激起了战士们的斗志。在战士们的拼命厮杀下，鬼子最终又一次被迫撤退了。

赖大全从衣服口袋里摸出一包被压扁了的香烟："兄弟们，抽支烟，提提神。"汪东北接过烟，问道："你哪来的烟?"赖大全打趣地说："鬼子送的嘛！"这是他刚刚从鬼子尸体的包里搜到的。汪东北低笑着说："不错嘛，又送枪，又送烟，要能送点罐头来就好了。"疲惫万分的士兵们听了这话，又哈哈大笑起来。

天渐渐黑了，赖大全看了看手表，已近七时，离规定的撤退时间还有一个小时，赖大全站起身来，高声地对士兵们说："兄弟们，我们已经打退了鬼子的七次进攻，现在离撤退还有一个小时，一定要坚持到底！”汪东北也跟着吼道：“老子们要跟鬼子拼了！”士兵们也跟着高呼：“跟鬼子拼了！”

做完激励动员工作，赖大全停下来，伸手拍了一下汪东北的腰。汪东北太高了，他拍肩膀要伸长手，太辛苦了。看见汪东北回转头来看他，赖大全诙谐地说：“咱们要多杀鬼子，但还是要尽量保全自己，将来还要打回东北去，老弟你还要讨个婆娘生一堆娃呢！”

听了这话，大家又是一阵哄笑。

汪东北腾地一下羞红了脸，他伸手摸了摸自己的头，心想是得把命保住了，一辈子还没尝过女人的滋味，死了多不合算。想到这里，汪东北又觉得没什么，自己向来是员福将啊，于是他大咧咧地说：“俺这个头高，鬼子杀不着……”

汪东北话未说完就咽了回去，因为他听到了战斗又开始了的声音。

鬼子的炮弹不停地飞过来，比先前猛烈得多。

估计是鬼子的援军到了，这会儿火力更猛了，赖大全高声吼道：“快隐蔽！”

轰炸了一阵，炮弹乱飞，土坷垃和树渣子乱飞，赖大全的心悬着，不知道战况会如何发展，这一阵轰炸又牺牲了多少战士，阵地还能守到撤退时间吗。

炮声刚停，就见着黑压压的一大片鬼子又向战壕扑来，赖大全心里明白，鬼子们也着急了，这些疯狂的野兽，看来是非要拿下阵地不可。如何才能拖住时间，在这一小时里要压住鬼子，还要尽可能多保全战友的生命？

赖大全命令道：“等鬼子近了再打，手榴弹准备！”

鬼子不断逼近，离战壕十米左右，这时赖大全猛地一声吼：“打！”战士们抛出的手榴弹在鬼子群中爆炸，接二连三的手榴弹炸得鬼子鬼哭狼嚎，乱了阵脚。赖大全又命令道：“冲锋枪上！”一阵猛烈的扫射，前面的鬼子纷纷倒下。

炸了这么久，却没消灭川军的有生力量，鬼子们狗急跳墙了，黑麻麻的一群鬼子又压了上来，端着枪，弓着身子冲到了阵线前面。赖大全高呼：“冲——冲上去！！！”

战士们从战壕里跃出来，十几把大刀向鬼子的头上砍去，鬼子们的刺刀反而还没有大刀好使唤，眼见战士们就和鬼子兵厮杀在了一起。

汪东北那把大刀真厉害，一劈一个，有的连头都砍飞了。鬼子们也遵守武士道精神，拼刺刀不开枪，川军才不管这一套，给战士们配的手枪这时候也起了作用，大刀砍深了拔不出来时就用手枪猛打，然后捡起鬼子们的三八长枪，用刺刀反击。

汪东北在厮杀中显得高大无比，他劈杀鬼子无数，砍刀舞得手都发软了，突然，四个鬼子拿着刺刀向汪东北刺来，汪东北瞧见了，斜冲过来就拿大刀使劲一挡，四个鬼子仗着人多，紧紧地压制住了汪东北。赖大全一连砍倒两个鬼子，听到身后有动静，扭脸一瞧，只见汪东北被四个鬼子压着呢。赖大全仗着个儿瘦小，一扭身就蹿到了汪东北和鬼子中间，直接抡刀向鬼子下身划去，四个鬼子撤不回刀，又没想到赖大全会来这么一招，竟然同时受了伤，汪东北趁机砍倒两个鬼子。赖大全跃身起来，砍倒了另外两个鬼子。

赖大全要起滚龙刀，只见刀在飞，不见人影，一阵混战，鬼子也搞不清对方到底有多少人，战斗力如此强大，中国军人个个都不怕死啊。鬼子兵被迫再一次后退了。这时候，汪东北、赖大全浑身沾满了血，他们从死人堆中站了起来，看看四周，站起来的战友只有三人。他们只剩了五个人。

赖大全一看手表，已过了八时了，阻击任务完成。

再看一眼这遍地的尸体，根本无法寻找和掩埋牺牲了的战友们，而且鬼子完全还可能再冲上来，还是先撤退吧。赖大全正准备说“撤退”，就见汪东北突然口吐鲜血，赖大全的视线就落在了汪东北的腰上，那里有一道鲜血直涌的伤口。

也不知道什么时候，汪东北的腰被鬼子刺了一刀。

赖大全忙撕下一条布，帮汪东北扎紧伤口，然后唤回正在警戒的两名战士，痛声吩咐道：“抓紧时间，我们先撤退。”

在黑夜的掩护下，赖大全背着汪东北，和战友消失在黑夜里……

第三章

1

今天花桥街上十分热闹，逢五逢十赶场，今天正逢十，人来人往，各种小买卖，很是丰富。蔬菜、水果、山货、草药等都摆了出来，还有耍猴的、杂耍的、卖糖葫芦的、演皮影的……

人群中走着一老一少。老者红光满面，头发披肩，很是奇怪，头发白一股黑一股的交替着，面无皱纹，身着青布长衫，手拿一把鹅毛扇慢慢摇着。少者不过十六七岁，五官清秀，留着齐耳短发，一身白色对襟套装，脚穿一双青布鞋，腰挺得直直的，恰似英俊少年。

突然，对面跑来一个遍体鳞伤、面黄肌瘦的青年人，被后面两个穿着黄色军装的男人追赶着，那瘦弱青年东倒西歪地跑着，喘着大气，实在跑不动了，来到老者面前，抱着老者的腿直叫，“先生救命!”接着追来的两个人也累得够呛，一个提着盒子枪，另一个提着长枪。提盒子枪的人大声吼道：“你娃跑得再快，也没有我子弹快，信不信老子一枪崩了你!”提长枪的军人又举起枪想用枪托砸这个年轻人。

老者看不下去了，一挥鹅毛扇，提长枪的军人像被一股强有力的劲风掀退了好几步。

提长枪的军人，外号叫猴三，他忙叫道：“姜队长，这个老头好厉害，还敢挡我们抓人。”

这个被叫作姜队长的正是姜敬福。

姜敬福把盒子枪放进枪匣子里，双手向老者作揖道：“老先生，不曾面熟，不知是何方高人，我们也是干公事的，抓壮丁是上面派的差事，这个逃壮丁的崽儿我们要抓回去。猴三，去把那崽儿绑了。”

老者微笑道：“抓人当兵，也要人家自愿啊，何必苦追!”

姜敬福满脸不高兴地说：“老先生，你应该晓得小日本都打到家门口来了，难道不要人去打仗吗?”老者仍面带微笑说：“是男儿都应精忠报国，你为啥不去前线打鬼子，在后方欺人、逼人呢?”

姜敬福顿时发起脾气来，“老家伙，你少管老子的事儿，我是负责抓壮丁的，不管前方打仗的事儿，给我抓走。”

此时，跑来一对老夫妇，老两口立即跪在姜敬福的面前，老头苦苦相求：“姜队长，我就这么根独苗苗，抓不得，政府不是说了不抓独儿吗!”

姜敬福咆哮起来：“老子就是政府，现在壮丁不够，独子也要抓的。”

老头抱住姜敬福的腿不放，姜敬福命令猴三拉开这个老头，猴三正举起枪，用枪托向老头的头上砸去，白衣少年一个扫堂腿，把这家伙打翻在地。姜敬福见白衣少年出手，拔出盒子枪对着这白衣少年，谁知白衣少年一个飞腿踢在姜敬福的手腕上，姜敬福“哎哟”一声，枪被踢掉在地上。

姜敬福和猴三很不服气，饿狼似的扑了上来，只见那老者挥动着手中的鹅毛扇，姜敬福和猴三突然感到浑身乏力，不知不觉随着鹅毛扇左右摇摆。老者猛地一下将鹅毛扇往下一扑，姜敬福和猴三也“扑通”一下倒在地上。

姜敬福知道遇见高人了，忙拾起盒子枪，狂言道：“你给老子等到，一会儿就晓得老子的厉害!”姜敬福说完就带着猴三灰溜溜地跑了。

围观的人看了一阵哄笑，感到无比高兴。平时他们就看不惯这些穿黄皮的人，欺行霸市，今天也算是为他们出气了。

突然，坐在地上的老两口抱着那受伤的青年哇哇大哭。人们一看，那个青年脸色苍白，毫无血色，在他母亲的怀抱里，已无气息了。围观的人大呼出人命了。人群中有一位姓张的郎中，算得上是街上的名医，人们都指望他出来救人。张郎中摸了摸这青年的脉象，丧气地摇了摇头，说：“这娃儿已经断气了，没得救了。”

人们七嘴八舌地说道：“打得这么凶，哪个不死嘛。”“到县府去告状嘛。”“他们都是县府的人，告得准个鬼。”老夫妇见儿子已断气，哭得更伤心了。

那老者摇着鹅毛扇走过来看了看，说了声：“快抬副门板来。”人们很敬佩这位老者，看到他刚才制服了官兵，都称他是神人，纷纷跑去抬门板。

门板抬来了，老者叫白衣少年将这青年放在门板上，那青年直挺挺地躺在门板上，毫无生气，看来是真死了。

只见那老者将一个黑丸子用力塞进这青年的嘴里，把这青年的四肢用力拉了几下，又用手指在青年身上点了一些人们还看不明白的穴位，在青年的胸前用空掌猛击了两下，用那神奇的鹅毛扇从头到脚扇了几下，那青年突然眼睛睁开了，坐了起来，向四周凝视一番，猛地一下哭出声来。众人齐呼："活了！活了！"老妇抱着儿子喜泪直流，老头向这老者跪下直磕头，那老者又露出招牌式的微笑，忙把老头扶了起来。人们都认为是活菩萨下凡了。

老者嘱咐这对老夫妻，"你儿子体弱多病，把儿子带回去休养疗伤，过不了几日就会好的。"人们用敬佩的眼神看着那老者和白衣少年离开街头，朝灵王庙村走去。

2

老者和白衣少年来到灵王庙村。老者的神情显得特别的奇异，瞪大了眼睛，东看看，西瞧瞧，面前的一切景象显得既熟悉又陌生。嘴里直念叨："变了变了，都认不出来了哟！"他走到村头的大黄桷树面前，抚摸着黄桷树，"长高了，长大了！"

老者向村里人打听起姜仕恩来，村里的人没有不认识姜仕恩的，正好胡三走过来了，村里人说："那就是姜仕恩家的长工。"

胡三很热情地对老者说："大爷贵姓，从何而来，找我家老爷有何要事？"

老者微笑着说："不必客气，姜仕恩何时称起老爷来了！"胡三诧异地说："老爷就是老爷撒，大家都称他老爷，您还不承认他是老爷吗？"

老者笑哈哈地打断了胡三的话："哪来这么多老爷哟，快带我去见他。"

胡三带着二人来到村北边的大院前。只见大门紧紧关着，胡三拍了拍门环，里面也无响动。胡三"哦"了一声说道："近些天老爷打了招呼，不接客人，家人只能从后院小门进出。"

白衣少年搔了搔头说："这就怪了，莫非白天还防贼呀！"胡三也不明白姜仕恩的用意，只好说："那就对不起了，既然老爷不开门迎客，我也不带路了。"胡三想的是我也不怕得罪你两个外乡人，只怕得罪了老爷吃不了兜着走。

老者脸上仍带着微笑："小哥，你不妨带我们去后院门边，我们自己进去，你家老爷就看不见你了。”又顺手从衣袖里取了一串小钱，递给了胡三，说：“小哥，拿去买点酒喝吧。”胡三见到钱，心里也乐意了。

胡三将老少两人带到后院门口，说：“你们两人自己进去问，我还要去办事儿呢。”胡三趁机溜之大吉。

二人推门进来，只见后院一大棚下，男男女女好几个人在编篾席。一位花白头发的男子在撇竹条，此人正是姜仕恩。

姜仕恩见两人慢慢地走进院里，感到有些突然，有几分警觉，心想这二人怎么知道从后院进来呢。

姜仕恩上前抱拳行礼，“敢问先生到寒舍有啥事儿?”那老者问道：“你就是姜仕恩吧?”姜仕恩嗯了一声，那老者突然跪下，激动地说道：“大哥，我就是小弟姜仕德。”姜仕恩感到十分惊讶，无法相信这就是失踪了三十多年的弟弟姜仕德。姜仕恩忙扶起姜仕德，“你真是狗儿，真是我家姜仕德?这么多年了为啥不早点回来?”

姜仕德泪流满面，说：“大哥，大哥，小弟无一日不想念您，说来话长，真是一言难尽哟!”

原来，在姜仕德九岁时，就被一疯癫和尚带走了，那和尚时而疯癫，时而清醒。原本是四川峨眉山上的和尚，他的师傅是个专门治和尚生病害疮的老和尚，收了疯癫和尚为徒，两人成天都在试吃百草，辨别草药的性能，不久老和尚被一毒草毒死，疯癫和尚伤心过度也吞下了那毒草，不知何故，疯癫和尚不但没死，反而性情大变了，竟吃起酒和肉来。说是酒肉就是他造药的引子。寺庙的住持不信他那些鬼话，疯癫和尚仍我行我素，天天吃肉喝酒，严重违反庙规，众人常劝，但他又不改正，寺庙住持一气之下将疯癫和尚赶下山去。

疯癫和尚一路讨口，一路治病救人，并且分文不取，传说他嘴里咬的草都能把死人救活，人们都把他当作是济公和尚来到了凡间。

那次来到灵王庙村，疯癫和尚嘴里唠叨着：“灵王爷显灵，我的继承人就在这里了。”结果遇到了九岁的姜仕德，两人像前世有缘似的，疯癫和尚把酒葫芦拿了出来，喝了一大口，问姜仕德敢喝酒么，九岁的姜仕德从小就好强，人小不懂事儿，答应了敢喝，姜仕德接过酒葫芦，居然把一壶酒喝了个精光。疯癫和尚大喜，“天赐我徒儿也，把醉得不省人事的姜仕德背起来就跑了。”

从此，姜仕德就跟着疯癫和尚浪迹天涯，治病救人。疯癫和尚吃醉了酒时就把自己的看病本领传给了姜仕德，疯癫和尚清醒时，就教姜仕德做人的品德，姜仕德从此得到了疯癫和尚的真传，治病的本事也跟师父不分上下。

一天姜仕德见师父低着头，扑在一个大酒缸边，脸青面黑，嘴角边渗出黑色的血。姜仕德见师父中毒了，想用药将师父体内的毒排出来。疯癫和尚此时特别清醒，说：“德儿，师父命数已定，不得再救，否则两人皆亡。这缸里的药水是用封喉草加人的口水为引子做成的，我嚼碎了封喉草，用我的口水作了引子，我命不保了。”疯癫和尚在姜仕德耳边悄悄地说了这药的配方，并叫姜仕德将鹅毛扇浸泡在药水里，七日后晾干，利用鹅毛扇的药力能治百病，再将剩下的药水温火炼制成丹，并取名为“还魂丹”。说完疯癫和尚倒地而毙。姜仕德抱着师傅哭了三天三夜……姜仕德牢记师父临终遗言：治天下人之病，不想天下人之恩。从此，姜仕德浪迹天涯，普救众生，人们也不知道他的真名大姓，都称他鹅毛神医。

一次，夜过一村庄，只听得路边有小儿喘息声，姜仕德看到一件旧棉袄盖在小儿身上，掀开一看，是一女孩，不知是哪家缺德的人将病儿抛弃在郊外，姜仕德立即给小儿喂了颗还魂丹，鹅毛扇在小女孩身体上来回轻轻地扇动着，过了一会儿，小女孩醒过来了，她意识不清，直叫姜仕德爸爸。就这样姜仕德有了新伙伴，并给小女孩取名：姜花，从小就把她打扮成男孩样，教她功夫，教她治病救人的本事。姜花有很好的天赋，学啥会啥，成天跟着干爹姜仕德四海为家，拯救苍生。

姜仕恩听完姜仕德的境遇，激动万分，忙把身边的人介绍给姜仕德。姜仕德除了唐氏以外，其他人都不认识，这下热闹起来，姜仕德又把姜花介绍给大家，众人感到十分惊讶：“这英俊小伙居然还是个女娃。”姜仕恩指着唐氏说：“这就是你的伯妈。”姜花从小到大从来没喊过妈，一听说叫伯妈，心里又激动又紧张，泪花直流，喊了声伯妈，扑在唐氏怀里。唐氏也热泪盈眶，紧紧地抱住姜花，“我的乖娃娃，伯妈一定把你当亲闺女对待。”在场的人都激动地笑了。

3

好不容易才回到了故乡，姜仕德想到自己一把年纪了，又考虑到姜花将来成家立业的事，加上大哥姜仕恩一家的热情款待，让他感到了家的温馨，决定住下来，在村里开个药铺，为乡亲们看病。

姜仕德将自己的想法告诉了姜仕恩，姜仕恩大喜，弟弟不在外飘荡了，回家来骨肉团聚在一起，也可了却过世的父母的心愿。

说干就干，姜仕德让兄长给在村里找间房子，他就在村里行医。

姜仕恩将一应事务安排下去，心里非常高兴，亲兄弟回了家，他这个做哥哥的责任重大，肯定要安置妥当。吃穿住自然都不用愁的，姜仕恩愁的是如何购买药材。姜仕德笑道："药材倒是要买一些，但我们的虎头山不是个药材库吗?"姜仕恩又愁了，说："我家没有识得药材的，何况虎头坡面积大而长，连接虎头山的森林，常传出大虫伤人的事。"姜仕恩有些担忧。

姜仕德笑了一笑，"我小时候都晓得，虎头山药材很多，我们可以自己采一些，也可以收购山里采药人的药材，至于那老虎吗，就是你侄女姜花都能降伏它，何况还有兄弟我呢。"

姜仕恩一听姜仕德不但医术了得，还有这般功夫，打心眼里佩服，决定马上去办理药铺一事。

闲不住，姜仕德决定立马就带着姜花到虎头山去探一探药材。姜花听说到大山去，那玩耍的劲儿油然而生。两人沿着青石板山路走了个把时辰，农家越来越少，到了荒无人烟的大森林就是一些泥土小路。大森林里百鸟争鸣，蝴蝶、蜻蜓纷飞，好一派自然风光。

一个白发老人背着背篓，手握一把小锄头，正在寻找药材。姜仕德走过去看了看，背篓里只是一些寻常草药。白发老人也好奇地问："先生也懂药材?"姜仕德微笑着点点头："略知一二，不知老人家为何只挖些常见的药草?"白发老人叹了叹气说："这虎头山里确实药材很多，早年还听说过有千年人参。近几年深山出现一只猛虎，我们采药人也只能在森林边采点一般草药，换点粮食为生，不敢进大山深处采药了。"

姜仕德叹道："果真有老虎?"白发老人点了点头说："确实发生过猛虎伤人的事儿，我敢来挖草药全靠我儿子拿着猎枪在前面守着，一听到啥动静，马上打一炮，我们就下山去。"

姜仕德眉头紧锁，如此下去，断了寻找药材的道，同时也苦了这些采药人，断了他们的生路。

姜仕德问白发老人："可否带我们进深山看看，我们是收药材的，今后你们的药材我们全收。"白发老人摇了摇头，"年岁不饶人了，跑不动了，万一碰到那猛虎就成了它的口中食了。”姜仕德也不勉强白发老人，说道：“不劳老人家了，我们自己去。”白发老人见他们很有决心，又是为采药人们谋生路，忙说，“好汉，你们既然是收药人，也顾着我们的衣食，我可以叫儿子带路，好在他还带了一杆猎枪。”

白发老人用大拇指和食指合成一个小圆圈吹起口哨来，哨声在这寂静的山林里响起来。不多会儿，一个中等个子、精瘦的中年人手持猎枪从林中跑了过来，在白发老人面前指着姜仕德二人，叫声嘶哑。白发老人把姜仕德二人的来历告诉了这个中年人，中年人双手抱拳唔唔地叫着，看来说不出话。姜仕德一听，手轻轻地摸着胡须，琢磨着这个中年男人，十哑九聋，这男子的病不是天生的，从声音听得出是某种毒药所致。

姜仕德问白发老人，“你儿子以前能说出话吧？”

白发老人大惊，“先生怎能晓得，我的狗娃是去年在打猎时见悬崖有棵碗口大的蘑菇，便采回家来，本来家里就没有吃的，全家人也饿得不得了，我就把它洗净后熬了一锅汤。狗娃笑着说什么怕有毒，他先喝一碗试试，说着他就喝了下去，还说这汤鲜得很啰。他这么一说，全家人都笑了，忙着拿碗来舀汤尝味儿，谁知狗娃猛地一吼，手中的空碗都掉在了地上，狗娃双手紧抓喉咙，一看就知道是中毒了。我们山里人常吃这些野物，救治的办法也略有一些，我就赶忙熬了一碗解毒汤给他喝下，命还是救下了，可是从此狗娃就说不出话了。”白发老人越讲越伤心，泪如雨下。

姜仕德冷静地问：“此菇何种模样？”白发老人说：“有大碗口这么大，平菇模样，雪白发亮，有紫色和黑色的花纹。”那中年人也使劲儿点头，一副痛苦状。

姜仕德摇着鹅毛扇，又问：“这是啥年月出的事？”白发老人说：“去年寒露左右。”姜仕德面带微笑，叫狗娃张开嘴看了看，立即对白发老人说：“你的狗娃有救了。”“当真？”二人一听，立即跪倒在地，不断地给姜仕德叩头。姜仕德连声叫道：“使不得，使不得，这不是叫我折寿吗，快快请起！”

只有姜花一个人知道干爹只要一微笑，病人十有八九都能够治愈，若是在沉思，就是在拿主意，想对症。

姜仕德叫狗娃坐在一木桩上，取过狗娃身上的皮水袋喝了一口水，猛地一下喷在狗娃脸上，然后从衣袖里拿出了一颗紫色排毒丸，叫狗娃含在嘴里，叫姜花“发功”。姜花踏好马步，双手从腋下两侧推了出来，迈着阴阳八卦步，围着狗娃走了一圈，双掌不轻不重地拍在狗娃背上。狗娃哇的一声，那紫色药丸便吞下了肚。姜仕德把鹅毛扇压在狗娃头上，狗娃左右剧烈摇摆着。姜仕德猛吼一声，狗娃嘴里突然喷出一股乌血，倒地不醒。白发老人看了吓得全身发抖，“先生，你这不是要了我儿的命?”

姜仕德面带笑容，口里念道：“快快醒来，快快起来，快快讲话!”只见狗娃一下立起身来，拉住白发老人喊道：“爹爹，我是不是在做梦哟?”

白发老人也弄不明白这是哪方神仙，治好了狗娃的病，父子二人双双跪地谢恩，被姜仕德挡住了。

狗娃也是个明白人，激动地说：“多谢神医让我重新开口说话，我一定给你们带路进山。”

4

已是晌午十分，姜仕德执意要进山，姜花也拍手叫好。白发老人担忧地说：“晌午后正是猛虎出没时，千万去不得!”姜仕德坚定地笑道：“我就是想去会会它，让它不得再伤人，你们采药人家也有了活路干。”狗娃为了感恩，表示马上带路进山。

三人同行，往山上走去，大约走了两个多时辰。狗娃带有一些嘶哑的声音说道：“这一带就是老虎常常出没之地，此虎十分凶猛，我们村里的几个猎户都奈何不了它。”

姜仕德听完他的讲话，指着前面的树丛，大笑道：“看，好多的药材，人参也不少，这下你们村里的人不再饿饭了。”狗娃焦急地叹道：“可那猛虎咱奈何不了的。”

姜仕德面无惧色，摇着鹅毛扇微微点了点头，“不用怕，我们就在这里等它。”姜仕德让姜花故意弄出动静来，姜花于是取出弹弓对着树上的野果就打，真是百发百中，野果纷纷落地，寂静的森林响起了声音。狗娃有些紧张，猎枪上了膛，左右观看着。这时，只听得森林里有“沙沙”的声音，突然卷起了一股“嗖嗖”的风声，三人背靠背地站成一个三角形，环视着四周的变化。果然，一只猛虎出现了，身上的黄黑斑纹都看得清清楚楚，一双瞪得鼓鼓的大眼睛露出凶光，张开血盆大口，凶恶地盯住姜仕德三人。

此时它正面对的是狗娃，狗娃有点心慌，一紧张猎枪就走了火，“嘭”的一声响惊怒了猛虎，只见它猛地一下扑向狗娃，姜仕德顺手一把抓住狗娃，让他靠近自己身边。老虎又猛向姜仕德扑来，姜仕德用鹅毛扇“啪”的一声拍在猛虎的脑门心上，一股药味飘出，老虎顿时晕头转向，姜花一拳猛击老虎的屁股，“果真老虎的屁股摸不得。”

老虎发狂似的扑向姜花，姜花腾空起身落在老虎的背后，又纵身一跃骑在老虎的背上，紧紧抓住了老虎的颈毛。姜仕德笑着对老虎说：“虎兄，你的三板斧已经用过了，还有何招？”老虎在原地又蹦又跳，想把姜花甩下来，姜花脸紧贴虎背，手紧抓住老虎的颈毛，就是不动。老虎摆得喘气了，又用尾巴扫打姜花，姜花气急，一阵拳头猛击老虎的头，老虎招架不住了，软软地趴在地上。

狗娃见老虎被打得趴在地上，于是提枪走近老虎，对准脑门心准备开枪射杀老虎。姜仕德连忙制止：“不必杀生，老虎也是有生命的。”狗娃急了，“先生，你放虎归山，不就是留下了后患，将来我们也不敢上深山采药的。”

姜仕德摇了摇头，“凡生灵都有它的灵性，我来和它和解和解。”

姜花还一直抓着老虎的颈毛不放，别小看这老虎的颈项，正如蛇七寸一样，这就是老虎的七寸。一会儿老虎就动弹不得了。姜仕德带着微笑走到老虎身边，左手轻轻地摇着鹅毛扇，右手轻轻地抚摸着老虎的头，老虎有气无力地半眯着眼，畏惧地看着姜仕德。姜仕德和蔼地对老虎说：“山大王哟，今天我们闯了你的禁地，多有得罪，但你可曾想过，你占山为王，断送了多少采药人的饭碗，你看这漫山遍野的药材，不采多可惜，它们是用来为人们治病疗伤的哟。”

说到这里，姜仕德突然眼睛一亮，叫大家别动声色。姜仕德从袖子里抽出一条细红头绳，轻手轻脚地向茂盛的草丛中走去，到了草丛中，他又轻轻地分开一堆草，用红头绳拴在一棵碧绿色的植物茎部，又向狗娃招了招手，指了指他腰间的那把猎刀，狗娃心领神会，慢慢地走了过去，把猎刀递给了姜仕德。姜仕德仔细地刨着这茎边的土，不一会儿露出一棵像萝卜似的东西来，姜仕德又继续刨，不多会儿，竟刨出一对酷似人形的药材。

狗娃惊叫道：“好大一对何首乌哟！”

这对何首乌真像是一对夫妻的样子，一个呈女性特征，一个呈男性特征，两个紧紧依偎着。

姜仕德大喜，说：“这起码是一对百年以上的何首乌了，实在是珍贵！”姜仕德提着这对何首乌来到老虎面前，半开玩笑地说：“虎大王，你会挖人参、何首乌吗？当然你不会。你能把它当饭吃吗？当然也不会。可它对人来说用处可大了。”老虎不语，只是头更低了。姜花只知道姜仕德能与鸟类、家禽对话，却不知他能与老虎对话，姜花不解，对姜仕德说：“干爹，它听得懂你的话吗？”姜仕德笑着说：“它应该知道一二吧。”接着姜仕德向老虎嘴里硬塞了一颗白色的丸子，叫姜花从老虎身上下来，老虎慢慢地立起身来，全身抖动了几下，灰溜溜地望着姜仕德。姜仕德对老虎笑了笑，“今天得罪你虎大王了，将来我们互不侵犯，你回深山去当你的山大王吧！”

老虎好像明白了什么，转身向深山奔去。

狗娃大叫：“先生放不得，以后我们上山采药，它又出来伤人咋办？”姜仕德笑着说：“狗娃放心，它得了今天之教训，何况我已将药丸喂了它，它将来闻到人气就会跑得远远的。”狗娃大喜。

5

狗娃十分殷勤地邀请姜仕德和姜花到他们虎头村去看看。姜仕德想到虎头村的人大多数都是采药人，便答应了狗娃的邀请。带着姜花跟着狗娃下山到虎头村去。

三人到了山下，狗娃指着前面一块像虎头的大岩石说：“那就是虎头村。”

三人来到村口，村寨大门两边架着人那么高的木桩，木桩上削得尖尖的，门口站着两个精瘦面黄的中年男子，手里端着猎枪。狗娃说是为了防猛虎突然袭击，村口才这样设置的。村里有七八家猎户，轮流值班。原来村里有百来户人家，都是采药的，猎户家也会采药，由于猛虎的出现，大都外出投亲靠友或打工去了。现在村里只有二十来户人家了。

狗娃兴奋地领着姜仕德和姜花走向村口，有两个手持猎枪的守卫着。狗娃高声喊道：“富贵，富财，我们村里来贵客了。”

富贵和富财高兴得不得了，两人忙向姜仕德作揖表示欢迎。

姜仕德和姜花也作揖回礼。狗娃说：“快带贵客进村。”富贵说：“难道村口不守了？”狗娃做了个鬼脸，“不守了，全靠这两位贵人把老虎轰走了！”富贵、富财一听，高兴得手舞足蹈，“我们到村里报个信。”说完撒腿就向村里奔去。

白发老人带着一些村民和看热闹的小娃娃出门迎接。姜仕德一看村里全是破旧不堪的茅草房，有的已漏风倒塌，显然没有住人。村民们个个面黄肌瘦，穿的都是些补丁叠补丁的麻布衣衫。小女孩还穿着衣不蔽体的破烂衣服，小男孩都是腰间围着一块破布。一个又黑又瘦的女人抱着婴儿，婴儿吮吸着她那干瘪的乳房。

白发老人领着姜仕德和姜花进了一间破旧的大茅草屋，茅草搭的院门，院外围了一圈竹子，堂屋摆了一张方桌，边上是四条大木长凳。主客坐定，一老妇为姜仕德二人倒了老荫茶。

白发老人说："这是我堂客，家中还有狗娃，家里穷，都讨不到媳妇哟。以前我们采药人，可上深山采药换些钱，养家糊口，日子还勉强过得去，如今出了猛虎，谁也不敢进山。村里都饿死一些人了，好多人家都自谋出路，奔走他乡了。我们这里又是红石子地、沙地，没有水田，种不上稻谷，只能种些苞谷、红苕，收成不好时，常常吃野草和树根。"说着指了指簸箕里的野草和树根。

白发老人接着说："有亲戚的都投奔亲戚了，年轻人都外出谋生路去了，只有我们这二十来户人无亲无戚，再说也舍不得生我养我的地方，都留在这里等死哟。"

狗娃抢过话去，说："老爹，如今不怕了，姜先生和姜花姑娘已将猛虎赶进深山里去了，先生真神了，老虎居然听姜先生的话跑得远远的，怕是不会伤人了。"

狗娃把赶虎的事说了个明白。众人听了大喜，直叫真是神仙下凡了，纷纷向姜仕德磕头。姜仕德连声说道："使不得，使不得，现在老天开眼，给人活路，你们明儿就可以上山采药了。"

此时，白发老人的老婆，端了一缸热腾腾的红苕上来，放在桌子上说："请先生、小姑娘吃点红苕，穷人家没啥子东西吃的。"姜仕德想起进村看到的情况，心急如焚，他走南闯北，走遍了大半个中国，知晓天下穷人太多，但也没见过这样穷得像原始人生活的。姜仕德站起来，在碗里拿了个红苕递到一个瘦弱的小女孩手里，又拿了个递给一个弱小的小男孩，说："我不饿，剩下的你二老留着吃吧。"姜仕德说到这里眼角浸出了泪水。

全村的人听说来了神医，纷纷跑来拜望。

白发老人激动地说："乡亲们，这位姜仕德先生，为我们赶走了猛虎，明儿我们就可以结伙入山采药了。”这时，人群中一个中年妇女扶着一个干瘦的男子走过来，中年妇女正要磕头，姜花拦住，问中年妇女有啥事儿需要相救。

中年妇女忧愁地说道：“前几日我烤了一个红苕，全家人都抢着吃，我男人乐得哈哈大笑，说他几天没吃东西了，他先咬一口，刚张开嘴巴，他的下颌就动不得了，请神医帮我们医一下嘛！”那男子向姜仕德作了个揖，正要下跪，被姜仕德扶了起来。

姜仕德仔细地观察了这个中年男子的病状，心里就有了数。此症是“下颏脱落”，起源于肺肾虚损，元气不足，正因说笑高兴。忘倦一时，元气不能接续所致。此属疑难怪症也。

姜仕德叫这男子平身坐正，姜仕德放下鹅毛扇，双手托住男子的下颌，向脑后送上关窍，随后用布条兜住，轻轻一拍，那男子“哎哟”一声，竟能发出声来。姜仕德立即制止道：“千万别张口，务须避风，若受风邪则痰涎上壅，口眼歪斜，则难治了。”

姜仕德叫白发老人拿纸墨来，狗娃一会儿就拿来了纸墨。姜仕德摸了摸胡须，坐在长凳上，纸墨放在桌上，提笔写道：

用天蓝星研末，姜汁调敷两腮颊，一夜即上，次日再用。这是外用的药，在每个字下打了一个小圆圈。

接着姜仕德又开了一个处方：

高丽参、白术、茯苓、制半夏（各五钱），当归（二钱），僵蚕（二钱），天麻、陈皮（各一钱），川芎（八分），甘草（三分），制附子（六分），灯芯（十四根），生姜（三片）水煎服。

姜仕德把治疗方法和用药的剂量讲了一遍，大家都是采药人，都懂得药草的名称，就算不知医术，一听也明白了，中年妇女哭丧着脸：“神医，我们现在没得哪家有药材了，这啷个办哟！”

姜仕恩沉思了一会儿，“今天我已给他矫正，布条七天不能去掉，明儿大家上山采药，不是啥都有了么。”众人一听，皆大欢喜。白发老人叫村民们回家准备，明儿上山采药。对姜仕德恳求道：“先生是我们村的救命恩人，我作为族长恳请先生留宿几日，待我们采药回来，做个指教。”

姜仕德知晓白发老人的心思，看了看姜花，欣然答应了。

6

清晨，白发老人带着一群能走动的村民，狗娃也带了几个背猎枪的人，每人都戴上了小锄头、镰刀、麻绳等采药工具，准备上山采药。

姜仕德叮嘱众人要注意安全，并吩咐狗娃和几个带猎枪的人见到老虎千万不要动枪，老虎绝不会伤害你们的。村民们带着希望在白发老人的带领下往深山老林去了。

姜仕德给姜仕恩写了一封信，叫姜花立即下山回家把信交给姜仕恩，自己到村里去看望老弱病残。

仕恩兄：见字如面，愚弟已在老虎坡虎头村，村民家中无颗粒粮食，全靠红薯、苞谷、野菜、草根为生，现在连红薯、苞谷都没有了。请兄拿个主意。

愚弟　仕德

姜花告别了姜仕德，带着信件立马下山去了。

正好，这天姜仕恩也从重庆赶回来了，见姜仕德的信后，问姜花关于虎头村的情况，姜花一一告知。姜仕恩是个很节省的人，平时穿戴跟常人一般的布衣，在吃方面也很节俭，有时唐氏给他煮一个咸鸭蛋，他也是吃一半，留一半第二天来吃。没有一点老爷的架子，但全家主事的非他莫属。近些日子他忙着家里、重庆两地跑，也累得够呛。

近一段时间，重庆那边日本轰炸频繁使姜家的篾席铺也不景气，一袍哥兄弟把姜敬明介绍到中央造纸厂，厂部看中了姜家的手艺，购来大批竹子，叫姜敬明带人用竹子建围墙，急急忙忙先把厂房立起来。这么一算，姜敬明也就成了正式工人，还是个小领班。这对姜家来说，可是大事，姜仕恩少不得要跑一趟去把控全局，了解详情，将一应人员安排妥当。他今天回家来就是要安排采购竹子的。

姜仕德的信姜仕恩看了也十分着急，没想到有这么多人饿饭，可不是他能担得起的。于是他一边安排人收购竹子和新招一批制作人员往重庆运送，一边还要想如何救济虎头村村民。姜家中粮仓的米也不多了，地窖的红薯和土豆也没多少了，家中有十来口人每天吃饭，余粮是不能不留的。但姜仕恩知道姜仕德的脾气，他不会随便求人的，信中叫他拿主意，实际就是叫他要办好这事。

姜仕恩左思右想，想到了三儿子姜敬福，他的老丈人是镇长，就是镇上数一数二的大户人家，准备去找姜敬福想想办法。姜仕恩来到镇长大院，门口站着两个站岗的兵丁。见姜仕恩到来，很有规矩地打着招呼："姜老爷，来找你幺儿?"姜仕恩点了点头说："是的，敬福在不?""他在。"一人领着姜仕恩进了大门，在堂屋安坐，又忙着去请姜敬福。

不多会儿，姜敬福打着哈欠朝堂屋走来，昨晚打了一晚上麻将，还在睡懒觉，一听姜仕恩来了，不得不起来。

姜敬福走进堂屋，向姜仕恩作揖道："老爹来了，有啥事找我呢?"说话间，姜敬福的老婆端着茶盘进来了，把盖碗茶双手递给姜仕恩，笑嘻嘻地说："公公，请喝茶。"

姑娘十八癞，这一点不假。原本门都不敢出的贞贞过了十八岁，那一头癞子便一天天自然结痂脱落，又长出了粗细软软的头发来，不多久竟长出了一头黑发，本来就长得不错的贞贞有了一头秀发，慢慢就有了三太太的模样，标致得很，姜敬福就从心里喜欢起贞贞来。但姜敬福跟岳父岳母说，贞贞能向好了，是他带来的福。

话虽如此，三太太那边他却也没放手，当然，三太太自己也并不肯放手。只是有了这对母女，姜敬福倒是不再出去招嫖了。

贞贞乖巧，嘴也甜，虽然男人是上门女婿，但公婆家也还是颇有资产的，将来少不得还有姜敬福这一份，因此她并没有因为上门女婿的身份而轻慢姜敬福。今天难得遇到公公来了，她便主动地过来奉茶。

姜仕恩见到贞贞很是高兴，心想这美儿媳妇能收住姜敬福的心了，姜敬福见姜仕恩一边喝着茶，一边跟贞贞聊天，很不高兴，急着问："老爹，你今天来干啥子事嘛?"

姜仕恩忙回答："大事，大事，怎么一下就忘了呢，我是来借点粮食的。"

贞贞急了，心想公公家虽不是豪门显贵，但也是富人家了，何至于吃不起饭？便问："爹爹，您家未必也吃不起饭了？"

姜仕恩把姜仕德回故乡，准备办药铺，上山采药，村民挨饿的事儿摆了出来。姜敬福大喜，"哟，二爸回来了，还是个郎中，姜家要发财了！"贞贞一听，便嘟着嘴，说"鬼的个发财，回来就借粮！"

"婆娘，你想，现在好多病人，哪个郎中不想病人多，哪个棺材铺老板不想死人多，多了就发财撒。"姜敬福想得多，且轻言细语地劝贞贞。

姜仕恩不耐烦了，"莫扯那么远，你得赶紧想办法给老子弄粮食。"姜敬福为难起来，他自己还当不了这个家，眼睁睁地看着贞贞。贞贞说："找大娘嘛，她当家，找二娘也行，她管家，我娘啥权都没有哟。"

说来也巧，这时候就听到了门外传来三太太清脆的笑声，她穿着一件红底白花的旗袍，露出的腿白皙而修长，显得丰满又性感。

姜仕恩忙站了起来，躬身问安："三太太可好？"三太太笑呵呵地说："亲家，我好得很哟，成天都闲着，不像亲家是做大事的人。"

还做大事呢，这都借粮来了，贞贞气不忿，马上把姜仕恩借粮的事告诉了她娘，三太太毫不含糊地说："家中细粮、粗粮有的是，全凭大太太一句话，我去请大太太。"

不多会儿，大太太来了，笑容满面地说："亲家来了，真是稀客。"从姜敬福入赘李家，姜仕恩顾面子，他平时还从来没来高攀过。

顾不得脸了，姜仕恩只好把借粮一事又说了一遍，大太太听罢，说："亲家不要见外，三太太已经跟我讲了，我也是信佛之人，'救人一命胜造七级浮屠'，我们好好商量一下嘛。"

"一粒也不能借！"门外传来李镇长的声音，只见李镇长凶神恶煞地盯着大家，所有人都被镇住了。

7

姜仕恩带着满肚子的气回到家里。在堂屋里一边喝着茶，一边抽着叶子烟，心里盘算着姜仕德找他要粮的事儿，越发没有了主意。这时，唐氏进来了，见到姜仕恩一脸愁容，多年的夫妻，一看就明白姜仕恩肯定遇到啥难事了，唐氏知道姜仕恩大男子气重，从不在女人面前叫苦。但遇到事情，只要主动关心他，他便会说的。姜仕恩也知道唐氏是一个很有主见的女人，两人办起事来也很有默契。

唐氏主动开口了，“老爷，有啥子事儿把心给堵住了，吐出来哟。”

姜仕恩一听老伴开口问话，一口气把姜仕德要粮和向姜敬福借粮的事儿给唐氏讲了出来。

唐氏听后，心也一紧，家中也不很富裕，大大小小还有十来口人吃饭。唐氏安慰道：“天无绝人之路，一泡尿就把人憋死了么？办法是人想出来的嘛！”

姜仕恩叹了叹气，“我的脑壳都想爆了，还没想出办法来，你说二弟向来不求人，他也是急在眉梢了，才叫我拿主意。救人是他当郎中的事，没想到现在用粮食来救人，也成了他的活路。”

唐氏沉思了一会儿说：“老头子，你看这样要得不？家里留足三天的口粮，其他全部拉到虎头村去，交给二弟，分给那些村民，先把命救到了再说。要是三天过后家中还没弄到吃的，我就到娘家去拿。”

这个办法倒也用得，只是又要辛苦唐氏剥了脸皮回去开口了。姜仕恩一听，心中大喜又大愁。但也只能依着婆娘的主意，先送点上去，村民有点吃的了，也不会饿死人了，到时再想办法，三天难道还想不出办法吗。

姜仕恩同意了唐氏的意见，唐氏亲自去办理，她把家里的人都叫了出来，姜花、黑娃、胡三、翠翠、吴妈等一干人，全员出动。唐氏现场指挥，把留下的粗粮、细粮放在一边，把其他的粗粮、细粮全装进了麻袋，足足有二十来袋。

姜仕恩看了很是高兴，平时寡言寡语的姜仕恩对众人只说了三个字，“多谢了！”

姜花引路，姜仕恩叫带着胡三、黑娃，还有两个短工，拉着两板车的粮食急急忙忙进山去了。这弯弯曲曲的上坡路，确实费力。姜仕恩也拉得满头大汗，湿透了衣衫，还好其他人都是青壮年，姜花也有男孩子般的力气。两个多时辰后，他们才远远地望到了虎头村口。

姜仕德正在虎头村口给采药人分配事儿，白发老人也是对药材很内行的人，叫采药人按药材的性能分堆放好，如解表药、止咳平喘祛痰药、清热药、利尿逐水药、祛风湿药、理气祛寒药、理血药、镇静解痉药、补益药、消导驱虫药、收敛止泻药、止痛药、外伤药、拔毒止痒药，样样分得清清楚楚。白发老人和采药人见姜仕德对药材如此了解，佩服得五体投地。

姜仕德看见这些采药人只带了几个红苕进山采药，回来饿得实在不像样子，心里很是同情，正纳闷一向心善的大哥大嫂为何不送粮上山来。突然听得姜花一阵高喊：“干爹，我们来了!”

姜仕德一看，姜仕恩带着大家汗流浃背地拉着两板车的粮食来了，心里的石头也落下来了，连忙带着人迎上去帮忙推。话带回去了，他觉得大哥能办成，但真办成了，姜仕德还是感激不尽：“有劳大哥了，小弟代村民谢谢你!”

姜仕恩擦了擦汗，难得一笑。村民们也忙着送上茶水，白发老人上前作揖道谢，说：“你兄弟二人救了咱村民的性命，大恩不忘，我们采药人也知恩图报，这批药材就给你们了……”

姜仕德笑道：“使不得，使不得！药材钱我们全付，现在是鲜材，还得切制，晒干，好几道工序。到时你们有钱了，可以购买粮食，养家糊口。再说有些药材你们自己也可食用，就拿葛根来说吧，这次你们也采了很多，有不少肥大块根，可去皮煮食，也可切片卖出去，葛根花也可晒干售卖，山药也挖得不少，根肉质肥厚，也可煮食。我刚来村里的时候，看见一妇人干瘦如柴，还在哺乳婴儿，十分可怜。你们猎户人家可以打上一只野鸡，炖上山药，妇人吃了这些，身体就会慢慢恢复起来，便有了奶水，婴儿也得保了。

再说山上的药材，是分四季采集的，野生的固然很好，经常采集，药材也会逐年减少，村民也可利用自家的土地和老虎坡的林地种植药材。以山药为例，这里有不少的沙质土壤，便可用芦头和珠芽部分种植。人参，我们也叫它棒槌，纺锤形，有的分叉像人形，因此得名人参。属名贵药材，你们也可以在靠山边的林地下种植……”

白发老人和众采药人听神了，一时茅塞顿开，因为都是采药人，都知道药材的性能，但却不知自己还可以种植药材，白发老人感慨万分：“真是神人呐，帮助我们采药人，采了药，还传授种药方法，我村民们得救了。”众人作揖齐声感谢姜仕德。

山里的虎头村发生的事，一下传开了，有的是虎头村亲戚相传，有的是村民相传，有的是采药人相传。不到几天，原村的采药人都陆陆续续赶回家乡。俗话说靠山吃山，靠水吃水，这些采药人祖辈也是采药的，懂行道，在外打工，全家都漂泊在外地，日子也不好过，也常常思念家乡，听说有神人帮助赶走了猛虎，又可以回家乡采药了，何乐而不为。

以前一些收药材的商人，听闻此消息，也前来虎头村收药。虎头村的村民日子慢慢好了起来。姜仕德和姜花告别了白发老人及村民，准备回灵王庙村办药堂。临别时，白发老人和村民们依依不舍把他们送出村口，姜仕德心情难以平静，对白发老人和村民说："你们采集的药材我一定收购，你们要多采、多种药草，还可以大量供给外地来买药材的商人，日子会一天天好起来的。"说完便向白发老人和村民作揖告别，带着姜花下山去了。

8

姜仕德和姜花回到了姜仕恩的家里，姜仕恩把在村里建药堂的事儿讲给了姜仕德听。姜仕德十分感谢大哥的帮助，没想到这么快就把药堂建好了，他立即要求前去看看。

姜仕恩带着几个帮手领着姜仕德和姜花来到村口，只见村口一棵大黄桷树旁盖起了三间瓦房，后边小院四周盖上了结实的茅草房。这是按姜仕德的要求办的，瓦房中间屋大，堂上一台桌，供姜仕德看病用，桌上笔、墨、纸、砚准备齐全。靠墙壁的是药柜，药柜做成一个个方格的抽屉，抽屉再隔出四方格，在方格里放置各类药材，抽屉外写上中药名称，称之为百子柜。前面是柜台，柜台上秤杆、算盘、包药的牛皮纸等也样样俱全。左厢房是姜仕德的卧室，右厢房是姜花的住处。后院的几间茅草房，是制作药材的作坊和堆放药材的仓库，还有厨房和茅厕。房屋中间修的三合土坝子，是用来晒药的。

姜仕德很满意，连连向姜仕恩作揖道谢，说："大哥的情，小弟领了，等今后有了收入一定偿还。"姜仕恩摆了摆手说："亲兄弟，不必言谢，这是我的一点心意，你治病救人，我将这些全部赠送于你。"姜仕德微笑道："亲兄弟明算账哟。"众人听了一起欢快地笑了起来。

姜仕恩问道："二弟，你打算给药堂取个什么名字？"姜仕德摸了摸胡须，喃喃说道："姜家为天下人治病疗伤，决不能伤了姜家的名声，要有责任心，就叫'姜家药堂'吧。"众人齐声叫好。

姜家药堂开业了，挂了牌就开张，姜仕德连开张典礼也不举行，姜仕恩为此还有点生气，认为是开哑巴业，叫黑娃放了两串鞭炮，弄得姜仕德哭笑不得。心想是大哥的心意，也就不说啥了。

姜仕德看病有些奇特，问了病人情况后从不号脉，只看脸色，看手掌，男看左，女看右，就能说出病来，一说一个准，只要按他的要求服药，就会药到病除。

姜仕德看病也有他的原则，不论穷人富人生病他都看。富人看病虽然收费要高些，却也从不接礼品，能吃得起饭的人家，按药房的定价收取，贫困人家则只收半价，饭都吃不起的穷人来看病，则分文不收。

姜花专负责抓药，十分熟练，一抓一个准，当然也要按要求放在秤盘中让人看见。姜仕恩专门派了黑娃负责后院的药材收购，黑娃又学会了切制、分类药品的活路。姜仕德常常要到仓库检查药材的质量和干湿程度。他一看二闻就知道药材的好坏了。

一天大清早，一台轿子抬了一个人过来，此人头戴礼帽，身穿蓝色缎子长袍，戴了一副墨镜，前来求医。

突然，又见两名男子用门板抬来一妇人，其中一男子说："我婆娘生病几个月，吃不下东西，今天又吐血，怕是要死了，求神医救她一命!"

本来应是先到先看，这突然来的重病人，姜仕德只好向那富人作揖道："先生，我先把那妇人救下来再给你看，行不?"

那富人气得横眉竖眼："老子先来，老子有的是钱，得先给老子看!"两个抬门板的男人一齐向那富人作揖求他行个方便，"看在救人的分上，请让我们先看。"

那富人仍不服气，吵吵嚷嚷要先看。姜仕德叫黑娃给这位老爷端盖碗茶来，"先生，救人要紧，你能眼睁睁看着这妇人死去吗?"富人不好言语了，气冲冲坐在一边喝茶等候。

姜仕德端详着妇人的脸，奄奄一息，只有一丝生气，嘴角有血迹。他又端详这妇人的手纹，心中有了把握，此妇人痞疾经血不调，面色黄瘦，咳嗽不止，加之不思饮食，精神疲倦，极其虚弱。立即叫姜花端了碗人参汤，让姜花慢慢地从妇人口里喂进，姜仕德不急不慢地开着药方：

> 熟地、干姜、当归、蒲黄、赤芍、甘草（各三钱），小黑豆（五钱）共研细末，另用肉桂（三钱去皮）研末入药拌匀。每用两钱外加男子指甲七个，在瓦上焙黄研细入药内，临睡时用熟淡黄酒冲服出汗，不要受风，每日服一剂，共服四剂。

开完后并吩咐妇人的家人，这四日只要开水红糖拌饭食，食稀粥，千万不可另吃别物。

那妇人喝了参汤，渐渐醒来，两个抬门板的男人作揖道谢。那妇人慢慢地从干枯的手上取下一个绿色的玉环交给她的男人。那男人泪流满面，双手将玉环递给姜仕德："我家穷得没有分文，这玉环就当药费，请先生收下。"

姜仕德摇着鹅毛扇，客气地说："救人要紧，此药我分文不收，回家按要求服药，过几日再来看看。"说完叫姜花立即配药。

两名男子激动万分，立马向姜仕德下跪谢恩，这下急坏了姜仕德，"使不得，使不得。"说着将二位男子扶了起来。

那富人见郎中看病居然不收钱，态度也没有先前傲慢了，笑着说："郎中先生，该给我看了哟。"姜仕德回答道："好好好，刚才事出有因，怠慢了，见谅。"并叫这富人坐下。

姜仕德端详了这个大约五十多岁的男子，此人面色灰白，眼圈乌黑，一下便明白了八九分，是肾亏弱症，情况不一般。姜仕德问道："先生，哪里不好?"那富人轻声细语道："胯下那东西是软的，房事硬不起来。"姜仕德又仔细观察了这男子的手纹，心里明白了，此人阳物软而不举，此为阳痿病症，也不多语，便开起药方：

高丽参、熟地、枸杞（各五钱），沙苑、蒺藜、淫羊藿、母丁香（各三钱），远志（去心）、沉香（各一钱），荔枝肉（七个）。

姜仕德吩咐道："要浸好烧酒二斤，三日后蒸三炷香时刻，取起浸冷水中拔出火气，过三十一日饮之。此名叫'千口一杯饮'，此服药作两三百次缓缓饮之，一次一小口，日子一长，能生津养血益气安神，其功不可尽述。"

那富人听了，喜从心来，作揖道谢，忙请抓药。姜仕德平静地说道："此服药需一个大洋。"那富人一听，满脸不悦，低声地说："刚才那人开药，你分文不收，我为啥子要拿这么多钱?"说完想取药方走人。姜仕德用鹅毛扇压住药方，说："人家穷得饭都吃不起，凭良心我也不好意思收，先生属富家之人，这点钱还拿不出来吗?"

那富人听了十分狼狈，为了治病只好付钱抓药。

第四章

1

那富人并非别人，正是李镇长。李镇长娶了三房太太，房事方面应付不下来，特别是三太太那个媚劲儿，更是让他招架不住，何况女人三十如狼，四十如虎，三太太正当值。但李镇长对三太太还是十分宠爱，不仅是三位太太中最美的，身段最好的，嘴巴也甜，主要是给他生了个女儿。

当然李镇长不可能知道女儿是三太太偷种来的。李镇长一直认为只有三太太能生育，从不认为是自己有问题。但随着年龄增大，他自觉身下那物儿常常拖后腿，连累他办不成事，于是悄悄出去看过不少医生，甚至到过重庆去看西医，吃过西药。西医说他是阳痿症，不仅同房困难，也很难正常生儿育女。

医生的客气话委婉，李镇长自行脑补，很难，但也还是有机会啊，可不是三太太还是怀孕了！为了治病，他继续奔波，看了不少医生，吃了不少的药，勉强挣扎着种瓜种豆，但三太太再也没怀上过孩子。

前不久，李镇长听家丁闲嘴儿提了一句，说灵王庙村来了个神医，专治疑难杂症，死人都医活了，不生娃的女人也能怀孕了，他马上就给自己备了马，决定换个装来灵王庙求药。为了面子，他谁也没有告诉，也不叫灵王庙村出来的女婿姜敬福带路。

在姜氏药堂，李镇长看见姜仕德亲自为一个快要死的妇人治病，完全信服了，难得找到如此神医，花了一块银元，也心甘情愿了，抓紧治病，让三太太看看自己的雄风。

李镇长叫来二太太，把药交给她，叫她熬药，并一再打招呼，让二太太说是自己生病了抓了几服中药治病，二太太把药熬好后，放在自己的房间里，李镇长以关心二太太的身体为名，前去服药，二太太是个谨慎、胆小、怕事的人，一切照李镇长的话去做，绝不会向第二个人讲此事，李镇长对二太太办事也一百个放心。

这天，姜敬明突然来到李镇长府上，说是找姜敬福有要事相谈，正好李镇长与二太太在客厅谈事呢。姜敬明拜过李镇长，寒暄几句，又说明来贵府找姜敬福有要事。

李镇长招呼姜敬明坐下，让二太太去叫姜敬福，很快姜敬福来到了客厅里，向李镇长行礼后问起姜敬明来："大哥，你和大嫂在重庆安了家，几时回的？有何要事来找我？"

姜敬明说道："三弟，是走丢数十年的二爸回来了，爹爹带信给我，让我和你嫂子立马回家相认。爹爹让我来叫你呢，今日也回家和二爸团聚一下。"

姜敬福听了心里憋屈，前些日子老爹过来借粮，几位太太都应了，李镇长不肯，结果老爹失了面子，负气离开，因此他多天没有回去了，现在回去拿什么脸见人。再说了，他心中对那个什么二爸，一点印象也没有，只是听他爹爹说过，二爸被一个疯癫和尚拐走的事儿。想到这儿，姜敬福突然说："大哥，是真的吗？是不是来了个骗子，骗老汉屋头的钱哟？"

"一点也不假，很像我们的老爹，在外面流荡了三十年了，还带了个养女回来，叫姜花。二爸现在是个郎中，学了一身本事，现在村里人人都晓得这事。"姜敬明那边说着，这边李镇长无意间听到这句话，忙插话问道："是不是那个啥子姜氏药堂的郎中？"

姜敬明点头称是，李镇长惊了一身冷汗。李镇长心想，这要我三头对六面，我的秘密可不是保不住了？何况是亲家屋头的人。我的病若传出去，岂不是成了人家茶余饭后的笑话？李镇长见姜敬明点头，便"哦"了一声，然后低头沉思着，这样的亲戚迟早是要见面的，见面也肯定认得出来的，何况姜郎中说了还得吃上半年药才会好转，本来是很高兴的事儿，现在就显得十分尴尬。若想办法把药堂整垮，赶走姜郎中，自己的病又如何治呢？左思右想，想不出个办法来。

姜敬福见岳父大人问完以后就坐在那里发呆，还以为这就是不准他回去见二爸。唉，真是上门女婿不好当哦。

见李镇长不说话，姜敬明认为李镇长太不通情理了，又怕得罪李镇长，只好恭敬地说："镇长老爹，真的是我二爸回来了，您老人家行个好，让敬福回去一趟，见上一面，行不?"李镇长这下才回过神来，他知道没有任何理由不让他们叔侄见面，于是故意问姜敬福，"敬福，你自己哪个打算?"

姜敬福向李镇长行了礼，告假回去看望二爸，李镇长也无话可说，必然人家是叔侄关系，便也允许了。同时又想到此人迟早是要见面的，将来如何堵住这个郎中的嘴巴，李镇长低头盘算着。

为了治病，李镇长思来想去，便想到一个先发制人的办法，决定下次看病让二太太送上礼品，说明与姜仕恩的亲家关系，请到家中来，设宴招待一番，向姜郎中表明大家是亲戚关系，为了自己的面子，请姜郎中不要对外人讲他的病情。他想，也看在亲戚面上，何况治人之病，病人的隐私郎中应该保密的。

想到这里，李镇长悬着的心也放下了，暗暗地笑了起来。

2

姜家今天有喜庆，大院里里外外打扫得干干净净。

姜仕恩把他平时过年过节、走亲串戚才穿的紫色长衫穿上了，还专门请了一个厨子来家中主厨。这厨子手艺很是不错，是花桥有名的大厨师，做出来的菜满屋飘香，九大碗样样俱全。姜仕恩是个周全的人，新礼节学了，旧礼节也不丢，以前家中来人来客，女人是不准上桌的，全在厨房的桌子吃饭。现在讲男女平等，也讲有老有少，虽然也讲究个排位，但家里吃饭女人也能上桌了。

偏偏这姜仕德闯荡江湖几十年，见多识广，对外很讲礼节，懂孝道，对自己却比较天真随意，有人不甚恭敬，他也比较宽容，特别是待穷人家，又格外宽容几分。

这是姜仕恩为姜仕德补办的正式的接风宴，也算是对天下公告，他家兄弟回来了，是天大的喜事，以后到了阴间见了爹娘，他也能直得起腰汇报。远亲近邻，包括用人长工都请过来了。

姜仕恩坐在堂屋里左边，唐氏笑容满面坐在姜仕恩旁边。姜仕德坐在右边，姜花紧靠姜仕德站着。姜仕恩向姜仕德一一介绍家里的人，按照辈分前来与姜仕德见面。姜敬明和玉贤、姜敬良和殷秀、姜敬福和贞贞、大女儿姜敬玉等都一一向姜仕德行礼问好，姜仕德乐呵呵地点头，连连道好。

随后是家里用人长工。唐氏让吴妈、翠翠、黑娃、胡三等一干人向姜仕德拜见行礼，姜仕德一一点头回敬。

堂屋摆了两张大方桌，正中一席算主席，姜仕恩请姜仕德坐上席，姜仕德却让姜仕恩坐上席，兄弟俩礼让了一阵，姜仕德很有理由地说：“祖上的传统不能丢，而今，父母都不在世了，长兄为父，长嫂为母，哪有兄嫂在，小弟居中坐的，你这是把老弟当客人了吗?”

听了此言姜仕恩也不好再推辞，堂屋正中一桌，姜仕恩坐中间，姜仕德坐在他左边，唐氏坐在姜仕恩的右边，只有那姜花才不管什么大小长辈亲属之分，非坐在姜仕德身边不可。

姜仕德微微一笑，且说：“这丫头被我惯坏了，还请大家不要计较。”

于是大家纷纷礼让着，唯有那姜敬玉不服气，也抢着要坐在唐氏身边，说：“我是娘亲生的女儿，又不是捡来的，我该坐上边。”这话太没来由，瞬间就惹怒了姜花，姜花把桌子一拍：“你说谁是捡来的?”

姜敬玉说：“你不就是捡来的吗?”

姜花气得咬牙切齿，想找姜敬玉理论一番，这时，姜仕德把姜花按住，说：“她是逗你玩儿的，你就是我的女儿，就坐在我身边撒。”

姜仕恩也轻声责怪姜敬玉：“你是姐姐，她是妹妹，你怎么说这样的话呢?”

姜敬明急忙着招呼：“大家快入席，准备开席了。”

桌上开始上菜了，大家看着这九大碗，口水都快要流出来了。

姜敬良说：“要得，席上无短手，哪里都拈得到。”

姜敬福也讨好地说：“来来来，酒满上。”姜敬福一一给大家斟酒。接着姜仕恩站了起来，喜气洋洋地说：“我弟姜仕德离家几十年，今日回家团聚，是我姜家的大喜事，来来来，大家向二爸敬酒。”

得了令，众人就轮番上阵，按辈分或身份齐刷刷地站到了姜仕德面前，向姜仕德举杯敬酒。姜敬明也客气地说：“姜花妹妹也回到家了，我们做兄弟姊妹的都表示热烈欢迎!”说着，就举杯向姜花敬酒，姜敬良、姜敬福也就一同站起来举了举杯，姜花这下才高兴起来，举杯一饮而尽。

除了敬玉偶尔翻个白眼，被唐氏安抚了一阵，大家都谈笑风生，相互敬酒，吃得满嘴流油，一片祥和。

饭后，姜仕恩吩咐大家各忙其事。几个男人喝得有几分醉意，姜敬明带着几个长工去编篾席，姜花是个从不记仇的人，娃娃脾气，她又主动找姜敬玉去踢毽子玩。“都这么大年纪了，谁跟你个娃娃踢毽子啊!”翠翠的身份到底也还是没给，但至少不再说要送她离开，这段时间两人相安无事呢，但也不声张。看到姜敬玉在娘面前还娇气得个孩子似的，翠翠就过来推了她一把：“去吧去吧，别惹老爷夫人生气!”

说着，翠翠就把敬玉拽到了门外，跟姜花应景似的玩了一阵。

姜仕恩和姜仕德在堂屋喝茶。几十年后重逢，胜似喜悦，但坐在一起，又不知话从何谈起。姜仕恩叹道：“家家户户都有一本难念的经哟。”姜仕德问道：“大哥好像有心事，不妨说出来心里也爽快些。”

姜仕恩对姜仕德十分信任，亲兄弟有啥不可讲的，想到姜仕德是个有头脑、有见识、有主意的人，对姜仕德推心置腹地说起家事来：

“我对长子敬明十分看重，将来这个家还要他来当。敬明曾对包办婚姻不满，几年都不怎么搭理玉贤，玉贤能干，体贴丈夫，现在他们夫妻俩都生活在重庆，战争太可怕了，人心惶惶，城里的篾货店生意也不算景气，好在敬明在袍哥兄弟的帮助下进了中央造纸厂，特种培训班学习，现在结束培训，当上了技术工人，很受厂方重视。玉贤把家里打理得井井有条，敬明下班回家也有口热饭吃。但店子以后就少不得还需要我自己打理。

“我最担心的是老二家，敬良这个人很有心计，总是把家产看得很重。殷秀的儿子其实是敬良和丫头翠翠的儿子，近来吴妈借口说翠翠要个名分，意思就是叫敬良明媒正娶，为小妾也行，敬良又对翠翠爱得死去活来。这事一直搁在我心里难以解决，想不出个妥当的法子，这事要是传出去，亲家殷元楷那里怎么交代，殷秀的面子又重，也出不得半点差错。

“关于老三敬福，也不是个省油的灯，好吃懒做，又喜欢女人，好在他成了李镇长的上门女婿，我也管不了那么多了。敬玉已跟姑爷到重庆安家了，姑爷这段时间又到前线打鬼子去了，好在她大哥敬明在重庆，也有个照应。”

姜仕德听了，摸了摸胡须，“大哥大嫂已尽到了父母之责，这儿女么，也各有各的家庭。人们常说儿孙自有儿孙福，莫为儿孙做马牛，做父母的也难管这么多闲事。但人世间亲情就是这样，打断骨头连着筋，哪有不管的哟，总的来说，大哥你还是很有福气，儿孙满堂。我认为确实敬良家里的事儿难办些，而今社会多是主张一夫一妻，当然有钱人家也有娶姨太太、纳妾的。现在的问题是翠翠和敬良好了，还生了娃娃，殷秀又中了他们几个的圈套，进退两难，外边都知道殷秀生了娃娃，翠翠又暗中不服，这如何是好?”

姜仕恩看到见过大世面的弟弟都为难，自己更无办法了，苦苦相求道：“二弟，你在外几十年，见多识广，怎么也得帮大哥拿个主意吧！”

姜仕德感到此事确实难办，摇着鹅毛扇在屋里走来走去思量着。即使殷秀为了得到翠翠生的儿子，勉强答应下来，那殷元楷的脾气大家都是知晓的，若他知道此事，绝不会善罢甘休，纳妾的主意是万万使不得的。

姜仕德想了个办法，“娃娃近一岁，干脆断奶算了，就算是把翠翠这个奶妈辞掉，将她翠翠带到重庆去，让敬明管着，弄进厂里当个女工，慢慢就断绝了她跟敬良的关系，再给她寻个婆家，从此也可以断了敬良的念想。”

姜仕恩点了点头，看来最后没什么两全的办法，还是只能这样来处理。

3

院坝里几个人踢了一阵毽子，现在坐在阶边晒着太阳聊着天。姜敬玉虽然结婚了，但还跟小姑娘似的，姜花也是个爽快人，两人在翠翠的撮合下玩了一阵，再听听姜花说在外面的新鲜故事，两人很快就和好了。玉贤素来庄重，这时候得了一时空闲，倒捡了那个毽子在踢，她个头矮小，身体灵活，从小就爱踢毽子，好久不玩了也没生疏多少，鸡毛毽在她身体前后跳跃着。

姜花是个好胜的人，看了一阵，故事也不讲了，又提议大家来比赛踢毽子，看谁踢得多。玉贤、敬玉、贞贞都同意了，只有翠翠不愿意，说什么要去伺候二少奶奶，姜花眼一瞪，说今天难得有机会姊妹在一起，玩就要玩个痛快。翠翠听了，也不好再离开，也不好意思说她还在奶孩子，踢毽子这类的活动，实在不合适她参与。

姜花确实是在外闯荡出来的女孩，不管年龄大小，都听她的安排，姜花定了比赛规则：“毽可以在身体任何地方停留，只要落到地上就算输了。”大家一致同意。

先是玉贤踢毽，姜花数数，玉贤很自如地踢着鸡毛毽，毽子在她身前身后蹦跳着，一直踢得很快乐，毽子都还没掉下来，一下踢了一百零八个，结果毽子掉在了地上，姑娘们一阵掌声。接着是敬玉，踢了九十八个，贞贞踢了九十二个，翠翠从小跟敬玉玩得熟了的活动，本不在话下，现在身体微微发胖了，只踢了九十个……

最后，该姜花踢了，姜花双手一合作了一个揖，像个男儿汉，她那一身男孩打扮显得十分轻便灵活，“各位姐姐，你们踢得真好，我来试试。”

只见姜花把鸡毛毽向空中一扔，那毽子一落下来，正落在姜花左脚背上，姜花猛地一踢，毽子又飞得老高，落在姜花的右脚背上，毽子在姜花左右脚来回奔走，一会儿，姜花双手在胸前围了个小圈，毽子在圈里跳进跳出，一下从头上越过，姜花后脚一弹跳，又落在姜花的头上，姜花头一顶，又掉在膝盖上，膝盖往上一蹦，毽子又落在肩上，肩膀一顶，毽子越过头又落在另一只肩膀上，几个来回，又落在脚上，前踢后踢，左踢右踢，看得姐妹们乐开了花。这样高超的技术，农村的女孩都是头一回见到，连数数的玉贤也不知数到哪里了，姜花也踢出了汗来。突然，姜花猛一踢，那毽子飞上了云霄，姜花一个后空翻，双手接过落下来的毽子，“姐姐们，我献丑了。”大家欢呼起来，掌声震动了大院。

姐妹们都很佩服姜花踢毽子的本事，纷纷让姜花教她们，玉贤则说：“我们都是成人了，要也耍得差不多了，还是去帮忙打篾席。”大家正在兴头上，听玉贤如此说都有些不高兴，但玉贤毕竟是大嫂，大家也觉得自己该去做点事了。

翠翠也和大家告辞，说要去伺候二少奶奶，其他人跟着玉贤到后院打篾作坊去了。

翠翠刚从走廊转弯就碰到了嬉皮笑脸的姜敬福，原来姜敬福早就在前院坝侧面一根柱子后面偷看几个女孩踢毽子，他是特意来看翠翠的，看见翠翠那丰盈的身材，想起那天瞅了一眼她在奶孩子的样儿……更是口水直涎，因老婆贞贞在场，她也不敢过去找翠翠。这会儿看见姐妹们已散伙离去，姜敬福便快速溜到走廊转角处，直接挡住翠翠。翠翠被突然出现的姜敬福吓坏了。

“三少爷，你唧个在这里?”

“翠翠，别叫三少爷，还是像小时候那样叫我三哥，我特别爱听。”

翠翠忙叫了一声：“三哥，我要去伺候二少奶奶了。”

姜敬福满嘴酒气，带着几分醉意，便胆大起来，大白天的，猛一下抱住翠翠不放。

“翠儿妹，你是三哥的心肝宝贝，让哥亲一口。”

翠翠使劲儿地想摆脱姜敬福，姜敬福紧紧抱住翠翠不放，在翠翠脸上猛亲了一口，翠翠气得脸色大变，羞得脸红，也顾不了那么多，挣脱出右手来，“啪”的一耳光打在姜敬福脸上。姜敬福仗着酒意，也不生气，嘴里说着龌龊的话，

“打是亲，骂是爱，不打不是爱，来，打这边。”姜敬福厚着脸皮又把右脸伸过去，翠翠见无法过去，立即倒转身来，朝后院跑去。姜敬福气冲冲地骂道：“你敢跑，老子今天非把你带回去不可，你迟早是老子的人。”说着也追了过去。

翠翠被追着跑到了后院，一眼先瞅见玉贤，扑过去就在玉贤身上大哭。姜敬福居然忘了贞贞和她们在一起，当他跑到后院坝中时，酒醒了一大半。

翠翠哭着小声对玉贤说：“三少爷欺负我。”

其实大家都听明白了。

贞贞大怒，跑到姜敬福身边，揪着姜敬福耳朵骂道：“你真是色胆包天，一个下人丫头你也看得起！”姜敬福被贞贞揪得直叫痛，摆脱了贞贞的手，指着翠翠骂道：“这个不要脸的女人，本就该是随我去上门的丫头，可被姜敬良这小子占了便宜，老子今天非抓她回去不可！”说完过来抓翠翠，翠翠吓得躲在玉贤身后。

姜敬福突然感到一只有力的手抓住了他的手臂，回头一看是双眼含着怒气的姜花，姜敬福恶狠狠地骂道：“你这假小子，又不是我姜家屋头的人，敢管姜家的事儿！”姜花怒了，骂道：“我是你二叔的养女，就姓姜，就算不姓姜，大路不平旁人铲，你凭啥子欺负一个弱女子？”

姜敬福二话不说一拳挥了过来，姜花一闪躲了过去。姜敬福骂道：“你要姓姜，手就不要外拐，老子今天要捶死你这个吃里爬外的假小子。”

姜敬福仗着在外跟一些狐朋狗友学的三脚猫功夫，摆开了架势，蹬了一个弓箭步，打开双手。姜花一看，哭笑不得，“今天我要教训这个仗势欺人的东西。”姜花双脚跳了上去，一个扫堂腿踢到姜敬福的腿上，姜敬福扑通一下倒在地上，姜敬福爬起来，双拳向姜花击打，姜花稳如泰山，身子一侧，闪到姜敬福背后，轻轻一掌把姜敬福打了个狗吃屎，脸着地，鼻血也流了出来。

姜敬福趁机倒在地上不动。贞贞惊叫起来：“快来人呀，打死人了！”黑娃和胡三忙跑过来：“小小姐，打不得了！”两人扶起姜敬福，说：“三少爷，都是一家人，打不得了！”姜敬福一边擦着鼻血，一边指着姜花骂道：“假小子，有本事等着，老子要带保安队来收拾你。”贞贞也怒骂道：“你个捡来的野种，等着瞧！”拉起姜敬福就朝大门走去。

姜花看着他们的狼狈相，哈哈大笑起来。

4

自从姜仕恩把家中发生的事儿讲给姜仕德听后，他心里也有些主意，真的做起来又感到为难。特别是姜敬良一家的事儿，更令人十分为难。姜敬良与殷秀的婚姻应是自由婚姻了，是姜敬良上门求婚的，殷秀心里也有姜敬良，只因婚后无子女，姜敬良又与翠翠好上了，按理说，翠翠这个年龄的女子也应该懂事了，她爱姜敬良无疑也是真心的。如今又为姜家生了一子。若按姜仕德的办法去对待翠翠，还是担心翠翠不从，翠翠身后还有吴妈呢。想来想去，也拿不定主意，还是想和唐氏商量一下如何办才好。

老两口坐在堂屋，姜仕恩抽着叶子烟，唐氏吸着水烟，姜仕恩把自己的想法和姜仕德的建议说给了唐氏听。

唐氏心里也觉得这事不好办，翠翠既然给姜家生了娃娃，虽说没有明媒正娶，也算是姜家的人了，事到如今，只有纳妾为好，只是委屈了翠翠。从翠翠小时候来到家里，唐氏就把翠翠当亲生女儿看待，翠翠也十分乖巧，很听从唐氏的话，唐氏甚是喜欢翠翠。如今闹出这样大的事来，唐氏也下不了决心赶走翠翠。又想到如果姜敬良纳翠翠为妾，殷秀那边也难办，殷元楷是个教书人，也算是大户人家，如今已是民国了，主张一夫一妻制，殷元楷又好面子，对于此事怕是不会同意的。

姜仕恩和唐氏都感到问题十分棘手，偏向哪边都不好办，姜仕恩还是主张姜敬明把翠翠带到重庆去安家，但唐氏又舍不得，认为想办法让姜敬良纳翠翠为妾或娶为姨太太，将来还会给姜家传宗接代，老两口早年也是包办婚姻，相处几十年了，姜仕恩对唐氏体贴有加，唐氏也十分尊重姜仕恩，遇事从不争吵，大多数事情都是唐氏做主。但对于这事，两人各持己见，都说出了自己的道理来，两人只得各自沉默地吸烟。

屋外传来脚步声，两人一看是姜仕德来了。姜仕德手里摇着鹅毛扇，笑容可掬地走进堂屋，姜仕恩和唐氏起身，请姜仕德坐，唐氏又给姜仕德沏了盖碗茶。姜仕德看到两人焦愁的脸色，就知道他们在想烦心的事儿了。

姜仕德坐定，就先发话了："大哥、大嫂是不是又在为老二家的事发愁了?"姜仕恩和唐氏连连点头称是。

姜仕德说：“我也是为这事来的，我原想将翠翠弄到重庆去，断了老二的念想，但这样有些不妥，现在的年轻人怎么想的，我们也不甚了解，还要看看他们的想法，特别是翠翠姑娘，现在讲的是男女平等，既然出了此事，翠翠亦有她的想法，我们先把敬良找来，听听他的意见。”

姜仕恩和唐氏正愁没有主意，两人听姜仕德这么一说，便都同意了，唐氏起身去找姜敬良。

姜仕恩一脸怒气地说：“这敬良啊，平时看起来斯斯文文的，干出这等见不得人的事儿，真是气死我了，二弟，你莫见笑啊，是我家教不严，教子无方哟。”

姜仕德安慰道：“大哥休怒，人都有七情六欲，难免会出些差错，天无绝人之路，大家合计合计，会有解决的办法。”

不多会儿，用人引来姜敬良。姜敬良一进堂屋只见满脸怒气的姜仕恩与和和气气的姜仕德，一时蒙了，这一怒一笑的神色，姜敬良明白是翠翠的事还没过去呢。姜敬良向姜仕恩行了个礼，“爹爹可好？”说罢又向姜仕德行了个礼，“二爸可好？”姜仕恩说道：“我和你二爸找你谈个事儿，你要如实讲来，不然家法伺候！”

姜仕德哈哈大笑，“大哥，现在啥时代了，还什么家法哟，不过家还是有家规的，无规矩不成方圆，我们想跟你谈谈你与翠儿的事。”

姜敬良一听，他与翠翠的事儿二爸也知道了，一时反应不过来，支支吾吾地不知从何说起。姜仕恩发怒了：“你给老子好好交代，你和翠翠勾搭成奸生下娃娃的事儿！”

姜敬良很不服气地说：“啥勾搭成奸哟，我们是真心相爱……”没等姜敬良说完，姜仕恩抢过话，说：“你是有妇之夫，况且殷秀和你也很恩爱，你怎么能跟一个丫头鬼混在一起，还生了娃娃，成何体统。”

姜敬良一听又是这话，扑通一声又跪下了。两膝盖砸在地上的声音，听起来都痛。唐氏心疼起来，“老头子，发啥子气嘛，事情都发生了，叫二娃慢慢讲嘛。”

姜仕德也劝道：“大哥，今天找二娃来，也是为了解决问题，打骂不是办法，叫二娃自己讲个明白。”姜敬良听了姜仕德的话，心里也平静了些，就把他和翠翠的事儿前前后后都讲了出来。

姜仕德心平气和地问：“殷秀和翠翠你到底要哪个？”

姜敬良咬了咬牙，说：“我两个都要，休了殷秀，我是罪人，也舍不得，放弃翠翠也对不起她对我的真心付出，对不起娃娃，还是请二老和二爸成全我纳翠翠为妾的好。”说完泪流满面。

姜仕德叹道：“娃娃已交给殷秀了，翠翠和她们又在一起，这事纸包不住火，将来翠翠要认儿子，殷秀怎么办？我不同意你纳妾。”

姜仕恩也叹气道：“翠翠这丫头心眼死，一心要跟二娃，前次都说了绝话撞了柱子，说‘生是姜家的人，死是姜家的鬼’，万一闹出人命来，如何是好哟！”

姜仕德此时也想不出个好办法来，说：“大哥大嫂，我看这事急不得。敬良，你也不得任性办事儿，遇事必与父母商量，我们从长计议，总会有办法的。”

事已至此，大家都无话可说了。

5

姜敬福想翠翠想到命里去了，现虽有贞贞和三太太两个女人，但越是得不到的，他越是不甘心，仍然想占有翠翠，可又无从下手。自从他隐约知道那一点情况，姜敬良已将翠翠占有，如今又在给殷秀的儿子当奶妈。翠翠已成了“寡妇”，这次见到翠翠越发迷人了，他想着要把翠翠娶过来也不是办不到的。

姜敬福突然就想到大哥现在正在家呢，家中就算有三个青年男人了，必然得抓一个去当壮丁，若是想办法把姜敬良弄去当兵，自己就容易得手了。

姜敬福把姜仕恩家里男人的情况立即报告给李镇长。李镇长听了先是一喜，后又感到为难，既然姜仕恩是亲家，怎么说得出口，又想到壮丁人数还不够，上面又催得紧。李镇长叫姜敬福去把这一消息告诉征兵站的李站长，叫李站长去抽丁，自己不出面，这就一举两得了。

姜敬福到了征兵站，告知了这一情况，李站长十分高兴，表扬了姜敬福有爱国之心，舍小家、顾国家之举。

李站长决定带姜敬福一起去姜家抽壮丁，是怕得罪姜仕恩，姜敬福死活不愿去，哪有到自家屋头去抽壮丁的。李站长板起个脸，说：“想做好人坏人的都是你，你出的主意，你不去我也不去。”

姜敬福无奈，但又想达到自己的目的，也只好狠下心来，于是带着李站长一帮人一同去姜家。

姜仕恩和姜敬明本来想下重庆了，姜敬明向厂里请的假也要到期了，只是因为姜敬良家里的事儿耽误了。

姜敬福带了两个保安，领着李站长和带来的四个兵，一起来到姜家。姜家的人看到来了这么多兵，吓得各自躲了起来。

姜仕恩忙迎了上来，对李站长十分客气地说：“不知李站长大驾光临，快快请坐。”说完又吩咐唐氏泡茶。姜仕恩瞪了姜敬福一眼，这娃儿回来没什么好事情。姜敬福心中有鬼，忙向姜仕恩行了个军礼，轻言细语地说：“爹爹，是李站长找你有事。”

主客双方坐定，李站长打起官腔来，“姜大爷，你家有几个男娃娃哟？”

姜仕恩如实回答道：“我家有三男一女，都各自成家立业了，不知李站长来寒舍有何贵干？”

李站长说：“国家正在打仗，人人都尽责任，保家卫国，按政府行令，两丁抽一，你家按男子算应该抽一个半，这个四舍五入嘛，都应该抽两个。不过，你家老三姜敬福当了城防保安，也算当兵了，你家还应该抽一个去当兵。”

姜仕恩心中忐忑不安，辩解道：“我家老大姜敬明在重庆已进入中央造纸厂，政府有规定，该厂工人不得抽丁，老三已是李镇长家里的人了，我家就剩下老二姜敬良了，算不算独丁？”

李站长虎起个脸，不客气地说：“我只认你生了三个儿子，必须抽一个，不然就罚一百大洋来顶一个。”

姜仕恩被镇住了，在一旁的姜敬福也惊了，在李站长耳边悄悄说：“抓姜敬良撒！你怎么敲竹杠敲到我家来了，不看僧面看佛面嘛！”李站长愣了一下，牙缝里挤出一句话：“你娃拿李镇长来吓老子呀！”

这时，姜敬明已收拾好行李，来客厅找姜仕恩，李镇长一看，这不是块当壮丁的好料么，忙问姜仕恩：“这是不是你屋的老二姜敬良哟？”

姜仕恩不语，姜敬明说：“我是这家老大姜敬明，不知长官找姜敬良有何事？”李站长一听笑出声来，“好，好，你家的男丁还不少嘛，把这小伙子带走。”两个兵立即就上前抓住姜敬明往屋外拉。

姜仕恩冲了上去，拦住两个兵，说：“这是我的长子，是重庆中央造纸厂的工人，政府有规定，工人是不抽丁的，他假期已到，马上就要回去上班了。”

李站长怒气冲天地吼道：“我不管你啥子工人、农民，只要是你屋头的男丁，老子就敢抓！”

姜敬福着急了，在李站长耳朵边说道：“你抓错人了，要抓姜敬良。”李站长也不好得罪姜敬福，大声叫道：“哪个舅子是姜敬良的，给我出来！”

正躲在屋里的姜敬良听到叫他的名字，吓得直发抖，躲在殷秀背后不敢出去。殷秀忙对吴妈说：“你出去，就说二少爷不在。”

吴妈硬着头皮走出来，点头哈腰地对李站长说：“长官，二少爷一大早就出去了，不在屋头。”李站长很不高兴地看了一眼吴妈，骂道，“你是哪里钻出来的抱鸡婆哟，我们要的是姜敬良，姜敬良，你给老子滚出来。”

姜仕恩感到没有面子，气冲冲地走进姜敬良的屋里，把姜敬良强行拉了出来，“这都是我的儿子，看你怎么抓！”

李站长双眼凶神恶煞地看着姜敬良，心里也盘算起来，为什么姜敬福非叫抓姜敬良不可，一看这姜敬良文绉绉，瘦弱弱的，就不像个能打仗的人，这要挑兵也得挑点有战斗力的不，否则还不被上级批评啊。正当李站长拿不定主意时，姜敬良大汗淋漓，面色苍白，突然面色发青，倒在地上，口吐白沫，全身抽动。姜仕恩一看，知道是姜敬良多年的羊角风病发了。他立即跑到门外，扯了一把青草，塞进姜敬良嘴里，又叫胡三赶快去请姜仕德来。

李站长狠狠瞪了姜敬福一眼，不由分说地叫两个兵把姜敬明五花大绑，急急忙忙带走。姜敬福跟在后面打呼：“抓错了，抓错了，那是我大哥！”

6

姜仕德来到了堂屋，大家看他不急不慢的样子，倒显得急了起来。姜仕恩忙请姜仕德坐下，说道：“二弟，二娃这个病哪个治哟？”姜仕德没说话，看了看姜敬良的脸和手，从针盒里取出银针在姜敬良身上扎了几针，姜敬良不再颤抖了，不一会儿苏醒了过来。

姜仕德说道：“过会儿开几服药，调理一下，癫痫这病难治根，平时不要受大的刺激便可。”随后又问起姜敬明的事来。

姜仕恩叹了叹气，说：“这国难当头，男儿汉当兵保家卫国，上前线打仗也是对的，但敬明是工人，是不用抽丁的，假期已到，他必须回去上班，我怎么向厂方交代！”

平时心平气和的姜仕德也怒气冲冲地说：“这狗日的小日本，也敢侵犯我泱泱大国，都怪政府腐败无能，现在都打到宜昌来了，国家危机，前线战士也在奋勇抗敌。大哥家不是女婿赖大全也在前线打日寇么？姜敬福在保安大队也算得上个当兵的嘛。姜敬良有这个病是上不了前线的，听到炮声都要把他病吓出来。我看，叫玉贤先回重庆，向厂方报告这个情况，我们这边也找李镇长反映实际情况。”

姜仕恩连称好主意。与唐氏商量了一会儿，立即叫黑娃陪着玉贤返回重庆。

姜仕恩安排完事情后，与姜仕德在竹林中的小道上，漫步摆谈着。姜仕恩告诉了姜仕德这之前发生的事情。姜仕德沉思着，百思不得其解的是姜敬福为什么要带人回自家来抽丁，而且还专门要抓姜敬良，突然一件事在他脑海里掠过，那就是他听姜花提起姜敬福调戏翠翠的事，现在看来，姜敬福的目的就是要让姜敬良离家去当兵，他才好把翠翠姑娘弄到手。没想到的是征兵站的李站长并不知实情，抓走了姜敬明。姜敬明是长子，姜仕恩特别栽培，今后要成为姜家的当家人。为解姜仕恩的顾虑，姜仕德想着一定要想个办法，让征兵站的李站长放人。

姜仕德对一筹莫展的姜仕恩说道：“想把老大要回来也不是没有办法的，解铃还须系铃人，快把老三喊回来好好谈谈，何况他岳父又是镇长，镇长出面这事就好办了。”

姜仕恩点了点头，认为这也是目前最好的办法了，但叫谁去请老三回家呢，老三这个人是天不怕地不怕，谁能请得动呢?

姜仕德也深知姜敬福的本意，他这是弄巧成拙，没想到把他大哥抓了，姜敬福从小十分尊重他大哥，三兄弟都喜欢翠翠，唯有大哥不与他们相争，谁知翠翠爱上了姜敬良，因此他记恨姜敬良，其中发生的很多事，姜敬福也是半信半疑，所以想方设法要把翠翠搞到手。

姜仕德再三考虑，对姜仕恩说道：“大哥，看来只有你亲自去请了哟。”姜仕恩满脸不悦，“哪有老子去求儿子的。”再说他已在李镇长家碰过一回大钉子了，所以现在迟迟不愿表态。

姜仕德摇着鹅毛扇，摸着胡须，对姜仕恩说：“我知道大哥的难处，那我去找老三谈。”

姜仕恩直摇头：“使不得，万万使不得，你毕竟是他的长辈，哪有长辈求晚辈的!”

姜仕德镇定地说：“老三即使把翠翠弄到手，纳为妾，他也无法处置，你想，他老婆贞贞不会允许，何况她老爹是镇长，也是要面子的，我还听说老三畏惧贞贞她妈三太太。”

姜仕恩突然拍了拍头，说：“有办法了，李家主事的就是三太太，老三又听三太太的，就叫胡三带信给三太太，就说姜敬福的妈突然得了重病，叫他马上回来一趟。”姜仕德笑着点头认可。

没想到这法子真灵，姜敬福虽然顽劣，但对父母还是孝顺的，何况是三太太叫他快快回家看亲家母，他哪敢不去。

晌午时分，姜敬福跟着胡三回到姜家。姜敬福心里总是忐忑不安，咋个上午一抓了大哥，怎么老娘又气病了，又一想是不是老爹设的法，逼他放走大哥。姜敬福多次问了胡三，胡三反复就是一句话，“老爷说你娘突然重病了。”无奈，姜敬福也怕背上不孝之名。

姜敬福走进堂屋，只见姜仕恩和姜仕德坐在堂屋的椅子上，姜仕恩脸色很是严肃，姜仕德脸上却带着微笑。这两张截然不同的面孔倒把姜敬福弄得丈二的和尚——摸不着头脑，不知他们要搞什么名堂。

姜敬福强装笑脸，“见过爹爹，见过二爸，我娘病情如何？我到屋里去看看。”正转身要走，姜仕恩哼了一声，“不用看了，都是被你气出来的，我问你，为啥要抓你大哥？”姜敬福知道上当了，硬着头皮说：“不是抓大哥，是抓二哥，他们抓错了人。”

姜仕德嘿嘿一笑：“你屋三兄弟，为何只抓你二哥呢？”姜敬福心虚了，谎称：“李站长说我二哥在家，应该抽一丁，当然就应该抓二哥了撒！”姜仕德又问：“为啥又抓成你大哥了呢？”

姜敬福心怀鬼胎地说：“是大哥自己撞上了枪口，本来抓二哥，二哥突然发病，李站长觉得这个病恹恹的怎么要得，看见大哥身强力壮，就抓了大哥，我还说了抓错人了，大家都听到的嘛，这怎么怪我哟。”

姜仕德平静地说：“既然抓错了就该放了撒。”

姜敬福为难地说：“哪有抓了会放的哟，现在人数都还不够，要想放人得缴一百个大洋。”

姜仕恩气急了，骂道：“你这个吃里爬外的东西，老子在哪儿去找一百个大洋！”

姜敬福讨好地说：“我倒有个办法，李镇长家中大太太需要一个丫头，我看翠翠成天也无事可干，不如拿翠翠去换大哥，有我岳父李镇长出面，他与李站长常来往又是家门关系，准能放人。”

姜仕恩和姜仕德一下明白了姜敬福的诡计，是为了想得到翠翠出的馊主意。

姜仕恩正要发火，姜仕德连忙制止了姜仕恩，朝他使了个眼色，他知道姜敬福是没办法，也没权力要回姜敬明的，于是计上心来，只有靠这个李镇长才可能使李站长放回姜敬明。

7

姜敬福要用翠翠去换姜敬明的事被躲门外的吴妈偷听到了。吴妈心想自己一腔心血都放在翠翠身上了，到头来竹篮打水一场空，她很不甘心。吴妈急急忙忙地找来姜敬良，把这事告诉了姜敬良。姜敬良一下子惊呆了，姜敬良是真心喜欢翠翠的，人长得漂亮，还体贴人，想把她纳为妾又遭到父母反对，姜敬福又想出这么狠毒的办法来夺走翠翠，姜敬良也感到十分为难，一边是自己敬佩的大哥，一边是自己的心上人，两边他都舍不得。

这时脸色苍白的翠翠跑进屋来，扑在吴妈怀里，大哭起来，“干妈，三少爷在追我，抓住就要流氓，说啥拿我去换大少爷，老爷都是同意了的。”

那姜敬福真是好色之徒，本性不改。本来在堂屋时，他见姜仕恩和姜仕德对他提出用翠翠换大哥的事没吭声，认为翠翠是个下人，大哥才是爹的心头肉，他们二老肯定是默认了。高兴之余又想起了翠翠。姜敬福出了堂屋去找翠翠，翠翠正在晾衣服，姜敬福从翠翠背后猛地一下抱住她，双手按住翠翠的丰满的胸部。翠翠使劲儿地挣脱他的双手，脆弱的翠翠不知从哪里冒出来的胆量和力气，狠狠地扇了姜敬福一耳光。姜敬福嬉皮笑脸，也不发怒，“打呀，三哥就喜欢你打，打是亲，骂是爱。”说着又动起手脚来，吓得翠翠赶忙往吴妈房里跑去，姜敬福竟厚着脸皮追了过来。

姜敬福冲进屋，见吴妈和姜敬良都在屋里，姜敬福也收敛了一些。吴妈紧紧地抱住翠翠，敢怒而不敢言。姜敬良听到翠翠的话，又见姜敬福如此嚣张，气得青筋直冒，骂道：“姜敬福，你娃欺人太甚，信不信老子捶你!”

姜敬福这时脑子灌了水似的，兄长面前也没了尊重，只管伸了伸舌头，做了个鬼脸，说：“来呀，老二，你那二两都提不起的手，看谁打得过谁！今天翠翠我必须带走，老爹都是同意了的。”说着就去拉翠翠，翠翠退到针线盒旁边，拿起一把剪刀，对着自己的脖子，怒气冲天地说：“你敢过来我就死在你面前!”

这一举剪刀，屋里的人都被吓着了，吴妈立即跪在姜敬福面前，“三少爷，你行行好，饶了翠翠吧，我去你家当用人。”兔子急了也咬人，姜敬良猛扑向姜敬福。姜敬福先是一惊，随即轻蔑地说：“不看到你是二哥的分上，我真要还手了哟。”

姜敬良管不了那么多，反复骂道：“今天看谁敢带走翠翠，老子跟他拼命!”说着两兄弟就扭打起来。吴妈怕事情闹大，便来劝两兄弟。不多会儿，姜敬良就被姜敬福摁到地上。姜敬良低声无力地说：“你娃有本事就弄死我!”姜敬福嬉皮笑脸地轻轻拍着姜敬良的脸，“二哥，你是我的亲二哥，我也舍不得打你，你只要说话算数，把翠翠交给我，你还是亲二哥。”

吴妈急中生智，颤抖地呼道：“老爷来了，老爷来了!”姜敬福一听到姜仕恩来了，啥也顾不得了，拔腿就往屋外跑了。

姜敬良从地上爬了起来，吴妈忙帮他拍身上的灰尘，这时才发现翠翠不见了。吴妈去殷秀屋里找，殷秀说翠翠她不是在洗衣裳么，吴妈到院坝里一看，洗好的衣服没晾到一半就被姜敬福吓跑了，现在衣服还是老样子堆着。

刚才翠翠不是要用剪刀刺颈子吗？是不是翠翠想不开寻死去了。吴妈吓得半死不活的，劝姜敬良赶快去禀报老爷。姜敬良计上心来，心想也只有这个办法了。

姜敬良慌慌张张地来到堂屋，见姜仕恩和姜仕德正在谈话，两位长辈见姜敬良如此恐惧之态，感到十分惊讶。

姜仕恩问道：“敬良，何事如此惊恐?”

“爹、二爸，大事不好，翠翠寻死去了。”姜敬良哭丧着脸说道。

姜仕德马上站起身，问：“为啥去寻死？你赶紧说!”

姜敬良把刚才发生的事讲了一遍。姜仕恩叹道：“唉！怪我当时没有把话说明白，那小子也真是胆大，这闹出人命来，家丑是小，但人命关天啊!”

姜仕德摇着鹅毛扇，对姜仕恩说：“大哥，快派人分头去院里、堰塘、山头、街上、河边去找，越快越好，一定要把人找回来。”

姜仕恩也认为只有这样办了，忙叫来唐氏召集所有在家的人，分头去找。

跑出姜家院子的翠翠，在竹林中痛哭了一阵，内心愤慨不已，如果就这样死了，又放心不下儿子，姜敬良如此软弱，又不敢纳她为妾，翠翠又爱又恨。现在姜敬福要用自己去换大哥姜敬明，翠翠心如刀绞，想到从小她受大哥姜敬明的爱护，犹如亲兄妹，如今大哥要被拉去当兵，子弹不长眼，说不定就回不来了。翠翠想到这里，觉得其他都是小事了，只有先救出大哥再说。翠翠凛然直奔李镇长家。

翠翠来到李镇长家大门口。翠翠直往大门里走，门口的两个保安连忙拦住翠翠，一个保安说道："你好大的胆，敢往镇长家里闯！"另一个保安和善一些，问道："你找哪个哟？"

翠翠说："我找贞贞。"

保安说道："你找咱家小姐，有啥事吗？"

"贞贞是我的三嫂，有很重要的事，请让我进去。"翠翠回答道。

保安一听她们是亲戚，"好，你等会儿，我去通报一声。"

不多会儿，保安带来了贞贞，贞贞见到翠翠，上前来拉住翠翠的手，"翠妹妹，好久不见了，你真是稀客耶，快进屋里来坐。"

两人进了大院，来到客厅，贞贞看见翠翠哭红的双眼，关心地问起来，"翠妹妹，你有啥伤心的事儿，快给我讲，姜家的人要是敢欺负你，我给你做主。"

翠翠见贞贞对自己如此关心，一时又不好意思开口了。这下贞贞急了："你来找我，又不给我讲，我怎么晓得是啥事儿嘛！"

翠翠狠下心来，把前前后后的事儿讲了一遍。贞贞越听越冒火，"这些臭男人，没有一个好东西，千刀万剐的姜敬福回来了，看我怎么收拾他！"

贞贞虽然心头冒火，但也拿不出主意来，她没听说过大太太要用人，更没听说过用翠翠去换姜敬明。贞贞无奈，只好带着翠翠去见她妈。她们来到了三太太屋里，翠翠向三太太行了个礼，"三太太好！"三太太拉着翠翠左看右看，夸声不断，"好俊一个媳妇哟，越长越漂亮了。"贞贞嘟着嘴说："妈，翠翠要给你讲个气死人的事！"三太太十分惊讶，"啥事要到气死的地步哟？"忙叫翠翠坐下来讲。翠翠见了长辈，一时也开不了口，在一旁的贞贞倒还着急起来，绘声绘色地把翠翠的事讲了出来。

三太太听了，强压住内心的火，没想到这个姜敬福得到了她们母女，还想在外面找女人，若是翠翠跟了大太太，姜敬福岂不是很容易得手。三太太假惺惺地说："大太太成天吃斋念佛，不需要用人，我这里倒缺人手，就留在我这里。"翠翠强硬地说："留在哪里都一样，我就是要把大哥换回去。"这个要求对三太太来说确实很难，她暂时留下翠翠，是一时无主意，二来也为稳住翠翠，她管得住姜敬福，却跟征兵站无一点人脉关系。

这时，李镇长回来了。李镇长一进门，看见如花似玉的翠翠，眼睛都看愣了，真是天下掉下来的美人儿。三太太叫了他几声，李镇长才回过神来。三太太只讲了翠翠自愿来做用人，让镇长设法救出他大哥姜敬明来。李镇长见这般美人儿是自愿进他家门的，心里乐开了花，不假思索地说：“放、放，一定放!”翠翠苦涩一笑，心里一块石头像是落了地。

8

三太太明白李镇长在想什么，也知道姜敬福想干什么。醋坛子打翻了似的，恨得直咬牙。对付姜敬福，她倒有几分办法，对李镇长，她就奈何不了，万一李镇长把姜敬明放了，翠翠就得留下来，李镇长就会娶翠翠为四太太，有权有势的人三妻四妾还少吗？三太太决定与贞贞联合起来对付这两个好色之徒。

其实，李镇长要放姜敬明也有难度，征兵站是上峰派来征兵的，当镇长就是个协助征兵站查户口、抽壮丁的事儿，李镇长不得不考虑怎么买通李站长，让李站长放人，自己不就可以抱得美人归了？

李镇长坐在客厅苦思冥想，这时管家进客厅报告，说是姜家两兄弟前来拜访。李镇长倒是见过姜仕恩，毕竟是亲家，至于姜家有什么兄弟他就不知晓了。两亲家因家境不同，故为人处世也不同，所以从不来往。李镇长仗着有权有势，从不搭理亲家，也从不上门拜望。自从女儿贞贞癞子头好了后重新变得如花似玉，他就后悔让姜敬福成了他的上门女婿，否则完全可以挑个更好的女婿嘛。好在姜敬福十分巴结他，又当了个保安队长，也让他李镇长手上沾了点兵权，但是他还是把姜敬福当一条狗一样使唤。

李镇长想明白了，姜家兄弟一定是为翠翠而来的，翠翠又是为放姜敬明而来的。想到这里，李镇长板起脸对管家说：“不见，就说我不在家!”管家点头称是，刚转身，只见姜敬福低着头带进了姜家两兄弟。

原来，姜敬福逼走了翠翠，他也怕姜氏二老骂人，灰溜溜地回到李镇长家里。他没想到翠翠竟敢跑到李镇长家来告状，这下贞贞和三太太什么事都知道了。

姜敬福刚进大门，就被贞贞揪住耳朵拉进了屋，恶狠狠地问姜敬福在外面干了些什么坏事。姜敬福死不认账，一会儿说东道西的，一会儿说催粮去了，一会儿说征兵去了。气得贞贞脱下鞋拿在手里往姜敬福身上一阵乱打，打累了又叫姜敬福跪在踏板上。接着三太太进来了，姜敬福如见了救命菩萨，“娘，快来救我!”其实这就是三太太和贞贞设的圈套，先从姜敬福下手，让他说出真情，借口翠翠是姜家丫头，必须放回姜家，翠翠一走，李镇长的美梦不就化为泡沫了？

三太太不但不帮姜敬福解围，反而怒气冲天地扇了姜敬福两耳光，狠狠骂道："臭不要脸的，你要老娘，外面还搞女人！"这句话贞贞听不懂，姜敬福是听得懂的，他也舍不得离开三太太，何况三太太还年轻美貌，两人常偷着在一起，三太太在床上比贞贞放纵得多，姜敬福自然也深爱这口，再说他同三太太这是乱伦，被李镇长知晓了是会扒皮的，因而姜敬福是十分畏惧三太太，不敢将她逼得太狠。

姜敬福只好把他干的事告诉了三太太。贞贞拔起鞋又要打姜敬福，姜敬福吓得躲在三太太身后，让三太太救他。三太太叫住了贞贞，心里又打起主意来，要想让姜家的人知道翠翠在哪里，只有靠姜敬福了。三太太在翠翠耳边嘀咕了一阵，对姜敬福说："敬福，你这样会惹出人命的，何况老爷也见到了翠翠丫头，还喜欢上了她，搞不好还要给她弄个四姨太当呢。"

姜敬福一听，自己睡李镇长的女人，和李镇长睡自己的女人，那可是完全不同的感觉，他会偷鸡不成倒蚀把米啊。这么一想，娶翠翠做妾的事倒不着急了，得先断了岳父的念头，别再给他弄个小妈回来，看着还吃不着。于是姜敬福求着三太太让他把翠翠带回去，那边正在找，他也得讨个好。

三太太却不依，"老爷已见到翠翠姑娘了，看他那个样子，怕是不会同意翠翠走的，再说他也答应了翠翠只要留下来，就放姜敬明了。"

姜敬福的脸色由白变灰，万般无奈。三太太看火候到了，在姜敬福耳边悄悄地说："你做的事，你去解这个结，过去告诉你爹，翠翠在这里，他们来要人，不是也有理吗？"这句话点醒了姜敬福，这不，他就带来了姜家两兄弟。

姜仕恩和姜仕德来到客厅，见到李镇长，姜仕德和李镇长都惊呆了，姜仕德一看面前的李镇长，好面熟，这不就是前些天来姜氏药堂看病的那位贵客么。李镇长也万万没想到，他会在这样的情形下与姜仕德相遇，顿时感到尴尬不已，生怕姜仕德说出真相来，又恨自己没及时去打点。姜仕德这个老江湖，倒是面不改色地看着这位镇长大人。

姜仕恩感到诧异："你们认识呀！"姜仕德点了点头。李镇长慌了，但他毕竟也是见过世面的人，双手作了个揖，"姜郎中，久违了，借一步说话。"

李镇长像是遇到老朋友似的，做了个手势，请姜仕德到外面说话。两人来到走廊转角处，李镇长停了下来，心里十分紧张，但表面镇定，笑着对姜仕德说，"姜先生，真是神奇，我吃了你开的几服药，病情大有好转，正准备上门拜谢，没想到你我还是亲戚，缘分呀，在此一谢！”李镇长立即向姜仕德行礼。

姜仕德客气一番，“使不得，使不得！”

“那，那我这个病，外人都不晓得，连我夫人都不知道，望姜先生不要告诉他人，我定有回报。”

姜仕德摇了摇鹅毛扇，微笑着说：“镇长大人，作为郎中，保护病人的隐私是规矩，不必担心，我绝不告诉第三人。”李镇长连连道谢。姜仕德灵机一动，正好借此机会逼一逼李镇长。姜仕德稳重地对李镇长说：“你这个病根还没除，之前我开的几服药是治疗的第一步，药你得继续吃，吃了强筋健体，万事顺心。”李镇长听了甚是高兴，确实吃了姜仕德开的药后，小腹温热，人也精神了不少，他正准备到姜氏药堂去继续治疗，并求姜仕德隐瞒呢，今天姜仕德上门虽然吓了他一跳，但当面保证不向外人透露此事，李镇长总算踏实了。

李镇长又问道：“不知姜先生今天光临寒舍有何贵干？”

话说到这个分上，姜仕德觉得火候已到了，便带着恳求的语气说：“镇长大人，我兄弟家的用人翠翠，是个寡妇，是姜敬良请来的奶妈。翠翠早年在姜家长大，与几个娃儿似如兄妹，如今也不知为啥，听姜敬福说她自己上门换姜敬明，当真有此事？”

李镇长一听，心凉了半截，这美人儿居然是寡妇，还生过小孩，还是亲家家里的用人，我若留她，岂不传得满世界皆知，叫人笑话。嗐，我一个当镇长的……若治好了那病，还怕缺女人吗。人家都点名指姓说是姜敬福告诉的，想说没有也不可能啊。

李镇长横下心来，对姜仕德说：“都是亲家，亲家屋里的人，由亲家管，可以让她回去，至于姜敬明嘛，那是征兵站抓的，给我点时间，想想办法。”

李镇长和姜仕德回到客厅，正一肚子疑云的姜仕恩见二人高高兴兴地回到客堂，心里十分奇怪，又非常有分寸地没有多问。姜仕德笑着对姜仕恩说：“大哥，李镇长真是个深明大义之人，对亲家非常照顾啊……现在事情已经基本谈妥了，李镇长说敬明的事他会出头帮忙，现在就看还有啥子吩咐。”姜仕德先发制人，真有一套，李镇长顿时无言可对，只好把对姜仕德说的话又对姜仕恩说了一遍。

姜仕恩激动起来，“此话当真？”

李镇长故作亲近地说：“一个镇长说的话，岂能言而无信，何况我们还是亲家。”

说完，李镇长又叫人请来三太太和贞贞。

三太太和贞贞听说李镇长要放翠翠走，心中万般高兴，特别是三太太，心里压着的石头落了地，这下终于把李镇长和姜敬福这两个臭男人都想要的女人赶走了。

李镇长吩咐三太太和贞贞把翠翠带到客厅来。翠翠羞得脸通红，也不敢抬头看姜仕恩和姜仕德。

李镇长装着笑脸对翠翠说："翠翠姑娘，今后不要赌气乱跑了哟，到了我家倒还好，若是碰到棒老二(土匪)你就完了!"

姜仕恩和姜仕德谢过李镇长，贞贞把翠翠扶上了马车，马车直往姜家院子奔去。

9

李镇长坐在书房里，一肚子的愁，要如何能把姜敬明放出来?

他是镇长，有责任协助征兵站开展工作，且他也知道李站长是个财迷心窍的人，找他要人，不出钱是办不了事的。李镇长是个老色鬼，一想到不能纳翠翠为妾，心里好难受，眼看水灵灵的女人就要搞到手了，却被姜仕德搅黄了，但他又怕姜仕德讲出他的隐私来，不得不妥协，现在放了翠翠就很心痛，还要想法子放姜敬明……

此时门哨前来报告，大门外有一男一女要见李镇长。

李镇长不耐烦地问："又是哪个哟?"

门卫跟着姜敬福跑过几次姜家，人他都认齐了，因而道："是姜家的大少奶奶和一个不认识的男人。"

李镇长心想，姜仕恩两兄弟自己不来，这怎么叫儿媳妇一个女人家来，还有个不认识的男人?

这事有点奇怪。又一想，婆娘怕男人当兵，上门来哭闹倒也说得过去，可是还来个男人干什么。李镇长管不了那么多了，他想方设法要敲姜家一笔钱，再给征兵站的李站长送点礼，两头都不得罪，面子也有了，岂不是好事儿。

"去，叫他们到客厅等到。"

…………

原来玉贤自从得到姜仕恩的指派后，带着黑娃连夜赶到重庆。玉贤到中央造纸厂去见了姜敬明的几个同事，平日里姜敬明对同事十分友好，又是他们的班头，大家一听姜敬明被抓了，十分气愤和着急。副班头出了个主意，叫玉贤去找厂人事部想办法，大家认为这是唯一的办法了。

副班头带着玉贤到了厂人事部，一个姓王的干事接待了他们，玉贤把姜敬明被抓的事告诉了王干事，王干事满脸无奈。王干事表示路太远，厂方帮不了这个忙。副班头也帮忙说好话："班头是厂里数一数二的技术人才哟，何况政府有规定，工人不抽丁，厂里还是要面子的噻。"

王干事表示他也做不了主，等部长回来再说，打发玉贤他们走了。玉贤虽是个弱女子，但性格刚强，即使姜敬明一向来都对她不上心，但对于她来说，姜敬明就是她的天，就是她的命根子，她拼了命也要把丈夫弄回来。

玉贤回到猫儿石街上的篾货店，唐小壮问道："大表嫂，厂方啷个表示哟？"玉贤说："那个王干事就是想推托，不愿厂方出面。"

唐小壮想了想，"大表嫂，我倒有个办法，可以试一试。"

玉贤急忙问："什么办法？只要弄出敬明，我啥也舍得。"

唐小壮说："大表哥是厂里的技术骨干，根据厂方的要求，又集体参加了国民党，还糊里糊涂地参加了码头的袍哥会，对人忠厚诚恳，大家都很信任他，我们不如去码头找那个老乡姜工头。他与大哥是拜把子兄弟，请袍哥大爷去厂方人事部找万部长，这样厂方是不是就会派人去要人了。"

玉贤感到有点希望，立即叫唐小壮去买了两瓶好酒，唐小壮带着玉贤去了姜工头的家。姜工头是个爽快人，听说姜敬明的老婆来了，十分热情地接待。

唐小壮向姜工头做了简单的介绍，姜工头满脸喜悦，"大嫂请坐，我跟大哥是拜把子兄弟，又都姓姜，一笔难写两个姜嘛，大嫂有何难事尽管说出来，老弟一定去做。"

玉贤很感动，把一肚子的苦水倒了出来。姜工头也知道姜敬明是包办婚姻，而且他并不喜欢玉贤，但作为姜敬明的太太，大家还是会给她足够的尊重。没想到啊，玉贤却对姜敬明如此深爱，太义气了，这倒让大家感动又钦佩起来。

姜工头听明白了，若是姜敬明真入了伍，这事就不好办了，要弄就得赶在这几天，在送兵之前弄出来。突然，姜工头猛拍了一下自己的脑袋，叹道："我这人怎么这么傻哟，纸厂人事部的万部长，也是我们袍哥兄弟，我们还在一起喝过酒。"

玉贤听了十分高兴，恨不得马上去见万部长。姜工头见玉贤如此心急，也理解玉贤此刻的心情。对玉贤说："我晓得大嫂的心情，这样，你送的两瓶酒我心领了，借花献佛给万部长送去。"

玉贤很难为情，"这酒你收下，礼品我另外去买。"

姜工头摇了摇头："一家人不说两家话，袍哥人家讲的是信义，万部长应该下班了，我带你们直接到万部长家里去。"

姜工头、玉贤、唐小壮三人来到万部长家，万部长四十岁出头，显得有些苍老，头发都半白了。万部长热情接待了姜工头等人，还吩咐他老婆泡茶，让客人坐下来谈。

姜工头让玉贤把姜敬明的情况向万部长做了汇报，玉贤此时倒镇定下来，把事情的经过讲了一番。万部长真佩服这个乡下女子，讲话如此不急不躁，有礼有节，表达明确，同时他也知道姜敬明是一个技术高超的工人，心里也舍不得。

万部长叹了口气，说："国难当头，人人有责，当兵打日寇是抗日，工人上好班，支援前线也是抗日，上边也说过，工人不抽壮丁，但远水不解近渴，如何是好?"

玉贤一听此话，猛地一下跪在姜部长面前，"我去顶姜敬明!"此举感动了万部长，他忙扶起玉贤，嘴里反复说道："我想办法，我想办法。"

万部长下了令，王干事就是再不愿意，那也是要出面的。就这样，玉贤带着王干事，拿着厂里的公函和政府的有关规定文件连夜又赶回了花桥镇。

李镇长正愁无法兑现自己的诺言，见玉贤带来了王干事，王干事又带来了厂方公函和文件。李镇长心花怒放，这不就是尚方宝剑吗，两边都不得罪，我仅是一个中间拉线人了。

李镇长满怀喜悦，带着王干事、玉贤等人一起前往征兵站办公室。李站长正在办公室为壮丁人数不够而发愁，怕无法向上峰交代。只见李镇长提着两瓶酒，笑嘻嘻地走了进来，还带了好几个人。

李站长问道："镇长大人，有啥事情要你亲自上门哟?"

李镇长仍然满脸带笑，"李站长，家门兄弟，我给你介绍几个朋友。"

当李镇长介绍完毕，也不说是来要人，特别把王干事拉到李站长面前，王干事向李站长作了个揖，说："鄙人是受上峰之命，特来办公事的。"说完把公函及文件交给了李站长。

李站长听到对方来头不小，挺认真地看完了公函和文件，顿时火冒八丈，“我又没到你厂里抓人，姜敬明这小子是本地人，我在本地抓的，该抓，不放，不放，就不放。”

王干事也怒了：“我厂属于中央企业，工人不能乱抓，姜敬明回乡探亲，探亲期限已满，该回厂上班了！”

李站长和王干事两人争吵起来，互不相让，李镇长也惊慌了，两边劝说，反而更厉害了。

李站长拔出盒子枪，枪口对着王干事，“老子是军人，服从上级命令是天职，你再闹，信不信我一枪崩了你！”

王干事被压下去了，但人带不回去也不好向厂部交代，只好求饶，说：“李站长，只要放人，啥子都好说。”

玉贤挺身而出，对着李站长的枪口：“我来顶我男人，要不你打死我。”李站长倒吃一惊，没想到这么一个弱女子，居然有如此胆量。再说又是李镇长亲家家里的人和事，抓个丁他理由充足，逼死人，到底说不过去。他以后还要长期在此开展工作，得罪了李镇长，那不是发蠢吗，以后任务下来谁配合他跑腿？

罢了，就给他李镇长一点面子。其实李站长也很气，明明是李家的女婿带他去抓的姜家的人，现在反而是他做小人，当然了，怎么说赚一笔还是有的，何况又是重庆来要人，就是不赚，他也不好不放。反正李站长也骑虎难下了。

李站长故作镇静：“我从不跟女人斗，要放人也可以，得有个放的办法，我也好交差。”

王干事一听，气也消了一些，“办法嘛，还是李站长说了算撒。”李站长想了一会儿，在王干事耳边轻轻言语了一阵，王干事直呼：“要得、要得，晚上万花楼见。”说完两人哈哈大笑起来。

第五章

1

姜敬明也不知道征兵站的李站长为啥放他走。其实，刚开始姜敬明被抓进去时，心里十分着急，心想好男不当兵。又一想到小日本太猖狂，侵略我大中华，快打到四川了，好男儿不保家卫国也说不过去，抓都抓来了，当兵就当兵，看你日本鬼子是不是三头六臂。没想到李站长带着厂里的王干事笑呵呵地找到他说："你们重庆来人了，说工人不抓壮丁，所以嘛，你就可以回去了。"

姜敬明见了王干事，面带愧色，结结巴巴地说："谢谢王干事了，厂里还派你亲自来要人，我今后一定尽心尽力为厂里干事。"

王干事笑了笑，拍了拍姜敬明的肩膀，"小伙子，你是厂里的人才，不过我不来一趟怕是你就去当兵了，我有事要赶回去，你立马也回厂里报到。"

姜敬明像个兵一样，立正敬礼："是!"

其实此事，王干事也出了些好点子，但真正起到作用的还是李镇长。李镇长一方面要封住姜仕德的嘴，继续为他治病；另一方面也想趁机向姜仕恩要翠翠。

王干事回想，那天晚上谈得也还是挺悬的，毕竟人没出来之前，到底会发生啥子事谁也不知道啊。他虽然来自重庆，但这动乱时代，他也只是一个外乡人，听了万部长的要求去花桥镇来捞姜敬明，多少还是怕出什么岔子。现在人接到手了，一颗心才算是放回了肚子。

那天李站长同王干事耳语几句之后，王干事一出门就去了姜家，一二三四地交代接下来得怎么办。姜仕恩没别的主意，他知道自己在李镇长面前没什么面子，更别说在李站长那个老狐狸手上。于是，姜仕恩去花桥镇上最好的饭庄开了个包房，准备给李站长与李镇长这对老狼狈“谈事”。

姜仕德对这些场合十分厌恶，借故不去，姜仕恩只好一个人去了。

天刚黑下来，李镇长带着三太太、姜敬福领着王干事、李站长独自一人，先后到了万花楼。姜仕恩做东，尽地主之谊，本应坐在上席，但他是求李站长办事的，特请李站长坐上席。李站长觉得李镇长的官比他大些，将来好多事还要李镇长帮助，也故作谦逊地让李镇长坐上席，李镇长毫不客气地坐在上席，三太太在他右边坐下。

李站长目不转睛地看着三太太，看得入了神。今天三太太打扮得十分得体，穿的一件蓝底白牡丹花的旗袍，旗袍很贴身，显得三太太的曲线很美，脸上施了粉底，扑了腮红，看着倒年轻了几岁，很是楚楚动人。那长睫毛的大眼睛扫了一眼李站长，顿时李站长的魂都要飞了，他没想到李镇长还有个这么美艳的女人。李站长讨好地伸出手与三太太握手，三太太有礼貌地伸出手，刚碰到手指尖，又收回去了，惹得李站长心痒痒。李站长想坐在三太太身边，李镇长马上制止道：“李站长，你是贵客，坐这里来哟。”说着指了指他左边的位置。李站长顿时感到有些难堪，笑得很不自然地坐在了李镇长左边，眼睛始终盯着三太太。李镇长又对姜仕恩说道：“你是主人，就坐这里吧。”说着指了指三太太旁边的位置。王干事主动坐在李站长身边，姜敬福很有眼力见儿地直接去坐在下首。

姜仕恩对姜敬福说道：“客人到齐了，你来帮长辈们斟酒吧。”姜敬福十分乐意，提起酒壶从李镇长那里开始，一一斟酒。到了三太太处，姜敬福深深吸了一口气，闻到了他平时常闻到的香味，一下得意忘形，想伸手摸三太太的手。三太太是何等人，久经情场，一下闪开手，微笑的脸看着李镇长，她这一示意，确实叫姜敬福吃惊不已，他竟忘了李镇长在场。

李镇长举杯道：“借姜大爷的酒，我们按老规矩，喝三杯。”酒过三巡，李镇长对姜仕恩说：“姜大爷，你今天做东，这开头话嘛，就该你说了。”

姜仕恩很不自然地站了起来，说道：“镇长大人、李站长大人、王干事大人，今天鄙人准备了点薄酒请各位大人，感谢各位大人赏脸，鄙人甚感荣幸，敬大家一杯！”

大家齐呼好！一饮而尽！姜仕恩又劝大家吃菜，大家都乐呵呵地吃着，天南地北地摆起龙门阵来。姜仕恩见几人还谈不到主题，心中忐忑不安。

王干事也有些着急，他是来要人的，时间又紧，见李镇长、李站长都不扯到正事来，便主动拿出厂方公文。

王干事说："李站长，这是我厂公文，李镇长都看过了。"

李站长几杯酒下肚后，说话也随便，"好，好，不着急，李镇长已给我讲了，不过这回要等上峰批了再说。"

大家一听就知道李站长心里在想什么，这人长得丑，特别贪财贪色、好酒好赌，可以说吃喝嫖赌样样俱全。三太太见状，立即举杯嗲声嗲气地说："站长大人，一笔难写两个李，我们都是一家人啰，我敬你一杯。"李站长见不得美人，心里乐滋滋的，举杯与三太太碰了下杯，一口而尽。

三太太又说："我家姑爷大哥的事儿，全靠你了。"李站长喝得二麻二麻的，听得很舒服，脱口而出："好大点事嘛，我一句话作数。"李镇长趁机接过话："李站长一言九鼎，放人了，仕恩兄还不道谢！"姜仕恩明白，立即拱手道谢。李站长急了，好处还没得到怎么放人，李站长手上青筋鼓了起来，瞪着一双睁不大的眼睛，说："上峰还没……"王干事抢着说："刚才李站长已说作数了，这事就这么办了！"硬把公文塞到李站长的手里，姜仕恩也把一百元大洋递在李站长手里，三太太笑嘻嘻地走过来，在李站长的肩头拍了一拍，李站长感到全身都酥了，李镇长又在他耳边悄悄说："今晚春花楼都给你安排得当了，包你满意。"李站长听了兴奋不已，立即说道："放人，放人，马上放人！"

2

翠翠被姜仕恩接回家后，一直闷闷不乐，不见康氏责怪她，也不知姜敬良的去向，只有吴妈狠狠地训了她一顿：说她太胆大、太放肆、太丢人现眼，用自己去换姜敬明大哥不是天大的笑话嘛。翠翠感到很委屈，心想大哥是为自己而出的事，她就应该不顾一切地去交换大哥，为此还伤心地掉眼泪。

其实姜家的人各有各的想法，姜仕恩还挺赞赏翠翠的胆量，认为翠翠一个女娃家，顾全大局，为姜敬明舍生取义，独闯李镇长家，不像姜敬福那样六亲不认，只为自己的私利，为达目的不择手段，连自己的亲大哥也敢抓。

翠翠满肚子的心事乱如麻，她清楚姜敬福是为了得到她，才来抓姜敬良的，没想到姜敬明撞到枪口上了，大哥姜敬明一直对她很照顾，就像自己的亲大哥一样，翠翠认为既然他们要用她来换，不如自己主动去换，这样才对得起大哥。

翠翠眼里含着泪珠，正纳着鞋垫，突然感到一阵恶心想吐，喉咙里顿时冒出儿股酸水。翠翠已是过来人，她感到一阵惊慌，马上想起这应该又是怀孕的征兆。

吴妈进屋了，看到翠翠的神色和状态，瞬间明白了几分，轻声问道："丫头，又怀上了吗？"翠翠眼泪直流，点了点头，十分痛苦。吴妈先是惊恐不安，若是老爷和夫人知道了此事，那还得了，但不一会儿，吴妈就镇静下来了。吴妈心想第一次瞒天过海成功了，这次殷秀肯定不愿再故技重演，但老爷和夫人不会放任不管，毕竟是他姜家的血脉，要是让这老两口同意姜敬良纳翠翠为妾，那也是顺理成章的事，她的目的也就达到了。

吴妈想着要是姜敬良知道自己又有儿子了，一定会高兴的，他也可以趁机要挟父母纳翠翠为妾。吴妈心情由忧变喜，突然心里冒出一个主意来，解铃还须系铃人，找了个借口把姜敬良请到屋里，逼姜敬良要拿个办法出来。

吴妈轻手轻脚地走到姜敬良门前，叫了一声："二少爷，出来我有事儿给你讲。"姜敬良"哦"了一声就出来了，吴妈在他耳边咕哝了几句。姜敬良心想又要见到翠翠了，当然高兴，立即和吴妈来到翠翠住的屋里。姜敬良见翠翠一脸不高兴的样子，很是诧异。

"我的宝贝儿，是哪个惹你不高兴了吗？"

翠翠生气地说："是你，是你个没有骨气的懦夫，你把我害苦了！"说完低声哭了起来。姜敬良笑着说："宝贝儿，我爱你都爱疯了，怎么会把你害苦了，快说是谁惹你生气了，我去收拾他。"

吴妈接过话，说："二少爷，翠翠姑娘又怀上了你的娃了。"

姜敬良一听，大吃一惊，吓得浑身直冒汗，连说："不可能，不可能。不可能哟。"

翠翠一听，气从心来，指着姜敬良鼻子骂道："你真是禽兽不如，平日里一有机会就来找我干那事，我说了多少遍要小心些，你每次都不听，只图自己快乐……"说着翠翠哭声更大了。吴妈赶忙捂住翠翠的嘴，"姑奶奶唉，你小声点，小声点，外人听了不得了哦！"

姜敬良这下信了，连忙求吴妈想办法。吴妈思来想去也为难，不可能再来旧戏重演，一来殷秀已得到儿子，心满意足了，不会又来装孕妇；二来姜家二老知道之前发生的事，还责怪过吴妈。

吴妈想着姜敬良如此软弱，但要解决此事，又离不开这个人，吴妈问姜敬良："二少爷，你惹的祸，你打算怎么办？"

姜敬良慌了神，此时根本拿不出主意，他恳求吴妈："看在我对你们母女好的分儿上，请个郎中来解决了吧!”

翠翠一听，疯了似的扑向姜敬良：“你这个畜生，做这种害人的事，我跟你拼了!”

吴妈也气得发抖，抓住姜敬良，“你害了翠翠不说，连自己的亲生儿子也要害吗!”

姜敬良被这两个女人缠着，全身无力，瘫坐在地上，吴妈生怕姜敬良旧病发作，也克制了不少，“现在我们三个是一条绳子上的蚂蚱，死活都在一堆，没有了翠翠，我也不得活，二少爷，你是不是个男人，总要拿话来说噻!”

一个儿子都没有的时候，当然拼了命也想要添个孩子，但已经有一个孩子的情况下，再添二三四个孩子，那就看各人的喜好了，有的喜欢儿女成群，有的喜欢一枝独秀，但姜敬良不同，前一桩账还没翻过去呢，这马上又来一个，一家上上下下他都应付不过来啊!

姜敬良瘫坐在地上，摇着头，“我拿得出啥子办法嘛，吴妈，你的办法多，平时遇事都是听你的主意，你再救我们一回撒!”

吴妈也感到没办法了，但想到自己和翠翠今后的日子，她也狠下心来，反正翠翠怀的是姜家的种，是姜敬良惹的祸，老爷不能不管，老爷夫妇又是顾脸面的人，总不会把事情闹开了，如今只有鱼死网破。吴妈沉思了一会儿，姜还是老的辣，吴妈的鬼点子就出来了。吴妈对姜敬良和翠翠说：“现在我们就去给老爷和夫人认错，姜敬良你要是有良心的话，就马上纳翠翠为妾，翠翠一个女娃家不会说话，就大胆去就行了，我一个老太婆也不要命了跟着你们去。”姜敬良和翠翠感到走进了绝路，这不是办法的办法，他俩也点头认了，吴妈带着姜敬良和翠翠悄悄地往姜仕恩屋里走去。

3

姜仕恩在堂屋闷闷不乐地抽着叶子烟，焦急地等待姜敬明的消息。没想到盼来的是吴妈、姜敬良、翠翠三人。姜仕恩不高兴地招呼他们有啥事坐下来谈。

谁知三人一下跪在姜仕恩面前，姜仕恩惊慌起来，这几个人又惹出啥事了。姜仕恩急着问：“你们这是为啥事?”

翠翠低头流着泪，姜敬良用乞求的眼光看着姜仕恩。吴妈看了看，壮着胆说："老爷，还不是二少爷惹的事，又把翠翠肚子搞大了。"

姜仕恩气得两眼直冒金星，指着姜敬良骂道："你这个畜生，气死老子了！"说着就举起叶子烟杆朝姜敬良额头上打去，那叶子烟杆是铜铸的，顿时姜敬良额头上就起了个大青包。姜敬良痛得大叫："娘啊，你快来救我哟！"

正在屋里纳鞋底的唐氏听到喊声，立即跑到堂屋，见这场景，也吃惊不已。唐氏马上取了菜油抹在姜敬良的额头上。"老头子，为啥事又打人了？"姜仕恩气呼呼地说："你问他干的啥事！"姜敬良只管叫疼，不敢再说什么。唐氏又问吴妈，吴妈不敢隐瞒，把姜敬良又让翠翠怀孕的事说了出来。唐氏气得差点晕过去，"作孽呀作孽！"以前，唐氏从未责怪过吴妈，这时她也责备起吴妈来："你仗着我平时对你的信任，背地里一点也不管束他们，又出这样大的事，你说如何是好！"

吴妈难为情地辩解道："他们的事，老爷太太你们也是知道的，这男女之情，我想管也管不到，二少爷爱翠翠，我劝过二少爷放手，可二少爷从不把我的话当真，翠翠那丫头也不听我的，总离不开二少爷，这哪里是好事！"吴妈说着一边扇自己耳光，一边为姜敬良和翠翠求情："老爷、太太，事到如今就成全了他们嘛！"翠翠听明白了吴妈的话，慢慢地移到姜敬良身边跪着。

姜仕恩听吴妈说纳妾，更是气上加气，原本计划着一切缓缓拖拖，最后还是要把翠翠送走的，现在又怀上了孩子……姜仕恩提起烟杆就朝姜敬良身上打去，唐氏忙叫姜敬良快跑。

姜敬良听了唐氏的话，拔腿就往门外跑，刚跑到院坝就遇到了一群喜笑颜开的人。进来的人是姜仕德、姜敬明、玉贤、姜花、黑娃等人。

唐氏见姜敬明放回来了，心中大喜，忙跑了来拉住姜敬明，上下左右地看着，嘴里唠叨着："没有伤到哪儿吧，回来就好，阿弥陀佛！"

姜仕恩见状，心头也舒展些，像忘了刚才发生的事，连忙招呼姜仕德进屋喝茶。姜仕德很想问问刚才发生的事，见人多，也不好问。

姜仕德对回家的人说："你们也累了好几天，今天总算有了个结果，大伙先各自回屋休息，我自有安排。"大家确实又累又惊恐了一阵，巴不得各自回屋休息去。

姜仕恩和姜仕德回到堂屋，唐氏叫了吴妈、姜敬良、翠翠来到堂屋。姜仕德问起刚才发生何事，姜仕恩摇头说："作孽啊，我上辈子不知做了啥亏心事，现在得了报应，我哪说得出口嘛！"

唐氏羞涩地说："他二叔，敬良这娃真不听话，始终在暗地里和翠翠好，这不，又怀上娃儿了，这该如何是好哟！"

从不冒火的姜仕德一巴掌拍在桌子上，只听得那盖碗茶都被震得一阵响。姜仕德严声指责道："敬良啊敬良，你已犯了一次，现在又犯第二次，叫父母长辈如何说你是好，你把姜家的脸都丢光了！"

姜仕恩也气得双脚直跳，提着烟杆又要打姜敬良，吓得姜敬良躲在唐氏身后。姜仕德劝道："大哥，事情不出也出了，这也怪我们当长辈的管教不严，他们才做出这些伤风败俗的事，何况现在的年轻人不知天高地厚，生活开放，自由恋爱，大人们怎么好管，事到如今，我们要拿个主意来。"

姜仕德叫翠翠、敬良先各自回屋休息，把吴妈留了下来。吴妈吓得脸发白，不知道姜二爷会怎么处置她。姜仕德平和地说："我知道你心里是怎样想的，你认为纳妾这么容易嘛，你也是我们家的老人了，也忠心耿耿为姜家做事，不然我早就一脚把你踢出姜家大门了！"

唐氏也挥泪说道："翠翠本也是我姜家人了，孩子归了殷秀，这第二个娃娃怎么处理，再拖下去，肚子一大起来，就要出丑了。"吴妈恳求说："老爷，您就让二少爷纳妾吧！"

姜仕恩铁了心地道："这是不可能的，你还是死了这个心！"

姜仕德咬了咬牙，说："吴妈，你马上准备翠翠的行李，越少越好，明儿一早，翠翠跟敬明他们到了重庆再说。"

吴妈哭喊道："二老爷，使不得呀，我离不开翠翠！"

姜仕恩和唐氏倒认为这是个好办法，到重庆去生孩子，谁也不晓得，也停了他们的往来。吴妈无奈地一屁股坐在地上。

4

吴妈不愿翠翠到重庆去生孩子，翠翠也是死心眼不愿去重庆的。姜仕德也认为这样也委屈了翠翠，况且她也是真心爱着姜敬良，这男女之情谁也说不清，同情归同情，但亲自出面也多有不妥。姜仕德认为最合适的是让唐氏和玉贤去劝说翠翠到重庆，由玉贤照顾翠翠，先走这一步，再想办法如何了结此事。

唐氏和玉贤照着姜仕德的嘱咐去找翠翠。她们来到后院，看见翠翠屋里灯还亮着，门还没有闩上，唐氏和玉贤便进了屋。翠翠见唐氏和玉贤来了，激动地叫了声："大妈，大嫂！"又哭了起来，唐氏见翠翠双眼哭得红肿，她也了解翠翠这个没见过大世面的女孩的心性。唐氏给玉贤使了个眼神。玉贤把翠翠拉到床边，两人一同坐着，玉贤说道："翠儿妹妹，你认为这事怎么处理好？"翠翠摇了摇头，满脸的无奈，还是低头哭泣着。

玉贤劝说道："好妹妹呀，事情不出也出了，姜敬良还是个男子汉，真不懂事，害苦了妹妹。而今，怪谁也无用，问题是你肚子一天天大起来，大家看到怎么说得清楚。再说纳妾，老辈子都不同意，何况殷秀那边也无法接受。你作为一个女孩子家，也是要名声的呀！"

翠翠绝望地说："那我怎么办？我可以去死，但肚子里的娃儿又怎么办？这是他姜家的后人，也应该给我一个名分。"

玉贤说："我有一个主意，不知妹妹能否答应？"

翠翠急着说："啥子主意，只要好我一定听你的。"

玉贤说："过两天我和你大哥就要去重庆了，我想带你一同到重庆去，在重庆生娃娃，谁也不晓得，事情不就两全其美了吗？"翠翠听了心里稳了一些，但又想到这一去得一年多的时间，敬良纳妾的事儿还没解决，心想娃娃不生在姜家，姜家的面子倒是顾了，自己的名声却顾不了了，我今后怎么做人！翠翠把这一想法告诉了玉贤，玉贤一时也回答不了。唐氏安慰道："翠翠，你从小在我家长大，已经是我家的人了，办法总是有的，你就听玉贤的话吧，去重庆生娃娃，一切路费我都会给你准备好。"

唐氏的话是有分量的，她的话就代表了姜仕恩。翠翠一向也听唐氏的，感到再也无路可走了，两眼冒着泪花，只好默默地点了点头。

唐氏和玉贤见翠翠勉强答应了，怕她过后又反悔，唐氏拉着玉贤的手正准备回屋。这时，吴妈进屋了。吴妈苍白的脸显得更加苍老，呆滞的眼神，她还不到四十岁，却给人一种老妇的感觉。

吴妈见了唐氏和玉贤，心中的气也不好发出来，毕竟自己是下人，吴妈行礼见过唐氏，道了个万福。唐氏开口打破了这尴尬的场面。

"吴妈回来了，你也累了一天了，照顾翠翠早点儿睡觉。"

吴妈哭丧着脸，向唐氏鞠了一躬，说："夫人，你行行好，翠翠千万去不得重庆，谁来照顾她，娃娃生下来又谁来照顾，我放心不下。"

唐氏叹了口气，说："这道理我想了好多遍了，翠翠怀娃娃是个大事，在家里要不了几个月就出怀了，吴妈，我不是不管，这是他们两相情愿的事，怪不了谁，到时候怎么给大家说得明白嘛！吴妈你是个最知事的人，这次你就听我的话嘛。”

玉贤说：“吴妈，你放心，我会照顾好她的，重庆下面还有几个人，有几个帮手，亏不了翠翠妹儿的。”

吴妈知道说服不了她们，胳膊拧不过大腿，只好赌气地说：“那我也下重庆去，玉贤她们哪懂得照顾月母子哟。”

唐氏感到很无奈，若吴妈走了，家中宝儿谁带，宝儿断奶也需要人照理，吴妈还真不能走。为了稳住吴妈，唐氏说：“这样办好不，翠翠走了，宝儿断奶由吴妈来照料，待翠翠生娃儿时，我再送吴妈到重庆。”玉贤高兴地道：“这是个两全其美的方法，吴妈你就放心吧！”

吴妈知道自己的心愿无法满足，心灰意冷了，看到唐氏如此强硬的态度，她也无可奈何，只是眼泪哗哗地说：“那就照夫人的意思办嘛。”

唐氏心结解开了，目的达到，人也精神起来了，笑眯眯地对吴妈说：“吴妈，多给翠翠带些衣服，路费我已准备好了的。翠翠到了重庆有啥事儿，就找敬明、玉贤办，我们也该回屋休息了，你放心。”

吴妈望着唐氏离开的背影，心中满腔怨恨，她原想翠翠被纳了妾，有了地位，将来孩子成人了，她就是外婆，一辈子也有个依靠。但现在这样看来，说不定哪天姜家一脚把她们踢出门外，那曾经讨饭的日子，又重现在她的眼前。吴妈不由得心寒透了，浑身像浸在冰水里似的。

翠翠叫了几声娘，吴妈都没有动，好像没听见。翠翠走过来，拉了拉吴妈的衣角，“娘，你怎么了？我叫你也不答应，事到如今，我们只有认命了。”

吴妈猛地一下抱住翠翠，眼泪直流：“可怜的女儿哟，只怪你生在穷人家，生来命苦，何时才能出头哟！”说完两人抱头痛哭。

5

吴妈的怒火在心中燃烧，但表面冷静了下来，她知道没有其他路了。吴妈擦了翠翠脸上的泪水，说：“隔了这么久了，你快去二少奶奶家里喂宝儿的奶，他也该吃奶了。你的行李我来帮你收拾。”翠翠应了一声便往二少奶奶屋里去了。

吴妈忙着把翠翠的衣裤收在一个藤箱里，又悄悄地把自己的衣裤都收起来，用一张旧布单包得扎扎实实的，放在床下。

吴妈收拾完毕，来到二少奶奶的屋里，轻声地对翠翠说：“翠儿，明天起得早，早点儿回屋睡觉哈。”翠翠说：“还是我来守宝儿，还不知道要隔多久才能看见他了。”吴妈不高兴地说：“有我呢，不要担心，那么远的路，不去睡一会儿嘟个不行哟！”翠翠依依不舍地又看了宝儿几眼，回屋休息去了。

吴妈轻轻地摇着竹摇篮，嘴里轻轻地哼着：“外婆摇轿轿，宝宝睡觉觉……”吴妈脸上的泪水不停地流着，心想翠翠又怀了二胎，姜家仍不肯纳妾，把翠翠当成生孩子的工具，又气又恨。她看着那已经习惯听她和翠翠哼着歌曲睡觉的殷秀，吴妈也气不过，还是有钱人家的闺女好啊，生来就享福。吴妈真恨殷秀，因为有她的存在，翠翠才不能被纳妾，但又恨不起来，因为殷秀得了宝儿后答应纳翠翠为妾的，平时对吴妈和翠翠都是很友好的，对宝儿也特别喜欢，犹如亲生，从不离开宝儿一步，生怕丢了似的，何况翠翠怀二胎的事儿她还不知道。

吴妈又看着沉睡的宝儿，心头直发酸，自己的亲外孙都不能认她这个外婆。唐氏还以宝儿的名义称她为吴婆婆，听起来刺心的痛。这时，她横下心来，猛地一下抱起宝儿，想带着宝儿逃出姜家，要叫姜家断子绝孙。突然宝儿被惊醒了，哇哇地哭了起来，同时也惊醒了帘子里面正在睡觉的殷秀，殷秀忙问：“宝儿咋个哭了？”吴妈连忙把宝儿放在摇篮里，一边自言自语道：“宝儿做梦梦了，宝儿乖乖，快睡觉觉。”一边轻轻地拍着宝儿的背。

殷秀起了床，“吴妈，平时夜里宝儿都不惊哭的，是不是生病了？”说完起身穿上外衣，从吴妈手中接过宝儿，宝儿很快又睡着了。吴妈因为刚才的举动十分后怕，心想我若真把宝儿弄走了，怎么养活他，姜家肯定要到处寻找，何况翠翠又怀了二胎，人还在他们手里呢，吴妈呆呆地站在那里，显得有些紧张。

殷秀只顾看着宝儿的小脸，小声地说：“吴妈，你也累了一天了，时候不早了，快去睡嘛！”吴妈点了点头，立即出门回自己的房间去了。

翠翠早已上了床，但始终睡不着，她对姜家仍然不承认她，感到很恼火。她对姜敬良是真心爱和敬佩，从小一起长大，对她也十分热情，姜敬良常常教她识字、算数，使她有了一点文化。翠翠把身子都献给了姜敬良，姜敬良从开始就发誓要娶她，可这次怀了二胎，姜敬良只是苦苦求父母纳翠翠为妾，姜家又有许多难处，迟迟不办。翠翠真恨姜敬良，不像个男人，软弱无能，话又说回来，她一个丫头又能有什么办法呢。

开门声响，吴妈铁青着脸进来了，翠翠撑起身来，“娘，你也累了一天，早点睡觉。”吴妈像疯了似的抓住翠翠的肩头，使劲儿摇着，说：“翠儿，我们带着宝儿和你肚子里的娃儿逃出姜家吧。”

翠翠被吓住了，“为啥子嘛？”吴妈说：“他们不认我们，我们也不给他们留种，看他们怎么办！”

翠翠倒冷静了下来：“娘，我们能养活两个娃娃吗？再说姜家对我们也不薄，在这里我们还能活下去。”吴妈咬牙切齿地说：“我要叫他们姜家断子绝孙！”翠翠说：“人家还有大少爷、三少爷，也断子绝孙不了的，何况这是敬良的娃娃，我也说过生是姜家的人，死是姜家的鬼。娘，你就忍一下嘛！”吴妈气得一屁股坐在地上。

6

第二天，天刚麻麻亮。黑娃带着三座滑竿来到姜家大院门口。唐氏领着姜敬明、玉贤、姜敬玉来到大门前，却不见翠翠出来，黑娃喊了一声，唐氏摇摇头示意不要影响其他人睡觉。叫黑娃去叫翠翠出来。

黑娃来到翠翠屋里，只听见翠翠在低声哭泣，黑娃推门一看，翠翠正依偎着吴妈，哭得甚是伤心，吴妈轻轻地拍着翠翠的背，像哄小孩一样，“翠儿，时间不早了，还有那么远的路呢。”黑娃进来提起翠翠的包袱，“翠姐，外头都等起了，走嘛！”翠翠听了，抹了抹脸上的泪水，跟黑娃出了屋。

唐氏拉起翠翠的手，眼里冒着泪花，说：“翠儿啊，委屈你了，一路有你大哥、大嫂，我也放心了。”翠翠眼睛都哭肿了，紧紧地抱着唐氏，“大妈好生将息，我要回来的。”

姜敬明把行李分成两担，他挑一担，黑娃挑一担。玉贤、敬玉、翠翠各乘一座滑竿。

抬滑竿的正好六人，高矮都差不多，个个脸皮都黑得发亮，精神十足，头上扎着白布巾，既可遮太阳，又能擦汗水。

第一个汉子喊了声：“哥子，抬起！”“嘿，抬起！”其他人喊道。第一个汉子接着喊：“哥子，走起！”“嘿，走起！”其他人也跟着喊道。

别小看这抬滑竿，还真有些技巧，前一个人出左脚，后一个人出右脚，这样才合得起，不然滑竿不平稳，就会浪起来，坐滑竿的人就很难受了。这几个人都是多年的老搭档了。

这些下力人，长年累月在外，生活得极艰苦又枯燥，但这些人豁达开朗，幽默有趣，说笑话、说脏话的本领有的是。这样才有精神有力气，一逗乐，劲儿就上来了。顾客一般也不理睬，但有时也跟着说笑话。

今天抬滑竿的六人都很高兴，因为抬的是三个女人，要是抬到大胖子财主或是商人就笑不出来了。

走在最前面的是个精瘦的黑汉子，高声地唱了起来：“乡下的姑娘进城来，脚上穿的是绣花鞋，哟哟，这么小个灶灶怎么好架柴？”

其他人也跟着吆喝：“哟哟，这么小个灶灶怎么好架柴？”

黑汉子又唱：“城里的姑娘下乡来，脚上穿的是高蹬鞋，哟哟，这么大个灶灶要架多少柴？”其他人也跟着吆喝：“这么大个灶灶要架多少柴？”

黑汉子接着又唱：“乡下的妹儿长得乖，胸前挂对大奶奶，哟哟，男人见了乐开怀……”

坐在第一座滑竿上的姜敬玉骂了起来：“你这个人太不要脸啰，这个家乡的歌我们也会唱，没得你后头这一段，好下流，听了都恶心，不准唱了！”

走在最前面的姜敬明也拉下脸来，回过头来对黑汉子说：“兄弟，你看三个都是女娃子家，好脏人嘛，要唱就编点其他好听的噻！”

黑汉子大怒：“唱啥子是老子的事，哪个不喜欢听点骚豁豁的歌嘛。”

姜敬明也怒了，“就是不准在女人面前唱这些下流的歌！”

黑汉子大吼一声，“老子今天不伺候了，兄弟们，落轿！”那几个汉子一听就放下了滑竿，向姜敬明围了过来，摩拳擦掌地做出打架的架势。

黑汉子得意一笑，“老板，就抬到这里了，拿工钱。”

姜敬明气得脸色发青，“还没抬到重庆，怎么拿钱？”黑娃也从后面跑了过来说：“给你们老板讲好了的，抬到重庆后才付钱，江湖人也要讲些规矩嘛！”

黑汉子正在气头上，骂道：“鬼的个规矩，不拿钱老子就抢！”说着就冲到姜敬明的面前要抢他腰间拴的钱袋子。姜敬明一手按住钱袋子，一手抵挡着黑汉子，黑娃也跑过来帮忙。

黑汉子凶恶地吼着：“要想打架，老子就是打架长大的，兄弟们，上！”几个抬滑竿的人立即都围了上来。玉贤、姜敬玉也不示弱，冲上来拉这伙人，只有翠翠吓得站在那里，拼命地叫：“抢人了！抢人了！”

突然又冲来一个女人去拉轿夫，大家一看，是吴妈。吴妈也使劲儿地拉，大呼：“棒老二(强盗)抢人啰!”

姜敬明和黑娃等人哪抵得过这些壮汉，一下子就被摁在地上，吴妈也被一个轿夫一拳打在地上。轿夫们得意扬扬，其中一个轿夫色迷兮兮地揪了一把翠翠的脸，“今晚陪老子睡觉！”姜敬明不顾拳头如雨下，紧紧地捂住钱袋子。轿夫们猖狂的叫声、女人们尖锐的骂声，乱成一团。

这时，侧面坡上跳出三个人来，庄稼人打扮，领头的长得很魁梧。黑汉子吓了一跳，心想遇到强盗了，便招呼他旁边的几个人，轻轻地说：“我们遇到棒老二了，他们人少，我们打不打？”大伙儿直摇头。

看这个领头的人还明事理，问姜敬明发生了什么事，姜敬明擦了擦鼻血，把事情的前前后后如实讲了一遍。

领头人指着黑汉子说：“那就是你们不对了，你们做活路，挣钱吃饭何必惹是生非。”

黑汉子见他们只有三人，又一次鼓动他的同伴：“给老子上，两个对一个，还怕打不赢！”那五个轿夫见此人帮对方说话，也气不过，听了黑汉子的话，两人对一人，摆开了打人的架势。

领头人向坡上招了一下手，立即又有三个提着短枪的人冲下坡来。黑汉子哇一声，吃惊不已，大声道：“棒老二来了，快跑！”

领头人突然掏出手枪，“谁也不准跑，跑，我就开枪。”

所有人都被吓蒙了，女人们开始哭泣起来，都听说过棒老二不但抢货抢钱，还要抢女人，先奸后杀。

领头人见大家如此，心头也明白了，对黑汉子说：“你们都是穷苦人，出来挣钱也劳苦，不要生事，把人家客人送走就行了。”黑汉子等六人连连点头称是。

姜敬明也是见过世面的人，忙掏出五个大洋，递到领头人面前，感恩地说：“今天遇到好汉了，小意思，留个茶钱，请笑纳。”

领头人微微一笑，“你们赶路哟，我们不收钱。”说完就招呼其他人上坡。姜敬明面带愧色，拉住领头人的袖子，“好汉，请一定收下！”领头人温和地说：“我们是川东游击队。”姜敬明一下明白了，这是共产党的队伍，姜敬明连连道谢。领头人挥了挥手，他们六人便上坡去了。

这时大家都醒悟过来，但对于吴妈的到来，大家还是不明白。原来吴妈不放心翠翠，也不愿意留在姜家，赌着气，悄悄地跟在他们后面。

7

姜敬明见了吴妈，很是生气。吴妈低着头站在翠翠身边也不言语。姜敬明板着脸对吴妈说："吴妈，你是长辈，怎么这样不知事理，你一走家里宝儿谁管？你这一走，家中大大小小的事都够我娘累了，殷秀身体也十分单薄。我知道你担心翠翠，走时，我们也说好了的，有敬玉、玉贤两人照顾，你还不放心哟！"

吴妈心中也是明白这些道理的，但她不服气，不认这个理，穷人生来就是说不起话，认为翠翠都怀第二个娃娃了，姜家还不纳妾，她计划了好久，于是借故要到重庆照顾翠翠。她在收拾翠翠的行李时，把自己的行李也收拾好了，悄悄地跟在他们后面，没想到发现轿夫打架的事，也顾不得那么多，冲上去帮忙。吴妈听了姜敬明的一席话心里也明白姜敬明是要她回去。

吴妈硬着头皮说："大少爷，是我错了，走都走到这里了，你还是让我到重庆去嘛，安顿好了，我就回来。"

姜敬明摸了一块大洋递给吴妈，坚决要她回去。吴妈心一横，硬不接钱，吴妈眼里含泪乞求道："大少爷，殷秀挺能干的，一个人可以照顾宝儿，何况有你从城市带回去的洋奶粉，我还磨了不少白米粉，宝儿是饿不着的。"

翠翠一下跪在姜敬明面前，哭着说："大哥，你就让吴妈下重庆吧！"姜敬明看不得女人哭，心一下就软了，敬玉、玉贤也过来说好话。

那黑汉子粗鲁地吼道："老板，时间不早了，赶得路了。"

姜敬明无可奈何，挥了挥手，说："好好，大家赶路！"

姜敬明挑着担走在最前面，这次回家遇到这么多不愉快的事，本来就闷闷不乐，今天又偏偏遇上了这吓人的事。在他脑海里徘徊着很多事，实在想不通。

姜敬明也是十分喜爱翠翠的，从小就把翠翠当亲妹妹对待，几个娃娃在一起玩，谁要是欺负翠翠，都会受到姜敬明的惩罚。有时大家到外面去玩耍，大家都累了，走不动了，姜敬明总是会背翠翠，连敬玉都十分嫉妒，自己还不如一个丫头。姜敬福有时赖着姜敬明："大哥，我累了，背我一会儿嘛。"得来的就是姜敬明的责骂：“男子汉大丈夫，走个路都要背，羞不羞！”姜敬良很乖巧，什么都听姜敬明的，也很有心计，总是带些糖来哄翠翠，翠翠也特别喜欢他。

有一次，翠翠和敬玉在后山采野花，突然下起了雨。正好姜敬明路过，姜敬明背起翠翠就跑，急得敬玉大呼：“大哥，还有我呢！”姜敬明又回过头来伸出一只手拉着敬玉走，翠翠在姜敬明背上趴着，双手搭在姜敬明的胸前，翠翠懵懂地问：“大哥，什么叫堂客？”姜敬明顺口回答：“堂客就是男人的媳妇。”翠翠嘻嘻一笑，“将来我长大了就给你当堂客。”姜敬玉不服气地说：“哪有丫头当堂客的，我当大哥的堂客。”弄得姜敬明哭笑不得，“哪有亲妹妹当亲哥哥的堂客的。”翠翠一听，“我能当大哥的堂客了哟！”说完在姜敬明的脸上亲了一下，弄得姜敬明脸绯红。这些小事吴妈都看在眼里，记在心头，希望姜敬明将来能娶翠翠，她就享福了。

岁月如梭，孩子们都一天天长大了。姜敬明才知道，他早就是和别人定了亲的，而且女方还大三岁。父母之命，媒妁之言，姜敬明又是个孝子，哪敢不服从，渐渐地有意疏远了翠翠。

玉贤虽然身形矮小，但身材匀称，五官清秀，又是大家闺秀，很懂礼节，明事理，受封建礼教的影响很深，嫁鸡随鸡，嫁狗随狗，突然和一个从未见面，没有丝毫感情的人在一起，心里也是矛盾重重。玉贤知道姜敬明不爱她，心里装的是翠翠，难免有些嫉妒，但她很明事理，既然是妻子就要做到孝敬公婆，顺从丈夫，伺候好丈夫，三从四德的思想根深蒂固。姜敬明也被玉贤感动，渐渐地也在一起生活了，结婚这么多年，玉贤也怀孕了，产期差不多与翠翠时间一样，这事只有姜敬明知道，其他人都不晓得。这一次回重庆，姜敬明深知自己身上的担子重，将要遇到照顾两个孕妇的问题，所以吴妈既然要来，他也就没有强行要求吴妈回去，想来吴妈是很有经验的，也会照顾好她们。

吴妈见姜敬明同意她留下后，也就安心了，心想翠翠有人照顾了，若再生一个男孩出来，给姜家暗中施压提供了砝码，到时不怕姜家不认。

何况殷秀从小受她父亲殷元楷的教育，也是个知书达理的人，人善良，很有同情心。她是深爱姜敬良的，没想到结婚三年都没有孩子，郎中说她没有生育能力。谁知，姜敬良勾上翠翠怀了娃，殷秀又中了吴妈假怀孕的圈套，心里又气又恨。但是一切都已成事实，她也特别爱宝宝，相处时间久了，她觉得就像自己亲生的一样。但她还是心事重重，翠翠要让姜敬良纳妾，吴妈说男人家三妻四妾的很多。但时代在变，现在民国了，主张一夫一妻，她认为这样很好，一个男人只爱一个女人，一个女人也只爱一个男人，无他人干扰，夫唱妇随，生一群娃娃，全家一起生活多好。可惜天不如人意，事到如今，也无可奈何。平时吴妈、翠翠待她很好，伺候周到，殷秀也真离不开她俩。为了宝宝的事不暴露，还是姜敬良纳翠翠为妾为好，还可以生小孩，自己是大娘，日子也好过，就怕死要面子的父亲不答应。殷秀成天闷闷不乐，常常跟宝宝玩，跟宝宝说些不明不白的话，这就是她最大的安慰。

姜敬明一边走着，一边琢磨着自己心头的事儿。最为难的是吴妈的心思，像一把软刀子，插进姜敬明的心里。姜敬明心里感叹：最难摸透的就是女人的心。吴妈的能干、吴妈的谦和、吴妈的礼让，样样都好，很会待人接物，她这一切都是为翠翠着想的；为了要把翠翠嫁进姜家，她是费尽了心思的。吴妈从不大闹，表面上也不惹是生非，千个理万个理，就是翠翠为姜家生了娃，就应该是姜家的人，要说惹祸，也是姜敬良造的孽。吴妈的决心之大，连姜仕恩和唐氏也无法消除。

姜仕恩在姜敬明下重庆时就说了，翠翠到了重庆就不要再回来了，将来生的娃娃由玉贤带着，设法在重庆给翠翠找个好人家嫁了，了断姜敬良的心。姜敬明虽然口头答应了，但却认为这样也太委屈翠翠了，为什么翠翠就没有人身自由，不能安排自己的命运呢?

下午三点多，姜敬明带一竿子人赶到了猫儿石铺子里。唐小壮早已准备好了一大缸子老荫茶，女眷们进里屋休息。轿夫们大呼累惨了，大碗地喝起老荫茶，大口地啃着馒头。

姜敬明把工钱交给了黑汉子。黑汉子数了数钱，笑道：“老板，真对不起，今天发生的不愉快的事儿，我早就把它抛到脑后了，今后有活路找我哟，我一定办好。”姜敬明说：“没啥，误会，辛苦几位大师傅了，你们还要赶回去，好走，好走!”黑汉子双手一拱，“谢谢了，后会有期。”

8

李镇长在办公室里心情十分不悦。近来心事重重，眼看翠翠这个小妹儿就要到手了，又遇到姜敬明被抓之事，这些他都不怕，一镇之长有的是权力，结果半路杀出个姜仕德，他的心就凉了半截。接着，重庆又来了个王干事，他的美梦就彻底破灭了，全都是因姜敬明被抓的事。有王干事的文件又有姜仕恩出的钱，还有窑姐供李站长享用，自己啥也没有捞到，只得到姜仕德一句半认真的话，你的病根还没治到，今后你来看病，我会优惠你的。

李镇长想起他的病，心中隐痛难忍。从姜仕德言语中，他得知是肾痨，天生精子数量极少。李镇长心烦意乱，难道贞贞这个丫头不是他亲生的？十七年前，三太太生下贞贞，众人都说像李镇长，鼻子哟、嘴巴哟、眼睛哟，样样都像，只有脸像三太太，将来肯定是个大美人儿，李镇长听得乐滋滋的，现在想起来不由大惊，三太太与长工相好，他也有所耳闻，但大家都瞒着他，他也得不到真相。他也暗中盯了几次梢，从不见长工进三太太的屋来。这时李镇长一想，三太太到底是跟谁暗中勾搭生的贞贞？李镇长越想越觉得贞贞那眼睛、鼻子、嘴巴都像那长工了。长工死了十多年，死无对证，李镇长心也凉了，这次遇到姜仕德，他的心又被激活了。他把对三太太的恨暗暗记在心里，想着治好了病，还要靠三太太给他生个儿子，传宗接代呢。

“报告！”一个勤务兵来到了门口。“啥事儿？”李镇长从沉思中回过神来。

“征兵站李站长来了！”

李镇长知道李站长来没有什么好事，但又不得不见，说了句：“请进！”

话声刚落，李站长大摇大摆地走了进来。李镇长皮笑肉不笑地说道：“不知站长大人到来，有失远迎，见谅。”

李站长双手作揖道：“镇长大人，自家人不用客气。”

“请坐，看茶！”李镇长对勤务兵说道。

李镇长和李站长分主宾客坐好。李站长面带焦愁，端起盖碗茶吹了几下，喝了几口，接着就大声嚷道，“镇长大人，我是个粗人，说话直来直去，不转弯抹角，我是来向你要壮丁的！”

李镇长一听，讥笑道：“你征兵站就是负责抓壮丁的，我征军粮都搞不过来！”

李站长很不高兴地说：“你弄走了一个壮丁，还是你屋亲戚，你得补一个噻！”

李镇长很沉着地说：“是你李站长大人卖的面子噻，你也只能向姜仕恩要人嘛，何况人家又给了钱，还找女人陪你睡了觉，你还不满意呀！”

李站长鬼火冒：“你给老子的不求讲实话，你和姜仕恩是亲家，穿一条裤子的，合起来整我，壮丁任务完不成，你我两个都脱不到爪爪，乌纱帽都要除脱！”

李镇长心也慌了，上峰的命令，如果真的完不成任务，确实他也脱不了干系。李镇长脑袋中一闪，他到姜仕德那里看病时，不是看到几个下山送药材的村民吗，抓起来不就够了噻！

李镇长立即对李站长说了这件事儿，“不知外乡来的人抓不抓得？”李站长一听高兴万分，“管他啥外乡内乡的哟，只要是男人，抓起来充数。”

李站长说完连忙向李镇长道别，带着手下的四个兵提着破枪就朝灵王庙村跑去。

李站长等人到了村口，看到了“姜氏药堂”，只见姜仕德正在为患者看病，没看到什么送药材的人。一个跟班的在李站长耳边说道：“前面是郎中看病，送药材的人肯定在后院噻！”

李站长点了点头，带着四个兵冲到姜氏药堂后院。李站长一看，后院有五个年轻男子，李站长狂笑，“这下够了，全给老子抓起来！”这五个人当中有两个是刚送药材来的村民，两个是姜氏药堂的伙计，还有一个是就姜花。

大家一看来了好几个兵，都惊呆了，姜花问道：“这是制药房，你们进来干啥子？”

李站长鼓起一双贼眼，“我是征兵站站长，你们几个都给我当兵去，快，抓起来，走！”

姜花双手一拦，“这些是药堂伙计，怎么能乱抓？”

李站长咆哮道：“国难当头，是个男人都得去当兵！”

一个伙计讨好地说：“长官，这是我家小姐，哪有抓女人当兵的哟！”

李站长一听是女人，色迷贼眼地看着一身男儿汉打扮的姜花，“咦，女的呀，我来检查一下，摸一摸就晓得了。”说完李站长就伸出手想摸姜花的胸脯。姜花大怒，一个飞脚踢到李站长的手腕上，痛得李站长哇哇直叫，“抓！抓！拿绳子一个个捆起来！”那四个兵也动起手来，五人对五人打了起来。姜花顺手抽了一根草药条子，在手中挥动，犹如皮鞭，使用自如，一下打在李站长的肩上，一下又打在李站长的腰上，又一下打在李站长的脸上，脸上立马出现了血痕。

李站长一看不是人家的对手，提起盒子炮朝天打了一枪。枪声一响，大家都停下来了。

姜仕德一听后院有枪声，立即来到后院，只见姜花他们和几个当兵的僵持着，被藤条打痛了的五个兵痞气得大怒，一人一把枪对着姜花他们。

姜仕德微笑道：“我是坐堂的郎中，这是我的女儿，其他都是外面送药的，何事得罪了长官？见谅见谅，堂里喝茶。”

李站长摸着受伤的脸：“总算来了个做主的，我是征兵站李站长，今天来抓这五个人当壮丁，请老先生按国法把这五个人交给我。”

姜仕德态度平和地说：“我女儿也要抓吗？”李站长一愣，“那就叫她滚开，把那四个人交给我！”

姜花大呼一声：“休想！无缘无故抓人有啥子王法！”说完叫那四人站在她身后。李站长手一挥，四个当兵的持枪压了过来，姜花抡起藤鞭打了过来，打得四个兵东躲西藏。姜花对身后那四人叫道：“快跑！”那四人醒悟过来，迅速从后门跑了。

李站长气得要吐血，朝着姜花开了一枪，姜花一闪，一个飞腿把李站长踢翻在地，那四个兵向姜花围来，姜仕德猛地扇动着鹅毛扇，当兵的像喝醉了酒似的东倒西歪，手里的枪不停乱放，枪声震动了后院。

姜仕德心里明白，再好的武功也敌不过子弹，就叫姜花站到他身后来。李站长爬起来，见有四个人逃跑了，就叫人捆姜花，姜仕德对姜花使了个眼色，又对李站长说：“那四人也是卖药材的，我们也不认识，人都跑了，你们各人去追嘛。”

李站长有气无处发，“把你女儿捆走，你找回那四个人来换。”此时院里围满了老大爷和老太婆，七嘴八舌地说：“哪个乱抓人哟？”“连女娃也要抓！”李站长一时下不了台。姜仕德一想，这样僵持下去不是个办法，于是开口说道：“你们就是要个人罢了，我跟你们去，我女儿留下给你们找人。”

李站长无奈，只好带着姜仕德到征兵站当人质。姜仕德为了免除一场灾祸，手里摇着鹅毛扇，毅然大步朝征兵站走去。

第六章

1

李镇长听说李站长抓了姜仕德，心里像猫抓似的难受，也十分担心。让他感到吃惊的是，李站长抓兵怎么抓个老头，岂不让人笑话？他担心的是约好了姜仕德明儿一早要去姜氏药堂看病。自从李镇长吃了姜仕德的药，病情大有好转，正高兴时，冒出个李站长抓壮丁，抓到姜仕德的头上了，而今姜仕德还跟他沾亲带故，这个问题他觉得很头痛。

李镇长叫来姜敬福，叫他去求求李站长，把姜仕德放了。姜敬福也知道这件事是姜花惹起的，姜仕德是为了姜花自愿到征兵站去的，问题是李站长让姜花找回那四个跑了的男人为交换条件，这就难住了姜敬福。这下老丈人下了命令，他也两头为难，老丈人是镇长，又是他的上司，他不得不听，他又知道，李站长那东西又凶又恶，贪得无厌，他去肯定奈何不了李站长。思来想去，姜敬福还是认为要找他爹姜仕恩商量此事。

姜仕恩正在家里发愁，姜花也吵着要到征兵站去换回她爹，唐氏好不容易才把她劝住。

姜敬福急急忙忙跑回家，见姜仕恩正坐在堂屋吸着旱烟，姜敬福向姜仕恩行了个礼，姜仕恩瞅了他一眼，“你回来干啥子哟？”

姜敬福说道：“爹，是李镇长叫我回家来的，请你老人家出面解救二爸。”

姜仕恩板起脸说：“李镇长，一镇之长，去要个人都不行哟？我还正想去找他出面呢，他们官官相护，李站长不给面子？”

姜敬福抓了抓头，说：“征兵站不归李镇长管，何况李站长那家伙太贪得无厌，上回放大哥，他娃又吃又贪，这会儿不知道还要多少钱才放人。”

姜仕恩拍了一下桌子，指着姜敬福说：“你娃就知道要钱要钱，我哪来这么多钱！”

姜敬福低声下气地说：“爹耶，这个社会有钱能使鬼推磨，李站长那杂种见了钱肯定会放了二爸的。”

姜仕恩何尝不懂这条道理，这个社会之黑，有钱好办事，况且姜仕德又是他失散多年的亲弟弟，他不得不救。

姜仕恩叹了口气，对姜敬福说：“还是请你老丈人去嘛，他毕竟是一镇之长，李站长好歹会给点面子吧，看他要几多钱嘛！”

姜花气得大跳，“大伯，这是喂不饱的狗，拿钱放人就是我姜家怕了他，我爹晓得了绝不会答应的。”

姜仕恩知道姜仕德的个性，也认为这不是办法，他还是主张向李镇长讲，让李镇长出面，李站长可能会给面子的。

姜仕恩亲自给李镇长写了封信，表示对李镇长的尊重和希望。叫姜敬福带回去给李镇长。

姜敬福又急急忙忙地赶回老丈人家。李镇长看了信后，心里盘算着：李站长这娃也是聪明绝顶的，就这样放人怕是不行，既然亲家带来了信件，态度又诚恳。其实李镇长的想法是要姜仕德出来好好给他看病。

李镇长答应马上就去，过了晌午，李镇长骑着一匹黑马，带着姜敬福来到征兵站。李站长见李镇长来了，出大门来迎接，心想这回又可以捞一把了。

李站长打躬作揖道：“镇长大人光临兵站，有失远迎。”李镇长也客气一番。礼毕，李站长领着李镇长和姜敬福进了他的办公室，分宾主各自坐定，随后勤务兵端来了茶水。

李站长故意问道：“镇长大人来兵站有何贵干？”

李镇长喝了口茶，清了清嗓子，很正经地对李站长说：“站长大人，我是求你放一个人的。”李站长故作惊讶，“镇长大人，我这里还有你镇长大人要的人吗？”

李镇长讨好地说：“不绕弯子了，就是灵王庙村的那个郎中姜仕德先生，百姓都等着他看病，站长大人大量就放他一马吧，何况又是个老头子，也不可能当兵的撒？”

李站长板起个脸，“镇长大人，你知道这个郎中的女儿好大的狗胆，打伤了我的人，放走了四个壮丁，好可惜哟，抓不齐壮丁，我的乌纱帽不保不说，饭碗也要除脱。”

李镇长假惺惺地说：“这个鄙人深感同情，我找一个人来顶，让这个郎中走。”李镇长想在保安队抽一个人来顶替。

李站长立刻拉下脸来，“不行，他放走的是四个，我要四个来换他一个。”

李镇长不服气，“以一换一。”

李站长也不让步，“以四换一。”

两人在这以一换一、以四换一中争执不下，累得都端着茶喝，才喘过气来。

李镇长看得出这李站长不会让步的，但又想不出别的办法来，急得脸通红。

姜敬福插话道：“我二爸年纪已大，请站长大人高抬贵手，先把人放了，我做保人，今后再议。”

李站长顿时发起火来，“你一个看家护院的走狗，还打起老子的主意来了，给我滚出去！”李站长一挥手，两个兵把姜敬福推出了办公室。

姜敬福气得面带青紫，心中暗暗咒道：总有一天老子要收拾你这死东西！

李镇长见到如此僵局，也起身告辞，李站长大呼一声，“不送！”李镇长气冲冲地离开了兵站，他也知道这中央军是惹不起的。

李镇长的气只有冲着姜敬福出，一出门就对姜敬福一顿臭骂，“你小子，净给老子惹些祸，你把那姜花找到，一定要交出那四个人，不然老子也要抓人了！”

2

第二天，天刚亮，姜敬福哭丧着一张脸，忙匆匆地出门，照李镇长的命令回到姜家院。今天他不是来找姜仕恩的，而是专门来找姜花，因为他老丈人认为是姜花惹的祸，抓的又是姜花她爹，壮丁又是姜花放走的，必须叫姜花把那四个人交出来。

这个时候，姜花正在后院练功。姜敬福轻手轻脚地走进了后院，他领教过姜花的脾气，对这个堂妹又爱又恨，爱她漂亮有功夫，恨她脾气太不饶人了，平时姜敬福都得让她三分。

姜敬福走到姜花身边，亲热地说道：“妹儿，三哥我来找你。”

自从姜仕德被抓后，姜花日不思食，夜不思眠，总想不出办法来救父亲。

她虽不是姜仕德亲生的，但这份救命之恩、养育之恩，不是亲生却胜似亲生，父女俩的感情也十分的好。姜花知道姜敬福一定是为父亲的事来的，态度也比平时好得多。

姜花直截了当地说：“三哥，你老丈人答不答应去找李站长嘛?”

姜敬福很难堪地一笑：“妹儿，我老丈人说是你放走的那四个人，要你去把这四个人找到，李站长才肯放你爹。”

一向冲动的姜花此时也显得很冷静，她也知道那四个人是自己有意放走的，她还打伤了李站长，李站长不可能买她的账。

姜花说道：“我一个女儿家有啥办法嘛，走，我们找大伯去。”姜敬福一听，吓了一跳，这不又要去挨父亲的骂呢，坚决不去。

姜花由不得姜敬福不去，一把抓住姜敬福的手往堂屋走去。姜敬福的力气哪有练过功的姜花大，痛得直叫，“轻点，轻点，痛死我了。”

姜仕恩在堂屋坐着喝早茶，正在往叶子烟杆头上放烟丝，姜花、姜敬福进了堂屋。姜花亲热地叫了一声：“大伯。”姜敬福毕恭毕敬地叫了一声：“爹，我回来了。”

姜仕恩叫他们坐下来说话。姜仕恩问道：“老三，昨天李镇长去见了李站长，情况如何?”

姜敬福添枝加叶地把整个情况讲了一遍。姜仕恩表面上没有说什么，内心却十分烦恼，天下乌鸦一般黑，他也知道李站长的威胁就是冲着钱来的。姜仕恩叹了口气，说：“事到如今，就是砸锅卖铁，也要把你二爸弄出来。”

姜花一听，急了，说：“大伯，祸是我惹的，还是我来解决。”

姜仕恩怨道：“你一个女儿家，有啥能力救你爹，你就是爱惹是生非，你就好好在家待着，一天都不准出去。”

姜敬福突然想起了什么，神秘兮兮地对姜仕恩说：“爹，我倒有一个绝妙的计策，十有八九可以把二爸放出来。”

姜仕恩也晓得姜敬福坏事做得多，但确实人聪明，鬼点子也多，不妨听听。“老三，你说出来我听听!”姜敬福说道：“镇上后街，住着一个冯寡妇，自从李站长到了镇上，两人就一见钟情了，亲密得很，李站长总是隔三岔五就到冯寡妇家过夜，我们不如送点礼品给冯寡妇，请冯寡妇出面，枕边风威力大哟，李站长听了冯寡妇的话，说不定就把二爸放了。”

姜仕恩一听，心里就来气，求冯寡妇的事，万一传出去多丢人现眼，但现在又想不出好的办法来，他木呆呆地沉思着。

说起这冯寡妇，也不是什么坏人，十八岁时嫁到富人家，男人是个痨病，没两年就死了。冯寡妇只分得后街这两套房子，又没有经济来源。二十岁出头的女人，正值年轻，个儿不高不矮，不胖不瘦，还有几分姿色，白生生的瓜子脸，柳叶眉，左脸上还带着个酒窝，就是左眼皮下长了颗黑痣，人们都称这是伤夫落泪痣。媒人说了好几个人家，那些男人把她耍了，也不娶她，都认为她是一个克夫星。过了好几年，冯寡妇也没有嫁出去，只有一个个好色的男人找她过夜，她为了生存，来者不拒。由于冯寡妇很会处事，又了解男人的心，对男人们百般温柔、体贴，让男人都愉快而来，享乐而归。渐渐的，冯寡妇也过上了不愁吃穿的生活。

自从李站长来到镇上，这好色之徒就忙着打听女人。一听到冯寡妇，就立即登门拜访。见了冯寡妇，他就被冯寡妇的姿色迷住了，当晚就住在了冯寡妇家里。李站长被冯寡妇迷得神魂颠倒，对冯寡妇也动了真心，发誓要娶她为姨太太，并不准她再接触其他男人。冯寡妇看到自己终身有了依靠，对李站长就百依百顺了。

姜敬福见姜仕恩不表态，心急了，又说："老爹，这个时候了，又没其他办法，这个事就这么办嘛?"姜仕恩哼了两声，姜敬福知道他爹默许了。

姜敬福刚走出门没几步，姜花就跟上来说要一道去办，姜敬福心想多个帮手也行。两人在街上买了些点心、化妆品，急忙忙地往后街冯寡妇家走去。

3

冯寡妇住的是一个小院，仅有两间房。冯寡妇正在家中小憩，姜敬福敲了敲门，冯寡妇听到敲门声，乐哈哈地说道："你晚上都还没玩够，白天还来!"打开门一看是两个年轻人，她又急着关门。姜敬福使劲儿推着门，姜花一伸手，门就开了，弄得冯寡妇倒退了好几步。冯寡妇这才看清了两个人的真实面目。姜敬福人也长得帅里帅气的，姜花那俊脸一下把冯寡妇迷住了。冯寡妇说："好俊的后生，也想到姑奶奶这里取乐子。"姜花一瞪眼，"我是个女的!"冯寡妇吃了一惊，"怪不得长得这么俊俏哟。"

姜敬福满脸堆笑，说："冯妈妈你好。"冯寡妇很不高兴地托了托下巴，

“我有那么老吗?”还是姜花聪明，“三少爷无眼力，冯大姐，你才不老呢。”逗得冯寡妇乐哈哈的，忙问：“少爷、小姐，找我有何贵干?”

姜敬福笑嘻嘻地说：“冯大姐，进屋谈，进屋谈。”

冯寡妇领着姜敬福、姜花进了屋。姜敬福把礼品放在桌上，满屋的香水味，姜花皱了皱眉头，真受不了这个味。姜敬福打了一个喷嚏，“好香，冯大姐真懂新生活!”

冯寡妇给他们到了茶水，坐下来问：“二位找本小姐有何贵干?”姜敬福忙说：“贵干，贵干，我二爸姜仕德跟李站长有点小误会，被请到兵站去了，看在我岳父李镇长的面上，请冯大姐给李站长讲一声，把我二爸放了吧。”

冯寡妇明白了姜敬福他们的来意，眼睛瞅了瞅桌上的礼品，心里很不自在。姜敬福立马懂了冯寡妇的意思，姜敬福马上从衣袋里摸出五个大洋放在桌上，冯寡妇装作没看到，姜敬福又拿了五个大洋放在桌子上，冯寡妇眼睛瞟了一下，仍不发话。

姜敬福着急了，“就是你老人家一句话，要给多少钱?”冯寡妇满脸不悦：“啥子老人家哟，我有那么老吗，放个人，天大的事，十块大洋就打发了，你把本小姐看成啥子低下人物了!”

姜敬福问道：“那贵小姐要多少呢?”

冯寡妇回答道：“最少也一百大洋嘛!”

姜花在一旁早就按不住火了，一巴掌打在桌子上，茶碗都抖得叮当地响。“你也太贪心了嘛，说几句话就要一百个大洋，一个子也不给!”

冯寡妇气急败坏，“你个野丫头，敢在老娘面前撒野，给我滚出去!”

姜花站起来，讥讽地说：“我才不愿在你这个臭婊子的屋头待耶!”说完就走出门去。冯寡妇气得脸青面黑。

姜敬福忙说好话：“冯大姐息怒，看在李镇长的面子，咱们好好说。”

冯寡妇正在气头上，“管什么屁镇长，球镇长的，谁来说老娘都要一百个大洋。”

姜敬福感到无望，把桌子上的钱和礼品收了起来，噼里啪啦地骂了几句恶毒无比的话，把个冯寡妇气得直蹦，拿起鸡毛掸子，想打姜敬福，姜敬福早已溜出门了。

冯寡妇站在门口，吼道：“老娘叫李站长关他一辈子!”这话也仅仅是说来出解气而已。

说者无心，听者有意，姜花听说要关她爹一辈子，心里十分惊慌。姜敬福跟了过来：“姜花妹子，不是三哥不帮忙哈，这婆娘要是在李站长面前说坏话，我二爸就惨了。”

姜花心里突然有了主意，对姜敬福说：“我有个办法，不知三哥敢不敢做?”

姜敬福本来就有些畏惧姜花，又想巴结这美人妹子，拍着胸膛说：“敢！你一个女娃娃都敢，我一个男儿大丈夫还不敢吗！”

姜花看姜敬福这个样子，又气又好笑，想到此事确实也要姜敬福帮忙。姜花挺认真地说：“李站长不是经常到冯寡妇家里过夜吗?”姜敬福回答：“早就听说过了，我才不管这些事儿耶，不过两个烂货，早就搞到一起来了。”

姜花眼睛一瞪，说：“正经点，我讲的是正事，我想把冯寡妇绑了，叫李站长用我爹来换。”

姜敬福顿时吓得满头大汗，“傻妹子，你胆子好大，李站长的女人你都敢绑，他有人有枪，再说他也见过我们。”

姜花见姜敬福不愿意，就用激将法，“你不是想当英雄吗，还是个男儿汉，这点事儿都不敢，我不认你这个胆小怕事的三哥了。”

姜敬福也怕得罪姜花，今后二爸出来了，自己也没脸相见，于是就答应了。

姜花在姜敬福耳边把办法一说，姜敬福先是惊了一下，为了面子又硬撑着，反正姜花功夫高，十有八九会成功。忙问道：“什么时候干?”姜花回答：“就在今天晚上。”

夜幕降临，正街上路灯亮着，还可见行人，后街无路灯，漆黑一片。姜花、姜敬福两人穿着一身黑衣服，用黑布蒙住脸，在冯寡妇家门对面躲着。不一会儿，只见一个中等个儿的男人，穿着寻常百姓的衣服，身上挂着盒子炮，手里打着电筒朝冯寡妇家走去。冯寡妇家里门没上闩，一推便开了，那人进了门，便把门给闩上了。

姜花领着姜敬福来到门边，推了几下，没有推开，两人绕到后院，姜花叫姜敬福蹲下，姜花脚踏在姜敬福肩上，翻了过去。姜敬福爬了半天也过不去。姜花无奈，只好骑在墙上，拉着姜敬福上墙，好不容易姜敬福才翻过了墙。

两人轻手轻脚地朝屋边走去，窗里亮着灯，只听得一男一女的嬉笑声，木窗是纸糊的，姜花用指甲划了条缝，单眼朝里看，差点惊叫出声来，忙捂住双眼，只见床上肤色一黑一白的男女两人脱得精光，正在寻欢。姜花从来没见过这种场面，害羞不已，姜敬福却看得出神，姜花生气地点了点他的头：“色鬼，我们是来绑人的。”这下姜敬福才回过神来。姜花叫姜敬福冲进去，让他们把衣服穿上。姜敬福阴阳怪气地说：“没见过哈，你去搅了李站长的好事儿，他不一枪崩了你，我才不敢去呢！”姜花揪着姜敬福的耳朵，猛地拨开门，把姜敬福推了进去。姜敬福突然就进到了屋里，吓得直打抖，鼓着胆子说：“李站长，捉奸捉双，今天你……你被我捉住了……”不等姜敬福说完话，李站长赤条条地跳下床来，在衣架上取下盒子炮，“狗日的，敢坏我的好事，老子要你的命！”

姜花一看形势不妙，手中的牛皮长鞭猛一下打去，李站长“哎哟”一声，枪就被打在地上，李站长想捡枪，只见皮鞭上下左右地挥打着，鞭鞭都打在李站长身上，直到李站长跪在地上求饶。姜花粗着嗓子，学着男人的口气，“两个坏蛋，都把衣裤给我穿起！”李站长和躲在被子里的冯寡妇迅速地穿好了衣服。

李站长作揖求饶道：“两位好汉饶命，你们要啥子，我就给啥子。”

姜花叫姜敬福把冯寡妇绑了，对李站长说：“百姓要姜郎中看病，你明儿一早把姜郎中放了，我们就放冯寡妇。”说完一鞭子打在李站长头上，李站长昏倒在地。姜敬福扛起冯寡妇，姜花在冯寡妇嘴里塞了一块布，迅速开了门，很快消失在黑暗的夜色中。

4

李站长忍着一身的疼痛，在办公室踱来踱去，怎么都想不出昨晚那两个黑衣人到底是谁，他们目的是要放姜仕德。街上没有谁有这么好功夫，如果是棒老二，也不可能与姜仕德有来往，是姜仕恩雇来的吗，他也没这个胆量，何况雇人得有一大笔钱，不如送到我兵站来，就可以放人了。李站长猛然一下想起，姜仕德的女儿姜花鞭子功夫不得了，一定是她，但又没证据。李站长想到被人绑了的冯寡妇，十分不放心，他们有可能把自己和冯寡妇的事情在镇上传开，自己的名声和面子又往哪里搁？再说他也真心爱上了冯寡妇，想起和冯寡妇在一起温存的时候，心里怪痒痒的，现在倒还舍不得冯寡妇了。再说，那姜仕德在兵站里，一天在床上盘腿打坐，只喝点水，不吃饭，也不言语，整天摇着鹅毛扇，显得十分悠闲。李站长也明白，让姜仕德来当人质就是上了当，那么多百姓都吵着要姜郎中看病，这不正好有台阶下。

李站长由忧变喜，忙走进关押姜仕德的屋里，只见姜仕德盘坐在床上，摇着鹅毛扇，双眼微闭。

李站长上前作揖道："老先生，看你是个郎中的分儿上，百姓要你看病，我又是个爱民的军人，你就自行回去吧。"

姜仕德沉稳地说："当真要放我回去?"李站长连连点头，"当真，当真，都是为党国效劳!"

姜仕德哼哼一笑，"我是个郎中，是为百姓效劳。"

姜仕德说完下了床，就朝兵站大门走去。李站长追上来小声地说："叫你女儿把冯寡妇放了，不然，我要派兵捉拿她。"

姜仕德一听，知道是姜花干的事儿，哈哈大笑着走出兵站大门。

李站长气冲冲地望着姜仕德的背影，恨不得一枪把他崩了。此时门卫跑了过来，送了一张纸条，"报告！刚才有人扔了块石头过来，正砸中我的头，我一看是块纸包住的石头，打开纸，纸上有字。"

李站长紧张地说："写的啥子?"

门卫傻瞪着双眼说："我不识字。"

李站长接过纸条，上面写着："站长大人，你那双破鞋在她家柴房里，自己去取。"

李站长半信半疑地往冯寡妇家跑去，打开柴房门，却没见人，心想上当了。谁知柴堆后面传来呜呜的声音，李站长走过去看，正是冯寡妇，被绑在两捆柴上，动弹不得，李站长忙走过去解开绳子，"乖乖，我来了，我费了九牛二虎之力，把绑你的人捉住，打了个半死，他们才承认你在这里。"

其实姜花和姜敬福早已商量好了，若绑了冯寡妇，要往哪里藏，藏在姜家，姜仕恩不会答应；藏药房，李站长带兵来搜，也容易被搜到的；藏乡亲们家里，又怕连累乡亲们，不如藏到李站长想都想不到的地方，就是冯寡妇自己家的院子里。

冯寡妇抱着李站长号啕大哭，"哪个天杀的，敢动姑奶奶!"李站长一边安慰着，一边翻开冯寡妇的衣服，看见肉皮还是白生生的，无一点伤痕，就是手腕上有些被绳子捆了的痕迹。李站长笑眯眯地在冯寡妇的脸上亲了一下，"要是他们动了你一根汗毛，我要剥了他们的皮。"冯寡妇听了暗自好笑，又不敢说，昨晚你还跪在地上求人家呢。

回到房里，冯寡妇埋怨地说道："你净干些坏事，把我也给连累了，你还是脱了这身黄皮皮，我还有些私房钱，咱们做点小生意，去过太平日子，好不好?”

李站长安慰道：“我的夫人，做官也不容易，将来我明媒正娶了你，你就是官太太了，谁也不敢再惹你。”冯寡妇被绑了一夜，也懒得说话。

李站长想起那长鞭，肯定是姜花干的，现在父女俩都回去了，一定会开铺行医，那四个伙计过会儿回来，我何不趁机反扑回去，抓到那四人，抓丁的任务就算完成了，奖金也就得到了，想到此，心里暗暗高兴。他一时顾不了冯寡妇，对冯寡妇说：“你好好休息，今晚上我要回来的，我有公务在身，我走了哟。”还不等冯寡妇回话，他就出门去兵站了。

回到兵站，他叫传令兵发令全体集合，带着三十多个人的队伍，向灵王庙村奔去。到了姜氏药堂，李站长命令把姜氏药堂包围起来。

姜仕德早已察觉，心里也知道，李站长不会放过四个伙计的。李站长装作很有礼貌的样子，“姜先生，上次多有得罪，这次我奉上峰的命令，特请你店里四位伙计应征入伍。”

姜仕德给姜花使了个眼色，姜花迅速回到后院叫狗娃等人撤离。姜仕德起身说道：“站长大人，请坐，看茶。”

李站长不耐烦地说：“喝啥子茶哟，我要人，你交出那四个人，今后我们就是朋友。”

姜仕德接着说：“那四个人并非我药堂伙计，是卖药材的，早已走了，我到何处去给你要人呢!”

李站长得意地说：“我进来就听见你后院的伙计干活的声音，现在那切药材的刀还切得嚓嚓地响。”

李站长怕又落空，一挥手，带兵冲进了后院，只见四个包着白布头巾的人正在干活，李站长立即叫人抓起来。

姜花手握长鞭，慢慢地走过来，李站长一见长鞭就全身冒冷汗，连忙举起枪对着姜花，“看你鞭子快还是我子弹快，这四个人我必须带走!”

姜花说：“女人也要抓吗?”

狗娃的老婆掀开头上的白布巾，在身上拍了拍灰，其他三个人也掀下头巾，四个都是中年妇女。

李站长傻眼了，上次来分明是四个男子，怎么一下变成四个女人了，他走到狗娃老婆面前，“叫你装，叫你装。”说着使劲儿扯狗娃老婆的头发，狗娃老婆痛得直叫。姜花阻止道：“当兵的，你们如此欺负女人?”李站长又一个个地看，嘴里骂道："……全都是女人了！"

姜仕德走过来，叹着气说："站长大人，没法找男人干活了，男人都被你们抓光了，只好找女人来干活，这个世道我们怎么过日子哟！"

李站长很是难堪，垂头丧气，灰溜溜地带着兵走了。

姜花等人捂着嘴，暗暗发笑。

5

翠翠随着姜敬明等人，来到了猫儿石。姜敬明又重新做了安排，他心中有数，安排也是根据每个人的具体情况。姜敬明让唐小壮把他的房间腾出来给吴妈和翠翠住，唐小壮暂时睡外面的棚房，黑娃是送客送到了，第二天就要赶回去的，可以跟唐小壮挤一挤。

吴妈抱来被盖，叫翠翠把灯灭了。翠翠看见屋里点的灯，心里感到奇怪，这个灯是吊在屋中间的，在乡下，灯都是放在柜子上或桌子上，一吹就灭了，这灯却是吊在空中，怎么个灭法，翠翠搬了条长凳，站了上去，对着灯一吹，灯动了一下，却没有灭。翠翠想着城里的灯是在罩子里面，真不好灭，于是使劲儿地吹，吹得那灯打转转，吴妈见了也着急，"没用的丫头，连个灯都吹不灭。"吴妈拿起大蒲扇，使劲儿地扇，那灯摆动得更加厉害了。两人的咕哝声惊动了外面的唐小壮，唐小壮起身进来一看，心里暗暗好笑，"都怪我没有讲，这个灯叫电灯。"翠翠好奇地问："啥子叫电灯？"唐小壮说："我们是用电，不用洋油，那个电，我也讲不清楚，你把床头那根绳拉一下，它就灭了。"翠翠从凳子上下来，走到床头一拉那根绳子，果然灯灭了，翠翠惊奇地笑出声来。

唐小壮高兴地说："也不怪你们，晓得了就好使了。姜大爷第一次到重庆来，还用电灯来点叶子烟呢，点不着，气急了，一个烟杆儿脑壳把灯泡都打爆了。"大家一听，全都笑了。

白天，玉贤都来陪着翠翠。吴妈生怕姜敬明赶她回花桥，总是找事干，做饭、抹屋扫地，显得十分勤快。

翠翠初来猫儿石，成天愁眉苦脸的，玉贤总是找些话来跟她摆。翠翠觉得这小小的猫儿石街还没有花桥街大，只是对嘉陵江还有些喜欢，因为她还从来没见过这么大的江。她对这里吃的水很是反感，这河里挑上来的水，还要用明矾来沉淀，她吃不下这个水。唐小壮从见到翠翠起，就心花怒放了，来了个这么美的妹妹，自己干起活来劲儿也更大了。每天他都跑上坡到造纸厂家属区挑自来水，可这自来水是漂白粉等化学原料处理的，吃起也涩嘴，这对从小就吃井水长大的翠翠来说根本不合口。吴妈也耐心劝道：“习惯了，就好了。”唐小壮煮的老荫茶，倒压了不少怪味，翠翠才勉强喝了。

翠翠虽是个丫头，但有吴妈、唐氏的关爱，加之姜敬良的保护，没吃过什么苦头，现在被送到重庆，心里很不安，总觉得一日三秋的难，心里总是想着姜敬良能来接她回去。这几天玉贤都过来陪她，玉贤的话虽然亲切有理，但是翠翠根本听不进。吴妈也每天劝她要等时机，她听了更反感，翠翠已经十八岁，成人了，也有自己的想法。如今又怀着身孕，肚子一天天大起来，若生下一个没有爸爸的孩子，多丢人。翠翠天天都盼望着姜敬良来接她，可信已经写了好几封，也不见回信。她对姜敬良又爱又恨，此刻的翠翠更多的是恨，她恨姜敬良是个负心汉，她恨姜家太绝情，翠翠连死的念头都有了。

一天，邮差送来一封信，翠翠正在铺子里打帮手。信封上写的是翠翠收，翠翠一看是姜敬良的笔迹，激动万分。翠翠打开信封，拿出信一字一句地看着：

我爱的翠翠：

见字如同见面，离别近两个月了，我十分想念你，但这个社会，这个家庭容不下我们，我和殷秀毕竟是结发夫妻，现在老丈人已知道此事了，把我狠狠地训了一顿，坚决不允许我纳妾，我们只有等来世了。你生下小孩后，让吴妈带回家乡，你找个好人家嫁了吧，肯定会比现在幸福。

无用的人：姜敬良

翠翠看完信，顿时痛苦万分，五脏六腑都被撕碎了似的，这封信如同恶魔般吞噬了翠翠的心，她感到非常绝望，生不如死。翠翠号啕大哭起来，声音惊动了唐小壮、吴妈，还有过路的人，大家都围了过来。吴妈忙把翠翠拉到里屋，唐小壮忙向路人说道：“家务事，小事儿，大家不要围观了，拜托了。”

吴妈不识字，见翠翠手里拿着信，眼泪滴在信纸上，翠翠把信撕破了，塞进嘴巴里，狠狠地咀嚼着，喃喃自语道：“我自己种的恶果，我自己吃。”

夜里，河风轻轻地吹上岸，带着些许凉意。吴妈在灯下缝着婴儿穿的衣服，嘴里唠叨着，翠翠麻木地做着针线，吴妈嘴里的话，她听了不下千万遍，也从不反驳。

一会儿，翠翠站起来，理了理头发，吴妈问：“翠儿，你上哪儿去？”“上茅房。”翠翠回答道。翠翠慢慢走到棚屋，唐小壮正在烧水，准备洗澡，见翠翠来了，笑着说：“翠儿妹，上哪儿去啊，外边河风冷哦。”翠翠说：“上茅房。”茅房是在棚屋外搭的一个小棚房，男女共用，为了防止误会，唐小壮特意制作了小木板，一面写了个“有”字，一面写了个“无”字，家里人上茅房和洗澡就好掌握区分了。

翠翠推开棚屋的后门出去了，唐小壮看见翠翠的神色很是奇怪，想跟过去看看，但又马上停下来，万一别人误会我去偷看女娃娃解手，好丢人哟。唐小壮想着，翠翠一到重庆就愁眉苦脸，少言寡语，也怕出什么问题。细心的唐小壮打开后门，看到茅房没有开灯，门上的木牌是“无”字。他想奇了怪了，这说明翠翠根本没进茅房，唐小壮心里有种不祥的感觉，便朝着江边的小路走去。突然，他看到一个人坐在江边的石头上，低着头在抹眼泪。唐小壮认定是翠翠，他悄悄地走到翠翠身后的一堆芦苇边蹲着。

翠翠缓缓站起来，慢慢地朝江边走去。她轻轻地抚摸着肚子，好像在说：“娃儿，妈带你到另一个世界去。”说着猛地一下跳入水中。

唐小壮大呼：“翠儿妹！”连衣裤都没来得及脱，一下子跳进江中，翠翠在水中，湍急的河水将她往下拉，唐小壮潜入水中，猛地一下抱住翠翠的腰，翠翠垂死挣扎着，唐小壮把翠翠的头发往脑后一拉，两人冒出水面，翠翠嘴里呛着水，唐小壮将翠翠托上岸来，他知道翠翠怀有身孕，所以没有按压，而是把翠翠的头放得很低，让她自己吐出水来。

翠翠慢慢地苏醒过来，见唐小壮救了她，眼泪不停地流着，有气无力地叹道：“你为啥要救我，这个世间根本不容我。”唐小壮喘着粗气，“翠儿妹，你别这样，要为肚子里的娃儿着想，他也是一条命啊！”翠翠也感到自己在犯罪，不能自己死了，还害了自己孩子的命。

唐小壮费力地抱着翠翠向坡上走去。吴妈见翠翠竟然走绝路，吃惊不已，老泪横流，“作孽呀作孽，你不为自己着想，也要为肚子里的娃娃着想嘛！”翠翠闭目不说话，只是眼泪不停地流着。吴妈叫唐小壮赶快去烧水，她把翠翠的衣裤全脱光，用干毛巾给她擦着全身，换上了干净衣服，又用毛巾轻轻地擦着翠翠的头发。

一会儿，唐小壮端来一盆热水，吴妈又叫唐小壮去煮碗姜汤。吴妈用热水给翠翠擦着身子，翠翠猛地一下抱住吴妈，“娘，为了娃儿，我再也不寻死了。”吴妈欣慰地说：“乖丫头，要好好地活着，天老爷会长眼睛救我们的。”

6

唐小壮见翠翠情绪好了一些，但怕再出事。第二天，天刚亮就跑到姜敬明住的家属宿舍去了，把事情的前前后后告诉了姜敬明和玉贤，玉贤都吓得哭了起来。姜敬明叹了口气，对玉贤说：“我们去看看翠翠。”

姜敬明、玉贤来到棚房，翠翠正躺在床上，看见姜敬明来了，忙起身，刚一起来就咳嗽起来。玉贤走到床边，让翠翠躺好，用手轻轻地拍着翠翠的后背，又摸了摸翠翠的额头，说：“翠儿妹，好好躺着休息，你都发烧了。”翠翠猛地一下抱住玉贤：“大嫂，我错了，我对不起你们！”

姜敬明完全了解翠翠的心思，了解她走绝路的缘由。打小他就心疼这个异姓妹妹。自从翠翠和姜敬良出事后，姜敬明没有找到一条解决他们问题的方法。解铃还须系铃人，他想只有翠翠明白了这个道理，一切问题才能迎刃而解。

姜敬明坐在长椅上，对翠翠轻言细语地说：“翠儿妹，哥从小就没有把你当外人，不管啥子情况你都是我姜家的人，我的好妹妹，千万别走害了自己的路，也别害了喜欢你的人。”

翠翠听完后号啕大哭：“大哥，你就是我的亲大哥，我对不住你！”姜敬明听了很是心酸，平时自己对翠翠的关心还是太少了，现在他也明白翠翠不再想死了。姜敬明现在想的是怎样让翠翠的心情好起来，让她感到活着有多好，他心里就满足了。

玉贤一看时间还早，她和姜敬明都是请假来的，玉贤对姜敬明说：“我们带翠翠到厂里看看，让她忘了这些不愉快的事儿，开心一下。”姜敬明愣了一下，“门卫查得紧哟。”“你就说是新招来的工人，不就行了吗。”姜敬明微笑着点了点头，同意了玉贤的看法，这样让翠翠开开眼界，心情也会开朗些。

姜敬明、玉贤带着翠翠往造纸厂走去。翠翠看到了高耸入云的烟囱，高大的厂房，听到那机器轰隆的叫声，心里一下乐开了花，一路上问这问那。姜敬明平时话不多，今天话匣子打开了，走到哪里讲到哪里，有些连玉贤都不知道的事儿，今天她也听到了。翠翠好多都听不懂，打破砂锅问到底，姜敬明也不厌其烦地讲到底，两兄妹从没讲过这么多话，今天显得格外亲切。

走到厂区上端，姜敬明说：“到了我们蒸煮车间了，我带你们去看看！”翠翠拍手叫好，玉贤故意吃醋地说：“我来这么久了，他都没带我来过。”翠翠听了笑得很开心，脸像桃花一样美。

一进车间，翠翠觉得有些热，一个大排风扇呼呼地吹着。翠翠突然惊叫起来：“大哥，原来地球在你们这里呀！”翠翠目不转睛地望着那大大的、圆圆的蒸球出了神，因为小时候，姜敬良就给她讲过，地球就是一个大大的、圆圆的球。

一向严肃的姜敬明听了大笑起来，“这是蒸球，是上面备料车间送来的原料装在这里面，用蒸汽蒸煮到一定时间就要倒在下面的浆池里，再送到制浆车间，最后到造纸车间就造成纸了。”

翠翠看到这一切，觉得很新鲜，就像到了一个新世界一样。姜敬明心里乐滋滋的，没用劝说的话，更没用埋怨的话，就让翠翠有了活下去的希望，姜敬明对玉贤说：“我就在这里上班了，你带翠翠到你们劳保工具仓库去看看，还有好多稀奇的事儿哩。”

翠翠一听还有看的，兴奋不已，一下忘记了所有不愉快的事儿。跟着玉贤到了劳保工具仓库。

玉贤和翠翠刚走到仓库大门，就听到一个清脆、响亮、悦耳的姑娘的声音，“伙计们，把那三十件工作服放在上一格。”

玉贤和翠翠走进仓库，只见一个苹果脸的姑娘在指挥工人放货。玉贤叫了声：“徐姐，我们来了。”

那姑娘转过身来，好一个标致的姑娘，高高的身材，美丽的脸蛋上镶着一对酒窝，丰满的身材显得十分受看。

徐姐走过来，带着四川口音说道：“玉贤，准了你半天假，你这么早就来了？”徐姐看见翠翠，拉起她的手，“好漂亮的四川妹儿哟！”弄得翠翠脸都红了，心想这位姐姐才真漂亮呢。

徐姐名叫徐阿珠，是个上海人，日本侵略中国，工厂大转移，来到了重庆，她为人和蔼，老老少少都叫她徐姐，其实她不过才二十六七的姑娘，还未成家呢。

徐姐听玉贤讲过翠翠的事儿，她们走进值班室，徐姐为她们倒了开水，翠翠很拘谨，手脚都不知放哪里。徐姐很热情地说：“咱们工厂呀，讲的是男女平等，同工同酬。农村太封建了，看不起咱女人，在农村男人可以打老婆，但在我们这里就行不通，现在讲的是人人平等，婚姻自由，一夫一妻制，没有包办婚姻，两人相爱了就可以结婚。”

徐姐讲的一席话，玉贤听懂了不少，但翠翠听得云里雾里，男女平等对她来说太陌生、太稀奇了。翠翠脑子里突然冒出一个想法，要是自己天天在徐姐身边，不就可以懂得这些道理了吗。

翠翠大胆地向徐姐问道：“我能天天在你身边吗？不要工钱，你就收了我嘛！”徐姐笑声朗朗，说：“我不是私人老板，但工厂需要工人，玉贤也在这里上班，你就报名来，我欢迎！”翠翠听了高兴得跳了起来。

7

长江水静静地流着，嘉陵江水也静静地向长江流去，岸上的人们都入睡了。唐小壮在棚房里睡得很香，隔壁的翠翠还在为今天的事情兴奋不已，久久难以入睡，吴妈不耐烦地说：“有什么稀奇嘛，当个工人有啥了不起，不如当农民，当太太更好。”

翠翠根本没有听进吴妈说的话，脑海里全是徐姐，她第一次听到人人平等、男女平等、婚姻自由这些新鲜的词儿。人兴奋了睡不着也是很正常的。

“嗡……”突然响起了防空警报声，从睡梦中惊醒，听惯了这警报声的唐小壮骂道：“小日本又来轰炸了。”立即叫吴妈、翠翠赶快起来躲飞机。吴妈和翠翠只是听说过日本大轰炸重庆的事儿，还没见过，没想到今天遇到了，两人连忙穿上外衣，跟着唐小壮往外跑。这时，姜敬明、玉贤也跑过来了，姜敬明叫了声：“快跑，快跟我进防空洞！”吴妈战战兢兢地唠叨：“狗日的小日本真坏。”

唐小壮领头在前面跑，姜敬明在后面边跑边说：“大家别着急，小心点儿！”吴妈扶着翠翠在唐小壮后面跑着，突然，翠翠绊着一块石头狠狠地摔在地上，吴妈又没抓紧，翠翠一翻身，掉在旁边的坎下。大家都吓呆了，一起跑了过来，唐小壮和姜敬明正想扶起翠翠，翠翠满头大汗，直叫肚子痛。

只听到头上飞机的号叫，人们都往防空洞飞奔，姜敬明也顾不得这么多，背着翠翠就往防空洞跑。翠翠呻吟着，吴妈发现翠翠的长裤浸着血，正往下滴着。吴妈一摸，果真是血，惊恐地叫道：“血，血！不得了哟！翠翠在流血了！”大家听到后都惊慌了，有经验的吴妈对姜敬明说：“快找郎中，翠翠怕要出事了！”

姜敬明一听十分着急，心想流血了，可能会造成流产。这时，鸿恩寺碉堡上的高射炮向日军飞机不停地扫射，日军飞机上的机枪也不停扫射着。只见市中心那边大火冲天，爆炸声接连不断，猫儿石这边是郊区，日本人主要是轰炸市中心军管区，猫儿石这边光顾得少些，但谁也不知道这炮弹会炸到谁头上。

姜敬明等人终于进了防空洞，吴妈一看，翠翠的裤子都被血浸透了，绝望地号哭道：“可怜的翠翠哟！”玉贤紧紧地扶着翠翠，眼泪直流。

把众人安顿好后，姜敬明冲出了防空洞，唐小壮大呼：“大表哥，你找死呀！”姜敬明回答道：“我到厂医院去找医生！”

姜敬明跑到医院，一看没有一个人，“我真傻，大家都躲飞机，医生们都带病人撤退了。”姜敬明有气无力地跑到附近最大的防空洞，一进洞就高喊：“医生！医生！找医生！”

正好医院的人都在这里。王院长问：“有啥急事？”姜敬明把翠翠出事的情况讲了。王院长连说：“完了完了，救大人要紧！”王院长叫来妇产科的石医生，石医生背上药箱跟着姜敬明朝翠翠躲的防空洞奔去。

医生来了，吴妈也有一定经验，她也知道胎儿保不住了，吴妈向石医生求情道：“郎中，一定要保住我女儿的性命啊！”

石医生放下药箱，用听诊器放在翠翠的胸前听了听，石医生十分焦急地说：“这里的卫生条件太差，没有水，也没有遮挡的物品。”姜敬明说了个大胆的想法，“日本飞机这时炸到猫儿石的可能性很小，我们立即去厂医院。”石医生也认为这是目前唯一的办法。

石医生对吴妈说：“赶快去准备干净的衣裤，跟我一起到厂医院去。”姜敬明正要背翠翠，唐小壮说：“表哥，你也背累了，跑累了，我来。”唐小壮不等姜敬明同意，立即背起翠翠往厂医院跑去，玉贤和吴妈直往家赶，找到翠翠的衣裤后，又急着向医院赶去。

姜敬明、唐小壮焦急地在手术室外等着，吴妈赶紧走进手术室，“郎中，我在乡下接过生，我来给你当个助手。”石医生一听就知道她是个农村的接生婆，感激地说：“你来得正好，我正在清理，你烧点热水，把这姑娘身上的血迹好好地擦一擦。”过了一会儿，石医生叫姜敬明和唐小壮进来把翠翠推进病房，翠翠的脸上没有丝毫血色，木讷的神态，没有一点生气。

唐小壮对着天空骂道："小日本，连着几年把我们重庆炸惨了，老子将来也驾飞机去炸他小日本。"

这就是重庆大轰炸。在中国抗日战争期间，从 1938 年 2 月起至 1943 年 8 月，日本对重庆进行了长达五年半的战略轰炸。据不完全统计，在五年间日本对重庆轰炸 218 次，出动 9000 多架次飞机，投弹 11500 枚以上。

重庆大轰炸的死者达 10000 人以上，超过 17600 幢房屋被毁，市区大部分繁华地区被破坏。

1938 年 10 月 4 日，日本正式轰炸重庆市区，从 1939 年 1 月开始，日本空袭迅速升级，对重庆的轰炸越来越猛烈，特别是 1941 年 6 月 5 日傍晚，在日机对市区长达五个多小时的疲劳轰炸中，终于发生了第二次世界大战中间死于轰炸人数最多的一次惨案，即较场口大隧道窒息惨案。

惨案发生后，死者多为青壮年，有的全家丧生，尸首无人认领；有的随身所带的仅有的一点财物也不知去向。防空司令部派出的工兵营，整理尸体就花了一昼夜，用卡车将尸体拉到朝天门河边，再改用木船装到江北黑石子去草草掩埋。

8

阳光穿过窗户，照射在姜敬良蜷缩着的屁股上。自从翠翠走后，姜敬良像丢了魂似的，除了吃、喝、拉、撒，成天就在床上躺着。

殷秀倒是有几分高兴，吴妈和翠翠走了，每天宝儿在她身边，加上唐氏时常过来，宝儿被殷秀照顾得很好，完全像亲生的一样，在她心目中，宝儿就是她亲生的，殷秀常在姜敬良面前指着宝儿说，"这额头像你，这鼻子像你，这嘴巴像我。"弄得姜敬良很不自在。

"全像，全像。"门外传来唐氏的笑声，接着唐氏和姜仕恩、姜仕德进来了。姜敬良立即从床上爬了起来，殷秀抱着宝儿也站了起来。

唐氏接过宝儿，姜敬良请二老入座，殷秀端来茶水，家里一团和气。当殷秀端茶给姜仕德时，姜仕德这才看清了殷秀的面目，看得目不转睛。姜敬良很不高兴，心想二爸见不得漂亮女人。这一看也看得殷秀很不好意思，忙转过头去。

唐氏和姜仕恩都知道姜仕德是个正经人，他是郎中，这样看必有他的原因。姜仕恩问道："二弟，你这样看，看出啥子名堂了吗？"

姜仕德微笑道："平时都怪当二爸的关心不够，恭喜大哥、大嫂、敬良侄，殷秀是可怀孕生子的人。"

姜敬良羞怒道："二爸，你笑话我们，宝儿本来就是殷秀生的。"

姜仕恩斥责姜敬良道："对二爸不得无礼，二爸又不是外人，家中的事儿二爸全都晓得。"

姜敬良和殷秀一听，都羞得低下了头。

唐氏这下高兴得不得了，忙问："二弟，你说殷秀有生娃娃的能力，是当真的吗？"

姜仕德点头道："殷秀面额有黑光，颊带紫色，面色苍白，是气血不足，经事不调的原因，所以造成婚后不孕。"

殷秀早就听说二爸是个神医，不自觉地眼泪直流，突然一下跪在姜仕德面前："二爸救我！"

姜仕德不慌不忙地扶起殷秀，"使不得，使不得，老朽自有办法，让你两月后怀上娃娃。"全家听了心里都乐开了花。

姜仕德叫姜敬良拿来纸墨。姜敬良拿来纸墨，兴奋地磨起墨来。姜仕德说道："我这剂药叫'调经种子汤'，照我说的服了就是了。"

归身、川芎、萸内（各一钱），熟地、制香附（各一钱五分），丹皮（八分），延胡索、陈皮（各七分），生姜（三片）。

水一碗半，蒸至八分，经水至日空腹服至经止，此间不得交媾。两月后必怀孕。

姜仕德写毕，叫姜敬良前往姜氏药堂去抓五服药回来。

黑娃突然跑进屋来，满脸通红，兴奋不已，高声叫道："小日本投降了，投降了！"

全屋的人高兴得胜似过年。

姜仕恩激动地挥动他的叶子烟杆，兴奋地说："这下放心了，我真怕小日本打进四川来，我们就不得安宁了。"

姜仕德微笑道："我早就预知这小日本兔子尾巴长不了，抗战十多年了，小日本害了我们多少同胞，我们还好，住在这偏僻的乡下，重庆大轰炸也死了不少的人，川军将士为国捐躯的也不少，今天是个大喜的日子，快去买烟花爆竹来放放。”

黑娃说：“镇上家家户户都在放鞭炮、放烟花，热闹得很啰，路面上都铺了厚厚一层爆竹纸了，灵王庙也闹热得很。”

唐氏一听，说：“那我们也去看看。”姜仕恩、姜仕德等人高兴地答应了。

姜仕恩一干人来到灵王庙的大坝前，热闹非凡，鞭炮声声震耳，锣鼓声声震天，放鞭炮的、放礼花的、舞狮子的、玩龙灯的……

姜花带着一群姑娘扭着秧歌，个个面如桃花，喜笑颜开，一位中年妇女端着一大盆花生、红薯条、爆米花，一位老人提着一篮棒棒糖，他们在人群中发放食物，孩子们围了一大堆，争着吃花生、红薯条、爆米花、棒棒糖。

人群中一位老人指着那中年妇女对大家说：“她男人就是打小日本牺牲了的。”又指着提篮子的老人说：“他的儿子也牺牲在抗日战场上。”

一位穿着锦缎长袍的老人朝姜仕恩、姜仕德迎面走来，一见面双手作揖问候，此人正是灵王庙村黄村长，黄村长是个国民党员，他兴奋地说：“这下好了，不打仗了，中国胜利了，全靠蒋委员长坐镇，国民党军队奋战取得了胜利。”

姜仕德严肃地说：“黄村长，你这话不全面嘛，还有中国共产党的八路军、新四军、敌后游击队等爱国力量，全民统一抗战，是中国人民的胜利。”

黄村长有些尴尬，“姜郎中，言之有理，你是共产党吧！”

姜仕德哈哈大笑：“我一个郎中，还不晓得共产党要不要我呢，我只是说了点实话。”

黄村长一听，拉下脸来，灰溜溜地离开了大坝。大坝的热闹气氛越发高涨。

9

殷秀按照姜仕德开的药方认认真真地服了两个疗程，没想到姜仕德的药果真很灵，两个多月后，殷秀真怀孕了。本来姜敬良和殷秀从小在一起长大，有一定感情基础，由于姜敬良好色又想得子，干了些荒唐事来，害苦了翠翠。如今殷秀怀孕了，他又对翠翠写了绝情信，心里也真感到对不起翠翠，姜敬良又十分畏惧他爹，自己也不敢私自到重庆去。

姜敬良偷偷给翠翠写了封信，写完又偷偷带着信到镇上邮电所去寄，只见姜敬福急匆匆地朝灵王庙方向走去，姜敬良挡住姜敬福，问："老三，你忙着要到哪儿去哟？"姜敬福神色异常恐慌，把姜敬良拉到街边，在姜敬良耳边说："不得了了，你赶快到姜氏药堂给二爸讲，有人告他是共产党。"姜敬良也大吃一惊，说道："二爸一个看病的郎中，怎么会是共产党呢？"

姜敬福撇着嘴，说："黄福那狗日的，对李镇长讲的，李镇长也说要调查。"

两兄弟诚惶诚恐地往姜氏药堂赶去。二人到了姜氏药堂，只见李站长带着十来个士兵围着姜氏药堂，只听得李站长对着姜仕德狂叫："快把那四个逃壮丁的交出来，不然老子不认人了！"

姜仕德摇着扇子，镇静地说："李站长，小日本已投降了，又不打仗了，你还抓壮丁干啥？"

李站长恶狠狠地说："这是上峰的命令，壮丁还要继续抓。"姜敬良和姜敬福一看不是来抓他二爸的，也松了口气。

李站长见奈何不了姜仕德，于是带着兵去到后院。只见一个守后院的士兵头破血流上前来报告，"队……队长，我被他们打了，他……他们就是后山虎头村的猎户。"

李站长听了暴跳如雷，"老子中了姜仕德的调虎离山计了，快追，把那些人抓回来，老子有赏！"说完李站长带着士兵朝后山虎头村追去。

姜花带着四个伙计，快速回到虎头村，白发老人等村民纷纷走了出来。

姜花大声喊道："乡亲们，李站长又来抓年轻人了，大家赶快带上干粮，和年轻人去山里躲避一下。"

六个年轻的猎人很不服气，端上猎枪，守在村口。姜花心急如焚，"兄弟们，大家也到山里躲躲，他们人多，武器又好，我们是打不过的。"

狗娃瞪着大眼睛，说："我们要保护村民逃离，也要守住山庄，这帮坏人杀人放火、烧房子、强暴妇女，啥坏事都干得出来！"六个血气方刚的年轻猎人宁死也要守住村庄。姜花流泪了，她被这群热血青年感动了，她知道这是一场打不赢的恶仗。

李站长很快追到了村口，看见村口有七个人站成一排，端着枪，一个个威风凛凛。姜花提着长鞭站在村头大黄桷树边，高声喊道："李站长，这虎头村不属于你管辖，你无权在这里抓壮丁，再说日本鬼子都赶跑了，抓壮丁干啥？"

李站长趾高气扬地回答道："我抓的就是共产党，姜姑娘乖乖地投降，我饶你不死，把村里的年轻人交出来，我赏你十块大洋。”

一个年轻猎人大叫道：“再敢上来一步，老子要你命！”李站长大发雷霆：“小小村民，敢跟国军对抗！”说完指挥手下的士兵向村口扑来。

一个年轻猎人叫了声：“打！”六支猎枪一起发出了响声。猎枪虽然比不上步枪，但猎人的眼力好，顿时有六个士兵中弹，这是一种老式猎枪，打出来是一团铁沙子儿，打在身上就是好多个洞眼儿，痛得他们哇哇直叫。

李站长看猎人真敢开枪，立即命令士兵卧倒，向猎人猛然开枪，子弹打得猎人们抬不起头。

躲在大黄桷树边的姜花非常着急，敌我力量实在是太悬殊了，姜花对他们喊道：“你们还是赶快撤到山林里去！”

一个猎人说：“村里还有老人、小娃儿没撤走，他们进村抓不到青年人，一定会杀人放火的，我拼了命也要守在这里！”其他几个猎人坚决不走。

姜花心里明白，这么几个人、几杆猎枪，就算猎人的枪法再准也坚持不了多久的，她根本想不出在这绝境中，怎样才能挡住这些敌人。

姜花长鞭在空中使劲儿一挥，“啪”的一声响，惊动了所有人，姜花猛地一下跳在大路中间，对李站长大声喊道：“你们不是抓我吗，我跟你们走，但你们必须撤兵，不得再入村庄。”

李站长奸笑道：“好一个美人儿，我既要你，又要进村，所有的青年人必须全部抓起来。”李站长叫了两个士兵上前去把姜花捆起来。

愤怒的姜花挥起长鞭，打得那两个士兵痛得直往后退。猎人们为了保护姜花，开枪打死了这两个士兵。李站长眼睛都气绿了，命令手下开枪。姜花猛地一跳，跳到路边的大树旁，六个猎人中，有两个中弹倒在地上。

在这生死的关键时刻，突然响起了一阵枪声，只见一个提着双枪、穿着件旧长衫的中年人带着十来个穿便衣的人冲了过来。征兵站的士兵吓得急忙逃跑，李站长也慌了手脚，拔腿就跑。姜花跑了过去，长鞭一挥，鞭子紧紧地套住李站长的脖子，李站长涨红了脸，两手想拉开鞭子，姜花怒道：“我要为死去的猎人兄弟报仇！”说完姜花紧紧地把长鞭一拉，李站长狠狠地被摔在路边的石头上，顿时脑浆迸出，一双眼睛鼓得大大的，死了。

姜花和猎人走过来，忙向救命恩人拱手作揖表救命之恩。姜花问道：“大哥，你们为什么救我们？”那黑衣大汉挥了挥手，爽快地说：“我们是川东游击队，是穷人的队伍。”

第七章

1

逃回镇上的士兵吓得魂不守舍，战战兢兢地跑到镇政府，向李镇长汇报了整个情况，指名道姓是姜花带游击队来袭击的，李站长就是死在姜花手中的神鞭上，李镇长听了也吓得冷汗直流。李站长死了，李镇长不是很担心，他担心的是领头的姜花，姜花是姜仕德的女儿，又是姜仕恩的侄女，自己的女婿姜敬福又是姜仕恩的儿子，这一连带关系，要是上峰派人来查，就会查到他的头上。最近又遇到灵王庙村黄村长告密，说姜仕德通共。黄村长名叫黄彪，不是一般人，算得上花桥方圆百里的恶霸，李镇长担心这样下去，自己也脱不了干系。

李镇长找来姜敬福商量，姜敬福这还是第一次看到李镇长这样相信他，也小心地讲出自己的主意，姜敬福说："一人做事一人当，这事决不能牵连我二爸，他一个郎中，整天坐在姜氏药堂，大门不出二门不迈，又不在现场，与他没有丝毫关系。"李镇长点了点头，他也不想牵连到姜仕德，还需要姜仕德给他治病。姜敬福接着说："我们上报就说姜花去购买药材碰上的，是李站长抓壮丁遇上了，猎人串通川东游击队干的。"

李镇长又点了点头，随即又摇头，说："逃回来的士兵都说亲眼看到是姜花干掉李站长的。"姜敬福也很着急，毕竟姜花是他的堂妹，姜敬福在李镇长耳边低声地说："把这几个没有死掉的士兵找来，给点甜头，再施加点压力，毕竟他们以前没见过姜花，为啥非要说是姜花呢，叫他们一口咬定是川东游击队干的，况且李站长都死球了，死无对证。"李镇长觉得言之有理，"这回你还是聪明了一次。”

李镇长连夜叫师爷写了汇报材料，立即派人送到县政府。县政府张县长又急忙报告给当地驻军。当地驻军也接到花桥征兵站李站长死了的报告，火速派了张县长和新任的王站长前往花桥镇办案和接替李站长的征兵事务。

李镇长在迎春楼大摆宴席，迎接上峰派来的两名大员。张县长，矮小而精干，头戴一顶礼帽，身穿中山装，胸前佩戴着青天白日胸章，一副金丝眼镜显得十分文雅。王站长身高一米八左右，北方人，膀大腰圆，穿着一身军装。

李镇长与张县长是拜把兄弟，相互很熟悉，两人都把不认识的王站长奉承一番，本来还带着怒气的王站长被二人热情地恭维，怒气也消了不少。王站长按上峰命令，一定要抓住杀害李站长的凶手，兵站的士兵又死了十来个，他带来的人少，地方也不熟，不来又不行，接到命令心里十分气愤，本想大大发下威风，这下也发不起威了。

宾客相互敬酒，气氛渐渐好转。不多会儿，王站长苦着脸问道：“我想了解前任李站长是怎么死的，好向上峰汇报。”

李镇长站了起来，谨慎地说：“王站长，我把了解情况的人都找来向你汇报。”王站长点头认可。

第一个进来的是姜敬福，神情显得有些紧张，他向在座的官员们敬了一个军礼，“张县长好，王站长好，李镇长好，小的是镇保安队长，姜敬福，向各位长官汇报。”

李镇长说：“你把你调查的情况向县长大人、站长大人做个详细的汇报。”姜敬福回答道：“是!”

姜敬福像背天书一般地说：“那日李站长带兵去虎头村抓壮丁，中了村里的猎人伙同川东游击队设下的埋伏，双方打了起来，游击队的人多，所以李站长阵亡，仅有四个士兵逃脱了，捡了一条命，报告完毕。”

李镇长叫姜敬福站在一旁，又叫那四个士兵进屋汇报。四个士兵站成一排，其中一个叫汪三的士兵叫了一声：“报告!”四人立即整齐地敬了一个军礼。

四人依次汇报，内容跟姜敬福说得一模一样，李镇长正准备叫证人下去，王站长把桌子一拍，问道：“我是军人，说话也不转弯子，李站长到底是怎么死的?”姜敬福抢着回答，“是游击队枪打死的。”那四个士兵也跟着应答是枪打死的。王站长听了哈哈大笑，立即又拉下脸来：“为什么身上没有枪眼，为什么脖子上有深深的勒痕?”

在场的人一听都呆了。姜敬福也慌了神，自觉说漏了嘴：“卑职不在现场，没亲眼看到，只是听他们说的。”王站长眼睛恶狠狠地盯着四个士兵，四人被吓得浑身直抖，说不出话来。王站长提高嗓门，打着官腔，“部队有部队的规定，凡是临阵脱逃者，就地枪决！”

汪三等四人立即跪在地上，磕头求饶，王站长指着汪三的鼻子怒斥道：“不老实交代，违抗军令，临阵逃跑，第一个就枪毙你！”

汪三心想回到兵站王站长饶不了他们，说了实话得罪了李镇长也得死。汪三看李镇长、姜敬福那四只眼就像四把利剑刺向他。于是硬着头皮说：“站长大人，小的们确实没有临阵逃跑，是对方人太多，我们是打败了回来的，胜败乃兵家常事，当时打慌了，子弹四处飞，也不知道李站长中弹没有，是看到一个女人挥着长鞭打李站长。”

王站长逼问道：“那女人是谁？”

汪三回答道：“小的确实不知道，可能是村里人，也可能是游击队。”

汪三的回答让王站长十分为难，他们是打败了回到兵站，算不上逃兵，现在的情况也只能听姜敬福和四个兵的一面之词了。

张县长见王站长问不出什么，还陷入尴尬，张县长起身打圆场说：“王兄，报告已打上去了，话也问了，明天我们还要具体办案，请上峰派兵围剿虎头村，消灭游击队。今天是李镇长做东，我们还是坐下来共商大计。”说完举杯对王站长说了一声：“王兄，请！”

李镇长趁机挥手叫姜敬福带着四个士兵离开房间。

2

太阳雄赳赳地从天边升起，照得花桥征兵站通红通亮。王站长昨晚基本没有睡好觉，为没抓到杀死李站长的凶手而发愁，那女人到底是谁？姜敬福和四个兵的口供为什么那么一致？他感到很蹊跷。姜敬福是李镇长的人，他不好动，四个士兵是他的部下，难道还动不得吗？王镇长顿时兴奋起来，立即命令手下把那四个士兵叫来。

汪三四人正在操场上，不知争论着什么，声音很小，脸色都不太好看。原来他们在为姜敬福给他们的十块大洋分不平而扯皮。汪三给他们每人两块，那三人不干，汪三瞪着眼，声音压得很低：“昨天不是老子能说会辩，你娃几个老壳都搬家了，老子得双份也是应该的。”正在四人争吵不休时，王站长的一群兵冲了过来，把四人五花大绑，押到兵站审讯室。

王站长坐在椅子上，气鼓鼓地问道：“你们昨天都没有说实话，老子都搞清楚了，不过你们是老子的兵，说了实话我照样重用，不说实话通通以通共枪毙！”

四人吓得跪在地上，异口同声地喊道：“站长大人，小人说的都是实话，不敢隐瞒长官。”

王站长吼道：“不要得了人家好处，就帮别人来哄骗老子，那个女人到底是谁？今天不说清楚，通通军法论处！”

四人你看我，我看你，各怀鬼胎，说了实话要掉脑袋，其中一个士兵尿都吓出来了，说：“站长大人，汪三是班长，他最清楚。”

王站长心里琢磨着，兵站就这几个老兵，将来还得依靠他们，若不驯服他们，我这个站长还怎么当。

王站长叫人把汪三押到审讯室隔壁去，王站长对其他三个人突然变得亲热起来，说：“我是爱兵如子的，你们配合我演出戏，我叫人使劲儿打桌子，你们使劲儿地叫，要叫得真，然后说我交代，懂了没有？”三人像鸡啄米似的使劲儿点着头。

一个强壮的士兵挥着皮鞭，猛地向桌子和柱子抽打，三个士兵叫了起来，叫得很小声，王站长生气了，压低声音说道：“给老子大声点！”三个士兵高声叫了起来，但是没有一点惨叫的感觉，王站长气急，“真不识好歹。”王站长抢过鞭子，猛地向三个士兵抽去，打得三个士兵爹呀娘地惨叫，直呼：“我招，我全招！”其实这三个士兵也根本不清楚那个女人是谁。

王站长迅速来到隔壁房间，脸色十分难看，盯着已吓得魂不守舍的汪三，汪三扑通一声跪在地上，还不等王站长问话就招了，把事情的前前后后都讲了一遍。王站长听了大吃一惊，共产党游击队真的有上百人？姜花到底是何方人士？汪三见隐瞒不住，又听说那三个士兵都招了，只好全盘招供，“姜花是姜敬福队长的堂妹，他给了十块大洋，叫我们不要说出姜花，姜敬福又是李镇长的女婿，我们得罪不起，大洋我上缴，请站长大人饶小的一命，今后我一定效忠站长，以站长马首是瞻。”

王站长听完汪三的招供，心里明白这与地方官李镇长有牵连，是件十分棘手的事儿，一定要探探李镇长的口气。

王站长给李镇长摇了电话，说有要事相商，李镇长也十分高兴，说：“正准备给张县长送行，本地的大富豪是张县长的远房亲戚，也要来，正准备请你呢！”王站长急忙催促道：“此事关系重大，需立即解决。”

李镇长心想，新官上任三把火，我得把他控制住，有张县长给自己撑腰，李镇长在电话中说：“好，好，按王站长要求，请你立即到寒舍协商。”

王站长心想，你这个镇长是真糊涂还是装糊涂，立即回话道：“我马上就到。”

开车的司机以前常送李站长到李镇长家做客，所以很熟悉路。王站长很快就到了李镇长家门口，李镇长正在门口笑盈盈地等着王站长，李镇长见王站长到了，热情地行礼，“王兄，欢迎来寒舍做客。”王站长还了个礼，面无表情地跟着李镇长来到客厅。客厅大门贴的是李镇长写的一副对联，上联：效忠党国肝脑涂地；下联：教化庶民遵纪守法。

王站长瞅了一眼，哼了一声，进了客厅。只见张县长正在与一个近六旬的男人谈话，此人正是灵王庙村长黄彪。

张县长笑着站起来行礼，向王站长介绍道：“这是我的表兄黄彪，灵王庙村的村长，大名鼎鼎的党国精英。”黄彪也站起来向王站长行礼：“久闻王站长大名，久仰久仰。”李镇长招呼大家坐下，王站长急迫地把汪三的招供谈了一番，李镇长和姜敬福听得胆战心惊。李镇长说：“这姜花不是共产党哦。”黄彪开口了，“我认为他父女俩就是共产党。”黄彪把在灵王庙庆祝抗战胜利时与姜仕德的对话讲了出来。

王站长一听，顿时大怒：“这老贼的话，就是共产党说的话！姜花又勾结游击队，亲自打死李站长，证据确凿，必须马上抓起来。”李镇长知道事情已经暴露了，继续这样说下去就会牵连到自己头上来。

李镇长故作镇静，“这事非同小可，发生在我的辖区，必须严格调查处理。”

黄彪故作不知地说：“镇长大人，听说你们还有点亲戚关系呢。”

李镇长回答：“扯远了，扯远了，不过姜郎中是我亲家的弟弟，听说二十多年都没回来过，我也没见过，不管是谁，我是六亲不认，依法严办！”

张县长打着圆场说：“好好，我们一定要严办共产党，一定彻底调查，不过今天李镇长为我送行，请大家高兴高兴，喝两杯。”

李镇长见张县长给自己台阶下，心里十分感谢这个拜把兄弟，起身说道："好好好，今天老朽备以薄酒，大家给个面子，请到餐厅一聚。"说完张县长带头离开客厅，后面几个人也跟了上去。

李镇长给姜敬福使了个眼色，姜敬福客气地说道："晚辈无资格与长辈同桌，请长辈们吃好喝好。"

姜敬福见这杆子人离开了客厅，立马向灵王庙村奔去。

3

姜敬福明白李镇长的意思，就是让他去报信，好让姜仕德父女跑掉，抓不到人，也就牵连不到他头上来。

姜敬福汗流浃背地跑到灵王庙村，来到村头大黄桷树下的姜氏药堂。见姜仕德正在为一老者看病。

姜敬福走进药堂，叫了声："二爸，我有点急事找您。"意思就是叫姜仕德进里屋谈。

姜仕德已经明白了八九分，昨晚姜花回来，把事情的经过都讲了，姜仕德还特意问了姜花那几个兵认不认识她，姜花说李站长认识她，还叫了她名字，姜仕德便知祸事迟早会到。姜仕德会意地说："老三，走累了，到屋里喝茶去，我一会儿就来。"

姜敬福走进后院，闻到满院的中药味，只见有的在切药，有的在碾药，有的在熬药膏。姜花在晒药，正端着一筛子药朝架子上放。姜敬福走到她身边，恶狠狠地低声说道："你好大的狗胆，还敢回来！"平时姜花最讨厌这个堂哥，"三哥，这是我的家，我为啥不敢回来？"

姜敬福瞅了瞅其他几人，姜花知道出大事了，稍微客气了点，"三哥，你尽管说，他们都是自己人。"

"你千不该万不该弄死李站长！"

"他先动手要杀害我和村民，难道不还手等死吗！"

"他死在村外头倒还好，可你这样连累了姜家！"

"一人做事一人当，你怕啥子嘛！"

"哎哟，你这个傻妹子哟，你打死李站长，这是死罪！"

“三哥你怕，我不怕，我马上去跟他们评理!”

此时，姜仕德已进来，说道：“天下乌鸦一般黑，你到哪里去评理哟，你们跟我进堂屋去。”

姜敬福和姜花跟着姜仕德来到堂屋。姜敬福一口气把兵站调来王站长，县里来了张县长，村里来了黄彪，说姜仕德通共，姜花杀死李站长的事说了出来。

姜花满腔愤怒，说：“一人做事一人当，我去找他们……”姜仕德严声说道：“傻丫头，你这是以卵击石，自己送命不说，连累村民，还连累姜氏家族。”

姜仕德摇着鹅毛扇，冷静地说：“三十六计，走为上!”姜敬福急忙问道：“走？哪个走？走哪儿去？”

姜仕德心里明白，现在对方抓到的证据是姜花打死了李站长，至于自己通共，不能凭黄彪一面之词就算得了数的，那兵站的王站长肯定会来要人，还会到虎头村抓人，现在唯一的办法，姜花走，到虎头村去，和村民一起暂到山林里躲避。

姜仕德对姜花说：“姜花呀，而今眼下，唯一办法就是你立即带这几个伙计马上回虎头村，转移村民。”

别看姜花怕平时脾气倔强，但她也是明事理的人，为了村民，为了姜家，必须听从爹爹的话，她说：“爹爹，孩儿走了，您咋个办？”

姜仕德微微一笑：“老夫自有办法，事不宜迟，你赶快叫伙计把后院收拾一下，立即动身!”又对姜敬福说：“你立即去见你老汉，把情况如实说明。”

姜花和姜敬福离开姜仕德，各自办自己的事去了。

姜花、姜敬福刚离开姜氏药堂，王站长就带着兵气势汹汹地来到灵王庙村，村长黄彪也跟在其后。村头玩耍的娃娃们吓得直往家里跑，树上的鸟儿惊得飞向远方。

汪三指了指姜氏药堂，说：“报告王站长，杀人犯姜花、通共犯姜仕德就住在里面。”王站长满脸横肉，像个煞神，他手举着盒子枪，叫士兵把姜氏药堂包围起来。

王站长和黄彪带了几个士兵横冲直撞地闯进姜氏药堂，几个看病的人也被吓跑了。姜仕德手摇鹅毛扇，从椅子上起身问道：“长官是来看病的吗？”

王站长问道：“你就是姜仕德？”

姜仕德回答道："正是本人，不知长官有何贵干？"

黄彪在一旁阴阳怪气地说："姓姜的不要装莽，把你女儿姜花交出来！"

姜仕德微微一笑，"女大不由爹，她上山采药，至今未归，我正找她呢！"

王站长嗯嗯两声："姜郎中真不愧是江湖中人，遇事不慌张，你女儿打死李站长，这么大的事，你不知道？"

姜仕德面不改色地回答道："她一个弱女子，有何本事能打死李站长，又与李站长无冤无仇的！""说得好，你女儿是共匪游击队，所以干出这种罪行！"王站长直言不讳地说。

黄彪也狐假虎威地说："姜郎中，你也有通共的罪行。"

姜仕德不慌不忙地反问："你有何证据呢？"

黄彪把当日在灵王庙村庆祝抗日胜利活动时姜仕德说的话重复了一番。姜仕德也知道黄彪的底细，他是一个国民党顽固分子，姜仕德理直气壮地反驳道："我既不是国民党，也不是共产党，一个看病的郎中，一个地地道道的中国人，我只不过是说了点抗日能胜利的实情，如果这就是通共，那么天下人都通共了。"

王站长气得双手发抖，面色发灰，狂吼道："给，给老子捆起来！"

黄彪找了根大绳子，和两个士兵把姜仕德捆了个结实。

姜仕德面带嘲讽："我一不偷二不抢，犯了哪条，要如此待我？"

黄彪得意地大吼道："你通共，你通共……"

姜仕德也发怒了，只见姜仕德左脚猛地朝地上一跺，绳子立即断成几截，在场之人无不惊讶。

王站长把盒子枪对准姜仕德，士兵们吓得端不稳枪，无人敢靠近姜仕德。

姜仕德见他们人多势众，想引开他们的注意力，让姜花有更多的时间转移虎头村的乡民。姜仕德对王站长说道："站长大人，总有个讲理的地方嘛，你打算绑我到哪里去？"

王站长见姜仕德能面不改色地挣断绳子，可知功夫不浅，态度也和气了一些，"请姜郎中到镇政府里讲清楚便是！"

姜仕德心想，正合我意，跟他们走，姜花那边就能脱险了，"好，我跟你们走，前面带路。"

王站长带着士兵押着姜仕德向镇政府走去，姜仕德手摇鹅毛扇，迈着方步，故意放慢步伐。

镇政府里张县长正在等王站长的消息，李镇长见王站长并没有把姜仕德绑起来，说明没有拿到姜仕德通共的证据，又见没有抓到姜花，松了口气，估计姜家不会出大问题。

张县长、李镇长起来迎接王站长、黄彪、姜仕德。王站长一挥手，说：“各位长官，我审不下去了，你们来审撒！”

李镇长笑着说：“好说，好说，大家都是有头有脸的人，好说。”

张县长一直观察着姜仕德，感觉到此人确实不像共产党，倒像行侠仗义的江湖人士。大家沉默了一会儿，王站长等得不耐烦了，发着牢骚地说道：“你们说的共产党我已经抓回来了，大家审吧！”

李镇长哼哼地清了下喉咙道：“王站长，少安毋躁，找到证据再说。”黄彪吼了起来：“我已经把他的通共言行都揭发了，这还不算证据吗？”

张县长板起脸，问：“黄村长，我们要的证据是姜郎中在共产党担任什么职务，参加什么活动，同伙在哪里，怎能凭他几句话就说他是共产党呢？”显然，张县长是为李镇长说话，他知道这样问下去会引出李镇长与姜家的关系。

黄彪也不示弱，决定把姜仕德老底揭穿，“各位长官，姜仕德乃是本村大户姜仕恩之弟，姜仕恩之子姜敬福又是李镇长的女婿，姜花又是姜仕德的女儿，你们说这是不是李镇长有意包庇哟，全部都有共产党嫌疑。”

李镇长不高兴地说：“你不要把你和姜郎中私下争吵的事儿当证据，刚才张县长说了，你要拿出他们通共的证据，与何人联系，何时入共产党，搞了些什么活动，等等。”黄彪一时回答不出来。

此时，外面有人报告灵王庙村姜仕恩姜大爷来了，只见姜仕恩稳步走进政府大厅，姜敬福紧跟其后。姜仕恩很有礼貌地对几位官员打躬作揖以示问候。李镇长很客气地招呼大家坐下。

姜仕恩微笑道：“我姜某多年来为政府捐钱捐粮打日寇，二弟身为郎中治病救人，从不过问政治之事，方圆百里无人不知无人不晓，怎能当共产党抓起来呢，再说我家女婿赖大全在川军多年，现已是两根杠，三颗星的大队长了，说我姜家通共，怕是说不通哟！”

张县长点了点头，说：“事到如今，都是自己人，不必误会，不必伤和气，放人！”

姜仕德哈哈大笑，摇着鹅毛扇，说道：“药堂里还有好多人等我看病呢，失陪了。”说完挺身走出镇大厅。

4

唐小壮在江中游得很欢，一边游，一边抓住上游漂下来的木块，快速游上岸来，把这些木块、木条放在棚房后边晒干后当柴火用。

吴妈显得有些苍老，成天没有一点笑容，埋头做家务，只想自己的心事。翠翠自从几个月前流产后就成天以泪洗面，不想活在这世上，多亏了唐小壮的照顾，翠翠心里还有宝儿，还期待姜敬良回心转意，又有吴妈天天守着，整天唠叨着要回花桥去找姜敬良。吴妈心想姜敬良心不会没有，因为翠翠为姜家留了香火，只要有一丝希望，她都会舍命去争取。

日本投降了，重庆人民的生活回归安宁，工厂也正常开工了。玉贤每天下了班，都会来看翠翠，翠翠很难为情，看着玉贤肚子一天天大起来，很是高兴，但常常又为自己失去孩子伤心难过。玉贤、翠翠像亲姐妹一般的亲，无话不说，但还是解决不了翠翠内心的苦恼。平时玉贤来了，两人在一起，翠翠总是装着笑，应付玉贤，玉贤也看得出翠翠内心针扎般的痛苦。

抗战胜利了，工厂还要招工，玉贤就把翠翠推荐给徐姐，徐姐很喜欢这个长得漂亮，又不多言多语的年轻女人，她从玉贤那里得知翠翠的身世，很是同情。徐姐知道翠翠这样中封建思想的毒很深的姑娘是很难自拔，特意将翠翠安排在自己的身边工作。翠翠在姜敬良那里学了文字、算数，徐姐教翠翠计算、记录，她很快就学会了。大家都很羡慕翠翠姑娘，有文化、又漂亮、又能干，厂里好多年轻小伙子听说劳保库房来了个仙女般的女工，都想方设法来库房偷看。一传十，十传百，传神了，大家都称翠翠是厂花。

翠翠毕竟是才从农村出来的姑娘，还很怕生，成天跟着徐姐寸步不离。日子一久，她跟徐姐的话也多了，不管是工作上的，还是生活上的事，她都要问，回去后还经常跟玉贤聊天，大家对翠翠的变化感到十分高兴，翠翠认识到她与姜敬良之间不是爱情，只是姜敬良见她长得漂亮，当玩伴罢了。况且他是有妇之夫，不应该同时爱上两个女人，因此自己对姜敬良的爱也淡了不少，她认识到一夫一妻才是真正的爱情，心里觉得很对不起殷秀，但又放心不下宝儿。

翠翠习惯了这里的生活，平时有徐姐的帮助，玉贤的陪伴，还有如同亲大哥似的姜敬明的关爱，唐小壮生活上的关心，就像一家人一样的生活。倒是吴妈令她讨厌起来。吴妈说来说去就是催促她放弃工作，回到姜家去，因为吴妈手中有个筹码，宝儿是翠翠生的，这事能让姜敬良承认与翠翠的关系，能镇住姜仕恩和唐氏，从而收留她们母女俩。

翠翠心情一天天好起来，皮肤也越发白净，每天下班回来还哼着家乡的歌儿。唐小壮总是一张笑脸："翠翠回来啦。"翠翠也很喜欢这个勤劳简朴的表哥，总是点头一笑，这一笑常常迷得唐小壮脸红心跳，不敢正视翠翠。唐小壮理菜，翠翠也去理菜，唐小壮劈柴，翠翠就去拾柴，菜饭做好后，翠翠总是把饭菜给店里的伙计端去，然后回来吃饭，唐小壮总是等翠翠回来后一起吃。

吴妈看在眼里，气在心头，吴妈实在看不惯了，终于开口说道："小壮，伙计是个男人，翠翠天天送饭，别人还以为那是她的男人呢，今后由你送饭。"吴妈本是长辈，唐小壮很听话，一口就答应了。这话气坏了翠翠，"送个饭怎么就成了她男人?"唐小壮忙劝道："吴妈说得对，你上班累了，家务事我要多做些。"

唐小壮送饭后，翠翠也要等唐小壮回来才吃饭，气得吴妈脸色如青菜叶似的。

吴妈最讨厌的就是翠翠上班。唐小壮要送翠翠到厂门口，说什么怕流氓干坏事，吴妈气不过，也有事无事地找碴儿骂两句，"砍老壳的，挨刀的，跑哪里去了，水缸里没水了哦。"唐小壮知道吴妈是借故骂他，也不与她生气，挑起水桶就往江边走去。

其实吴妈以前不是这样的人，为人处世相当低调，笑脸相迎，笑脸相送，说话也低声下气的，随着翠翠的变化，吴妈一下子知道翠翠的心跟她想不到一块儿，便千方百计哄翠翠回家，翠翠倒觉得这里很好，经常说的都是徐姐、玉贤她们那些姐妹的事儿，以前老家的事儿，好像忘得连影子都没有了。

吴妈本想到了重庆，待翠翠生了娃娃就回花桥去，用娃娃的事来逼姜家承认他们母女祖孙三人，谁知没有躲过日本人的轰炸，翠翠丢了孩子，还差点送了命。

吴妈不甘心自己的主意落空，硬的软的方法都使尽了，还是没能说服翠翠，翠翠好像变了一个人似的，天天下班回来就摆厂里的新鲜事，什么小李和小张自由恋爱，很快就要结婚了，吴大姐生了个大胖小子……

唐小壮听得津津有味，吴妈听了火冒三丈，几个月来的气积聚在一起，吴妈瞪着眼对翠翠骂道："自个儿屁股的屎都没擦干净，还管起别人屙屎屙尿来。"翠翠还是第一次听到吴妈说这样脏的话，竟然哭了起来。吴妈得寸进尺地挖苦道："你以为还是黄花闺女，不听老娘的话，后头有你哭的日子。"这话正中翠翠的痛处，她越发哭得伤心了，口里念着："我的宝儿，我的宝儿呀！"

吴妈这下得意了，威逼地说："想宝儿，就得马上回花桥，明早就走！"

唐小壮实在看不下去了，对吴妈说："吴妈，好歹翠翠也是你亲生的女儿，吃了那么多苦，还往苦海里推，再说要走也等大表哥和大表嫂来撒。"

吴妈一听提到姜敬明、玉贤，恨得咬牙："就是他两口儿害了我们母女。"唐小壮嘴也不饶人："吴妈说话理太歪，不是他们，救助了你，你还不知道挂在哪儿呢！翠翠妹妹现在是工人了，不比你当用人强嘛！"

吴妈发狂地一把抓住唐小壮的衣领，"你认为我不晓得你的鬼心肠，你癞蛤蟆想吃天鹅肉，翠翠嫁猪嫁狗也不嫁你唐小壮！"

翠翠忍不住了，说："妈，你太过分了，怎么这样说小壮哥呢？"吴妈一耳光打在翠翠的脸上，"不要脸的东西，小壮哥，小壮哥还喊得亲热呢！"

翠翠跺了一脚，转身朝门外跑去，唐小壮叫道："天都黑了，你往哪里去？"说完也跟着跑了出去。吴妈一见两人都走了，气得一屁股坐在地上。

5

姜敬明听完翠翠和唐小壮的述说，心中已明白吴妈的企图，他也知道吴妈虽是贫苦人出生，身世波折，吃的苦也不少，但从她给人当过小妾后来到姜家，都是过着富裕的生活，怕过那苦日子。几十年的经历使她变得心术不正，城府甚深。为解开吴妈的心结，姜敬明也费尽心思，没想到如今闹得越来越厉害。下午下班后，翠翠和唐小壮又来到他家，要大哥拿个主意。

翠翠低着头，搓着手，也不言语。唐小壮说："昨晚吴妈闹得太凶，我俩回去又怕她闹起来，收不了场。"姜敬明心想这样下去也不是个办法，叫二人在家吃个便饭，玉贤挺着大肚子说："好，饭是有的，菜不够，我炒两个鸡蛋。"姜敬明说："那要你动手？好好休息，我去炒蛋。"结果翠翠争着去做了。

饭后，天渐渐黑了下去，小路边草丛中传出蛐蛐的叫声。姜敬明带着翠翠、唐小壮来到店铺后屋，姜敬明边走边琢磨怎样对待吴妈，翠翠也担心吴妈又会闹什么事儿，只有唐小壮啥都不想，不愿跟这不讲理的长辈多说半句。

三人一进门，只见吴妈满脸笑容迎了上来："哎哟，大少爷也来了，我弄好饭菜等翠翠、小壮回来吃饭，都等了半天了哟！”

三人见吴妈突然来了个一百八十度大转弯，都感到很意外。姜敬明客气道：“我们都吃过了，吴妈你也该早点吃。”

方桌子上摆着一碗半肥半瘦、烧得黄亮亮的红烧肉，一钵小白菜豆腐汤，一盘藤菜，一盘家乡老豆腐干，一盘油酥花生米，好像吴妈知道姜敬明要来似的。

吴妈真的不傻，她知道现在的翠翠啥都听姜敬明夫妇的，昨晚翠翠一夜未归，一定住在姜敬明家里，姜敬明知道此事后定会来家调解。吴妈也十分畏惧姜敬明，知道再来硬的是自讨苦吃，于是专门弄了些菜，打了瓶酒，等他们到来。

吴妈听他们说吃了，故作热情地说：“大少爷，还有小壮、翠翠，昨天我一时糊涂，说了错话，做了错事，今儿个小意思，算是认个错儿。”

唐小壮抢着说：“要不得，要不得，哪有长辈给小辈认错的哟！”

姜敬明笑了笑，说：“这是吴妈一片好心，盛情难却，大家都坐下来，这是吴妈一片心意。”

翠翠犟着说她已经吃了，不想再吃。吴妈故意生气地说：“昨天是妈心急了，错打了你，莫记在心上，来吃一点儿家乡的豆腐干，嚼起真香呢！”这腊豆干确实是家乡特产，挂在灶上熏干的，很硬，煮熟后，切成薄薄的小片，吃起来有腊香味，大人小孩都爱吃。

姜敬明说道：“都是一家人，不生气，大家都坐下来吃嘛！”

唐小壮无奈地坐在长凳上，看着姜敬明，姜敬明也叫翠翠和吴妈过来吃，因为昨晚闹得凶，现在又要亲热起来，场面显得十分尴尬。

唐小壮提高嗓门想缓解一下气氛，嬉皮笑脸地说：“方桌四条边，四人各一边，好酒好菜多，大家把酒喝，气话都不说，大家都快活。”大家各怀心事，都笑不出来，只有唐小壮咯咯干笑几声。

姜敬明叫唐小壮倒酒，吴妈倒是能喝点酒，翠翠不会喝。姜敬明举杯对吴妈说：“吴妈平时辛苦了，做晚辈的敬你一杯！”吴妈连连称谢，二人喝了下去。姜敬明给唐小壮递了个眼色，唐小壮很不情愿地向吴妈敬酒，“吴妈辛辛苦苦弄一桌子菜，不吃也可惜，我嗨起吃才对得起吴妈！”说完一饮而尽。吴妈今儿个也不计较唐小壮无礼貌的话，使劲儿地劝大家吃。

四人都不说话了，只听得四张嘴巴吃东西的咀嚼声，屋里一片沉默。

姜敬明思索着，吴妈今晚这桌菜到底是什么目的？所以不先说话，耐心地熬着，等吴妈先开口。

翠翠很怕吴妈，也搞不明白昨晚还闹得很厉害，今天她就换了个人似的，只好低着头吃东西。

唐小壮也被搞蒙了，平时吴妈极吝啬，今天却大方起来，不吃白不吃。

吴妈见姜敬明不说话，只管喝酒吃菜，实在忍不住了，对姜敬明说道："大少爷，其实我和翠翠都不适应城市生活，还是想回老家去，一来宝儿要人照顾；二来听说殷秀要生娃娃了，也好有人照顾。请大少爷送我们母女俩回去。"

吴妈的心思姜敬明早已明白，他知道吴妈是拿宝儿是翠翠亲生的来要挟姜家，姜敬明痛恨吴妈用这种卑鄙的伎俩，特别是吴妈设计殷秀假怀孕的事儿，这人真不简单。再说姜家也确实对不起翠翠，姜敬良的行为也太可耻了，男人要有责任心。但他感到这事很难办，宝儿是翠翠亲生，却又不能认母，姜敬良纳妾也不现实，姜家的人都感到很为难。姜仕恩让自己带翠翠到重庆来，其目的就是斩断姜敬良和翠翠的关系，让翠翠在重庆嫁人安家过日子。翠翠由姜敬明来照顾，又远离了色迷心窍的姜敬良，让吴妈管理家务，这就是姜仕恩的一场好梦。

没想到，吴妈不愿在姜家做二等人，要做姜家的丈母娘，这丈母娘没做成，反而到了猫儿石，天天逼翠翠回家当二少奶，好圆她做丈母娘的梦。

姜敬明心平气和地对吴妈说："你是长辈，我们也把翠翠当自家人，若你真过不惯重庆的生活，你可回去，家里也有你的事干。"

吴妈一听，气上心头，恼怒地说："我要带翠翠回家，找姜仕恩、姜敬良讨个说法，讨个公道，让全村的人来评个理。"

吴妈想把事情闹大，让姜家丑事外扬，这是她唯一的一步险棋了。

姜敬明生气地说："这事由不得你，我也做不了主，只有翠翠自己做主。"

吴妈只好逼问着翠翠："你不是说你生是姜家的人，死是姜家的鬼吗？"

翠翠眼里含着泪花："时代不同了，婚姻自个做主，我讨厌无男人气的姜敬良，但我也爱姜家对我好的人，我现在就是姜家的人了，入厂填表时，我写的是姜翠翠。"

吴妈一听，差点晕过去，破口大骂："你这个忘恩负义的东西，你敢不姓吴！"

翠翠说："我从小就不知道父亲姓啥，心中也无父亲，姜仕恩、姜敬明对我好，我就要姓姜。"

吴妈大怒，指着翠翠的鼻子吼道："明天就去给我改过来！"

翠翠铁了心地说：“白纸写黑字，改不过来了，我是自愿的，我就是姜家的人！”

吴妈指着姜敬明大骂：“你骗了我的女儿，还我女儿来！”

姜敬明也怒了：“吴妈，你进姜家来，姜家待你不薄，视为亲人，你何出此言？”

吴妈气得脸青面黑，指着姜敬明说：“明早你必须弄两乘滑竿，送我和翠翠回花桥，找你老爹算账！”

姜敬明感到自己很无能，也想不出办法来劝吴妈。吴妈扑通一下跪在姜敬明面前：“今天你必须答应，不然我死给你看！”

这话吓坏了翠翠，翠翠拉着吴妈，哭着说：“妈，你太过分了，姜家对我们这么好……”

“好个鬼，你跟不跟我走，不走老娘死给你看！”

翠翠态度强硬地说：“我自己的路我自己走。”

吴妈眼里冒着怒火，“你翅膀长硬了，要飞了，今天我就死给你看！”说完夺门而出，向江边跑去。大家吃惊不已，都追了出去。

外面下着毛毛细雨，吴妈偏偏倒倒地跑到江边，站在一块光滑的石头上，姜敬明三人慢慢走近，姜敬明心里明白，这是吴妈的苦肉计，她根本不想死，姜敬明对吴妈说：“下雨了，回家吧，有事好好商量。”吴妈狂叫道：“商量有什么用，我好话说了一大堆，你给我表个态！”

唐小壮从背后悄悄靠近吴妈，一把抓住吴妈的上衣，吴妈一挣扎，一下就滑进了江里。吴妈大呼：“救命，救命啊！”

河水湍急，这段又是陡岸，唐小壮、姜敬明猛扑到江中，只见一个旋涡将吴妈卷入深水中，姜敬明、唐小壮潜入江中，奋力寻找，来回几次都不见吴妈的影子，趸船上的人也划了只小船来，长长的撑杆在水里打捞着，还是不见吴妈的身影，翠翠急得大哭起来，昏倒在沙滩上。

6

唐小壮的棚房外，一棵槐树上一只乌鸦叫得很凄惨，唐小壮很不耐烦，拿了根晾衣竿拍打着树叶，嘴里唠叨道：“真不吉利，快走！”屋里翠翠憔悴的脸上没有丝毫血色，她已经三天没吃东西了。玉贤来劝、小壮来劝，连姜敬明来劝说，她都听不进去，她心里只念着吴妈，毕竟吴妈是她的母亲，她的心碎了，魂掉了，吴妈死了，她就失去了一切。

三天里，姜敬明天天跑唐家沱去询问。上游溺水死亡的人都会在这回水沱停留，可三天来都没有一点音信，活要见人，死要见尸，吴妈到底在哪儿？姜敬明十分着急，也十分无奈。

姜敬明还找了个在江上干了一辈子的老船工，老船工说了，像这样找不到尸首的情况也会有，有些溺水的人会被河里的石头卡住，根本浮不起来，一般溺水死了的人都会随着江水冲到唐家沱，所以死者家属都会到这里来寻尸。

姜敬明听完老船工的话，估计吴妈是沉在江底被石头卡住了，根本就无法寻到尸首。目前关键是要怎样安慰翠翠，让翠翠有重新生活的力量。

姜敬明回到家和玉贤商量起这事儿，玉贤想了想，要想分散翠翠的注意力，只有两个办法，一是让她来照顾自己生娃娃，天天有人说话，天天有事做，渐渐就会想通；二是让翠翠上班，让姐妹们一起来开导她。

姜敬明的心开窍了，他认为翠翠上班最好，女工多，最重要的是有徐姐，一定能使翠翠振作起来，玉贤也很赞同姜敬明的意见。

正在姜敬明焦头烂额时，住在市区的姜敬玉来了，姜敬玉穿得少有的朴素，一件蓝底白花的上衣，一条藏青色的长裤，背上背着一个大包裹，头发也显得凌乱，像好几天没梳理过似的，面色蜡黄憔悴。

姜敬玉进门见到姜敬明，猛地一下扑到姜敬明的怀里，号啕大哭，弄得全家都不知所措，以前打扮得很阔气的姜敬玉变成了一个普通的民妇，这号啕大哭是不是说明赖大全阵亡了。

玉贤倒来茶水，叫姜敬玉坐下，有啥事慢慢地说，姜敬玉喝了几口茶水，喘了口气，讲起了她丈夫赖大全的事来：

赖大全的结拜兄弟汪东北好不容易找到姜敬玉的时候，汪东北已失去了一条腿，柞着一副拐杖来到姜敬玉家中，汪东北是在长沙会战中被日本人的飞机炸掉了一条腿，长沙会战时，汪东北和赖大全已都是团长了，带着川军阻击日本人的主力，掩护兄弟部队撤退。打了三天三夜，损失大半，两个团只剩下为数不多的士兵，终于完成了任务，两个团合力撤退，正在此时，日军疯狂地报复，派飞机前来阻止川军撤退，汪东北为了掩护战友，被炮弹击中左腿，赖大全给汪东北包扎好后，硬把汪东北从战场上背了下来，带着剩下的战士撤退到上级指定的地方。

后来部队受命调往贵州，准备赴缅甸作战，这时，日本宣布投降了，人们盼来了胜利，顿时全国上下一片欢呼。没有枪炮声的日子，人人脸上都露出笑容。战士们盼望着回家，跟老婆、孩子、父母过日子。

可好景不长，人们还没从战争中喘过气来，内战又开始了。内战又破坏了老百姓安宁的日子。

这个时候，赖大全、汪东北的部队又受命驻扎在贵阳，汪东北在陆军医院疗伤，两人是结拜的生死兄弟，千千万万川军兄弟，牺牲在抗日的战场上，立下了卓越的战功。据有关统计，抗战期间，川军出川抗战：阵亡 263991 人，负伤 356267 人，失踪 26025 人，共计 64 万余人……这个伤亡总人数有个具体的统计：一是出川将士，伤亡比 5:1，即 5 人出川，1 人伤亡；二是川军伤亡占全国的五分之一，即全国抗日将士伤亡每 5 人中，1 人是川军。

川军参加了淞沪会战、南京保卫战、徐州会战、滕县保卫战、常德会战、长沙会战、豫中会战等战役，取得了辉煌的战果，牺牲了多个高级将领如：南京保卫战中师长饶国华、滕县保卫战中第 112 师长王铭章、常德会战中川军第 150 师师长许国璋、豫中会战中军长李家钰。千千万万川军，为国壮烈牺牲，写下了不朽的抗日篇章。

赖大全幸存了下来，身上有三处弹伤、一处刀伤，拼命杀敌，九死一生。这天，赖大全带着兄弟般的情谊去陆军医院看汪东北，刚走到街上，只见一群群学生手挽着手，手里握着长三角形的小旗帜，高呼着：“反对内战，恢复和平”等口号，还有的学生发着传单。突然响起一阵枪声，只见持枪的宪兵，和手握军棍的警察冲了过来，冲散了学生人群，学生四处奔跑。有一男一女两个学生正朝着赖大全方向跑来，那天赖大全正好穿着便衣，两个学生毫无顾忌地向他跑来，后面有四个警察追了过来，赖大全让两个学生藏在身后，四个警察上来抓两个学生。赖大全阻止道：“人家是学生，不能抓。”一警察恶狠狠地说：“他们是共产党，必须抓!”赖大全也不示弱，脾气一下冲了上来：“他们是些娃娃家，是啥共产党哦，喊几句口号就有罪了吗?”四个警察不由分说，想上来拉开赖大全，还对赖大全拳打脚踢，赖大全被迫还手，四人根本不是他的对手，被打得人仰马翻。赖大全叫那两个学生赶快跑，两个学生向赖大全行了个礼，朝深巷子跑去。

宪兵又涌了上来，枪口对准赖大全，赖大全看学生已逃走了，也不着急，掏出军官证，一个宪兵看了，“你一个杂牌军，竟敢放走共产党分子，把他抓起来！”赖大全就这样被关进了大牢。

7

征兵站王站长两眼望着天花板，神情十分焦虑，上边下达的征兵任务还没完成一半，派到虎头村抓猎人，连一个人影都没有，灵王庙村和相邻村庄剩下的都是老弱病残、妇女儿童。眼看解放军要打到四川了，王站长心急如焚，忽然，他拍了一下脑门，镇里保安队不是有三十多个保安吗，他们又不是正规军，完全可以拉入壮丁队伍充数，征兵任务不就完成了吗。

王站长想到这里兴奋不已，又想到此事必须经过李镇长的认可，何况保安队长姜敬福还是他的女婿，他又显得为难起来。事到如今，王站长也不怕得罪人了，叫司机开着吉普车前往镇政府。

李镇长在办公室里也在着急，上峰催粮催得紧，老百姓本身就没有粮食吃了，姜敬福带保安队到各村挨家挨户地搜，都搜不到粮食，姜敬福累得连保安队长都不想当了。

王站长进来了，正是苦脸对苦脸，各倒各的苦水，王站长终于忍不住了，带着乞求的口气，说：“李镇长，反正粮食也征不到，你不如把保安队三十来号人交给我，到了正规军里面，吃香的喝辣的，我完成了征兵任务，也有你一份功劳，我还可以派正规军帮你下乡去征粮，老百姓不敢不服从。”

李镇长皱了皱眉头，没想到打起他的主意来，连连摇头，心想保安队走了，治安谁来维持，我的大院谁来保卫？

李镇长苦笑着说：“王兄，千万使不得，我们各司其职，都是为了党国，再想想办法，再想想办法。”

王站长也很无奈，使劲儿喝着茶水，此时，姜敬福垂头丧气地进了办公室，不等李镇长问话，就大声嚷了起来，“今天老子又空跑了一阵，村民们都在吃野菜、树皮、草根了，哪有什么粮食哟。老子看到黄彪一车一车的粮食，往虎头山上运，叫他交粮食，他说颗粒没有，现在怎么又有这么多粮食哟？”

李镇长眼前一亮，问道：“此话当真？”

姜敬福肯定地说：“我是亲眼看见的，本地区的大户没有几家，都交了征粮，连我老汉也如数交了，现在家里都吃的菜叶子煮稀饭，黄彪连一粒都不交，运到山上去藏起。”

李镇长故意对王站长说：“你那位拜把兄弟硬是没把我们看在眼里哟。”

王站长气鼓鼓地说：“谁挡老子的路，老子就六亲不认，整他个吐血！”

姜敬福也附和道：“叫他把粮食交出来！”

李镇长一听“吐血”，心里就有了主意。李镇长对王站长说：“我们为了交差，也顾不得面子，黄彪他不仁，我们也不义，我倒有个办法，不知王站长是否同意？”

王站长催促着李镇长：“快说，只要老子能交差，啥子都敢干。”

李镇长走到王站长身边，姜敬福也凑了过来。

李镇长压低嗓子说：“黄彪家有的是粮食，当他们运粮上山时，我们跟上去，摸清地点，王站长有三十来个正规军，我们还有三十来个保安，据了解，黄彪的家丁也不过三十来人，我们两个打一个，应该是没问题，尽量抓活的，好充壮丁；粮食嘛，我上缴后，五五分成，我们不能就这样去，全部都要穿便衣，对外就说是川东游击队杀富济贫，祸事推在川东游击队上，这不是一举两得吗！”

王站长和姜敬福听了连连称好。

姜敬福的线人来报，说今晚擦黑，黄彪又有几车粮食运往虎头山，就是前次那个洞子，三面树林，很是隐蔽。

姜敬福把这一情况向王站长、李镇长汇报了，三人大喜，估计那些家丁也没经过正规训练，经不起打。

姜敬福说：“我们保安队常与黄彪家丁有接触，我们得全部换上便衣，戴上黑面罩，守在洞口，把粮食截了，王站长尾随运粮队，断他们的后路，抓他们的人。”王站长、李镇长都赞同姜敬福的方案，今晚来个突然袭击。

天刚擦黑，黄家大院后门便推出来几辆装满粮食的板车，家丁们一些拉车，一些持枪护送，连个火把都没有打，说明他们路很熟，行动鬼祟。

姜敬福在线人的带领下，首先控制了守在洞口的三个人，王站长带着士兵尾随在运粮队后面，运粮队一到洞口，突然火把齐明，蒙着面的姜敬福装作粗嗓子喊道：“我们是川东游击队，缴枪不杀！”

运粮队的人惊慌起来，一个领头吼道：“我们不是孬种，黄爷的粮，你们也敢抢，给我打！”顿时保安队就倒了几个人，姜敬福没想到这些家丁还敢反抗，枪法还这么好，下令还击，两边打了起来，家丁也不示弱，火力还挺猛。后面的王站长听到枪声，知道打起来了，王站长命令士兵从后面进攻，家丁被两面夹击，全乱了套，各自躲了起来，也有顽固的家丁反击着，击倒了征兵站好几个士兵，王站长急了："不要全打死了，我要壮丁，把他们围起来！"王站长手拿话筒，高声喊道："缴枪不杀，不要为黄彪卖命，我们送你们回家过太平日子。"

众家丁都扔了枪，举起双手，原地不动，王站长、姜敬福命令手下的人用黑布条将家丁的眼睛蒙上，用绳子把家丁绑在一起，由征兵站的士兵押往征兵站，姜敬福命令手下把粮食全部运往镇粮仓。

王站长和李镇长各自回到驻地，都乐得合不拢嘴，正在高兴之际，外边的士兵跑来报告，说有一大批国军从重庆方向朝成都方向跑去，过了一会儿，又有士兵来报，一大批解放军已到了花桥镇，好像还留得有人，王站长一听，大势已去，还要壮丁干啥，带着家眷和士兵也朝成都方向逃去。

李镇长惊恐万分，没想到解放军这么快就打到四川来了，李镇长啥也不顾，只带着三太太，也向成都方向奔去，镇政府大院乱成一锅粥，保安队的保安纷纷脱掉保安服、扔掉枪，朝自家跑去。

姜敬福万般无奈，赶紧带着老婆贞贞跑回姜仕恩家中。

8

1950年，花桥解放了，成立了共产党领导的镇政府，川东地下工作者也出来了。老百姓的想法很多，也不敢主动接触乡镇府工作队的同志。长期被国民党的宣传吓得以为共产党个个都是长了獠牙的魔鬼呢，老百姓都躲在家里，无事都不出门。

有胆大的人想到郎中姜仕德在外奔波几十年，见多识广，主动问姜仕德。人们也发现姜氏药堂贴的那张"不问国事"的条子也取下来了。

姜仕德总是微笑地说："你们老一辈的人，都知道经过四川通南巴的红军嘛，解放军就是当年的红军，是穷人的军队。"

镇里的军代表们带着工作队的人，分别到各乡各村组织了村民大会，宣传共产党的政策。把镇里粮库里的粮食分给穷苦人家，宣传打土豪，分田地的政策。穷人们这下明白了是共产党解放了他们、帮助了他们，顿时穷人们活跃起来，好多逃荒到外地的人也回到家乡。

灵王庙村也活跃起来，多年不见的刁癞子以讨饭为生，也带着全家回来了。工作队的同志，召开了村民大会，要成立农会，越穷的人，阶级仇恨越深，农会代表要选的是最穷的人。刁癞子最先发言，几年在外面流浪的刁癞子，虽然大字不识几个，但是能说会道。刁癞子成了灵王庙村最穷的人，大家一致选他当农会会长，他心里十分高兴，但不晓得怎么干事。好在有工作队的同志帮助，组织农会干部培训班，给村民宣传党的方针政策，村民也开始明白自己是什么成分的人了。

灵王庙村工作队的田队长正在村委会组织农会干部开会，突然来了一位二十岁左右，长相俊俏的姑娘，穿着一套合身的黄布制服，一进门就向田队长敬了个军礼："田队长，姜花特来向您报到！"田队长和姜花握了手。田队长向大家介绍道："这就是县里派来的副队长，姜花同志，大家欢迎！"在场的人都惊呆了，没有几个拍掌的，除了刁癞子不认识她，其他人都认识姜花，都知道姜花是一个行侠仗义的女侠客，更知道她是姜仕恩的侄女。

姜仕恩被定为地主分子是百分之百的，姜花回来是不是保姜仕恩，会员们心都没底。

姜花自从1946年在虎头村与征兵站的李站长打了一仗后就不见人影了，后来的王站长以共匪罪名抓她，也没有抓到。原来，姜花帮助村民转移到山中之后，知道自己不能回灵王庙村了，带着几个猎户参加了川东游击队，后来配合解放军进军四川，现在她是共产党员了，上级考虑她对花桥镇熟悉，就派她到花桥工作。姜花主动申请到灵王庙村来工作，因为这是她最熟悉的地方。

刁癞子问了问旁边的人，知道了姜花的身世，大声地对田队长说："我们不欢迎姜花，他的父亲姜仕德肯定属于地主，她来了怎么工作？"

田队长很严肃地叫大家静下来，说："姜花同志是共产党员，立场坚定，阶级觉悟很高，大家应该相信她。"会上仍然有些闹哄哄的。

姜花面不改色，大声地说："委员同志们，我是党员，亲情关系不能代表阶级路线，我会按党的政策，为广大贫苦的民众办事的，若有一点私心，你们可以把我赶出村去。"田队长带头鼓起掌来，姜花向农会委员们深深鞠了一躬。

心虚的姜敬福早已在门外偷听着，一听是姜花回来了，还担任副队长，顿时兴奋不已，忙跑回家中告诉姜仕恩，"爹，姜花妹儿回来了，还是个副队长咧!”

姜仕恩瞪了姜敬福一眼，“你一天好好的在家待着，我家的情况我晓得。一、不准乱说乱动；二、不准到农会去找姜花，听从共产党的政策、听从工作队和农会的安排，绝不抵触。”

姜仕恩自从接到姜敬明的来信后，就明白了一些道理，家中有田地的，家中请了长工雇了人的是剥削阶级，自己也当过几年工人，心里比较明白，这个家他是主人，他被划分为地主是肯定的了。好在平时行善，没有伤人害命的行为，只要把田地房屋交出去，接受政府的改造，成为一个自食其力的人，就过得了关了。姜仕恩担心的是，姜敬福当过保安队长，他这种情况怎么定，因此他决定主动交出田地房屋由政府处理。

村工作队田队长带着农会的干部召开了分田、分地、分房屋的会议。刁癞子私心很重，提出他最穷，他应住黄彪的大院。姜花首先表示反对，“我们应当按政策办事，你怎么一个人独吞黄彪的大院，这不就成了新地主了吗?”刁癞子拧眉瞪眼地说：“过去我受了好大的苦，现在该享福了。”会上乱哄哄的一片，“刁会长太自私了。”“他想独占一个大院。”刁癞子的话引起了农会委员的反对。刁癞子见势不妙，又把矛头对准姜花，刁癞子拍了拍长桌，说：“同志们，我们这里坐的都是贫苦人家，姜花是地主姜仕恩的亲侄女，是地主阶级的孝子贤孙，应该轰出去!”一些会员也跟着起哄。姜花深深地明白，这些大字不识的穷苦人没有文化，更谈不上思想觉悟，还需要做长期的思想工作。姜花和田队长交换了一下意见，田队长觉得在这种情况下，还是他来讲话的好。

田队长心平气和地叫大家坐好，说：“我们很多人都不识字，但应听得懂党的政策，我们工作队天天都在给大家讲政策、讲规定，前几次开会也讨论过，我们村有三家地主，黄彪是恶霸地主，因为他有武装，手头有命案，应严办；姜仕恩手头有田地、房子，自己也种过田，当过工人，但收得有佃农的租，请得有长工一人、用人两个，也是地主；姜敬福当过保安队长，帮伪政府做过事，他的定性我们还拿不准，已报上级批去了；另外，姜花同志的父亲姜仕德是个郎中，属于自由职业者，不属于剥削阶级，姜花同志本身又是共产党员，是无产阶级的先锋。刚才她也表了态，大家应相信她。”

其实村里的人也晓得姜花平时行侠仗义，帮了不少的穷人，姜仕德为村民治病，也救了不少穷人的命，顿时全场响起了热烈的掌声。

9

黄彪在家惶恐不安，梦里都见有人来抓他，常常被惊得一身冷汗。黄彪觉得家里实在待不住了，与其等死，还不如带着家人逃跑。黄彪给家丁、仆人都发足了钱，叫他们走得越远越好，只暂时留了管家和几个身强力壮的家丁，准备逃往成都。

黄彪住的是祖上留下的四合大院，院里还有园子，栽满了奇花异草，是明末建造的。整个院有高墙围着，富豪也怕盗贼抢，家中养了十来个护院，黄彪称霸一方，鱼肉乡民，乡亲们十分畏惧他。扔掉这么大个院子，黄彪也十分心疼，共产党来了，他又怕共产党算他的老账，不得不三十六计走为上。

黄彪正准备逃走，突然管家急匆匆地跑来报告，说村工作队的田队长、姜副队长、农会刁会长已来到大院门前。

黄彪急着问："来了多少人？带了多少条枪？"

管家回答道："我看见他们只有三个人，没有武器，只是姜花手拿了条长鞭子。"

黄彪马上换了件长衫，叫管家开门迎接。

黄彪穿着件破旧的布长衫，头上戴了顶旧瓜皮帽，皮笑肉不笑地来到大门前，见了田队长等三人，立即作揖行礼，殷勤地说："不知三位长官到来，有失远迎，见谅见谅！"

田队长挥了挥手："不用客气，到你屋里坐坐，谈谈党的有关政策。"黄彪连连点头，带着三人进了正堂。正堂墙上挂了一幅猛虎下山的画，屋里全是红木家具。黄彪忙叫管家泡茶。

四人坐定后，田队长开门见山地说："党的政策是坦白从宽，抗拒从严，黄彪你要老实向政府交代你的问题。"

黄彪吓得一身冷汗，忙说："前次工作队的同志来了，我也交代了罪行，山洞里和家里的粮食都全交了，田地也交了，我已经重新做人了。"

刁癞子看着这座壮观的宅院，心里痒痒的，心想老子穷了一辈子，也该享享清福了。

他狠狠地对黄彪说："你老老实实把房契交给老子，老子饶你不死！"

黄彪站起来直点头，“好，好，刁会长，我马上交给你。”刁癞子一阵欣喜。姜花立即发话：“刁会长，你不能个人收取地主财产，地主财产全部上交，由农会讨论分配。”

田队长接着说：“黄彪的祖宅是明代建筑，这种建筑的处理还要上级批准，我们无权分配。”

刁癞子瞅了姜花一眼，暗暗地想，老子得不到这个，你家姜仕恩的大房子老子要定了。

田队长向黄彪严正地指出：“我们来调查你家的佃户刁大可一家三口人是怎么死的，还有你家两个丫头又是如何死的，你要如实交代!”

黄彪汗流满面，“田队长，你不要听别人乱说，村民们都知道我是个大善人，从不谋财害命。”

刁癞子大吼一声：“黄彪你这大孙子，大淫贼，你家两个丫头被你强奸后自杀了，我大哥刁大可的女儿是你强奸的，你还把他们全家三人捆在家里，点火活活烧死了，老子今天就是来报仇的。”说完就扑向黄彪。田队长不高兴刁癞子这种行为，调查才开始，他就把问题揭穿了，这样很不利于政策的执行。田队长想上前拉住刁癞子，但刁癞子的拳头已击中了黄彪的脸，黄彪的脸顿时红肿起来。

黄彪发怒了，也忘了场合，顺手从腰间取出手枪，对准刁癞子打了一枪，打在他的左肩上，刁癞子痛得哇哇大叫。姜花瞬间抽出长鞭，打掉黄彪手中的枪。只听得黄彪大喊一声：“给老子上!”屏风后闪出三个大汉，手里握着长枪，对着田队长、姜花、刁癞子，大呼道：“不准动!”黄彪得意地说：“要老子死，先拿你三个垫背!”

刁癞子吓得趴在地上，田队长冷静地观察着，给姜花使了个眼色，当黄彪正要去捡地上的枪时，姜花一鞭抽去，枪落在田队长手中，田队长立即开枪击毙一个家丁，另外两个家丁顿时乱了阵脚，向田队长和姜花开枪，两人迅速躲在大圆柱后面，一家丁端枪上前，姜花一甩长鞭，鞭子紧紧地拴住了家丁的脖子，姜花使劲儿一拉，家丁的脖子咔的一下断了，另一个家丁的枪被姜花拖了过去，两人便赤手空拳地打了起来，那家丁不是姜花的对手，几个回合就被姜花打翻在地。

田队长与黄彪对打，黄彪也是行伍出身，一个飞脚踢掉田队长的手枪，两人扭成一团，翻了好几个滚。田队长是军人出身，打仗打枪没问题，但无武功，很快就被黄彪占了上风。黄彪双手死死掐住田队长的脖子，在这紧急关头，只见姜花那长鞭向黄彪挥去，一下套住了黄彪，黄彪双手无力地松开了，田队长向姜花大声喊道："要抓活的，让人民大众来审判他。"

田队长找来一根大麻绳，把黄彪捆得结结实实。刁癞子只是一点皮外伤，三人押着黄彪回到镇政府。

没过几天，村里传来了召开斗争恶霸地主黄彪的大会，县里来了很多领导。

工作队的同志们、农会的干部们，押着五花大绑的黄彪走上台，随后姜仕恩、胡有财等几个地主也被押到台下站着。姜敬福的定性是伪军官，他不服气，被农会的干部们强行拉来，一路上拳打脚踢，姜敬福还是不服气，农会干部们气急了，把他朝死里打。姜敬福被打得快要蔫气了，被推到会场去。黄彪头上戴的尖尖帽，写的是"恶霸地主黄彪"，姜仕恩头上戴的尖尖帽写的是"地主"，胡有财跟姜仕恩一样，瘫坐在地上的姜敬福头上尖尖帽写的是"伪军官"。

田队长宣布批斗大会开始，先上台控诉的是刁大可的姐姐，刁大姑，她一把眼泪一把鼻涕地痛诉黄彪如何奸害她的侄女，又一把大火烧了刁大可家的罪行，接着又是黄彪的用人揭发黄彪怎样奸害两个丫头。村民听了义愤填膺，受到过黄彪迫害的村民都冲上台去打黄彪，工作队和农会的干部围上来劝，讲解政策，村民们高喊着打倒恶霸地主黄彪的口号，黄彪吓得缩成一团。

县里一位领导到了台前，宣布县政府的决定，对祸害村民、独霸一方的恶霸地主执行枪决，台下一片欢呼，几个武装人员押着黄彪往河坝走去，村民们高呼着打倒黄彪，也向河坝奔去。

姜仕恩回到家，唐氏低声哭着说："老爷子，咱一辈子辛苦挣来的家业就这样完了。"姜仕恩心酸地说："钱财乃身外之物，生不带来，死不带去，这是新社会了，我们有一双手，可以自食其力。"

姜家败了，但人丁依旧兴旺。

姜敬明家 1946 年生了个男孩，取名叫姜静，1947 年添丁姜才，1951 年生了个女儿取名为姜英；姜敬良家 1943 年翠翠生了姜宝，1947 年殷秀生子姜贵；姜敬福 1951 年生女姜菊。全家人搬出姜家院子，去住穷人的茅屋，重新开始了生活……

下卷

XIA JUAN

02

花桥

第一章

1

时间过得很快，中华人民共和国经历了土地改革、社会主义建设、“文化大革命”，1978 年进入了改革开放的时代。

姜家的后人们也长大成人了，老一辈的人差不多都不在人世了。姜仕恩因哮喘病久治不愈，于 1969 年病故，不久唐氏也病故了。姜仕德把姜氏药堂开到了镇上，姜花也不愿在村里当干部，回家跟姜仕德学医，为老百姓治病，一直未嫁。姜花坚持和姜仕德生活在一起，坚持守住姜氏药堂，在姜仕德的指导下成了女郎中，特别是在妇产科方面得到了姜仕德的真传，抢救了无数难产的妇女，救了不少婴儿，方圆几十里无人不知，无人不晓。

中华人民共和国成立后，姜敬明已是技师了，后又当了工段长，培养了不少新工人，年年都被评为厂先进个人。1964 年支援三线建设，被调到灌县新办的大型国有造纸厂。姜敬明常年带徒弟，到山东黄台造纸厂学习新的技术，加班加点地干，当地人以吃窝窝头为主，又硬又冷的，喝着烧得滚烫的菜汤，啃着冰冷的窝窝头，久而久之得了胃病。姜敬明又不愿意到大医院去检查，怕耽误新厂的建设工作，就在厂卫生所开点“胃舒平”等治疗胃痛的药来吃。1970 年，姜敬明的胃开始出血，厂里硬叫厂医生带着姜敬明到成都大医院去检查，检查结果是胃癌。当时条件有限，无法治疗，只好回家，家中只有玉贤一人，大儿姜静又在重庆工作，二儿姜才、幺女姜英上山下乡当知青去了。

玉贤是个很贤惠能干的人，一边上班，一边照顾姜敬明。姜敬明也是个铁汉子，忍着病痛的折磨，从不吭一声，也不愿麻烦组织。只让玉贤熬中药给他喝，直到卧床不起，才通知儿女们。

二儿姜才在县宣传队工作，一天，他听说县军代表的老婆也得了癌症，用的是部队的药，吃了后渐渐好转。姜才鼓起勇气到了军代表家，和军代表讲了父亲的事，军代表听了为难起来，部队的药是否能让老百姓用，他一点儿也不知道。军代表的老婆很有同情心，也算是同病相怜吧，她主动劝军代表说："试一试嘛，救人一命，胜造七级浮屠。"

军代表想了想，说："小姜，你把你父亲的病情写下来，寄到北京军区总医院去试试。"姜才连连点头道谢，回去后马上写信，按照军代表说的地址寄去。

信寄出去后，姜才焦急地等着，过了些天，总医院回信了，姜才高兴得跳了起来。信中说让把病人的病历档案、家庭住址、单位盖章证明一起寄去。

姜才立刻请假回家，把这一消息告诉了厂方，厂方立即配合办理，后来总医院寄来了三大箱注射液，并要求把病情每月向他们汇报一次。此时的姜敬明抱着药箱，眼泪直流，口里嘶哑地叫着："感谢解放军，感谢恩人解放军……"

姜才因请假时间到了，忙着赶回县宣传队。

姜敬明枯瘦如柴，手足都僵硬了，他一边坚持打针，一边坚持吃中药，每天坚持双手扶着门框往上爬，爬一段做个记号，又继续坚持爬。每天坚持伸、收脚腿，越痛越坚持运动，常常是累得大汗直流。

在针药的治疗下，姜敬明慢慢地能起床了。卫生所送来一副支架，姜敬明开始天天撑着支架走路，玉贤在一边精心地照料着。不久姜敬明竟能扔下支架走路了，姜敬明逢人便说是解放军救了他的命。

一年后，姜敬明居然能完全自如地走路，可他忘了继续到大医院去检查，坚持要求回厂上班，领导不同意，玉贤也劝他继续休息，他都听不进去，说要把生产上的损失夺回来，倔强的姜敬明上班了，工友们十分欢迎他。又过了几年，姜敬明的病复发，于 1975 年 8 月逝世，享年五十三岁。

姜敬良早在中华人民共和国成立前一年就到岳父殷元楷办的私塾讲学去了。中华人民共和国成立后，殷秀也进了以殷元楷为校长的村小学任教。

姜敬良的大儿姜宝、二儿姜贵舍不得爷爷奶奶，他们就在乡下与爷爷奶奶共同生活，中华人民共和国成立后两兄弟都在乡下种田打席子。

姜宝为人老实，做活也认真，席子打得特别好。姜贵聪明，就是贪玩好耍，不爱做活儿，好交朋友。

姜敬福在后来划成分时，因自己没有田地，但当过保安队长，定的是“反动军官”。姜敬福虽然左脚被打瘸了，但还是有劳力做农活。他的老婆贞贞无处可走，也跟着姜敬福。贞贞家被政府没收了，大太太见李镇长带三太太逃跑了，活生生给气死了。二太太回到娘家，后改嫁他人。据说李镇长带三太太在逃往成都的路上被国民党散兵抓住，三太太被轮奸致死，李镇长极力反抗，也被打死了。

姜敬玉住在重庆，听说父亲姜仕恩被抄了家，属于地主阶级，她也不敢回家去。赖大全被解放军从监狱里放出来时，进行了严格的审查，加上有汪东北的证明，证实赖大全确实是因为放走了喊口号的学生才被抓进监狱的，没有参加内战，因他曾经打过日本鬼子，政府也把他放了，他一出来就朝重庆跑，和姜敬玉见面，两口子抱头痛哭了一场。

在姜敬明夫妇的资助下，姜敬玉和赖大全在化龙桥河边平民区修了棚房住下来。赖大全主动到当地派出所汇报了自己的情况，但他毕竟当过国民党的团级干部，定为“历史反革命”，接受群众的管制。

翠翠固执地要为吴妈守孝三年，实际上她是想拒绝唐小壮的追求，虽然这三年来她时时刻刻都得到唐小壮的呵护，她很感激唐小壮，但这种友情始终不能在翠翠的心里激起爱情的火花，翠翠内心始终拒绝这门婚事。

姜敬明本想让翠翠和唐小壮回老家办婚礼，翠翠拒绝了，她忘不掉那个伤心之地，心里还是死死地装着姜敬良。

2

改革开放初期，城市建设很需要劳工，一些农村的中青年人纷纷奔向大城市。在外打工比家中种田挣钱多，这样一来，大批农村的中青年人都走出家乡，到城里挣钱了。

姜宝和姜贵都成了家，两兄弟看见别人外出挣钱，心里也痒痒的。姜宝与邻村的胡家姑娘胡兰英结的婚，姜宝成分不好，又穷，三十多岁才安家。姜宝人高马大，模样很像他亲娘翠翠，翠翠生他时，年轻身体好，奶水多，吃的人奶养人，姜宝身强力壮。胡兰英长得丑，个子矮，但块头大，干活很有力气，嫁给一个帅小伙她心头很高兴。姜宝也不嫌她人丑，反正也是个女人，胡兰英嫁给一个踏实的男人，她也很放心。

姜贵也讨了媳妇，也是邻村的姑娘，名叫叶桂花，中等的个儿，人长得白生生的，在村里算得上数一数二的漂亮姑娘。姜贵看上了她，千方百计地去追求她。叶桂花见他个儿不高，人又瘦瘦的，很不喜欢他。

姜贵是殷秀生的，生下来就没有奶，全靠唐氏磨米粉把他养大，当然没有姜宝那样人高马大。村里人都嘲笑他俩，一个像牛，一个像鼠。海水不可斗量，人不可貌相，姜贵见叶桂花不理他，他就有事无事地讨好叶桂花的父母，帮他家砍柴担粪，见事做事，嘴巴也甜，左一个叔叔，右一个婶婶地叫，老两口心软了，若姜贵上门来，家里多个劳力。这人又会说话，又会做事，他们倒还满意，主动去劝桂花嫁给姜贵，说嫁给这种人，一辈子也不会受穷。

桂花的父亲专门找了个算命先生来看相，姜贵悄悄跟在算命先生背后，迅速地把一包烟塞给算命先生。进屋后，算命先生仔细地观察着姜贵，姜贵满脸堆笑，内心却十分紧张，怕算命先生把他个儿不高、黄皮寡瘦等不足的地方都说出来。

算命先生摸了摸八字胡，说道："这娃儿额头饱满，印堂红亮，将来是个有福之人。"算命先生又把姜贵和叶桂花的生辰八字看了看，左手大拇指在其他四个小指头上点划着，喜笑颜开地说："两人八字相合，北方人讲的是女大三抱金砖，南方人讲的是男大三必当官，这娃儿前途无量。"说得满堂欢喜。

叶桂花的父亲拿出两元钱感谢算命先生，姜贵很恭敬地挡住叶桂花的父亲："叔，哪有晚辈的事要当老辈的拿钱哟。"说着递了三元钱给算命先生，算命先生高兴地走了。

姜贵见二老面带喜色，索性跪在地上，说："岳父岳母在上，请受小婿一拜！"叶桂花的父母被搞蒙了，忙扶起姜贵。叶桂花的爹说道："这个事儿嘛，你回去叫你爹请个媒婆来提亲嘛。"姜贵忙说："要得，要得！"

这时，不知叶桂花从哪里蹦出来，直嚷："要不得，要不得，我不嫁给这个穷光蛋。"说着叶桂花抓起一根杈棍就朝姜贵打去，吓得姜贵夺门就跑。叶桂花拿着杈棍在后面追打，姜贵边跑边往后面看，见距离远了又停下来，叶桂花见撵不走，气得又继续追，两人跑得气喘吁吁。姜贵生怕叶桂花不追，有意跑跑停停，挑逗道："世上哪有追打男人的哟！"叶桂花一听，气更大了，"哪个要你这种男人！"说完又追打过来。姜贵跑到一棵大槐树下，趁机爬到槐树上。叶桂花追到槐树下，用杈棍打着姜贵，姜贵又往高处爬一截，叶桂花的杈棍够不着了，叶桂花看到树枝都在往下弯了，心想万一姜贵摔下来咋办。

叶桂花高声吼道："给我下来！"

姜贵嬉皮笑脸回答道：“我就是不下来！”

叶桂花更生气了，使劲儿用杈棍打树干，突然“咔”的一声，那树枝断了，姜贵紧紧地抓住树枝，叶桂花吓坏了，跑过去想把姜贵接下来，姜贵趁机松开手，向叶桂花扑去，正好把叶桂花压在身下，嘴碰到了叶桂花的脸，姜贵又趁机在叶桂花的脸上亲了一口，叶桂花气冲冲地从地上爬起来，通红的脸，她感到无比的羞辱，扇了姜贵一耳光。姜贵很是兴奋，笑着说：“打是亲骂是爱，不打不自在，嘴都亲了，你就得嫁给我了！”这弄得叶桂花很尴尬，男女授受不亲，脸和嘴都被这个男人亲了，一时六神无主。姜贵硬着头皮说：“你看，在槐树下，我们都好亲热哟，槐树是大媒人，古有董永和七仙女就是槐树做媒哟。”叶桂花心里有所动容，觉得这男人脾气好，还挺幽默，便对姜贵说：“我回去向爹妈讲了再说。”她红透着脸朝家跑去。姜贵在后面大声喊道：“跑慢点儿，莫摔了哟！”

叶桂花回到家中，眼泪哗哗地流着，叶桂花的父母不知发生了什么事，担心是不是女儿把姜贵打伤了，叶桂花摇摇头。叶桂花爹妈问她是否愿意嫁给姜贵，她又不表态，弄得他们丈二的和尚——摸不着头脑。

叶桂花的爹轻声细语地说：“算命先生都说了，这个娃娃有出息，将来还会当官的。”叶桂花一听就来气，“光棍一个，当啥子官，娘的蚱蜢官！”

叶桂花的娘也来劝她，“男大当婚，女大当嫁，这个男人靠得住。”叶桂花见父母都看得起姜贵，何况自己又被姜贵亲了嘴，虽然解放了，农村还是有很严重的封建思想，便狠下心来，对父母说：“你们给那个人说，答应我三个条件，我就嫁给他。”老两口心生喜悦，异口同声地说：“哪三个条件？说来听听。”

叶桂花噘着嘴说：“一、我当家，我做主，钱由我管；二、我骂他，他不能还口，我打他，他不能还手；三嘛……还不准在外头嫖野婆娘。”

这几件事难不住姜贵，哪怕是一百个条件他都会答应的。水到渠成，他们就这样把婚结了。

3

姜家院子外面的大槐树下，姜宝和姜贵两兄弟正商量着怎么外出打工挣钱。两兄弟对外面五彩缤纷的世界充满了无限的幻想，最后决定到重庆去打工挣钱。

起初，姜贵只同意两兄弟出外挣钱，认为女人也外出挣钱有点伤自己面子。姜宝认为，把女人带出去放心一些，老婆可以照顾生活，听说女人也能在外工作，两口子都在外，挣钱要多些。姜贵一听挣钱多，顿时就高兴了，又听姜宝说把女人带出去也放心，他也很乐意把老婆带出去，生怕漂亮的老婆留在家中，招人勾引，岂不戴了绿帽子，何况一起出去还能天天和老婆睡觉。

那时已有长途汽车了，四人一合计，本来就没啥钱，还要在路上吃饭，他们认为年轻人身体强、脚板硬，便决定走路到重庆。

姜贵点子多，话也多，“爬青山，渡江河，走了一坡又一坡，老子还要唱山歌。”一路上四个年轻人想到是在为新生活奔走，心里都乐呵呵的，走起来也没有谁叫累。

姜宝、姜贵、胡兰英、叶桂花四人风风火火地去到重庆化龙桥找他们的姑姑姜敬玉。化龙桥岸上棚房错落，相互挨着，也有些吊脚楼，还有些夹壁墙的房子。姜贵看了看，说：“这有啥，好大个重庆嘛，还没有我家的房子大。”姜宝说：“你只看到一点儿，重庆大得很，城门都是十几个，啥子朝天门、临江门、千厮门、望龙门、南纪门、储奇门……”

还没等姜宝说完，姜贵就打断了他的话，“数那么多门干啥子哟，现在是肚子饿了，要找姑姑的门。”

这里的街坊邻居都是些穷人，但大家都很热心肠，找个人也十分好找，一问便知。四人很快到了姜敬玉的家门口，他们还没进门，就高声喊起来：“姑姑，我们来了哟！”姜敬玉正在家中煮晚饭，看见两个侄儿和侄儿媳妇来了，心里十分高兴，忙招呼大女儿赖芳打洗脸水。

竹椅上躺着一个人，正慢慢地起身，四人一看，是赖大全姑父，大家都涌上前问好。赖大全老了许多，但精神尚好，消瘦的脸上带着微笑，嘴上留着一对八字胡。“贤侄们能来寒舍做客，我甚是欢喜，大家赶了这么久的路，都饿了哟，正好你们姑姑炖了一大锅萝卜，过会儿咱们好好喝一杯。”赖大全背挺得笔直，说话声音还带着军人那种深厚刚坚的洪亮。

不多会儿，姜敬玉便叫大家吃饭了。赖大全带着大家来到屋外一个小方坝，坝中央修了一个用砖头砌起来的大石板方桌，方桌四周围着几张石凳。坎下不远就是滔滔的嘉陵江，几个乡下人还没见过这么大的江河，都兴奋不已，姜贵大声吼道：“我要下河去洗澡！”

赖大全笑盈盈地说：“这里叫游泳，你有的是时间去，先把肚子填饱了再说。”姜宝从麻布口袋里取了一瓶酒，姜宝对赖大全说：“这是宝儿专门从家乡给您带的高粱酒，六十度，喝起来安逸得很。”赖大全本就是个好酒之人，听了高兴得哈哈地笑了起来。

大家围着桌子坐定，只见桌上菜还不少，姜敬玉说：“这是筒子骨炖的砂罐萝卜，这是家乡的老腊肉、老豆腐干，这是你们姑父在江中打的鱼儿，我烧的红烧鱼。”大家吃得很来劲，姜宝端着杯子对赖大全说：“姑父，小侄敬你一杯酒，祝您长寿！”姜贵也急着站了起来，端着一杯酒，“我也祝赖姑父长寿长寿长长寿！”三人愉快地喝下了这杯酒，赖大全心里很暖和。吃着吃着大家又摆起家常来，赖大全问姜宝：“你母亲还好吗？”

姜宝叹了口气，“还是病恹恹的，在吃中药，跟外公在一起生活。”

赖大全很谨慎地问：“你爸有消息吗？回过家没有？”

一提到父亲姜敬良，姜宝心中就满是怒气，姜宝猛地一掌拍在石桌上，痛得哇哇直叫，赖大全忙安慰道：“好好好，往事过去了就不提了，大家好好吃饭。”

姜宝十分痛恨他的父亲姜敬良，他认为是父亲害了他母亲殷秀。成人后，姜宝就知道了殷秀不是他的亲娘，但却比亲娘还亲。姜宝恨死了生他的翠翠，下决心一辈子都不认她，何况现在一点音信也没有。

那年刚解放，姜敬良由于成分不好，村里也不让他教书了，他只好回家务农。

姜敬良迫于殷元楷的斥责、父亲姜仕恩的压力，被逼与翠翠断绝了一切书信来往，但内心时时刻刻都想着翠翠，心里都装着他和翠翠的事儿，从小到大两人都恩恩爱爱，可是命运捉弄人，始终成不了夫妻，姜敬良成天除了干农活，就窝在家里读书，天天思念着翠翠，怀念着他们在一起的日子，觉得现在这样活着没啥意思，想死又不知道怎么个死法，何况还有姜宝、姜贵，得把他们培养成人，再说，殷秀虽不能在夫妻生活上满足他，但啥事儿都还是只能依靠着他。两人过着是夫妻又不是夫妻的生活。

后来，姜敬良打听到吴妈不在人世了，有个叫唐小壮的小伙在追求翠翠，翠翠发誓要为吴妈守孝三年，现在根本不谈婚事。

姜敬良好像在大海中抓到一根稻草，哪怕有一点点希望，他都要去找翠翠，向她认错、认罪，他要永远和翠翠在一起。

赖大全看见姜宝不动筷子，也不喝酒，在出神，便用筷子头敲了一下姜宝的筷子，“贤侄，你在想啥子哟？一动也不动的。”姜宝一下从沉思中醒过来，忙道歉："姑父对不起，侄儿一时想其他事去了，自罚三杯！"说着真的喝了三杯酒，饭桌上又热闹了起来。

吃完饭，赖大全显得格外精神抖擞，红光满面，趁着酒意，竟在坝子里打起拳来。

众人齐呼，"打得好，打得好！"

赖大全正在兴头上，一个跳跃落在坎下的地上，好一个金鸡独立的动作，大家拍手叫好。这时赖大全往江中一指，"你们看！"只见江中一块木板往下游漂来，赖大全猛地一下跳入江中，向那块木板扑去，他很快就抓住木板向岸上游，扛起木板朝家中走来。大家见了佩服得五体投地，赖大全酒好像醒了一半，觉得在晚辈面前露了这一手很不好意思。

姜贵觉得赖姑父真像水泊梁山的好汉，忙跪下向赖大全求道："姑父有如此大的本事，请姑父收我为徒！"赖大全忙扶起姜贵，哈哈大笑道："你们好好挣钱，学这玩意儿没啥用。"

说完他就转身进屋换衣服去了。

4

姜敬玉带着几个晚辈到一间屋里用六条长木凳，每两条木凳上放了一张竹凉板。姜敬玉对姜宝、姜贵、胡兰英、叶桂花说："我们这屋小，大家挤一挤，虽然是夏天，河风大哟，小心感冒。"赖芳带着大家到厨房的一个大木盆前，里面装满了热水，赖芳说："哥哥姐姐们，那边有小凳子，拿过来坐着洗脚哟。"几个人嘻嘻哈哈地围着大木盆坐了一圈，洗起脚来。

由于这两天的奔波，大家都感觉到睡意，争先恐后地跑进屋里睡觉。胡兰英和叶桂花睡一张凉板，姜贵、姜宝各睡一张凉板，姜敬玉给他们抱了一些床单被子来，说："把肚皮盖好哟，不要着了凉。"很快大家入睡了，唯独姜宝睡不着，翻来覆去的，心事重重，没有一点睡意。

姜宝爬了起来，到院坝的石凳上坐着，姜敬玉走了过来，说："宝儿，你为什么不去睡觉？"姜宝伸了伸懒腰，说："我还睡不着哟。"

重庆虽已是酷暑，但嘉陵江边阵阵河风吹来，还是挺凉爽的。姜敬玉知道姜宝有心事，肯定是因为翠翠和姜敬良到了重庆后，又不知去向的事儿。这些事儿，姜敬玉是十分清楚的，至今她还与翠翠有书信来往，但是翠翠告诉她，千万不能跟任何人讲，所以她一直把这事埋在心里。

那年刚解放，姜敬良虽然有点文化，但因是地主家庭的子女，在人前抬不起头，心里也时刻牵挂着翠翠，当他得知唐小壮在追翠翠的时候，心急如焚，决定独自到重庆找翠翠。

姜敬良好不容易找到了猫儿石这个地方，也打听到姜敬明、玉贤和翠翠住的地方，但为了不惊动姜敬明，他找了旅社暂时住了下来。第二天，他就在翠翠上班的路上拦住了翠翠，翠翠当时大吃一惊，心想你这个负心人还有脸来见我。姜敬良哭丧着脸说："翠翠，我好想你，我下重庆是专门来找你的。"翠翠气愤地说："你还有脸来找我，我永远不想见到你了！"姜敬良苦苦哀求，"看在我们从小一起长大的分儿上，你就让我们摆摆心里话吧！"翠翠不理姜敬良，直接往厂里走去，姜敬良一下跪在地上，抱住翠翠的一条腿，眼泪直流，道："翠翠，我一直都是真心地爱着你呀！"翠翠狠狠瞪着姜敬良说道："那你为什么要写绝交书呢？"姜敬良委屈地回答道："都是老一辈逼我写的，现在吴妈也不在了，我就是你唯一的亲人了，咱们以后再也不要分开了，好不好？"翠翠一想到她和姜敬良的往事，也眼泪直流，但还是坚决不愿再听姜敬良说话，想掰开姜敬良的手，"你放开，我要去上班，迟到了要受处罚的。"

姜敬良死死地抱着翠翠的腿不放，说："你看在宝儿的面上，饶了我嘛！"一提到宝儿，翠翠心就软了，何况她对姜敬良的那份爱还埋藏在心里。翠翠拉着姜敬良的双手说："二少爷，我真的要去上班了，这样吧，你今晚饭后在河坝那芦草丛边等我，我们把一切事情都了了。"姜敬良慢慢地松开双手，"翠翠，我信你，我一定来找你，你不要反悔哟。"

翠翠说："我会说话算数的。"姜敬良这才放开手，翠翠急急忙忙地往厂里的方向跑去。

夏日的黑夜来得晚，八点过了天才黑下来，姜敬良早已在芦苇丛中躲着，蚊子咬得他浑身都是包，他心里更着急了。天黑尽了，只见从坡上走下来一个人，慌慌张张地朝芦苇丛走来。姜敬良一看是翠翠来了，心里高兴得不得了，一下就冲了上去，紧紧地抱住翠翠，翠翠猛地一下推开姜敬良，一耳光打在姜敬良的脸上，说："姜敬良啊姜敬良，你把我害得好苦，夺走了我的宝儿，我妈也不在人世了，我一个人孤苦伶仃的，好苦哟！"

姜敬良摸着自己的脸，说："打得好，打得好，都是我的错，我向你赔礼认罪，请你原谅我。”翠翠放声大哭，这几年的苦水不知往哪儿倒。姜敬良对翠翠说：“为了我们的宝儿，我们重归于好嘛！”姜敬良含着眼泪既深情又愧疚地向翠翠说着他俩从小到大的感情和宝儿的出生。

翠翠心里一直都有这个男人，听姜敬良说了这么多，心也软了下来，便问姜敬良：“你真的回心转意了吗？你真的想让宝儿跟我们在一起吗？你真的能娶我吗？”

姜敬良听到翠翠口气软了，又说了很多好话，保证今后给翠翠一个幸福的家。翠翠一时感到六神无主，姜敬良的话确实也打动了她，不管是真是假，为了宝儿，她一切都豁出去了。翠翠问姜敬良：“你真的能让我和宝儿永远在一起吗？”姜敬良发誓道：“若我姜敬良将来对翠翠有二心，甘受千刀万剐！”翠翠听了，彻底心软了，问：“你打算今后怎么办？”姜敬良说：“我们一定要离开这个是非之地，过我们自己的生活，现在解放了，有的是路给我们走。”翠翠惊讶地问：“咋个走？”姜敬良说：“我有个老表在河南教书，那里条件很好，特叫我过去教书，等工作稳定了，我们再来接宝儿。”

翠翠势单力薄，也没有第二个人给她指路，想到将来能跟宝儿在一起，又见姜敬良发了毒誓，翠翠说话的语气好了不少，“那现在我们怎么办呢？”姜敬良甜言蜜语地说：“我们俩私奔，马上去找河南的表哥。”翠翠相信了他的话。

姜敬良说：“你收拾好行李，我们明天就出发。”翠翠为难地说：“我怎么和大哥大嫂还有唐小壮交代呢？”姜敬良说：“我们给大哥大嫂留封信，唐小壮那里我是明白的，你对他好只是为了感恩，你们还没正式结婚。”翠翠无言以对。

姜敬良说：“我马上回旅社，给大哥大嫂写封信，明天你把信送到大哥大嫂家里去，我明天在码头等你。”说完两人便分开各自走了。

第二天天刚亮，姜敬良提着一个皮箱在码头等翠翠。不一会儿，翠翠来了，后面紧跟着姜敬明、玉贤。姜敬良连忙喊了一声，“大哥、大嫂。”行了一个礼。姜敬明一拳头打在姜敬良的胸上，姜敬良一下倒在地上，哭喊着：“大哥大嫂，你们就原谅我吧，我会重新做人，我会对得起翠翠，就让翠翠跟我走吧！”玉贤说：“哪有兄弟一见面就打的，有事好好商量。”

姜敬明、玉贤见翠翠已经背好包裹，看来翠翠是下决心要跟姜敬良走的，姜敬明说：“都给我回去！”姜敬良扑通一下跪在姜敬明面前，“大哥，大哥，你饶了我，我和翠翠将来一定会好好过日子的。”

…………

姜敬玉把这段历史告诉了姜宝，姜宝知道了母亲的过去，他错怪了自己的亲娘，姜宝一下跪在地上，朝天大喊：“娘……我的亲娘……”

5

第二天一早，姜宝带着姜贵、胡兰英、叶桂花到了沙坪坝某建筑公司，来到一个工地的项目经理办公室，办公室里坐着一个秃顶的中年男人。姜宝有礼貌地问道：“请问赖大勇经理在不?”那中年男子站了起来，很客气地说：“我就是。”姜宝急忙从怀里的口袋里掏出一封信给赖大勇。赖大勇接过信，打开一看，那整齐而秀丽的毛笔楷书字体，就知道是堂兄赖大全的亲笔信。赖大勇看完信，看了看那几个有些紧张的年轻人，笑了笑说：“快坐快坐，都是亲戚，家乡人。”四人听后才坐到长木椅上。

赖大勇认真地看了看四人，看得胡兰英和叶桂花脸都红了，姜宝、姜贵也显得有些不好意思。还是姜贵嘴甜，“赖姑父说您是他的堂弟，我们都是他的外侄，是下重庆来找工作的，请赖表叔帮个忙，帮我们找一个饭碗。”赖大勇笑了笑，“不用客气，现在工地正开工，需要人手，我刚才是看你们适合什么工作，没有其他意思。”

姜宝等人一听，顿时心花怒放，马上就能做工了，脸上都露出了无法掩盖的笑容。姜宝把背篓里的一包东西和一只公鸡拿出来给赖大勇。赖大勇赶忙拒绝，“都是一家人，讲啥客气。”他拒绝收下。姜宝急了，老实巴交的姜宝也说不来假话，红着脸说：“这本来是送赖姑父的，他老人家收了红苕粉，又分了一半出来，说是把这公鸡和这包红苕粉给您送来，看起来您比我们也大不了多少，但必然是老辈子，我们应该孝敬你。”

赖大勇也感到为难，既然是堂哥赖大全开了口，就勉强收下了。姜贵笑嘻嘻地说道，“赖表叔真客气，这个值得到几个钱，你不要讲客气。”

叶桂花故意生气地拍了姜贵一巴掌，“就你话多，这是礼尚往来。”

赖大勇被弄得哭笑不得，挺认真地说：“记住，今后不要再送东西来，碰到我就叫赖经理，不能叫表叔，那样今后就不好处事儿了，我对你们和其他工人一样，严格管理，不讲亲疏，出了错，六亲不认。”

四人连连称是，赖大勇接着说："姜宝、胡兰英，身强力壮，可以到工地干活。姜贵个儿小，到器材库去，叶桂花到伙食团去。"

姜贵一听去守库房，工资肯定不高，忙说："赖表叔，哦，喊错了，赖经理，你别看我个儿小，但很结实，有的是力气，在农村，我还可以挑两百多斤谷子。"说着右手握起拳头向内一收，露出肌肉来。

赖大勇笑了，"你人小，还挺有志气，好，工地正缺人，你就跟他们上工地，不过叶桂花还是到厨房，那里也缺人手。"叶桂花挺满意的，因为厨房不晒太阳，"赖表叔肯定是看到我肤色白，样儿乖才照顾我的"，叶桂花很乐意地答应了这份工作。

赖大勇拿起办公室座机电话，拨了几下，"喂，小王，你到办公室来一下。"很快，小王来了，此人是经理助理。赖大勇对小王说："这些人是来做工的，你领他们到人事组登记，到后勤组领工作服、安全帽，然后给他们分宿舍，他们是两对夫妇，就安排到夫妻宿舍吧。"

小王很热情地把他们领到了人事组，每人要填一张临时合同工表，四人都没填过表，坐在那里不知道怎么填，又不好意思问。姜宝悄悄地问姜贵，"这个姓名怎么填?"姜贵自作聪明地说："这个都不晓得，你姓啥就填啥撒!"姜宝歪歪倒倒地在这一栏里填了"姓姜"，刚好被小王看见，小王忙说："大家不急，我来讲，你们来填，我还要讲公司章程，公司的规章制度呢。"四人这才明白，当个工人不容易哟，还要懂好多名堂。

小王大声地说："我讲，你们写，不要写错了，我们还要编册子的。姓名这栏就填你姓啥名谁，比如姜宝，就填姜宝，性别填是男是女，这个就不多说了，出生年月日，就填新历，你是哪年哪月哪日生的，不填旧历哈，文化程度就填你读书的程度，中学、小学、大学……"四人都立即抢着说："小学都没读完。"小王说："这个没问题，读了几年级就填几年级，这个专长很重要哈，什么是专长呢，就是你们会干什么活路，比如，电工、车工、驾驶员、砖工、石工、电焊工……"不等小王说完，四人都听傻了，异口同声地说："啥子工哟，我们只会打席子。"

小王"扑哧"一声笑了起来，"没关系哈，我们这里需要干力气活的，你们填个'无'就行了。"

入工手续办完了，小王带他们去住的地方，在工地土马路旁，有四栋长方形的板房，大小不一，小王指着那些板房说："现在才开工，等楼房修好了就进去住。”小王也没说实话，其实楼房建起后，住不到两三个月，老板就要开始卖房了，劳工们又要到新的工地去住板房。

小王指着第一间大板房说：“那是单身男工住的板房，”又指着第二间小一点的板房说，“这是单身女工住的宿舍，女工也招得不少，”又指着第三间说，“那是老板专门给招来的夫妻住的，每对夫妻住一间，吃住全包，最后那间是厕所，男左女右，男女洗澡也在各自厕所，正好你们是夫妻，就住在夫妻宿舍，还有两间。”说罢小王带四人进了夫妻板房，一间间用木板隔起来的小屋，没有门，外面就是一张蓝色的塑料布挡着，算是一个遮羞的门吧，四人看了，脸都变青了。姜贵咕哝道：“这还没有我家的猪圈大呢，还要住两个人。”小王看出了他们的心思，安慰道：“这是临时的住房，过不了多久就好了。”

姜宝被分到第四间，姜贵分到最后的第六间。大家掀开塑料布，一股霉气扑面而来，一张大约四尺宽的木板床，旁边是一个小柜子。

姜贵灰心丧气地说：“这哪是人住的哟，我不干了。”

姜宝气冲冲地对姜贵说：“咱们出来是挣钱的，有个睡处就行了，比睡地铺好嘛!”姜贵听了，和叶桂花到自己房间收拾去了。不一会儿，姜宝跟胡兰英把清洁做了，铺好了床。之后姜宝到姜贵那一间去看，姜贵和叶桂花也铺好了床，叶桂花脸上挂着泪水，“出来挣钱好倒霉哟，连个坐的凳子都没有。”姜宝心里平静下来了：“整天在外面做活路，回来就在床边坐一下就行了，总也有个睡处嘛。”

此时，小王早就无身影了。

6

太阳升在天空正中。一枝树干上挂着的高音喇叭里喊出声音：“工友们，下工了，到食堂用餐。”

一听到用餐，姜宝他们就知道是吃中午饭了，四人也感到饿了。姜贵嘀咕道：“我们今天才来，还没有干过活，看来得饿一顿了哟。”

这时，小王带着一个身穿深蓝色工作服，个儿很矮、满脸黝黑、精神抖擞，显得十分精干的人来。小王向他们介绍道：“这位是你们的班长，叫丁大大，他带你们去吃饭，饭后由他给你们安排工作，也带叶桂花到厨房去报到。”

姜贵一听，没干活就可以吃饭，高兴得手舞足蹈，一看这个人，一个小个子，还叫什么大大！

丁大大满脸笑容地说：“欢迎大家，不过今后不用叫我班长，叫我丁丁就行了，我老汉生我下来时，我就很小，我老汉想我早点儿长大，就取了个名叫大大，可是妈、老汉都是矮个子，我总是长不高，大家就给我取了个诨名，丁丁，你们也可以这样叫，听起来安逸些。”

姜宝头一昂，“丁班长，这太侮辱人了嘛，英雄不论高矮，你是班长，你就是我们老大！”

丁大大乐呵呵地说：“真不用叫我班长，大家都叫我丁丁，我喜欢。”

丁大大带着四人朝伙食团走去，只见工厂后边一个大竹棚，里面两条长长的桌子，旁边是长长的凳子，是提供给工人们吃饭的桌凳，食堂前排的大桌上，放了三大盆菜，桌尾地上放有一个大桶，正冒着热气。

工人们开始排队打菜饭。丁大大轻声地对四人说：“那两个大箩兜，是装的碗，侧边那个大筲箕，是装的筷子，站在菜桌中间的那个大汉，是炊事班长，脾气大，但人也很好，很有心眼，专分荤菜，得罪了他，就给你少一两片肉，让他高兴了，他就多分两片肉。”姜宝一看，那人起码有一米八高，黑黑的脸上胡子拉碴，真有点像《水浒传》中的李逵。丁大大又强调道：“菜先打，一荤两素，由炊事员给你们分，饭尽管吃，桶里的汤尽管喝，注意，饭不准带出堂，那边是洗碗槽，吃完饭，自己把碗洗了，放在木桶里消毒。”

姜宝一听，饭尽管吃，心里很高兴，如果限量，他那个大肚皮怎么装得满。

工人们很有秩序地排队打菜，然后再自己到桶里舀饭，排到姜贵了，他一看，正是他喜欢吃的红烧肉，另一盆是蒜苗炒胡萝卜，还有一盆胡辣块炒大白菜。姜贵走到那大汉面前，笑嘻嘻地套近乎：“大叔，我是新来的，是不是多舀两坨？”大汉面无表情，“新来的，旧来的，都是八坨，没有哪个舅子搞特殊。”

工友们乐呵呵地端着饭菜找地方坐下，姜宝、姜贵、胡兰英、叶桂花也打好了饭，正往吃饭的长桌走去。只见丁大大站起来跟他们打招呼，“喂，几位，你们这里来坐哟！”姜宝他们初来乍到也没有什么熟人，见到丁大大的热情招呼，感到十分亲热，忙到丁大大这边的长桌去坐。姜宝挨着丁大大坐着，其他几个也顺势坐下吃起饭来。

丁大大说：“菜好吃不？”

姜宝说：“大锅炒菜是这个样子，还可以，饿了吃啥都香。”

丁大大说：“当然比不上家里小锅炒的菜，不过饭尽管吃饱，吃了就有力气了。大家使劲儿吃，不然等会儿饭被舀完了。”

突然丁大大背后站了一个女人，这女人长得高高的，身上穿的工作服经过修改显得很合身，身材很好，五官长得很是端正，看上去就是一个很秀美的女人。她用膝盖轻轻地顶了顶丁大大的后背，说：“挪过去点哟，我挤一下。”

丁大大站起来，说：“你这么大，这里仅有一点缝，你怎么挤得进来嘛!”

那女人吼道：“信不信，老娘给你一脚?”

丁大大连忙说：“好好好，我让你。”

丁大大站着，还比那女人矮半个脑壳。那女人笑嘻嘻地说：“坐着吃，两边挤一挤，就都坐得下了撒。”

丁大大很听话，忙叫姜贵往那边挤过去一点，那女人硬是挤着坐了下来，紧紧挨着姜宝，丁大大也紧紧地挤着姜贵。姜宝一看是一个漂亮的女人坐在身边，顿时脸红了，不由自主地站了起来，那女人忙拉着姜宝，很亲热地说：“兄弟，大家都是民工，一家人，挤就挤一点嘛，没啥子的。”边说边盯死死地盯着姜宝。

丁大大笑着说：“没得啥子的，挤就挤点，这是我的堂客，张芳。”丁大大又向张芳介绍了姜宝、姜贵、胡兰英、叶桂花，四人也点头问好，惊讶地看着这个漂亮的女人。

姜贵咧了咧嘴，心想真是鲜花插在牛粪上，丁大大这个“丁丁”，娶了个如此漂亮的堂客，真有艳福。姜贵双眼紧盯着张芳那张脸，叶桂花看了很生气，一筷子头敲在姜贵的手背上，“快吃饭哟，看啥？看得饱吗?”

张芳使劲儿地朝姜宝这边挤，眼神全落在姜宝的脸上，姜宝使劲儿吃着饭，显得很不自在。虽然隔着衣裤，但姜宝还是感觉到，这是一个大屁股女人。丁大大看不下去了，起身说去舀汤喝，姜宝也趁机说渴了要舀汤，也跟丁大大去了。

张芳是工地上有名的风骚女人，人说女人三十如狼，四十如虎，正是女人性正旺的年纪，女人都有羞耻感，内敛的多。张芳却是一个十分大方、十分好色的女人。一看她那强壮的体魄，就知道她是个欲望很强的女人。十八岁时，被一个老板诱奸了，成了这个老板的情人，没有多久，一脚就把她踢开了。张芳很不服气，认为自己漂亮，有身材，主动找了一个老板耍，谁知被老板娘捉奸在床，被老板娘的手下拖到街上拳打脚踢。路人有恨的，也有同情的，却没人敢来劝阻，突然一个身形矮小的小伙扑了过来，用衣服盖着张芳，跪在打手们面前，“各位大爷，打不得了，再打就要出人命了!”打手们听了这才离去。这个小伙把自己的外衣外裤脱下来给张芳穿好，背着张芳，把她送到医院，又垫了医药费。张芳醒来，才知道救她的人叫丁大大。张芳也是个知恩图报的人，自知已臭名远扬，看到丁大大救了她一命，照顾她又十分体贴细致，便问丁大大："你娶堂客没有？"丁大大摇了摇头说："我这个穷光蛋，哪里娶得起堂客哟！"张芳感恩地说："我这种贱人你要吗？"丁大大一时兴奋不已，三十出头了还没有讨到老婆，琢磨着，张芳也是个苦命人，上了坏人的当，只要有男人关心她，就一定会转变的。丁大大点了点头。但张芳的内心还是看不起丁大大的，只是由于一时的感恩，又想到找个老实人嫁了算了，两个人闪电似的结了婚。

头一年还好，但张芳内心根深蒂固的野性变不了，她那样饥渴，丁大大根本满足不了她，张芳喜欢高猛帅气男人的本性改不了，加上她本身就长得很漂亮，一些男人总千方百计地接触她。张芳也暗地里找了两个男人，工地上有不少人都知道，丁大大装着不知道，暗地里与上头商量把张芳分到他的班上来。分来后，好在他是一班之长，能时时看着，张芳也收敛不少。

7

工地任务很重，上面要求很严，七月的太阳不饶人，火辣辣地照着大地。丁大大等人被晒得满头大汗，他带领着这一班人，头戴藤帽上工地去了。

叶桂花也急急忙忙地往厨房走去。叶桂花心里忐忑不安，想到那炊事班的高大汉班长，丁大大说这人脾气很大，她就畏惧了七分。李逵模样的人，不知脾气有多凶，今后在他手下过日子是多么难。

叶桂花进了厨房，见高大汉班长坐在木凳上吸旱烟，闻到满屋的叶子烟味，叶桂花感到很不适应。叶桂花不自然地笑着："班长，我是新来的，叫叶桂花，请今后多多关照。"

叶桂花乖巧的语言引起了班长的笑声："我知道你要来，没想到是长得这么乖的妹儿，你哪里人哟？"

叶桂花一听，班长夸她长得漂亮，本来她也觉得自己长得漂亮，心情一下就放松了，"我是四川广安花桥人。"

高大汉班长哈哈大笑，"耶，到处都是家乡人哪，我是花桥消河的人，我们还是家门儿呢，我也姓叶。"

叶桂花很兴奋地说："那今后我就叫你大哥了哟！"

叶班头乐得直笑，“要得要得，一笔难写两个叶，不过大家都叫我叶班头，家门儿，随便怎么叫都行!”说完又是一阵朗朗笑声。叶班头叫叶桂花跟其他几个同事见了见面，叶桂花真没想到，班头不是人家说的那样凶。后来听同事说，叶班头的脾气只对男人凶，不对女人凶。

工地上，丁大大正分配着班里人的活路。丁大大说：“原来的搭档不变，新来的嘛，我看姜宝和胡兰英一组，身体都结实，算个好搭档。姜贵暂无搭档，你就负责铲泥土。大家把那堆泥土往这边运。”

张芳抢着说：“你这个班长哪个当的哟，分工不合理，你一个小把把儿，给我当搭档，我好吃亏哟，我背都累弯了，我和姜宝兄弟才算好搭档。”

丁大大听到脸都红了，也不好说什么，实际上丁大大和张芳做搭档，是想让张芳上班时少跟那些男人打情骂俏，其实自己矮些，更吃亏，张芳每次都是把杠绳往丁大大这边移，他要吃力得多。既然张芳提出来了，听起来也有理，论高矮，姜宝比他合适。他只好答应张芳的要求，自己去和胡兰英做搭档。

姜贵戴着手套，拿着铁锹，使劲儿地向大箩筐里装泥土。那大箩筐足足可以装两百斤泥土，箩筐两边有铁环牢牢固定着，姜宝手中握着粗壮的木杠，那木杠正中拴着棕绳，棕绳的另一头是两个比大拇指还粗的铁钩。

姜宝把棕绳往自己这边移动了一下，张芳看了故意生气地说：“姜兄弟，男女平等，还是放在正中间嘛。”说完张芳又把棕绳移到中间，张芳喊了一声“起”，两人合着步伐，抬起就走。张芳心里很高兴，往天她都是欺着丁大大，绳子往丁大大那边移，抬的时候也是东张西望的。今天她的双眼紧盯着姜宝，全身的细胞好像都沸腾起来了。张芳看着姜宝那健壮的身材，比起她那两个暗中的情人还要英武，顿时心花怒放起来，心想凭自己的美色，一定要把姜宝搞到手。

张芳有意地问：“兄弟，你这么帅，哪个讨个老婆那么丑哟?”姜宝不乐意地回道：“漂亮又不能当饭吃，心好就行。”

张芳厚着脸皮又问：“你说我长得漂亮吗?”

姜宝毫无表情地回答道：“我还没有认真看过你呢，大家说你漂亮你就漂亮嘛。”

张芳不信这一套，世上没有不好色的男人，我不信白送给你，你都不要。张芳不断说一些挑逗的话勾引姜宝，姜宝还是无动于衷，气得张芳没有了语言。

两人抬了几个来回，张芳喊累了，两人把木杠放在筐上，张芳一屁股坐在筐的那头，泥土都被压了下去。张芳拍了拍木杠，“兄弟，来坐下歇个稍。”姜宝一看，筐都被张芳占了一半，他要是坐上去，两人就紧挨在一起了。姜宝摇了摇头，说：“我不累，我站着歇会儿。”

张芳气得脸色发白，嘀咕道：“不识货的东西，假正经，我看你还正经到多久。”

姜宝不高兴地发起牢骚：“你跟你老公搭配得好好的，为啥偏要换成我？”

张芳假笑道：“我是心疼我老公，你看他那个把把儿，又矮又瘦，抬起吃力。”

姜宝不善言语，有话也在肚皮头，姜宝懒得和这风骚的女人在一块儿，姜宝很中肯地对张芳说：“大姐，明天还是换回来，你两口子做搭档，我和我堂客做搭档，相互都有个照应嘛。”

姜宝此话一出，气坏了张芳，张芳怒目对着姜宝说：“丑婆娘你还那么爱！”

姜宝也怕得罪张芳，毕竟她老公是班长，姜宝笑着说：“萝卜白菜各有所爱。”

张芳一怒之下，起身拿起木杠，“抬起走哟！”姜宝立即上前抓起木杠放在肩上，张芳趁机把杠绳往姜宝这边一推，两人一起身，姜宝立即就感到比开始重了许多，那箩筐几乎靠近姜宝的小腿，姜宝知道这个女人不怀好心，也不畏惧，就是这一箩筐的土，他一个人也扛得走。姜宝侧了一下身子，一手握住肩上的杠，一手撑住箩筐的绳，迈步向前走。这一举动吓坏了张芳，也让张芳惊喜，没想到姜宝有如此大的力气，喜的是姜宝这么大的劲儿……张芳一时也嫉妒起胡兰英，嘴里咕哝着：“丑婆娘还真有艳福。”

一天，大家忙完工作，民工们第一喜欢的就是冲澡，大家拿着毛巾、盆子，有的提着小铁皮桶，嘻哈打笑地朝厕所走去。

丁大大带着姜宝、姜贵来到男厕所，叶桂花和胡兰英到了女厕所。男女厕所之间是用木板隔开的，木板上有铁皮钉着。丁大大说，以前木板隔得好好的，有人用小刀割开木板，偷看女工上厕所和洗澡，后来被女工发现了，告到赖大勇那里。赖大勇气得大发雷霆，召开民工大会，狠狠地把这些人骂了一通，发了狠话说再逮到就非开除不可，又叫小王和几个班长用铁皮把这木板墙钉了，铁皮墙对面是砖墙，墙上安了一根四分的管子，下方有无数个小眼，一开墙头上的开关，一股热水就流了出来，民工们冲着身子，洗着澡，一会儿盆子接满了水，民工端起盆子从头上往下淋，爽快极了，一股股热水，一片片打闹声把一天的疲劳冲走了。

8

下工的钟声响起了，民工们用毛巾擦着额上、脸上、颈项上的汗水，有说有笑地谈论着今天的工作。带着疲劳的身躯回到自己宿舍里，小王是负责宿舍管理工作的，使他最头痛的是男宿舍，人又多，什么脾气的人都有，每个宿舍里都有正副两位室长，但也压不住这些活蹦乱跳的青年人。年纪大的干了一天活，累了，早已躺在床上休息，有的青年人打牌斗地主，有的三三两两约着去逛街。公司规定晚上十点钟必须睡觉，可还是有人十点后才回来。

夫妻宿舍小得可怜，每间门是用塑料布挡住的，里面每个房间差不多一样大，丁大大和张芳住的第三间，姜宝夫妇住的第四间，两间屋紧紧相连，只隔了一层木板。屋里一张双人床，一个小柜子，其他啥也没有，就连隔壁打个屁都听得到。

丁大大和张芳都是各耍各的，张芳从不让丁大大和她在一起。丁大大一直都是一个人，在工地上转转就回宿舍睡觉了，现在有了姜宝、姜贵，工作之余有了伙伴，甚是欢喜，从此再也不孤单了，他们三人常一起到外面欣赏山城的夜景，有时也在嘉陵江畔扔石头玩。胡兰英和叶桂花也常去商场逛，买点生活用品和小饰品，日子过得蛮有滋味。

今天，唯有姜宝满脸不悦，说没有心思走动。丁大大明白几分，姜宝是看不惯张芳这种风骚的女人，受不了张芳的气。丁大大毫不忌讳地对姜宝说："兄弟，是我堂客惹你烦了吗？"

姜宝苦笑道："一个大男子，还怕女子欺负吗，我是觉得和她做搭档不合适，心头不高兴。这样嘛，你是班长，你看我有的是力气，你让我明儿一个人挑，绝不拉稀摆带，还提高了效率，这不更好吗？"

丁大大摇了摇头，说："不能让你一个人干两个人的活儿撒。"姜宝也没有勇气说真话，怕丁大大误解他。

此时，一个头戴藤帽的民工跑到丁大大面前，气喘吁吁地说："丁班头，你班上有甩二榔头的人没得？"丁大大摸了摸头，"这个，这个好像没得。"姜宝一听，立即说道："班头，我会，我会，让我去嘛！"丁大大吃惊地问："你来的时候说你没啥技术的嘛，你真的会甩二榔头？"那甩二榔头确实要点真本事，二榔头是两块结实韧性强的厚楠竹篾块，有好几尺长，上面紧扎着一个有条六边的长条形铁榔锤，甩起来，那楠竹篾块有力而规律地弯曲，锤锤都要准确地打在插进石头的铁錾子上，下面手扶着铁錾子的人一点也不能马虎，必须全神贯注地盯着铁錾子，打一锤就要往上提一下，放好。若技术不到位，双方配合不当，一锤打偏了，扶錾子的人就惨了。

丁大大看了看姜宝，认为忠厚的人不会说谎话，便很高兴地答应了。姜宝像飞出笼的小鸟似的，跟那位民工走了。

姜宝一走，丁大大只好又跟张芳做搭档，让姜贵跟胡兰英做搭档。张芳就是不愿意跟自己的男人做搭档，她看了看姜贵，姜贵一下就明白了，没等张芳开口，姜贵就对丁大大说："班头，我跟你个儿差不多，我们做搭档很合适，让胡兰英跟张姐做搭档，女同志的个儿差不多。"

丁大大觉得这样也很合适，便同意了。胡兰英也没啥话说，反正是找饭吃，跟谁一起干都一样。张芳无奈，叫胡兰英扛起箩兜前面走，自己打着空手跟在后面。

俗话说，三个女人一台戏，两个女人对台戏，张芳无缘无故地恨起胡兰英来，心想一个丑女人偏偏找到个帅男人。两人一同抬起箩筐，张芳一会儿嫌胡兰英走快了，一会儿又嫌弃她走慢了。张芳走在后面，每次都把杠绳往胡兰英那边推，还故意一伸一缩的，弄得胡兰英差点没站稳。张芳还时而说些俏皮话刺激胡兰英，说什么女子长得丑，不如一条狗，弄得两人搭档起来既不愉快，又不协调。张芳有意地问："你长得那么丑，怎么能找到这么一个美男子呢？"胡兰英倒认真地回答："两人相爱在心里头，不在脸上，好看又不当饭吃。"张芳气不过，"你看你丑得没有哪点看得，姜宝还要你，是我早就甩到十万八千里了。"

胡兰英不服气地说："我男人喜欢就行，不像有的人，就是脸看得，其他地方还不知道长得像个啥。"

这话像针一样刺痛了张芳，"姜宝那崽儿喜欢你啥子，你有啥地方看得？"胡兰英骄傲地说："我男人喜欢我一身白，这还不够吗？"

确实，胡兰英五官丑，但肤色白，人常说女美一身孝，孝就是指白的意思。胡兰英故意这样刺激张芳，气得张芳猛地一下放下杠子，指着胡兰英骂道："你有我白？我是工地一枝花，你算个啥！"

胡兰英也不示弱，"莫说那么多，比了才晓得。"

张芳一听，傲气地说："来来来，有本事脱了来比，让男人们来看谁白！"

胡兰英火冒三丈，"好一个不要脸的婆娘，你敢脱你就脱！"

张芳暴跳如雷，冲过去抓住胡兰英的衣领，非叫胡兰英脱了不可。两人争吵声虽大，但都被这热火朝天的劳动场面的机器声和劳动的号子声压住了，人们还以为她们两个在商量干活呢。

第二章

1

一天，晚饭后，张芳和往常一样，说是跳坝坝舞去了，其实丁大大心知肚明，闷闷不乐。姜宝今天很高兴，大家都夸他是甩二榔锤的高手。姜宝看见丁大大一个人在石子路旁踢石子儿，知道他今天又心情苦闷了，便叫来了姜贵，三人在一起又嘻嘻哈哈高兴起来。丁大大说：“走，咱兄弟们到老街去吃串串香！”

丁大大等三人来到离工地不远的老街，老街夜市十分热闹，什么都有卖的，逛夜市的本地人不多，周边的民工倒不少。丁大大把姜宝、姜贵领到一家较小的串串香火锅店，店面不大，周围用塑料棚遮住，已经有不少人在吃了。

丁大大笑着说：“这家串串味道好极了，麻辣烫色香味俱全。”

姜贵闻到这火锅味口水直流，嘴里直嚷着：“整起，整起！”

看来丁大大对这个店很熟悉，他大声喊道：“一箱山城啤酒，三十串荤的，二十串素的。”三荤两素算一套，丁大大要了四十套，他算是大方的。只听见里面一人回答道：“丁哥来了，快把菜传起！”

三个人围成一桌，啤酒放在桌子旁边，串串端来两大盘，一盘荤，一盘素，锅里沸腾了，丁大大抓起一大把菜放进锅里，每人凳子旁边放了一个小桶，专门装串菜的竹签。三人也陶醉起来，精神也来了，姜贵的口水都快流出来了。

丁大大说：“兄弟难得一聚，啤酒拿起，吹喇叭。”

姜宝不解地问：“咋个吹喇叭哟？”

丁大大说道：“不用酒杯，倒起麻烦，喝起也不自在，就拿起瓶子直接喝。”两兄弟直说：“要得，要得！”

三人都喜欢吃辣的，边吃边吹龙门阵，不多会儿，一箱啤酒全装进了三个人的肚子里，姜贵跑厕所都跑了两趟。

丁大大醉醺醺地说：“你，你，喝麻了没有？”喝酒的人从不承认自己喝麻了，姜宝通红个脸，“没麻，没麻，这点酒算个啥哟！”

姜贵也有些逞能地说：“八瓶十瓶不得醉，谁喝醉了就各人回去睡。”

丁大大喊了一声，“再来六瓶，两套三荤两素……”

三人喝得二麻二麻的，向工地宿舍走去，刚走到工地，姜贵“哇”地一下，吐了一大摊，丁大大笑哈哈地说：“我说你娃喝不得嘛。”姜宝拍了拍姜贵的后背，说：“喝不得还要喝，丢人现眼，快回去睡觉，我要到厕所去撒泡尿。”

丁大大说：“我屎胀了，我俩一起去，贵老弟好好回去睡。”

丁大大和姜宝一起来到厕所，他们都是穿的布短裤，做事也利落。姜宝撒了泡尿，丁大大说他火重了，屎还一下子拉不出来，叫姜宝不用等他，自己先回去睡。

姜宝歪歪倒倒地走进夫妻宿舍，掀开塑料布，一看堂客面朝里面睡着了，大内裤垮了下来，大半个白屁股露了出来。姜宝一看精神就来了，直接扑了上去。张芳正睡着呢，兴奋之余也感觉不对，她借着路灯洒进来的光，一看是姜宝，更加兴奋不已，死死地抓住姜宝，“你这个假正经，平时老娘逗你，你还装正经！”

姜宝一听是张芳的声音，酒顿时醒了一大半，忙起身，“走错了门，走错了门。”姜宝和胡兰英住的是第四间，他却走进了第三间，张芳不罢休，“来都来了，怕什么。”姜宝早就吓得魂不守舍，正下床想跑，丁大大进来了，丁大大一看，气得酒也醒了，两眼冒金星，大声骂道：“你平时装得老老实实，竟趁机搞我婆娘，人都说朋友妻不可欺，你这杂种不是好东西！”说完拳头像雨点一样打在姜宝头上。姜宝拉上短裤，号哭道：“丁哥，我走错了门，我没有搞你的老婆！”

这一闹，整个宿舍的人都醒了，大家围了过来，胡兰英在隔壁，听到姜宝的哭声，也忙过来看，姜贵也昏昏沉沉地跑过来，姜贵解释道：“我们三人都是在老街吃了酒，都喝醉了，我哥是个老实人哟！”

大家七嘴八舌地嚷了起来，“平时看起那么老实，看不出是个色鬼。”“朋友的老婆你也搞得哟？”也有人咕哝：“张芳本来就不是个什么好货。”

胡兰英一下跪在丁大大面前，说：“我敢保证，我男人不是那种人，你们都喝醉了，我们又是住隔壁，门上又没有编号，他难免走错。你打也打了，骂也骂了，你就饶了他走错了门嘛!”

丁大大的酒也醒得差不多了，为了面子，他也不希望有这回事儿，丁大大抓住脸都被打肿了的姜宝问道：“你到底搞了没有?”姜宝吓得直哆嗦，但他也记不起刚才发生的事，于是哭丧着一张脸说：“丁大哥，我走错了门，实在是对不起你……”

张芳这狐狸精一点也不惊慌，还在回味刚才那个滋味，但她也生怕姜宝坦白真相，若是那样今后就麻烦了。张芳从床上下来，抢过姜宝的话说：“我裤子穿得好好的，姜宝兄弟一掀开帐子，我就闻到很大个酒气，我还以为是我家丁丁喝了酒回来，还骂了他几句，姜宝兄弟一听是我的声音，吓得直道歉，刚好这时丁丁就回来了，也不问三问四，抓着姜宝就打。”

丁大大一听张芳此话就等于给自己下了台阶，自己的老婆都没承认有事，真没发生什么，他当然巴不得。

姜宝感激地看了看张芳，张芳很得意，一来丁大大怕她，又要面子；二来给了姜宝解脱，以后姜宝必然会听她的。

民工们也知道姜宝是个老实人，不会干这样龌龊的事儿，众人纷纷为姜宝说好话，大家都说是误会一场，都怪没有门牌号。

丁大大又见大家都给他台阶下，张芳也说没有这回事儿，众人都说是误会，他也觉得没丢面子，于是清了清嗓子：“误会误会，姜宝兄弟喝醉了酒，走错了门，我给你赔个不是，明天叫小王把门号写大点，每间都贴上。”众人都称好，各自回到自己的小窝窝去了。

2

夏天亮得早，大家起床也早，民工们吃了早饭，换上工作服上班了。丁大大来到姜宝宿舍，只见胡兰英正在为姜宝擦药，丁大大看了，心里也不是滋味，很尴尬地说：“姜宝兄弟，今天你就不上班了，小胡，你还是得上班。”

看着姜宝这个样子，她怎么好去上班，姜宝“嗯”了一声，倒在床上，装作睡觉，胡兰英跟着丁大大上班去了。

不多会儿，张芳轻手轻脚地摸了进来，轻轻地拍了拍姜宝，姜宝还以为是胡兰英，动也没动："你不上班，回来干啥？"张芳用她那蜜一样甜的嘴说道："姜宝兄弟，我来看你啦！"

姜宝一听到是张芳的声音，立即翻身骂道："滚出去，你这个害人精！"

张芳也不生气，还笑着说："姜宝兄弟，我可是好心来看你的哟，那男人太狠心了，把你打成这个样子，我好心疼哦，我是专门来看你的哟！"

姜宝气得青筋直冒："就是你这个鬼婆娘，把我害成这个样子！"

张芳瞬间拉下脸来："耶，姜宝兄弟，是你主动上我的床哟，我要是说出真相的话，昨晚就把你抓到派出所去了，判你个强奸罪，关你个十年八年的，永世也不得翻身，全靠老娘才把你保住了。"

姜宝真被张芳这些话吓住了，的确是自己走错了房，上错了床，和张芳发生了关系，跳进黄河也洗不清。

姜宝只得低声下气求道："这是我的错，今后不会再发生了，请你出去，我求你做个好事嘛！"

张芳满脸堆笑，"这男女之事，你又不是不晓得，今生我俩是有缘……"说完，张芳伸手去拉姜宝的内裤。姜宝大叫："张芳，你太过分了，我要喊人了哟！"

张芳见姜宝不领她的情，又想机会难得，带着央求的口气说："姜宝兄弟，我们就再来一回嘛，就最后一回！"姜宝使劲儿摇着头，"不干，不干！"说着想跳下床来，结果被张芳死死地抱住腰，姜宝也不敢大叫，怕引来人，那才是黄泥巴掉到裤裆里——不是屎也是屎。

就在这时，门口塑料布帘被掀开，进来了一个人，张芳吓得忙松开手，姜宝却大喜，原来是姜贵来了。姜贵知道姜宝没来上班，但也没见张芳上班，便起了疑心。他相信姜宝干不出这种事来，但怕张芳趁机骚扰姜宝，姜宝一个人在宿舍，他放心不下，不得不来看看。张芳真不愧是情场老手，脸不红来心不跳，还嬉皮笑脸地说："姜贵兄弟也来看你哥，你看嘛，我那个砍脑壳的男人，把姜宝兄弟的脸都打肿了，人常说，砍树不刮皮，打人不打脸撒，都怪我男人不好，姜宝兄弟受委屈了，我是趁上班空闲来看姜宝兄弟的。"

姜贵见什么话都被张芳说完了，自己没啥可说的，只好说："班头嫂子，孤男寡女的，我们又不是亲戚，别人看到了说不清，你还是去上班嘛，我会照顾我哥的，何况还有我大嫂。"张芳趁机说："姜宝兄弟，我们都是隔壁邻户，都是好邻居，好朋友，有空了我再来看你。"说完张芳色眯眯地看了姜宝一眼，无趣地走了。

姜宝眼里含着泪，紧紧地抓住姜贵，“你来得正好，这骚婆娘净抓着昨晚的事威胁我，强迫我与她干那事儿，我这七尺男儿，竟奈何不了这么一个女人。老子惹混了，一篾刀砍死这个婆娘。”

姜贵摸着头，叹着气说：“好事不出门，坏事传千里，今天工地上，大家都在议论这事，说得有眉有眼的，把老子气惨了，见张芳不在工地上，我就晓得她不怀好意。”

姜宝听了，感到十分丢脸，没想到喝醉酒惹了这么大的祸，要是张芳真的告他强奸，他还找不出理由来辩驳。张芳现在不说出真相，是想威胁他继续干那事儿，姜宝被弄得焦头烂额，毫无一丝办法。

姜贵心里也埋怨姜宝，明知那婆娘爱勾引帅气的男人，姜宝又误打误撞把她搞了，确实说不清楚，也只能怪自己喝醉了酒，进错了房，错把张芳当成胡兰英，要是真到了那个时候，就只能一口不认账，又没有第二个人知道。

姜宝越想越生气，对姜贵说：“我到派出所投案，去吃牢饭算了，免得再受那婆娘的纠缠。”

姜贵一听，一拳头打在姜宝的胸上，“你犯傻呀，那婆娘就是想和你搞，是她自愿的，最多算个通奸，又坐不了牢，何况那婆娘也说没有干成，还不是顾面子，我们要想法子渡过难关。”

姜贵坐在床上，姜宝蹲在地上，苦思冥想起来，突然姜宝站了起来：“咱们不干了，回老家去，干啥子不是挣钱吃饭，何苦受这个气。”

姜贵一脸不高兴，说：“我的哥哥，现在政策是让一部分人先富起来，你还想穷下去，我们出来就得干出一番事业，成为先富起来的人撒，你这个逃兵，丢我们姜家屋头的脸哟！”

姜宝动了动嘴，没发出声音。当初在农村，看到好多人到城市打工，能干的都当了老板了，只怪自己没本事，又遇到这种丢人的事，今后还怎么在工地上班嘛，成天让人指指点点，这样的生活还不如去跳河，姜宝坚决要回家去。

姜贵想了很久，也没想出办法来。

突然“轰”的一声巨响，是爆破石头的声音。这声音让姜贵一下回忆起了好几天前，吃完晚饭后，丁大大带姜宝去修理工具，他一个人要得无聊，就在碎石马路上一边走一边踢着石子玩，突然尿涨了，就跑到不远处堆连儿石的地方，到那背后去撒尿。连儿石堆得比人高，错落不齐，他正拉开短裤的橡筋带，突然发现连儿石后面有动静，他还以为是野猫，结果听到有人哼哼的声音，出于好奇，姜贵蹑手蹑脚地走去，只见一男一女在那里“约会”，石头遮住了路灯的光线，只能隐约看到有两个人，听到躺在下面的女人在说：“我的哥哥，使劲儿点嘛!”姜贵一听是张芳的声音，吓得立即退出石场。回到宿舍后，他又不敢告诉丁大大，也不愿意告诉姜宝，怕姜宝骂他多管闲事。

姜贵回忆起这事，心里有了个鬼主意，如果我们抓住了张芳的现行，跟她约法三章，让她今后不要来骚扰姜宝。姜贵在姜宝耳边低声地把这个鬼主意给他说了，又把整张芳的办法说了出来。

姜宝顿时被吓得六神无主，连说：“要不得，要不得，这样败坏了丁班头的名声，也得罪了张芳，这女人不是一般的厉害，报复起来，你我兄弟吃不完兜着走。”

姜贵一看姜宝被吓得如此狼狈，说道，“男儿汉，要争个硬气，只有这样才把面子换得回来，才能打消张芳的邪气，你才能彻底翻身。”姜贵又想了一会儿，丁大大晓得张芳在外跟人鬼混，只是没抓到现行，我们干脆带丁大大一起去抓，这样就不得罪丁大大，反而为他争了口气，张芳今后也无法再缠着姜宝了。

姜宝这下听明白了，劲儿也来了，大男人还怕这么个女人么，“姜贵，你说怎么办?”姜贵在姜宝耳边咕哝了一阵，姜宝乐意地点了点头，同意了姜贵的捉奸计。

3

当天下工后，民工们各忙各的，丁大大还特意舀了饭，一碗菜，来到姜宝的宿舍。

丁大大笑着说：“对不起，姜宝兄弟，昨晚错打了你，今天哥给你赔个不是，人是铁饭是钢，吃饭要紧撒!”这时，胡兰英回来了，说姜宝那份饭丁大大帮忙打走了。姜贵和叶桂花也来了，姜贵笑着说：“中午是我带，晚饭班头说他带，还要和我哥摆摆龙门阵，消消气。”

姜宝本来也饿了，毫不客气地大口吃起饭来。一个小屋挤了五个人，显得更热了。姜贵对胡兰英和叶桂花说：“你两个常在一起耍，到河边去走走，也凉快。”两人巴不得出去乘凉，叶桂花说了些安慰姜宝的话，两人便外出了。

姜贵竖起耳朵听到张芳在哼歌，哼着哼着就听到掀塑料门帘的声音，张芳向来到哪里都是不与丁大大打招呼的，这次也一样。姜贵说他要拉屎，悄悄地跟在张芳后面。张芳哼着歌，扭着屁股朝工地的操场走去。一些民工、老街居民在跳坝坝舞，操场上显得很热闹。张芳也混在里面跳了起来，姜贵躲在一个角落里看着，心想你今天不露出狐狸尾巴来才怪。

天渐渐黑了，月亮升了起来。张芳东张西望地离开操场，朝工地堆连儿石的地方走去。姜贵也跟随在后。张芳坐在一块石头上，左顾右看，一闪身就进了石堆里。姜贵小心翼翼地望着堆石头的入口："怎么不见有男人来呢？"他一下醒悟了过来，这石场到处都是进出口，他们怎么会走一个入口呢？姜贵迅速跑回宿舍。

姜宝正在向丁大大诉苦，姜贵猛地闯了进来，姜宝瞪了姜贵一眼："鬼打忙了呀！"姜贵说："外面的月亮好大，咱们出去散散心嘛，待在屋头好热哟。"姜宝顿时会意，丁大大也满口答应。姜贵领着他们往石场走去，刚走到张芳进去的那个入口，姜贵拉了拉裤腰，说："两位哥，兄弟尿涨了，到石头后边去撒泡尿。"姜宝说："人有三急，哪个管你拉屎拉尿哟。"丁大大开着玩笑说："小心野猫把你小弟弟咬了哟。"

姜贵悄悄地朝那天他看到张芳鬼混的地点，轻脚轻手像做贼似的走了过去。当走到第二排连儿石那里的时候，姜贵往前探了探头，听到有女人哼哼的声音。姜贵看到一个高大的男人正在和张芳寻欢，姜贵又轻手轻脚地退了回来，小跑到姜宝和丁大大面前。

姜贵惊得汗水直流，但他装作镇静地说："两位哥哥，我发现了两个贼来偷工地的东西，快去抓贼！"

丁大大感到莫名其妙地说："那石头后面有啥偷的嘛！"姜贵肯定地说："那两个贼娃子是暂时躲在那里，晚点肯定会出来偷东西的。"丁大大联想到最近工地里是有贼偷东西，就说："最近是有些贼娃子进工地，你带路，我们去捉贼娃子。"

姜贵带路，三人悄悄地向石头背后走去，只见一男一女抱着躺在地上，三人猛地一下冲了过去，丁大大吼了一声："不准动！干啥子的？"这一吼，吓得正抱在一起的两个人一惊，立即跳了起来，忙穿起裤子。月光下，丁大大一眼就看出是自己老婆和石工班的班头谭石匠在这里偷情。姜贵、姜宝心里暗喜，这下可以治治这个烂婆娘了。

丁大大气得暴跳如雷，大骂道：“谭石匠，你搞老子的堂客！”这个谭石匠倒还冷静，说：“你这人不行，你堂客不偷人，是她约我的。”丁大大听了很无奈，朝张芳打去，张芳也不示弱，竟还起手来，谭石匠拔腿就想跑，姜宝、姜贵上前挡着，谁知这谭石匠一手对付一个，把姜宝和姜贵推倒在地。姜宝、姜贵都没想到这谭石匠有如此大的力气，真不愧是打石头的。一眨眼，谭石匠就跑得无影踪了。

姜宝、姜贵过来帮丁大大抓住了张芳，张芳这才看清楚是姜宝两兄弟，恨得直咬牙，张芳这时撒起野来，骂丁大大：“你满足不了老娘的需要，我也是逢场作戏，那天我和姜宝耍还没过瘾，你就回来了。”

此话气得姜宝巴不得一口把张芳吞了，姜宝发怒了：“老子根本没搞你，你这种烂婆娘，送给老子也不要!”

张芳怪声怪气地说：“搞了人家还不承认，你在为我家顾面子吗?”说着张芳捡起铺在地上的外衣，正想走，丁大大抓住张芳的手臂，大怒道：“你，你在外头还有多少个相好的?”张芳张了张嘴，“谁叫你不行。”

丁大大气得攥紧拳头，骨头都发出咔咔的声音。张芳把脖子向上一扬，“你打，你有本事打，打了老娘明天就跟你离婚!”

丁大大一下就软了，拳头也放了下来，蹲在地上大哭，张芳满不在乎地扬长而去。

姜宝叹着气，对丁大大说：“丁哥，这种婆娘要来干啥子，离了算球了，又不是找不到女人。”姜贵也不客气地说：“丁哥，我不是说你，你哪像个男人嘛，举起拳头都放了下来，是我的话，把她打个半死都出不了这口气。”

三人气呼呼地坐在地上，没有什么话好说的，一个个都沉默着。丁大大早就知道张芳在外偷人，心想好不容易找了个漂亮的媳妇，生了娃娃后回老家去住，她就收心了，谁知发生了今天这样的事，真是剜心般痛。

突然姜宝大吼一声，“糟了，这谭石匠是石工班的班头，我现在正在他手头上班。”

丁大大有气无力地说：“兄弟，你是借用过去的，我要回来就是了。”

提起谭石匠，姜宝、姜贵都晓得，这家伙在民工中有一帮人，石工班打架是出了名的，好在赖大勇给谭石匠约法三章，这帮人才收敛了些。

姜宝把姜贵拉到一边，小声地说：“事到如今，如何收场哟，告到赖大勇那儿去，把事情讲出来的话又伤了丁大大的面子，我们还是回老家去算了。”姜贵不服气地说：“我们是法治国家，怕他个球!”姜宝叹了口气：“社会复杂得很，你娃还年轻，算了，我们去把班头安慰好。”两人扶起丁大大，丁大大作揖道：“你哥儿俩是好人，好兄弟，请你们不要把这事传出去，我……”姜宝、姜贵直点头，诚恳地说：“不会的，不会的，咱们是好哥们儿，半个字都不会传出去。”

4

三人回到宿舍，张芳还没回来，丁大大蒙头便睡，姜宝知道丁大大心情不好，劝说也没有意义，反而增加他的痛苦，不如让他安静些。

这时胡兰英、叶桂花正从老街回来，啥也没买，叶桂花手里还拿着大半包没吃完的瓜子，她见了姜宝、姜贵说：“来，剥几颗瓜子，真是香脆，好吃得很。”两兄弟哪有心思剥瓜子，胡兰英借着明亮的月光看到了两兄弟那无比焦愁的脸。胡兰英问道：“你们吃晚饭时都好好的，现在怎么变成这个样儿了哟?”姜宝起身把她们带到宿舍外面的一块空坝子里，说：“大家坐下来说。”几个人各自找了些砖头垫着坐了下来。姜宝显得很稳重，说：“出大事了。”胡兰英和叶桂花顿时蒙了，“出啥事儿了?”姜宝把刚才发生的事情说了出来。叶桂花一听说到谭石匠就生气，骂道：“那是个坏蛋，今天上午到厨房来要水，故意来摸我的手，被我骂了几句，他还嬉皮笑脸地说交个朋友，班头走过来他才跑了。”

姜贵一听，眼睛都鼓起来了，心想这谭石匠还敢打起我老婆的主意来，怒气冲天地对姜宝说：“我两兄弟联手把他收拾了，卷起铺盖走人就是。”

姜宝也觉得此处难以安身，工作没多久就出了这么多事儿，遇到谭石匠、张芳这类人，真是奈何不得，胡兰英认为好不容易出来找到工作，才干几天，回家的路费都不够，叶桂花也不赞成返乡，她苦笑着对大家说：“忍得一日之气，免得百日之忧，我看算了，给对方说点好话，今后井水不犯河水，各干各的活儿，挣钱要紧!”

胡兰英接着说：“谁不想挣钱，遇到谭石匠这种坏人，说不定哪天又要来欺负人。”叶桂花想到那天谭石匠对她的骚扰，心里就生气。几个人的想法统一不起来，是走是留拿不定主意。

突然从工地方向来了几个人，走到他们身边，他们都没察觉到，还以为是过路的民工。一共六个人，把他们围住，姜宝站了起来，紧握双拳。姜贵一看，是谭石匠带了一伙人来，心里直哆嗦，拉了拉姜宝的衣袖，小声地说："大哥，人家人多，我们还是赶快跑吧。"

一个尖嘴猴腮的小个子男人冲到姜宝面前，挑衅道："你今天坏了我老大的好事，唧个说?"

姜宝"呸"了一声："好事，啥好事，羞死你屋先人!"

那尖嘴猴顿时凶巴巴地说："你不要不识好歹，我来告诉你，大路你不走，偏要走小路，管好你娃的嘴巴，乱说半句，打断你的腿!"

姜宝也顿时来了气："你都做得出来，老子还不能说，信不信明天老子就告到赖经理那里去!"

"你敢，老子今天就要收拾你娃!"谭石匠吼着冲向姜宝。谭石匠很有力气，又会拳脚功夫，姜宝左躲右闪，还是挨了几拳，一拳正中鼻子，鲜血直流。姜贵、胡兰英、叶桂花也扑了过来，都被谭石匠打翻在地。谭石匠得意地哈哈大笑，众喽啰们也拍手叫好。姜宝气急了，扑向谭石匠，把他拦腰抱住。姜宝人高马大，也有把力气，可谭石匠会功夫，狠狠地说："你松不松开？不然老子打断你的手!"突然胡兰英从地上捡了块砖头，朝谭石匠的后脑勺砸了下去。谭石匠眼睛瞪了一下就倒在地上。

尖嘴猴跑来一看，摸了摸谭石匠的颈动脉，大呼道："打死人啦!"吓得胡兰英扑在姜宝怀里直发抖。

小喽啰们一起冲过来抓胡兰英、姜宝、姜贵、叶桂花，这时，只见丁大大带了一大帮民工赶来，把这几个人围了起来。尖嘴猴见势不妙，尖声嘶哑地干哭道："丁班头，你们的人打死谭石匠了，快抓起来送派出所!"

丁大大说："我看得很明白，是你们先来闹事的。"

民工也恨这帮平时逞凶霸道的人，七嘴八舌地谴责他们。尖嘴猴忙过来扶起谭石匠，只见谭石匠猛地一下跳了起来，摸了摸脑袋后面的大青包。谭石匠头真硬，不过是被打昏过去了而已。

谭石匠狰狞着脸："狗日的，是哪个崽儿，敢用砖头砸老子的脑壳?"这下他的小喽啰们才回忆起，他们初到工地来时，谭石匠表演过用砖头砸脑壳的功夫，亲眼看到砖头被脑袋顶成两半截。

尖嘴猴指着胡兰英说："就是那个婆娘!"

谭石匠凶神恶煞地走向胡兰英，胡兰英嘶哑地叫道：“是你想弄死我老公！”姜宝挡在胡兰英前面：“姓谭的，是男人不和女人斗，我两个拼个死活！”

“都给我住手！”不远处跑来几个人，是赖大勇、小王和几个保安，双方的人才安静下来。赖大勇怒气冲冲地说：“白天干活还不嫌累，打撒，打撒，打给我看！”丁大大也怕把事情闹大，怕把他婆娘干的事捅出来，忙说：“赖经理，他们就是为一点小事不和，口角了几句就打起来了，批评几句就可以了。”

谭石匠心里也明白，丁大大这话是怕他把自己与张芳偷情的事情说出来，他也没脸在工地上混，讨好地说：“赖经理，把您都惊动了，几个朋友喝了点酒，打着玩的。”

姜贵想过来揭开事情真相，但被姜宝立即拉住了，他看了看丁大大，姜贵也明白了。其实这事只有丁大大、姜宝两兄弟和谭石匠心里最明白。赖大勇看一个个都不说话，悄悄地对小王说了几句。小王严肃地说：“民工是严禁打架斗殴的，现在时间晚了，明天大家还要出工，谭石匠、姜宝、丁大大明天到办公室来解决问题，大家都回去睡觉！”众人听后都回去了。

5

丁大大一早就起来了，张芳还正睡得香。丁大大因为赖大勇经理要他一早和姜宝、谭石匠去问话。昨晚他一夜都没睡好，翻来覆去地想怎么才能有个两全其美的办法，能把事情隐瞒下来，同时张芳的丑事也要隐瞒下来，毕竟关系到他的面子，好歹他也是个班头。

奇怪的是，丁大大昨晚没有听到姜宝那粗犷的呼噜声，起初他还很不习惯那让人无法入睡的鼾声，现在听惯了，一是白天劳累；二是人还年轻，瞌睡也大，一会儿就睡着了。昨晚没听到这个声音，丁大大想，姜宝可能是受了委屈，一夜都没睡好，连呼噜声都没有了。丁大大走出自己房间，在姜宝房间的塑料门帘外叫了几声：“姜老弟，起来得了。”不见姜宝回应，姜宝想到屋里还有胡兰英，便也不好意思进去。于是又叫了几声：“姜宝，姜宝兄弟，今早有事儿哟，起来得了。”屋里还是没有姜宝的声音。

丁大大感到很奇怪，难道姜宝与我生气了，不想回答我？于是丁大大又叫道：“兰英妹儿，叫姜宝出来嘛，时间到了，耽误不得哟！”但也不见胡兰英答应。丁大大生气了，他也管不了那么多，掀开塑料门帘，进去一看，床上啥也没有，东西都被收拾走了，小柜子上有一张纸条，上面歪歪倒倒写了几行字：

丁大哥，对不起了，我们不干了，你是好人，我们会记住，后会有期。

姜宝 留

丁大大急忙跑到姜贵住的六号房，掀开门帘一看，一样空空的。这下他明白了，这两对夫妇昨晚就悄悄离开了工地。

姜宝四人连夜赶到姜敬玉家，他们把近段时间在工地的情况向赖大全、姜敬玉诉起苦来。叶桂花说："这里比我们农村差得多，住的地方还没有我们农村的猪圈大。"

胡兰英说："他们欺负我们乡下人，姜宝又那么老实，还是被人打了。"

姜贵绘声绘色地从第一天发生的事一直说到离开工地，姜宝不多言语。

赖大全静静地听着他们的诉说，觉得这些农村娃娃，初来重庆，对这复杂的社会适应不了，又没啥文化，找个工作也难。

姜敬玉安慰道："吃一堑长一智，有脚有手还怕找不到活儿干！"

赖大全也鼓励地说："你们年轻一代要努力学习，干好工作是有前途的，你们就暂时住在这里吧，我再托朋友给你们找工作。"

姜宝一听，马上反对道："姑父，我不适应在城市里生活，还是早点儿回去，自己管自己的活路，编我的席子，拿到重庆卖，照样过日子。"

姜贵很不情愿地说："一点闯劲都没有，出来闯江湖，就是要干点事业来撒！"

姜宝瞪了姜贵一眼："字都认球不到几个，还闯江湖呢！"

赖大全看两兄弟各执己见，也不好勉强他们留下，便说："这样吧，你们都回去，好好干农活是有出路的，今后想好了再来和我商量。"

大家都不再说什么了。姜敬玉说："今天时间也很晚了，都快睡觉吧，大家难得到重庆，明天我带你们去走走。"

第二天早上，姜敬玉带着姜宝四人到解放碑三八商场、嘉陵江大桥去游玩。姜宝总是心事重重，姜贵却看风景看得眼花缭乱。胡兰英、叶桂花也耍得开心，"好大个重庆城哟，看都看不完！"他们从来没看到过这么大的碑，感到很惊奇。叶桂花指着那大钟问姜敬玉："姑姑，那么大个钟是真的吗？还是你们城里人说的道具哟?”

姜敬玉笑着说：“是真的哟，你们看嘛，那钟不是在走吗，到时还要发出响声呢!”

除了姜宝，大家都在这里拍照留影做纪念。姜敬玉又带着大伙乘坐公共汽车来到上清寺，步行到了嘉陵江大桥。一到桥边，几个乡下人万分惊讶，纷纷议论：“好大的桥哟！那么大的车子都敢在上面开。”“你看那个江水流得好快哟!”“我们消河桥，当别个脚拇趾都当不到。”

姜贵突然指着江边那坨石头，惊奇地叫道：“好大块石头哇，还从来没看到过!”

姜敬玉说：“这个石头神得很，大家都叫它纱帽石，听重庆人讲的神奇的故事多，我只听说好几百年前，江中出了妖怪，天上一声巨雷打下来，崖上滚下来一块大石头，吓跑了江中的水妖。从此这块石头就一直在这里守卫着嘉陵江，不管风吹水拍，它都丝毫不动，落潮时，它就会露出全身，涨水时，它就在水中，听说清朝时有个农民起义头头在这里被斩首，现在石头上都刻得有字，有机会我们下去看看就晓得了。”

时值正午，大家都有些饿了。姜敬玉看了看手表，把他们带到桥头边的小集市。这里好不热闹，小饭馆很多，小吃也多。姜敬玉说：“你们年轻人喜欢吃麻辣的，我带你们去吃点名小吃。”

姜敬玉带着他们到了川北凉粉店，店伙计热情地招呼他们坐，一张四方桌，四条长凳，他们坐在一桌。姜贵背着手在店里东看看细看看，瞧着作料台上十分丰富，很是齐全，油、姜、葱、蒜、盐、白糖、醋、花椒面……放得整整齐齐，姜贵看得口水直流。店伙计叫了一声：“凉粉来了!”凉粉上桌后几个人吃得很欢，辣得很舒服，姜贵直叫过瘾，一碗一碗又一碗，一下吃了五碗凉粉。

姜贵又叫了担担面，一口气吃了三碗，吃得打饱嗝了还想吃，大家都笑了，叶桂花笑呵呵地说：“你娃八辈子没吃过呀，羞死你屋先人!”

大家吃得正欢，姜敬玉发现姜宝不见了，姜贵幸灾乐祸地说：“大哥装老实，回啥农村哟，他都耍得不晓得时间，找不到方向了。”

这时，只见姜宝疾步走来，胡兰英用责怪的口气说：“大家都在一起耍得好好的，你一个人跑到哪个地方耍去了嘛?”姜宝也不出声，用袖口擦了擦额头上的汗，从上衣口袋取出四张车票，说：“明天上午十点钟到花桥的票，大家都回家去。”

姜贵听了气得直瞪眼，“还没有耍安逸就要回去了!”

姜宝板起脸说：“这么大个重庆城，你都耍得完!”

姜敬玉怕他们兄弟再吵下去，“好，好，你们也得听大哥的话，长兄为父，回家去好好商量一下，现在改革开放了，到处都有事儿干，不急这一时。”大家听了也没什么话说了。

6

天边露出鱼肚白，天渐渐亮了，姜宝等四人告别赖大全、姜敬玉，在菜园坝汽车站乘上了开往花桥的汽车。过了五六个小时，他们回到了花桥镇，花桥离灵王庙村还有几里路，四人闷闷不乐地开始步行。

走了没多久，突然有四个男人挡住了姜宝一行人的路，姜宝他们一看，是满脸带着杀气的谭石匠。

原来姜宝走后，赖大勇无法了解情况，谭石匠估计丁大大不敢把他和张芳的事说出来，谭石匠振振有词地把姜宝告了一番。赖大勇明白姜宝的为人，也知道谭石匠的恶习，作为经理，他常受谭石匠的气。正好头天新来了几个石匠，赖大勇心里有了底气，决定新账旧账一起算。

赖大勇说：“谭石匠，你不要仗着有本事，就经常斗殴欺负人。”谭石匠狂笑：“姓姜的做错了事，都被吓跑了，你还包庇他，你凭啥子把老子和我的兄弟们开除了?”

赖大勇一气之下猛拍办公桌，“老子今天就是要拿你开刀，你那伙人通通开除。”就这样谭石匠等人因打架斗殴被开除了。谭石匠是渠县人，他知道姜宝是花桥人，花桥紧邻渠县，他托人打听到姜宝等人要回家，专程从渠县带了四个兄弟伙来，在这里等他们，要出心中这口恶气。

姜宝也不畏惧，但又考虑到对方是四个强壮男人，我们这边还有两个女人，姜贵也不是打架的料，想到这里，姜宝心里有些紧张。看来对方是冲着他们来的，得好好地说点好话了。姜宝向谭石匠作了个揖：“谭师傅，不知道什么地方得罪了老兄，前次工地上是闹得有些不愉快，我们已经主动辞职，退出工地了，还望谭师傅大人大量，把路让出来。”

尖嘴猴阴阳怪气地说：“你娃也有怕的一天，你教唆你那丑婆娘用砖头把我们老大的头打了个大青包，怎么说?”

姜贵不服气地吼了起来：“是你们先动手，是姓谭的先把我大哥打得口吐鲜血，我嫂子才来帮忙的，一个女人家能有多大力气嘛，才一个青包，是我的话，非把你们老大打得脑壳开花。”

这话惹怒了谭石匠，他哼了一声：“你娃死到临头，还说硬话，今天老子就要让你脑壳开花!”说完扑向姜贵，姜宝挺身挡住了。

姜宝知道打不过人家，三十六计走为上。姜宝忙对谭石匠说好话：“乡里乡亲的，不要动气，请谭师傅高抬贵手，放我们一马，你受伤的事儿我理当赔付，请谭师傅开个价。”

尖嘴猴叫道：“我师傅是铁脑壳，你们给得起这个价吗?”这时路过的人逐渐多了，有些人围过来看热闹。一个不怕事的中年人说：“既然你师傅是铁老壳，人家的堂客是女人家，哪有力气打得出好大个伤嘛，我看算了，和气生财，还是给别个让路。”

尖嘴猴听了，一巴掌把这中年男人推倒在地，还想用脚踢，姜宝一脚挡住。

谭石匠正想速战速决，打翻这几个人，解心头之恨，没想到这么多人帮忙说话，这又是花桥的地盘，他鬼心眼一动，奸诈地说道：“看在大伙的面上，我也不要什么钱了，给老子道个歉，赔个罪就行了。”

姜宝顿时高兴起来，“好，好，我道歉，我赔罪!”

谭石匠满脸的横肉直抖：“你从老子的胯下钻过去!”

围观的人都说：“这太欺负人了，使不得，使不得!”

姜宝感到受了极大的侮辱，身上突然冒出一股力量，胆子也大了起来，对谭石匠说：“双方动手，各有伤处，我赔礼道歉还不行，你还叫我钻裤裆，这太侮辱人了!”

谭石匠见姜宝说话硬起来了，十分恼怒，“今天，不仅是你，你们四个人都必须从我胯下钻过去，不然老子的拳头不认人!”说着握紧拳头。

姜贵嬉皮笑脸地说道：“打不得，打不得，我来钻就是了。”姜宝听到姜贵要钻谭石匠的裤裆，骂道：“你这个胆小鬼，丢尽了我姜家屋头的脸!”

姜贵笑道：“古时候就有个韩信胯下受辱，后来人家还当了大官呢，我算个啥嘛。”

谭石匠听了很得意，马上张开双腿，他的小喽啰们都在一边狂笑，要看姜贵钻裤裆。

只见姜贵在谭石匠面前，像狗一样趴下去，头突然猛地向谭石匠的裤裆处撞去，正中谭石匠要害，痛得谭石匠哇哇直叫，围观的人高兴得直拍手。姜贵兴奋地站了起来，骂道："老子撞死你，叫你当太监！"

谭石匠不愧是练功之人，忍了一下，一个腾跃翻身起来，小喽啰们也一起拥上来，把姜贵按在地上，一阵拳打脚踢。姜宝冲上去帮忙，谭石匠一拳正着姜宝的头。突然，谭石匠不知被谁的脚踢到了手腕，他痛得叫不出声。只见一个中等个儿留着短发，身穿蓝底白花，身姿矫健的中年妇女冲了过来，她又一脚踢到了谭石匠的手肘。谭石匠狠狠出拳，只见那女子一跃，竟踏过谭石匠头上，迅速到了谭石匠背后，左脚猛地一踢，把谭石匠踢翻在地上。几个喽啰见谭石匠被打翻了，一起扑过来围住这个中年妇女，众多拳头向这个女人打去，这女人一个扫堂腿，扫倒一个喽啰，又一飞脚踢倒一个。尖嘴猴见势不妙，拔腿想跑，那女子一跃，竟踩在尖嘴猴肩上，尖嘴猴难以承受这样的神力，一下就软了下去，缩成一团，惨叫道："女侠饶命！"

那女子责问道："啥世道了，你们还有王法没有？还敢称王称霸，给我滚！"几个喽啰连滚带爬地扶起谭石匠朝渠县方向逃去。

围观者拍手叫好，姜宝、姜贵正要感谢这位女侠，定神一看都惊呆了，原来是姑姑姜花，几个人高兴得眼泪直滚，直呼："姑姑！姑姑！"

7

姜花已是五十岁开外的人了，从小懂医，善于保养，看起来就像四十几岁的人，整齐的短发，脸被太阳晒得有些微微发红，额上没有一点皱纹，身姿还是那样矫健。中华人民共和国成立后，乡政府要留她当干部，但姜花受她父亲姜仕德的影响太深，认为行医治病救人，解决病人的痛苦是她的最大愿望，就留在姜仕德身边一边治病救人，一边跟姜仕德学医，姜仕德医学救人的使命感让姜花受了很大影响。

在乡政府的保护下，姜氏药堂被保留了下来，姜花受聘当乡里的中医医生，姜花也乐意成天串乡走户去给人看病，乡亲们都很喜欢她。她曾经还救活了不少人，人们称她是救人的菩萨。今天，姜花刚下乡看病回来，看到一群恶人正在大骂四个人，怒气就上来了。放下医药箱就冲了过来，解救了这四人之困，没想到是侄子姜宝、姜贵，侄媳妇胡兰英、叶桂花。大家也没想到，在这里遇到姑姑姜花，姜宝、姜贵连声道谢，胡兰英、叶桂花拉着姜花，一边一个哭诉着。姜花一边安慰大家，一边说道："邪不压正，那些社会渣滓迟早逃不出法网的。"说完发出朗朗的大笑声，显得那样爽朗有力。亲人见面，格外亲切，滔滔不绝。

姜花带着他们到了姜氏药堂，一进门，大家看见一个腰板挺拔，满头银丝，红光满面的老人，正在为一个患者观相。姜宝四人亲切地叫起来："二爷爷，二爷爷!"这白发老人正是姜仕德。

姜仕德见四个孙子辈的孩子来了，乐呵呵地说："你们还好嘛，我正忙呢，你们到后院看看你们的黑娃伯伯去吧!"

姜仕德满头银丝，但脸上只有少许皱纹，精神饱满，声如洪钟，神态活像画中的老神仙。衣着也变化不少，不再穿长衫，但还是穿布纽扣的对襟上衣，宽大的青布长裤，黑色的布鞋，唯一手上的扇子变了，原来的鹅毛扇变成了乘凉用的蒲扇。姜仕德很心疼原来那把鹅毛扇，是他师父疯癫和尚用一百味药浸泡一百日，蒸三天、晒三天制作而成的，确实有治病的作用。师父只教了他治病动扇的方法，但制作的过程方法没有传给他。疯癫和尚就仙逝了，这把扇子的制作方法也失传了，好在治病救人的方法深深地刻在姜仕德的脑海里，他把这些知识一点一滴地传给了姜花。

姜花是个绝顶聪明的姑娘，一学就会，渐渐年龄也大了，追求她的人很多，来说媒的也不少，可她就是不嫁。姜仕德也劝过她找个婆家，姜花听了赌气地说："这里就是我的家，我陪你一辈子，这样也能腾出时间来为百姓看病。"

姜仕德知道姜花的脾气，也就由着她去了。一些好色之徒，千方百计地追求她，认为一朵鲜花就这样浪费了。

姜花倒认为这样很好，没有家庭的拖累，她可以成天在田野间行走，在各家各户行医，家家户户都是她的亲人，这是一件很愉快的事。

姜宝等人来到后院，闻到全是药的香味，他们从小闻习惯了，感到特别熟悉和舒畅。只见一个黑大汉正在切药，四人异口同声地喊道："黑娃伯伯!"黑娃一听，猛地一下站起来，非常高兴，热泪盈眶，黑娃是姜敬明一辈的人，只是年龄小得多，现在也是五十岁开外的人了，平时不爱说话，只爱做事。自从他听到翠翠生娃娃的惨叫声，他就断了结婚生子的念头，认为女人生娃娃太遭罪，不管谁说媒，他都不愿意，加上人长得不好看，也就很少有人来了，黑娃也心安理得地在姜氏药堂干事。黑娃除了抽点叶子烟外，没什么爱好，每次都是姜花给他买上等的叶子烟，黑娃对生活很满足，有吃有住有烟抽有活儿干，这是他天大的乐事。

黑娃和大伙围坐在一张桌子边，摆起家常事，黑娃问："你们这次去了重庆，那么大的城市，见的事情多吗?"几个年轻人争先恐后地讲起大重庆的新鲜事，姜贵特别来劲儿，从长江讲到嘉陵江，讲了朝天门又讲牛角沱，口沫四飞，得意非凡，说得黑娃笑容满面。

这时，从厨房里出来一个大约五十岁开外的女人，一身蓝布衣，腰间拴了一根布围腰，白白净净的脸上有几颗麻子，她热情地说："敬富，带着客人来吃饭了撒!"几个青年都惊了，"敬富是谁?"黑娃乐呵呵地笑着说："新社会了，人都有自己的名字，我是大老爷捡回来的人，只知道大家叫我黑娃，户籍登记时，我总不能说我姓黑撒，我就是姜家的人，大老爷也同意了的，夫人也待我如亲人，常说'黑娃好，比那姜敬福好千万倍'。"姜仕恩也想了一下，黑娃跟敬明他们是一辈的人，就给黑娃取个敬富。

全家人吃完晚饭后，姜宝、姜贵去见他们的娘殷秀。殷秀已是六十多岁的人了，带着姜宝的儿子姜川。殷元楷早年病逝，家中全靠殷秀一个人，殷秀从村小学退休了，婆孙俩日子过得不错。殷秀见他们来很是高兴，姜宝总是那样规规矩矩地站着，叫了一声："娘，我们回来了。"姜贵拉着殷秀，生怕被人抢走似的，带着撒娇的口气说："娘，我回来了，你是我亲娘，我给你带了好多好吃的东西回来哟!"

每逢这种情况，殷秀总是先与姜宝说话，殷秀心里对姜宝十分愧疚，一回忆当年的事，她就暗自流泪。她对姜宝特别关心，常常引起姜贵的嫉妒。殷秀轻轻地对姜贵说："都是娘的儿子，他是大哥，你应该尊重他。"

姜宝从小就知道自己的身世，殷秀一直把他当亲生儿子对待，姜宝也一直把殷秀当亲娘看待，姜宝十分懂事，处处让着姜贵，两兄弟同父异母，也算相处得好。

胡兰英抱着川川到院坝玩去了，叶桂花很乖巧，给殷秀捶背，殷秀见家人都回来了，心里说不出的欣慰。

姜宝说："娘，我守着娘过日子，外面也真乱，饿死胆小的，撑死胆大的，我不走了。"

姜贵很不服气，认为姜宝没有眼光，胆小怕事，办不了大事，姜贵说：

“娘，外面的世界很精彩，农民去城里都挣大钱了，好多还当了老板，我要带叶桂花出去闯闯，挣了钱给你买房子，好好生生享清福。”

殷秀心想，年轻人都有自己的前程，只要好好生活，她就放心了。姜宝坚决不再外出，姜贵坚决要出去闯，两兄弟争论不休。

殷秀故作生气的样子，“好了好了，你们人也大了，翅膀也长硬了，只要不干坏事、不犯法，干啥子都要得。好不容易回来，今天我们吃馆子，妈出钱！”屋里一下子欢腾起来，“妈妈请客了！”

8

姜宝翻来覆去睡不着，胡兰英很体贴男人，像哄孩子一样哄姜宝快睡。姜宝低声说：“兰英呀，咱娘也老了，我们上有老，下有小，怎么能丢下他们不管呢，到大城市，是能挣钱，但是我受不了那窝囊气，唉！”不知怎的，胡兰英凡是遇到这种事，就只有一句话，“都听你的。”

姜宝很心疼自己的婆娘，在他心里从不像外人那样认为胡兰英丑。刚认识胡兰英的时候，确实觉得她长相很丑。

洞房夜后，姜宝不再认为胡兰英丑了，洁白的肤色，好看极了。

有一次，他和姜贵喝醉了，竟比起婆娘来。姜贵说：“大哥，嫂子虽然长得丑，但心好，不过晚上看到有点不好受吧？”姜宝大怒说道：“比你那个堂客好看！”姜贵趁着酒劲说：“比得赢我堂客吗？五官好看，身材苗条，哪个也比不赢。”姜宝抓住姜贵的双肩说：“有本事，比一比！”醉得一塌糊涂的两兄弟还较真了。平时姜贵还畏惧姜宝三分，借着酒的力量，他哪还愿意输给姜宝，也吼起来：“比就比，我那个堂客拿出来是数一数二的！”

姜宝使劲儿叫胡兰英出来，姜贵也大声喊叶桂花出来。两个女人笑嘻嘻地朝堂屋走来，胡兰英说：“看嘛，又吃醉了。”叶桂花也不服气，“还不是大嫂管不到。”

两人一进屋，姜贵狂笑道：“比撒，一个天上一个地下。”姜宝也不示弱，大声叫道：“你两个赶快脱了比，看谁更好看！”

两个女人被弄得哭笑不得，胡兰英小声地对姜宝说：“姜宝，你醉得不像人咯！”叶桂花也大声骂道：“大的不像大的，小的不像小的，拿我们两个女人来开心。”姜宝猛地扑向胡兰英，想要解她的衣服，嘴里含糊不清地说：“让他们看看你美不美。”姜贵也在兴头上，叫叶桂花快脱衣服，四个人就这样拉拉扯扯的。胡兰英急中生智，大呼道：“娘来了！”

姜宝和姜贵顿时受了惊吓般倒在地上，吐得满屋污秽，充满酒气。胡兰英这无意的惊叫，还真的把殷秀叫来了，她刚哄了姜川入睡，就听到堂屋的吵闹声，不知出了什么事，急忙赶过来。

殷秀一进堂屋，见姜宝、姜贵趴在地上呕吐，两个女人像木头一样站在一旁。殷秀很是生气，捂着鼻子问胡兰英：“他们怎么喝成这个样子了？”胡兰英正想开口，叶桂花怕胡兰英说出真话，忙抢着说：“娘，他们兄弟俩今儿个回家很高兴，你一杯我一杯地喝，看嘛，都醉得一塌糊涂了。”

殷秀生性脾气好，埋怨地说：“你们当堂客的，为啥不劝劝嘛？”胡兰英说：“他们喝酒不让我们在旁边，今天是因为……”叶桂花又怕胡兰英说真话，抢着说：“是因为两兄弟为出不出外头挣钱争论起来了。”

殷秀一听叶桂花这番话，气消了一半，“你们各自把自己的男人打整一下，都回去睡觉。”

第二天，太阳都升得老高了，姜宝、姜贵先后起了床，姜宝走进厨房，在大水缸里舀了一瓢水，咕咚咕咚地喝了下去，又到院坝用水冲了头；一会儿姜贵也出来了，两人好像都忘了昨天晚上喝酒吵闹的事儿。姜宝瞪着双眼看着姜贵说：“我是老大，你得听我的，好好生生在家种田，打席子，照样挣钱，莫在外头丢人现眼，受不完的气。”

姜贵不赞同姜宝的意见，说：“而今眼下，撑死胆大的，饿死胆小的，人家都敢出去闯天下，我们为啥子不敢出去呢？”姜宝嘴笨说不过姜贵，于是下命令似的说：“我是老大，这个家我说了算！”

姜贵“咦”的一声，“你算老几？家中还有娘，还有长辈二爷爷，我们走不走还要听他老人家怎么说？”

这话倒难住了姜宝，姜宝觉得自己有道理，二爷爷是个明事理的人，应请他来断理。

姜宝不假思索地说：“好，一言为定，晚辈服从长辈，咱们去找二爷爷谈。”两人早饭都没吃，就急匆匆地去姜氏药堂找二爷爷姜仕德。

两人到了姜氏药堂，只见姜花在替姜仕德坐堂，姜花亲切地问道：“你们两兄弟，到这儿来有啥事呀？”姜宝回答道：“找二爷爷问问事。”姜花朝院里一指，说：“爹正在院中打太极拳呢!”

两人立即到了后院，姜仕德正在院坝打太极拳，他那一招一式，十分了得，腰板挺拔，胡须随风摆动，脸泛红光，活脱脱一个神仙样。

姜仕德见两位侄孙子来了，做了收尾动作，“你们两兄弟找我有何事呀?”姜仕德一边说着，一边招呼他们坐，黑娃倒来了老荫茶。

姜宝、姜贵看见威严的二爷爷，一时不知从何开口。

姜宝说：“二爷，姜贵整天不爱做活路，想跑到大城市去耍，您得管管。”

姜贵一听，气得上牙打下牙，“大哥，你怎么乱说哟，我是到外面打工，也是挣钱养家糊口，现在的年轻人都迈开大步走进改革开放的时代，我也要出去闯一闯。”

姜仕德一下明白了，他们本来出去了又回来，姜宝现在坚决不出去，肯定是吃了亏；姜贵坚定要出去，肯定是被外面的花花世界迷住了，这是他们的个性决定的，人各有志，也不能勉强。

姜仕德沉着地摸着银须，严肃地说：“你们也长大成人了，各有各的想法，姜宝愿留在家里继承老辈的事业，伺候娘、养儿子，也对；姜贵有志出去闯，各有所志，我也不反对，不管到哪里，做人要走正道，遵守法规，不能给姜家丢脸。”

姜宝一听二爷爷都同意姜贵出去闯，自己也无奈，只表态自己坚决留在家乡，老娘、堂客、孩子他都有责任照顾好。

姜贵一听二爷爷的话，兴奋不已，说：“二爷，我一定听您老的话，走遍天下也不怕，一定做出个人样来!”

姜宝赌气地说：“你出去不犯事就阿弥陀佛了，还成人样呢!”

姜贵拍着胸膛说：“我成了人样咋个说?”

姜宝轻蔑地看了姜贵一眼，伸出右手，说：“我手板心煎鱼给你吃!”

姜贵得意地说：“好，我就等大哥手板心煎鱼给我吃!”

第三章

1

姜贵和叶桂花乘着火车向河南奔去，到河南郑州去投亲靠友。听他们说在河南做生意很挣钱，河南人舍得花钱，一心就想外出挣钱的姜贵，本来想再次回重庆找他的姑姑姜敬玉，一听说河南好挣钱，就立即带着叶桂花奔向河南。

他们在火车上兴奋得不得了，车厢里满是广安口音。叶桂花说没想到火车比汽车舒服，姜贵忘乎其形地在车厢里哼着歌，车上人声嘈杂，乱哄哄一片。一个青年男子看见叶桂花旁边坐了一个美女，目不转睛地盯着，那女孩很不好意思，便把脸朝向另一边。叶桂花看不过去，骂道："你这个人才怪，认都认不到，把别个看到做啥子？"

那青年跑到车厢那头，跟几个年轻人神气地咕哝了几句，之后那青年拉开嗓子，厚着脸皮喊道："喂，美女，我们来对歌嘛！"

那女孩红了脸，靠近叶桂花说："大姐，帮帮我，帮帮我，我不认识他。"

叶桂花拍了拍女孩的肩头，"不要怕，让大姐收拾他！"

叶桂花站起来说道："不怕你娃胆子大，对就对！"

那青年一看，又是一个漂亮媳妇，那青年左声左气，像念经似的唱着：

> 对面的小妹儿听我说，把你姐姐嫁给我做老婆，
> 有车有房票儿多，我就是你亲爱的姐夫哥。

那女孩被吓得直往叶桂花怀里扑，叶桂花也不示弱，回唱过去：

对面的小崽儿听我说，你娃天生一副猪脑壳，
我妹生来一枝花，岂能插在牛粪头？

那青年一听火冒三丈，冲到叶桂花面前，“老子今天就要插这朵鲜花！”

姜贵急了，忙站起来挡在叶桂花面前，笑嘻嘻地对那青年念起顺口溜：

小哥哥，小帅哥，婆娘家家气话多，
男子汉，大丈夫，你就当她没有说。

那青年正在气头上，根本听不进去，推开姜贵朝叶桂花扑去，伸出巴掌想打过去，姜贵猛地一下挡在叶桂花面前，这一掌正中姜贵脸颊，痛得姜贵哇哇大叫，叶桂花见状扑了过来，抓住那青年衣领，“你敢打我老公！”说罢“啪啪”左右几个耳光，把那青年打蒙了。那青年没想到这女人还有点劲儿，他挣脱了叶桂花的手，一脚向叶桂花踢去，这时又被姜贵猛地一下抱住，使劲儿一推，那青年一屁股坐在地上，痛得嘴都扯歪了。旅客们看不下去了，纷纷嚷道：“不准在车厢打架，不准在车厢打架！”那青年不服气，翻身起来正要打姜贵，一个乘警赶了过来：“为什么打架？跟我到警务室去！”那青年被吓住了，姜贵笑着对乘警说：“对不起，我们是老乡，在开玩笑。”

乘警严厉地说：“开玩笑也不能在列车上开撒，这是违规的，要处罚。”

姜贵向乘警行了一个军礼，严肃地说：“乘警同志，我们保证不再开玩笑了！”还主动上前拉住那青年，递了个眼神，“不开玩笑了哈，要守纪律，人人带头。”

乘警见了便笑着走了，那青年倒不好意思起来。

姜贵问：“小弟娃，你说话也带广安口音呢？”

“是啊，我是广安消河的人。”

“哎呀，老乡见老乡，吃饭都吃得香！”

车厢的人见了，直夸姜贵这个人嘴巴甜，对人和气。姜贵问道：“小弟娃，姓啥名谁，你到哪里去哟？”

那青年说：“我叫唐彪，到河南找我幺爸唐小壮。”

姜贵惊讶地问：“是广安的唐小壮？后来到了重庆猫儿石的唐小壮吗？”

唐彪点着头说：“是的是的，我们还没见过面，是去年通了信，我老汉叫我去幺爸那里打工。”

姜贵激动地对唐彪说："真是不打不相识，你幺爸唐小壮从前是我家的用人，现在不讲阶级成分了，但是跟我们亲如一家。唐小壮年轻时就跟我爷爷到重庆，帮我大伯姜敬明做活路，生死兄弟，后来就不知到哪里去了。"

唐彪很激动，没想到在车厢闹事还认识了亲人，问姜贵："那我该叫你什么呢?"

姜贵一时也想不出来，心里念着，我大伯跟唐小壮称兄道弟，大伯又是我老汉的大哥，小时候就听说在重庆时，唐小壮追求过翠翠，差一点成亲了，突然翠翠又跟我老汉私奔了，听说到了河南，唐小壮肯定是追到河南去了。几个人都没听明白姜贵在咕哝什么。

叶桂花不高兴地说："你一个人发神经哟，这还不明白，唐彪就是唐小壮的侄儿，他跟我们是一辈的撒!"姜贵一下醒悟过来："那你叫我二表哥，这位是你二表嫂，我上头还有个哥哥姜宝。"

唐彪很乖巧，忙喊："二表哥好，二表嫂好!"

叶桂花故作生气地说："你小小年纪不学好，刚才打了你不要记仇哟，快给这位妹儿道歉。"

唐彪向那姑娘道歉："我再也不说二流子话了，请你原谅!"

姑娘早已听了明白，回答道："青年人要相互尊重，要学好的。"

唐彪脸红了，"我不是坏人。"姑娘笑了笑，说她也是广安人到河南打工的，大家皆大欢喜，一同往河南奔去。

2

奔驰的列车穿过了大山，跨过了江河，来到郑州。旅客纷纷涌下车，唐彪主动上前帮助叶桂花提藤箱，姜贵手提着大木箱，背上背了一个大包。三人随着人流向车站门口走去。

站在大门外的是密密麻麻等着接人的，不少人举着牌。唐彪到处望着，看见一个穿着衬衫的中等个儿男子，大约五十岁，国字脸上没有一点皱纹，右手举着一块纸牌子，上面写着两个大字：唐彪。

唐彪兴奋得直叫："幺爸，我来了!"向唐小壮跑去，唐小壮笑着伸出手紧紧抓着唐彪，"长高了，长大了，我走的时候你还在吃奶呢!"

唐彪向姜贵夫妇直招手：“表哥、表嫂快来哟，我幺爸在这里等我！”姜贵和叶桂花笑嘻嘻跑了过去，不知道称呼唐小壮什么好。

唐小壮见到唐彪带来的姜贵和叶桂花，感到十分惊讶，问：“彪儿，你怎么认识姜贵，还和他们一起来？”

唐彪说：“我们是在列车上认识的。”

姜贵和叶桂花来到唐小壮身边，唐小壮紧紧握住姜贵的手，姜贵不好意思地说：“我还不知道叫你啥子耶！”

唐小壮说：“我和你大伯姜敬明是结拜兄弟，你们就叫我表叔好了。”

姜贵说：“姜敬明是我大伯，我老汉叫姜敬良。”

姜贵一提起姜敬良，唐小壮面色不悦，但顾及面子，何况这些都是上一辈人的事了，何必与晚辈过不去，只是笑不起来，“对，你老汉姜敬良我认识，见过面，没来往，我只跟你大伯姜敬明亲如兄弟，那些年经常吃住都在一起。”

姜贵乐呵呵地说：“表叔，你跟我大伯都亲如兄弟，跟我老汉当然也就是亲兄弟了哟！”弄得唐小壮都要气炸了，往事一幕幕浮现在唐小壮眼里：

在猫儿石，唐小壮爱上了翠翠，经历了同生死的日子，翠翠也渐渐接受了唐小壮，加上玉贤对唐小壮也十分放心，姜敬明和玉贤也想成全他们，突然杀出个姜敬良，本来他们就有夫妻之实，再加上又是青梅竹马，翠翠哪经得起姜敬良的诱惑，何况她心中的男人一直都是姜敬良，翠翠经过再三考虑，决定和他私奔。唐小壮见翠翠不辞而别，痛苦万分，整日茶饭不思，工作也经常缺勤，姜敬明和玉贤多次劝解，他情绪才稍稍好了一些。谁知唐小壮不知又从哪里得来消息，翠翠到河南去了，唐小壮内心一阵慌乱，也不想跟任何人讲，迫不及待地直奔河南。

姜敬明托熟人在家乡找，杳无音讯，无奈之下也只得由着唐小壮去了。

唐小壮到了河南郑州，到处打听有没有人知道一对讲四川话的年轻男女。人海茫茫，犹如海底捞针，很快唐小壮带的路费用光了。唐小壮很争硬气，饿死也要找到翠翠。白天他打零工，晚上睡在破庙里，日子过得很惨淡。虽然唐小壮收入很少，过得节省，但他依然不厌其烦地到处贴寻人启事，却一点消息也没有。唐小壮显得很绝望，他十分痛恨姜敬良“拐”走了他的女人，也开始恨起无情的翠翠。人常说，爱有多深，恨就有多深，绝望透顶的唐小壮想到了死。

一天下午，唐小壮泪流满面，面对黄河，毫不犹豫地跳了下去。岸上不少人高喊：“有人落水了！”

一个青年奋不顾身地跳进黄河，唐小壮刚一冒出头，那青年一把抓住唐小壮的头，把他扭了过来，从唐小壮背后，双手夹住前胸，慢慢游回来。

唐小壮昏昏然然地躺在码头上，这青年把唐小壮放在自己膝盖上，压了几下，唐小壮哇哇吐出几口水，渐渐苏醒过来。唐小壮非但不感谢这位年轻人，反而骂道："你吃多了，闲事管得宽，人家要死你也要管！"旁边的人都不服气，有人说："我们还以为你是不慎掉入水中，人家好心救你一命，你还骂人，大河没有盖盖，想死你就去死！"

那青年一听唐小壮说的四川话，于是忙劝旁边的人："人家要死肯定是有想不通的事噻！"

青年人对唐小壮说："小崽儿，年纪轻轻的，日子还长，有啥想不通的跟我说，我们都是四川来的，老乡见老乡，哪有不帮忙的道理嘛！"

唐小壮一听都是四川人，顿时感到惭愧起来，觉得丢了四川人的脸，忙跪下，说："谢谢大哥救命之恩，我是一时糊涂，就想死球算了。"

青年说："小崽儿，听你是广安口音，那我们都是家乡人哟！"

"我是广安灵王庙的人。"

"越说越亲了，我也是灵王庙的人，我叫赖大勇，我大哥叫赖大全，嫂子叫姜敬玉。"

唐小壮一听，顿时忘了刚才还在想死，现在高兴得眉开眼笑，说道："哇，你是表哥，我喊敬玉喊姐姐，赖大全是姐夫。"两人高兴得抱了起来，赖大勇说："到我那里换下衣服，喝两口，压压惊。"

…………

姜贵等人见唐小壮发呆这么久，唐彪也忍不住问："幺爸，你不欢迎我们？"唐小壮立即从回忆中醒了过来。

唐小壮说："对不起，看到你们我想到了一个人，大家跟我回家，今天好好喝几杯。"众人高兴不已。

唐小壮带着大伙朝他们公司去了。唐彪好奇地问："幺爸，你穿得这么好，是在哪里发财？"

唐小壮说："我今天是为了接你们，特意买的衣服，平时我都穿工作服。"

姜贵不相信地说："你不像工人，倒像一个老板，起码是个小老板。"

唐小壮自豪地说："算个小老板了。"

大家七嘴八舌地说："你遇到贵人了？好有福气哟！"

唐小壮说："是遇到贵人了，他决定了我这一辈子，要奋斗，要发财咧。"

众人异口同声地说：“是哪个哟?”

唐小壮脸色沉重起来，严肃地说：“好，我把我恩人的故事讲给大家听。我的恩人开初也是个民工，现在是我们公司的老总了。”

3

一天傍晚，正在莺花渡口修堤坎的简氏兄弟正忙着收工。突然，坡上一块大石头顺着泥浆往下猛地滚来，石头四处飞溅。简老大看到一块大石头朝简老二冲去，简老大慌忙大叫：“老二，快跑!”简老二还没回过神，这一刹那，简老大奋不顾身一把将简老二推开，大石头压在了简老二的腿上，简老二痛苦地惨叫道：“大哥救我!”简老大想把这块石头推开，谁知无数块大大小小的石头向他扑来。一块石头正砸中简老大的头部，简老大晕了过去，整个人被这些大大小小的石头和泥浆冲击着，身体滚进了江中。简老二痛苦地叫喊：“救人!快救人哪!”随即晕了过去。

此时正是八月，莺花碛正淹在水里，江水一涨，暴雨一来，小商小贩忙着收摊撤离。其中有个少妇，三十岁左右，中等个儿，看上去并不漂亮，但也不丑，身材丰满匀称。背上背着的布兜里有一个近一岁的男孩。人家都叫她莺娘，她本名叫陈秀英，英和莺同音，不识字的穷人们就干脆叫她莺娘。莺娘也忙着收拾地摊上摆的鞋垫、针线、布鞋，这些都是莺娘自己做的。收完后，她撑开油纸伞，匆忙地朝家里奔去。

莺娘的家在莺花渡口岸上，那里是错落不一的棚房，都是住的穷人。莺娘回到那破烂不堪的房里。房里的水已经淹到脚背，背上的孩子也哭了起来，她放下布兜，抱起孩子，解开衣扣喂着孩子，孩子吃饱后就睡着了。

这时，她突然听到外面有人高喊：“快救人啰，一个掉到江中去了，一个被大石头压住了!”

莺娘一听，心里忐忑不安，立即戴着斗笠朝江边跑去。只见简老二的整个右腿都被大石头压着，这会儿几个男人正合力想要推开这块石头，一个男子高声喊道：“快拿凉板来!”奄奄一息的简老二，苍白的脸都快变了形。他见莺娘来了，使出全身的劲儿说：“大嫂，快，快救大哥，他滚进江里了!”

莺娘一听，一下晕倒在地，一个妇女扶着她，大拇指按着她的人中。暴雨停了，几个男人站在江边，用长长的竹竿往水深处打捞。一只小船在水中猛烈摇晃，船上有两个男人也用带钩的长竿在水中寻找。他们都是金陵兵工厂的工人，听到呼声赶来的，一个男人叫大家赶快把受伤的简老二抬到金陵兵工厂医院去。

莺娘慢慢苏醒过来，面对江水号啕大哭，泪珠像线一般直往下流。好心的大姐劝她要为儿子着想，莺娘听了一惊，又朝家中跑去。毛儿还在熟睡，莺娘抱起毛儿，泪水顺着脸颊滚落。

一个金陵兵工厂的工人跑来告诉莺娘，说简老二要截肢，莺娘被这个惊天大雷震住了，她不顾一切背着毛儿和这个工人直奔医院。

莺娘到了医院，医生很严肃地告诉她："病人需要立即做截肢手术，不然性命难保。"莺娘吓了一大跳，她惊恐地说："不截行吗？"医生问她："你是他什么人？"莺娘回答："我是他的嫂子。"医生果断作出决定，让莺娘签了字。莺娘坐在医院过道的长椅上，往事一幕幕在脑海里浮现：

那是多年前的事儿，陈秀英是四川邻水人，为了逃婚，只身跑到重庆江北简家台的表姑家。陈秀英的手很灵巧，帮人洗衣服、做手工活、扎鞋垫、做鞋子到大街上卖，所以在表姑家还勉强过得去。那时她已是二十好几的人了，表姑说给她找个人家，但一谈到婚姻，她就不愿意，总说一个人还好些。表姑很是不高兴，认为男大当婚女大当嫁，秀英这个年龄也该找婆家了。表姑想来想去，便想到街对面的简家两兄弟，简家两兄弟的父母死得早，简老大带着简老二一起生活，有两间破瓦房，两人都在打工，挣的钱勉强度日。

晚上，简家两兄弟回家了，表姑便进到简氏兄弟家，笑嘻嘻的一张脸，弄得两兄弟又端凳又倒茶的。表姑快人快语直奔主题，对简家老大说："老大呀，你也快三十岁的人了，该找个婆娘过日子，你看你家嘛，乱七八糟的，有个女人，啥事都好办了。"

简老大一听，感到十分尴尬，苦着脸说："表姑耶，我一个穷光蛋，哪个女人愿意嫁给我哟！"表姑说："现在又不是封建社会，讲的是耍朋友，双方对上眼，互相认可就行了。"

简老二说："大哥是安得家了，有了嫂子，洗衣做饭都不用愁了。"

简老大叹着气说："你懂个啥！哪家女子愿意嫁给我这个穷光蛋嘛。"表姑笑了笑，说："有个姑娘不嫌贫，就爱老实人。"简老大懵懂地问："是哪个哟？"

表姑说："我家陈秀英撒，我看你们就很般配。"简老大听了一阵狂喜，同街坊，经常见到的，就是没说过话。不一会儿，简老大又蔫了下来，丧气地说：

“人家那么漂亮，能看得上我这个穷得啥都没有的人吗?”

表姑笑容可掬：“择日不如撞日，今儿个我就把她领来你们见见面。”说完还不等简老大同意就出门去了。表姑是街上大家都熟悉的人，人们都喊她表姑。

不多会儿，表姑带着羞答答的陈秀英来了，简家两兄弟仿佛看到仙女下凡，紧张得满头大汗，简老大更是不知所措，说话也结结巴巴，“请，请秀英妹妹，坐，坐。”表姑拉着秀英坐下，秀英看都不敢看简老大，脸羞得绯红。

表姑问简老大：“你看我这表侄女好不好?”

简老大笑得很不自然：“好，好，真好。”

表姑又问：“这事行不行?”

简老大忙说：“行，行!”马上又惊慌地说：“不行，万万不行!”

表姑脸上有些不悦，心想这样的好事，哪里去找哟！其实，简老大心里又是喜又是愁，喜的是他做梦也没想到天上会掉下个林妹妹，愁的是自己穷得啥都没有。

表姑故意作态：“人家哪一点配不上你呢，你还万万不行呢?”

简老大战战兢兢小声地说：“我穷，穷得连彩礼都没有。”

秀英在一旁观察了一阵，觉得简老大人老实，是值得托付终身的人，便也不那么胆怯害羞了。

秀英红着脸说：“简大哥，不需要啥彩礼，把你家的钥匙交给我就是最大的彩礼。”

简老二一听，欣喜若狂：“大哥，划得着，一把钥匙个嘛，我们家又没啥子好东西，又不怕偷。”说着简老二忙把兜里的钥匙递给陈秀英。陈秀英笑着不接，简老二傻了，陈秀英说要的是简老大的钥匙。表姑给简老大使了个眼色，简老大很不好意思地把兜里的钥匙递给了秀英，秀英不接，简老大生气了，认为她们是在捉弄自己。表姑说：“傻小子，双手递上去，还要鞠个躬，这才是真心噻。”简老大明白了，双手递上钥匙，向秀英深深鞠了一躬。秀英也双手接过钥匙，表姑带走了秀英，简老大依依不舍地目送她们，感到自己是在做梦，连说了几声：“这是真的吗，这是假的哟?”还揪了一下简老二的耳朵，简老二痛得直叫：“是真的，是真的!”

第二天下午，两兄弟下班回家，因工地远，中午都是在工地吃饭，晚上自己回去弄饭吃。当简老大推开门，闻到一股饭菜香，秀英正在解开围裙。两兄弟一看，惊了，桌上放了几样秀英弄的菜，有红烧肉、凉拌豆芽、炒藤菜、小白菜豆腐汤，还有一碟泡萝卜丝，一瓶白酒。简老二高兴得跳了起来：“过年了!”

4

一个护士走了过来，说：“大姐，你回去吧，放心，这里有我们。”莺娘这才从回忆中走出来。护士嘱咐她弄些有营养的东西来。

莺娘回到家，把生蛋的母鸡杀了，炖了鸡汤，又站在门口，望着莺花渡，眼泪不断线地往下流。嘴里唉声叹气：“老大，你在哪里?”莺娘仿佛又看到了简老大拉着她的手，到莺花碛找漂亮的鹅卵石，在岸边放风筝……

莺娘背着毛儿，将鸡汤送到医院，绝望的简老二哭着说：“我没有了腿，我活着还有啥用?”莺娘走到他身旁，简老二看见莺娘那红肿的双眼，看起来只有一条线缝，他哭得更厉害了，他明白大哥已经被死神带走了。莺娘强忍着内心的剧痛，给简老二喂鸡汤，简老二坚决不喝。莺娘倒安慰起简老二来：“你哥命大，会找到的。”简老二向来都听大嫂的话，勉强喝完了鸡汤。

简老二人年轻，身体恢复得快，医院送了他一副拐杖，他已经能撑着拐杖在院坝里独脚走来走去。顽强的毅力使他很快康复了，但他永远失去了一条腿，他对生活失去了信心。

莺娘把简老二接回了家，强扮着笑脸，安慰着简老二：“天无绝人之路，我们总要活下去。”

简老二在莺娘的精心照顾下，能一只脚站起来在家中单脚跳着走路。莺娘做事时，他总是周到地照料着毛儿。简老二能拄着拐杖到江边提水，也能用双手做事，简老二发誓凭自己的双手要养活嫂子和侄儿。简老二受伤的事儿惊动了许多人，有个好心人帮他在刘家台的一个包装盒坊找了个活路，他很快就熟悉了，用双手辛勤地干活，包装盒做得既标准又漂亮。他每天下班回来，莺娘已将热水准备好，让他洗脸，热腾腾的饭菜已经摆在桌上，简老二十分敬重和感谢大嫂。莺娘对简老二也热情周到，细心照料着简老二的生活。

一到晚上，莺娘哄睡着毛儿后，就会跑到江边，呆呆地看着江水，泪水不断地往下淌。简老二也躺在凉板上，想着大哥，这苦日子何时到头。

莺娘眼睛看东西渐渐地模糊，连针也穿不上了。她怕简老二担心，从不提起此事。

一天，莺娘提着剩下的手工制品到莺花碛岸上的小摊上去卖，背上背着毛儿，手上提着篮子，走着走着，突然头一晕倒在地上。人们把她扶起来，毛儿哭得很凶。有好心人赶紧去通知简老二。当简老二过来时，莺娘却看不清他的脸，莺娘突然一下明白自己已经瞎了，由于长期的哭泣，她眼睛就这样瞎了。

简老二把莺娘带到大医院去看，医生说："视网膜坏了，神经也坏了，治不了了。"简老二不服这口气，到处求医，终于遇到一位老中医，老中医也摇了摇头，"你这小子呀，怎么这样对待你老婆呢?"简老二顾不了这么多了，直点头说我错了。莺娘拉住他，捂着他的嘴，老中医接着说："你不是人啊，你这样虐待你老婆，让她天天生气，长期哭泣，忧虑成疾，你老婆是被你气瞎了的。"莺娘争着说："他是我的小叔子，我男人死了。"老中医很惊讶，问了事由，深受感动，说："你是好人，错怪你了，我这里给你配药，每日熬三次，喝一半留一半，用布浸药水盖在眼睛上，干了又换，一日十次，你做得到不?"简老二忙说："百次也能做到，只要能治好我大嫂的眼睛。"老中医安慰莺娘道："人死不得复生，要想想娃儿，你还年轻，日子还长着呢。"莺娘如做了一场梦，觉醒不少，我一个人不能害了两个人呀。

回到家，莺娘像变了一个人似的，对简老二说："我在老家就会编草鞋，你给我买些草来，在裁缝店要点废布条回来，红的、黄的、花的，啥色都可以。我也会挣钱的。"简老二说："你看不见，咋个行哟?"莺娘说："我摸着也能把草鞋编出来。"简老二半信半疑，买回来一些草，又到裁缝店要了一些废布条。莺娘坐在小凳上，把草理得顺顺的，把布剪成一条条的。摸索着编起来。不一会儿，一只草鞋就编好了。简老二真不敢相信，这草鞋比一些好眼睛的人编得还好，又结实又美观。简老二兴奋地说："嫂子，教我，我也学，多挣钱，让毛儿将来多读书。"

莺娘脸上终于有了难得的笑容，简老二看了心里也宽慰不少，也笑了起来。

简老二按照老中医的嘱咐，天天熬药，天天为莺娘敷眼睛。莺娘心里过不去，每天也催简老二去上班，她摸着也能做活路。简老二为了生活也坚持上班，下班回来后跟着莺娘学编草鞋，怎么用草，怎么把布条夹在其中，简老二手也巧，很快学会了编草鞋。草鞋编多了，就拿到市场去卖。简老二把草鞋搭在背上，莺娘背着毛儿，一手提着草鞋，一手牵着简老二的手，简老二就成了莺娘的眼睛。草鞋好嘞，干苦力的人都识货，一下子就抢光了。

知道的人们都说，他们是不是夫妻的好夫妻，不知道的都夸人残志不残，他俩听了心里也甜滋滋的。经过简老二的精心调理，莺娘的眼睛能够朦胧地看到东西的模样了，简老二也稍微放心起来。

一天下午，简老二提前下了班，在岸边摘了许多野花，红的，黄的，他做了一个花环，兴奋地赶回家。莺娘正在编草鞋，简老二进来，莺娘忙问：“老二今天又提前完工了？”简老二高兴地说：“嫂子，你看这是啥？”莺娘轻轻地抚摸着花环，“是花环，一定很美！”简老二笑了笑说：“跟嫂子一样美。”“瞎扯，一个瞎子有什么好看的。”简老二把花环戴在莺娘头上，心情十分激动，壮着胆，跪在莺娘面前说：“大嫂，嫁给我吧！我要照顾你一辈子！”莺娘惊呆了，其实她的心里也有简老二，这些日子，他们深知谁也离不开谁。莺娘忙说：“得问问你哥。”简老二也愣住了。莺娘叫简老二把家中留的香蜡纸烛带上，简老二很听话，收拾了家里的香蜡纸烛，莺娘背着毛儿，他们来到了簸箕石，点燃香烛，莺娘跪下，也叫简老二跪下，莺娘对着滔滔江水，大声呼喊：“老大呀，今天我要嫁给老二了，你同意吗？”

这时，姜贵突然冒了一句：“好事噻，哪个田坎不长草，哪个兄弟不爱嫂，这个嫂子嫁给简老二了哟？”

唐小壮说：“对头，好事还多着呢，今后我慢慢给你们讲，现在我带你们到工厂去看看。”

5

众人跟着唐小壮来到工厂，看到大吊车，好气派，挖土机轰轰地响，劳作的工人们正干得欢，大家看得眼花缭乱，好一派劳动的景象。唐小壮把大家领进一间板房，里面布置得很简洁，一张办公桌、一张收叠床、一个立柜、几张凳子。

唐彪问道：“幺爸，你不领我们到你屋头去，领我们到你办公室来干啥？”

唐小壮笑了笑说：“这就是我的家，也是我的办公室。”

这时，姜贵急着问：“你都出来这么多年了，又是个项目经理，你莫开玩笑哟，带我们去见表叔娘和你们娃儿噻！”

唐小壮沉默了一会儿，说：“我没打算安家，不过有一个干女儿，快要大学毕业了，过几天你们见见面。”大家半信半疑，也没什么可说了。

唐小壮没有说假话，他一心想找到翠翠，他相信翠翠是真心爱他的，是被姜敬良骗走的。这么多年来，除了工作，他就是到处打听翠翠的消息。

十多年前，一场事故夺走了一位工友的生命，他的妻子伤心过度，一时想不开跳河淹死了，留下一个正在读小学的女儿——刘小梅。唐小壮决定收养她，刘小梅也很听唐小壮的话，在唐小壮的抚养下，现在刘小梅也快大学毕业了。

正在大家感到没话可说的时候，进来一个人，走路脚一踮一踮的，大约六十岁，平头，有些花白的头发，但红光满面，精气神十足，声音洪亮，笑嘻嘻地问："小壮，来稀客了？"

唐小壮忙迎上去，"简总，你那么忙还来看这些娃儿。"

简总故作生气的样子，"我就想来看看四川来的娃娃。"

唐小壮向姜贵他们介绍道："娃儿们，这就是我遇到的贵人，简总，他是重庆江北简家台的人，也是给我二次生命的人。"

简总忙制止道："哪来的话，是你有出息、能干，当然也是我们有缘分。"

那年赖大勇救了唐小壮后，见唐小壮孤身一人，没有去处，就把唐小壮带到简总这里来。想到简总的右腿是假肢，很不方便。就带唐小壮来到简总家。简总见了很是喜欢，说什么我不用照顾，你带他去学习些技术吧。唐小壮看简总如此仗义收留他，对简总感激不尽。

如今，唐小壮带了这么几个年轻人来，心里也难为情不好开口，原本他只告诉简总，他是去接唐彪的。

简总看出了唐小壮的心事，而现在公司也不差人。简总也感到困难，为了解开唐小壮的心结，直接说："小壮，不用愁，多一两个人没问题，我看，唐彪、姜贵先到车间学技术，叶桂花可以到食堂帮工。"

唐小壮感激万分，没想到简总如此解人心意。谁知姜贵直接摆手说："简总，我不当工人，我吊儿郎当搞惯了的，想学本领闯江湖，宁当穷老板，不当富丘二。"

简总打量着姜贵，这娃还有点野心，想当老板，有雄心壮志，自己不也是单打独闯发展起来的吗，简总觉得姜贵的性格很像当初的自己，心里突然喜欢起这个小伙子。

简总说："好，我教你修表、修钟、修电器，怎样？"

姜贵问道："这玩意儿好学不？赚钱不？"

简总脸一沉，"干啥事儿都要有决心，学就要学到底。"

姜贵心机灵巧，马上跪在地上，"师傅在上，徒儿给您磕头了！"

简总忙扶起姜贵，说："使不得，使不得！"从此姜贵就在简总办公室学手艺，叶桂花就在简总家帮忙做家务，也跟莺娘学做日常用品买卖的本事。

姜贵手巧心灵，学得很快，几天下来，一只表拆了下来，很快就能组装好，换个零件，那就是再简单不过了。简总很喜欢这个聪明能干的徒弟，“你可以出外找钱了，你要记住，不要坑蒙拐骗，挣干净钱，多为老年人服务，你有了信誉，找你修表的人就多了，挣的钱就多了噻！”

姜贵连连点头，很难为情地说：“简总，我一辈子都忘不了你的大恩大德，我向你作个揖。”说得简总哈哈大笑。

叶桂花在莺娘的指导下，也懂得了小商品加工、包装、买卖行道的规矩。但她心里为难的是，自己出来的时候就发现怀孕了，为了出来，她一直瞒着姜贵，再说她也没有什么妊娠反应，现在肚子一天天大了，她不得不面对这个重要的问题。

姜贵照简总的意思，决定出外挣钱，叶桂花也可以摆地摊了。姜贵和叶桂花就在一个小街道的路旁，摆了一个摊，铺了一张大塑料布，把大编织袋里装的童装、童鞋、丝袜，还有些小商品拿出来，摆得整整齐齐。姜贵操着一口川普（四川普通话）喊道：“走过路过，不要错过，便宜买好货。来来来，买一双，送一双，买一件送一件，亏起血本都要卖……”姜贵又在旁边打开一张十字小方桌，把修表的工具和一些旧表摆了上来，笑嘻嘻地对过路的人说：“我的本事高，再坏的表我都修得好，修不好不收钱，大家快来哟！”

要说亏本做生意，那是假话，姜贵卖的丝袜、童鞋、童装，都是从广州进的货，路程远，货又多，确实辛苦，但货来得便宜，两口子在外边也学了不少做生意的经验。丝袜、童装、都是从私人老板那里买的，袜子每斤 15 元，童装每斤 20 元，标签 5 分钱一个。他们在河南后街租了间屋进行加工，按尺寸剪好白色的薄纸板，将袜子套上，贴上标签，卖 5 元钱一双，买一双送一双，都净赚 2.5 元一双。童装用熨斗熨一下，标价 10 元，那些娃娃要的小商品，是老板送的，不要钱的，卖个一两元钱，只要娃娃喜欢，大人都会买。

这天，来了一位高大的姑娘，气冲冲地对姜贵说：“你的货是假的，穿两天就挂丝了！”说着她伸出腿让姜贵看，姜贵一看，袜子从小腿到大腿裂开了一条缝。姜贵面带笑容，轻声细语地说：“小妹妹，真货假不了，假货真不了，我从不卖假货，你看你那脚指甲好长，是它把袜子划破的。”姜贵又说，“不怕脚指甲长，穿要有方法，我来教教你，保证不得破。”他让这位姑娘坐在凳子上，让她把长筒透明丝袜脱了，拿出一双新袜子来，当着姑娘面前撕下标签，拆开包装，把袜子收到袜底，再让姑娘脚伸进去，慢慢往上套，趁机在姑娘白白的腿上摸了一摸，一直套到大腿处，姑娘害羞地用手遮住。姜贵心里咕哝道，北方姑娘看起白，摸起真粗糙，还没我老婆嫩。嘴里却说："小妹儿，怎么样，你看好美哟！"姑娘感到难为情，"好了，大哥，我懂了。"说完递了 50 元钱给姜贵。

6

时间过得很快，姜贵和叶桂花在郑州的小街上做生意已经快三年了。姜贵走街串巷，给人修表修钟，由于技术精湛，很受大家的欢迎。他确实也有些做生意的诀窍，加上能说会道，特别是老年人，很信任他，哪怕坏了一个零件，也让他全部换新的，这样下来，姜贵赚了不少钱。

来郑州的头一年，叶桂花生了一个儿子，取名瑞儿。这一年，又生了个女儿，名为巧儿。两口子也挣了一些钱，租了一间好点的房子，全家人过得还算舒坦。

辛勤的劳动得到了收获，两口子存的钱也快有 10 万元了。

天已黑尽，姜贵收拾完碗筷，提了一桶水到厕所里冲了澡，回到卧室。见婆娘叶桂花正侧卧着喂女儿奶。姜贵望见婆娘那白白的大奶儿心里痒痒的，猴急地靠在叶桂花身边，摸了摸叶桂花的脸，嬉皮笑脸地说："桂花，我也吃两口。"叶桂花不耐烦地说道："巧妹儿还没睡着呢，今天困了，早点儿睡！"

一会儿，巧妹儿吃饱了奶，睡着了。姜贵笑嘻嘻地说："还早，我们来耍一盘嘛。"突然听到小床上瑞儿的哭叫声，两人忙顾起娃娃来，月光下，瑞儿正朝他们看着，哭得尖叫。姜贵吓得钻进被窝里，叶桂花忙下床来到瑞儿身边，"瑞儿，是梦了，梦到麻老虎了，吓到了！"瑞儿才三岁，哪知大人们的事，哭着说："妈妈，爸爸真坏，爸爸打你。"叶桂花听了，惊了一跳，心想糟糕，这事怎么能让娃儿看见。叶桂花忙说："瑞儿，是你爸和妈开玩笑。"瑞儿眼含泪水，不服气地说："我听到你的叫声，是爸爸把你打痛了！"叶桂花又忙解释道："是开玩笑，是妈妈在笑！"瑞儿睁着大眼："那不是笑，是在哭！"叶桂花忙把瑞儿放倒在床上，轻轻拍着瑞儿，"快快睡吧！"瑞儿拉着叶桂花的手，说："妈妈别过去，爸爸还要打你。""好好，妈妈陪着你。"叶桂花弯腰拍着瑞儿，嘴里哼着歌："城里的姑娘下乡来，脚上穿的是高跟鞋，哟，哟，这么大个灶灶要架多少柴？乡下的姑娘进城来，脚上穿的是绣花鞋，哟，哟，这么小个灶灶怎么好架柴……"

第二天清晨，瑞儿从未起来过这么早，呆呆地坐在小凳上，叶桂花端了盆热水，给瑞儿洗脸。姜贵笑嘻嘻地对瑞儿说："瑞儿今天好乖，起得好早！"瑞儿瞪了他一眼，骂道："爸爸是个大坏蛋！"姜贵显得有些尴尬，晓得是昨晚的事被瑞儿看见了，心里也不是滋味。叶桂花故作严肃地说："瑞儿，那是爸爸和妈妈开玩笑，今后不开了！"姜贵认真地说："那怎么行，猫都要叫春呢！"叶桂花听了咯咯地笑，"莫在娃儿面前讲这些！"瑞儿听不懂大人说的话，生气地说："不准开玩笑，尽是妈妈挨打！"姜贵不知哪儿来的无名火，"大人开玩笑，管你娃啥事？"瑞儿一听爸爸凶他，哇哇大哭，叶桂花一边骂着姜贵，"老不正经的东西！"一边哄着瑞儿，"乖乖，我一会儿打你爸爸，瑞儿不哭了。"

"妈妈，我帮你打爸爸！"瑞儿真犟，叫姜贵趴在地上。

姜贵哪能听瑞儿的，骂道："小不大个人，管起你爷老子头上的事！"

瑞儿听了一阵嘶叫。叶桂花心疼瑞儿，揪住姜贵的耳朵，"趴下，让儿子骑马儿。"姜贵向来怕老婆，于是趴在地上。叶桂花把瑞儿抱到姜贵背上，瑞儿好不得意，乐呵呵地叫起来："我帮妈妈打爸爸了！"说完小拳头使劲儿捶姜贵后背，还叫道："看你今后还打不打妈妈！"这话把姜贵逗乐了，念叨道："打是亲，骂是爱，两口儿不打不自在。"娃儿家听不懂姜贵的话。叶桂花抱下瑞儿："好，刚刚爸爸认错了，连说了两个不字了。"瑞儿笑了："好，不打了！"

全家吃完早饭，叶桂花用布兜背着巧儿，两手提着大包，姜贵牵着瑞儿，一家人朝市场走去。市场上小贩们已来了不少，姜贵一家又开始了新一天的生活。

7

简总，就是前面讲的简老二，姓简名忠义。自他大哥死后，他和大嫂莺娘在一起生活，产生了好感。他拄着拐杖，到处为莺娘寻医问药，在简忠义的百般呵护下，莺娘的眼睛渐渐看得到光了，模模糊糊能看到一点东西。

一个好心的邻居，要搬离简家台，便把自己的修表店以很便宜的价钱转让给了简老二，还手把手教会简老二修表。简老二不但人老实，学技术也十分专心，很快学会了手艺，邻居放心地走了。简老二专心干起修钟表的营生来，莺娘也摸索着煮饭，带娃娃，日子还过得去。

简老二的修表技术渐渐地传到四面八方，连嘉陵江对面的人都来简老二店里修钟表。

一天，一个带着河南口音的男子，来到简老二店里。这男子把自己的手表故意弄坏，就是来看看简老二到底技术有多好。

简老二打开一看，知道来者不善，表本身不可能坏到如此程度。简老二不说二话，开始修起表来，没费多大工夫就把表修好了。这男子才说自己叫刘盛，是公司的员工赖大勇介绍来的，今日亲眼所见不得不佩服。

这人心直口快，对简老二说："简师傅，手艺如此了得，能请你到我公司工作吗，保证收入翻两倍。"简老二听说该公司是修仪表、电器等设备，便直说不行，干不了。男子真诚地说道："修仪器就和修表一样，你修得好表，就修得好仪器，我看中你了，希望我们能够合作。"

简老二听了十分欣慰，但一听是到河南郑州，就不愿意了，因为他不愿抛弃莺娘和娃娃，到外头挣大钱。那男子得知情况后，对简老二保证，到郑州后，一定给他安上假肢，让他全家都搬过去。简老二听了很高兴，对男子说回去跟家人商量一下。男子说："那好，我明天来店里听你的答复。"

简老二回到家，和莺娘商量到郑州工作的事儿。一开始莺娘听了满口拒绝，简老二怨气地说："我们这个家，在这条街上议论的人太多了，我总能听到一些闲话。"莺娘听了，也想到了这一点，叔子娶嫂，很多人不理解。就算简老二为人再是憨厚老实，莺娘对人再是热心和气，总还是躲不开有些人的奇谈怪论，莺娘心想，走远一点，到谁也不认识的地方去生活，也是件好事，便答应了简老二全家去往河南。

简老二带着莺娘和毛儿乘上了去往河南的火车，离开了生他养他的地方，他心里总有些不是滋味，往事不断在脑海里浮现。

简老二想到那天，一个响雷在莺花渡口上空炸开，一道闪电划破天空，顿时倾盆大雨，向莺花渡口扑来，打在簸箕石上。简老二正和简老大收拾工具，突然坡上一块大石头向他滚下来，简老大大叫一声，扑倒简老二，虽然石头没有砸在头上，却砸到了简老二的左腿，简老大拼命地想推开这块大石头，谁知一瞬间泥浆冲下来，带着无数的石头，一块拳头大的石头，击中了简老大的头，简老大根本站不住，被这些大大小小的石头冲击着，滚进了江中……

简老二又想到莺花碛，是块带季节性的江洲。从每年九月到第二年五月，莺花碛都会被淹在水中，端午前后才会露出水面。穷人们都在莺花碛岸边不远处，把茨竹用粗绳拴在一起的竹排围在一起，上面盖着芦草，形成一个能遮阴的小摊，有卖菜、卖杂货的，是个不成形的小集市，只要一涨水或者遇到大暴雨，人们便忙着把这些竹排、芦草盖收了，迅速撤离，等雨停了，水退了再摆上，开始自己的小买卖，人来人往还有些热闹。简老大帮莺娘摆好摊，简老二让毛儿骑在自己的颈上，到莺花碛的江洲上去捡各种颜色的鹅卵石，有时也放风筝，一家人虽然穷，但过得还算快乐……

简老大过世后，为了照顾嫂子和毛儿，简老二承担了家里所有的生活重担。两人在一起相处，日久生情，简老二顶着风言风语，最终和嫂子成了家……

此时的简老二感慨万分，离开简家台，从他内心来说，是不愿意的，加上莺娘又不是本地人，但去往郑州对莺娘来说也可能是个好事。莺娘抱着毛儿，头靠在简老二的肩上，似睡非睡，她觉得自己像是飞出了笼子的小鸟，离开那个是非之地，到一个陌生的地方去生活，开始人生新的道路，心里倒有几分安慰。

火车开了很久，终于到了郑州。他们下了火车，到了火车站出口处，只见那河南人，正带着几个人在那里欢迎他们呢。一个工人手里举了一块硬纸牌，上面写着“简忠义”三个大字。简老二一眼就看到了，对莺娘说：“接我们的人来了。”简老二牵着莺娘朝那几个人走去。一个自称叫赖大勇的人，走上前来握住简老二的手，热情地说：“我叫赖大勇，我家住在重庆化龙桥，我的大哥叫赖大全，现在也是在重庆生活。”他又指着旁边一位中等个儿的人说：“他叫唐小壮，也是跟我们一起从四川来的兄弟。”

赖大勇把简老二拉到那个河南人面前，说：“这是我们公司的总经理刘盛。”

刘盛满脸笑容，伸出大手，热情地握住简老二的手，激动地说：“忠义师傅，我们终于把你盼来了！”简老二也十分激动，“我们全家都到你这里来挣口饭吃，真不好意思哦！”刘盛摇了摇头，“你这话就不对了，你是我千里迢迢寻来的师傅哟！”赖大勇说：“我久闻大名，本来应该是由我来请你的，刘总怕我请不动，结果刘总亲自来，终于把你请来了。”大家一阵欢笑。

回到公司后，赖大勇把简老二带到刘盛亲自安排的一室一厅一厨房的小屋里，家里什么家具用品都备齐了，连锅、瓢、碗、灶都是准备好了的。简老二惊讶地说：“耶，这样的房子，我怕连房租都付不起哟！”

赖大勇说：“这是刘总专门给你们夫妻安排的职工住房，一个月只交点水电气费就行，其他啥也不用管。”

莺娘模模糊糊地看见这些东西，感到自己好像有了一个新家，拉着简老二的手，感慨地说：“刘大哥真是个善人，将来你要好好干。”简老二含着泪点了点头。

第二天，莺娘早早起来，为简老二煮了早饭，催简老二快去上班，给人家一个好印象，不要第一天就迟到。简老二刚一出门，赖大勇、唐小壮就来到了门前。简老二高兴地说：“我今天在哪里修钟修表哟？”唐小壮热情地说：“今天刘总派我们俩带你到一个地方去，兑现他给你的承诺。”简老二也忘了刘总给他承诺过什么，也就稀里糊涂拄着拐棍跟他们一起走到了公路边，上了一辆小车。简老二兴奋不已，这一辈子都没有坐过小车。小车开到郑州一个大医院，赖大勇和唐小壮扶着简老二进了医疗器械服务中心，两个医生走了过来。赖大勇忙介绍道：“这就是刘总说的来安假肢的师傅。”简老二听了震惊不已，一下想起了刘盛在重庆时给他的承诺，说到郑州后要给他安假肢，简老二直摆手，“要不得要不得，这不知道要多大的费用。”

唐小壮说：“这是刘总专门安排的，属于公费医疗，方便你将来走路。”简老二眼含热泪，怀着无限感恩，下决心要搞好一切工作，来报答刘总。

8

姜贵生意越发红火，叶桂花的小商品买卖也越做越好，两人生意不断兴旺起来。在姜贵的修表摊，有时还排起队来。河南人很耿直，舍得拿钱，姜贵手艺越来越精，深受当地人的认可，许多人从大老远跑来他这里修表。

一天，一个穿着黑白条纹衬衣，近六旬的瘦个子男人，来找姜贵修表。他那河南话中带着四川味，姜贵听得很明白，因为从四川来这边的人都说这种倒土不洋的普通话。那先生问道：“小兄弟，我是郑州城边小村的乡村教师，我这老怀表能不能修哟？”姜贵一看他那老旧发黄的旧怀表，感到有些好笑，便说：“都这个年代了，哪个还用这种老掉牙的旧怀表。”那先生说：“用是没用了，老了旧了，也不时兴了，但它却有很大的意义，是我岳父大人送给我的，十分珍贵。”

姜贵看了看这位先生，好奇地问：“既然这个表这么有意义，那我保证修好，而且还要让它走起来！”姜贵的川普带着浓浓的广安口音，那先生惊奇地问道：

“你是四川广安的人吗？”

“我是四川广安灵王庙的人。”

先生感到十分惊讶，总觉得这小伙子面熟。姜贵自我介绍道：“我姓姜名贵，母亲叫殷秀。”先生听了脸色大变，惊讶万分，心里直念到殷秀、殷秀、殷秀，这怀表正是他的岳父殷元楷送给他的。

此人正是姜敬良。姜敬良一下猜到这是他儿子，在万分激动和紧张中，他又十分懊悔，这不就是自己的儿子姜贵吗！想认又不敢认，抓起怀表拔腿就跑。姜贵感到莫名其妙，还认为他是神经病呢。

姜敬良跑得气喘吁吁，回到村小学自己的家中，他把遇到的情况告诉了翠翠，翠翠顿时泪花直滚，这二十多年来，她每时每刻都在思念家乡的人们。她很埋怨姜敬良把她骗到河南来，但姜敬良又真心爱她，这让她恨不起来。翠翠和姜敬良到了河南后，姜敬良说的那个亲戚也没找到，好在他们有些文化，被人介绍到这里一所村小学教书。在这贫瘠的山村，人们很希望有他们这样的人，很快他们便在这里扎下了根。姜敬良教数学，翠翠教语文，两人都表现得很好，姜敬良由于成分问题，没能入党，但翠翠入了党，年年被区里评为优秀教师。

村小学确实穷，几间破旧的房子做教室，半个篮球场是孩子们活动的地方。小学旁边有条从山上流下来的小溪，一块厚木板搭成的桥，就是孩子们每天上学放学过路的地方。

那年夏天，突如其来的一场暴雨，把这木板桥冲走了。翠翠当时正怀着三个月的身孕，她和姜敬良眼睁睁看着溪那边的十来个孩子过不来，翠翠喊姜敬良站到溪水中去，姜敬良吓得直抖，说：“那不淹死我呀!”翠翠骂了声：“胆小鬼!”说完自己跳进溪水中。姜敬良被翠翠的行为感动了，又见水直逼翠翠腰间，心想一个大男人还不如女人哟，也跳到水里，两人合力把孩子们抱了过来。孩子们都回到了学校，姜敬良把翠翠拉上了岸。因为翠翠站在水里时间太久，受了风寒，更严重的是翠翠因此流产了，孩子没有了。由于山村缺医少药，从此翠翠落下病根，再也没怀上小孩。

翠翠听姜敬良说他见到了姜贵，又惊又喜，埋怨道：“见到亲儿子都不敢认，你像个当爹的吗?”

姜敬良苦着脸，“我想认啊，又怕认错，更怕这二十多年都没回家，他不认我，那我好难过哟!”

翠翠听了觉得有些道理，这辈子对不起殷秀，想来殷秀也不会原谅她。想不到姜贵就在自己身边，虽然姜贵不是自己亲生的，但他总还是知道姜敬良是他亲生父亲，哪有不认的道理。姜敬良始终放不下面子，天大地大，本想远走他乡，永远不见面，没想到这天地又是这么小，上天居然把儿子送到身边，弄得姜敬良六神无主。翠翠还是决定要去认，思乡思亲的念头在心中几十年了，这是天赐良机，血缘是永远断不了的。

翠翠要姜敬良说出姜贵在什么地方，急着自己亲自去打探，翠翠说干就干，背上皮包，装上钱便出了门，朝姜敬良说的地方走去。

翠翠来到地摊市场，她一个个地摊挨着找寻，终于发现了姜敬良说的那个人，仔细一端详，还真有几分像姜敬良呢。这时姜贵在地摊旁用川普高声喊："走过路过，便宜买好货！"

这下翠翠犯傻了，不是说姜贵在修表吗？她走近几步，这才看到在地摊旁边，有个木板架子，上面摆了不少的手表和修表工具。翠翠站在木板架子前，装作冷静地说道："修表的师傅在哪儿哟？"姜贵一听生意来了，满脸高兴地走过来，"大嫂，我刚是过去给老婆守摊，我就是修表的，你把手表取下来给我看看。"翠翠本是来找人的，不是修表的，姜贵这么一说，她倒紧张起来，听到叫她取下手表，她不由自主地把手表取了下来，递给姜贵。

姜贵戴上钟表修理放大镜，"我们老实人家，从不坑蒙拐骗，不赚昧良心的钱，你这块表是好的，不用修。"

翠翠一时不知道说什么好，机灵的姜贵哪有不想赚钱的道理，何况是送上门来的。姜贵说："大嫂，不过你这块表也该洗得油了，打整一下，又像个新表。"翠翠的紧张感好像一下得到了解脱："就是就是，好久没有洗油了。"

姜贵坐下来，迅速地拆下表的零件，放在一个小油碟里，用镊子把每个零件反复地轻轻洗着。

翠翠问道："师傅，你刚才还在地摊上吆喝呢，又修表又摆摊，好辛苦哟！"

姜贵朝地摊看去，说道："那是我老婆，地摊是我老婆在守，我有时候过去打个下手，帮个忙。"

翠翠看到了眉清眼秀，身材较丰满的叶桂花。翠翠想到带出来想给姜贵的钱姜贵他肯定不会收，洗个表也要不了多少钱。突然，她有了办法，翠翠走到叶桂花面前，叶桂花高兴地介绍道："缝缝补补有针线，织件毛衣有毛线，还有大人小娃穿的鞋和袜，货儿很齐全，任你挑，任你选，歪货不要钱。"

翠翠忙夸道："小妹儿嘴好甜，我就多买点。"

翠翠从皮包里抽了一个布袋，打开布袋，这布袋还真大，她要了两盒扣子，又要了十盒袜子，净是一盒一盒地要。叶桂花倒急了，"大嫂，你要这么多干啥，我们是卖零售价，不搞批发哟！"

翠翠装作不在乎的样子，说："小妹儿，你的货这么便宜，人又和气，我买点送亲戚朋友，我肯定按零售价买。"布袋都被小商品装满了。叶桂花遇到了大买主，心里乐开了花，姜贵过来把表拿给翠翠，见翠翠买这么多东西，很是高兴，忙说："洗个表就不要钱了。"翠翠哪由得姜贵，"我晓得洗个表要二十元。"说完非要递给姜贵二十元不可。

两人正客气推让时，一个喝得酩酊大醉的瘦小伙碰到了翠翠，翠翠本能地后退了一下。这时另一个胖小伙想上来抢翠翠的钱包，姜贵赶忙上前阻止，醉汉故意掀翻地摊，货撒了一地，叶桂花气得双脚直跳，一耳光打在醉汉脸上，那家伙还嬉皮笑脸地叫道："真是个美人儿，哥哥亲一口!"说着向叶桂花扑来。翠翠立即上前抓住这家伙的手臂，"你们太无法无天了，大白天抢劫，还有王法吗!"

姜贵见老婆受辱，猛扑过来，和胖家伙扭打起来，那瘦小伙也扑上来，两人把姜贵按在地上打。这时一个年近六旬的男人冲了上来，一把抓住胖子的头发往后拉，怒吼道："不准打我儿!"

这人正是姜敬良，他见翠翠出门，便一直跟在后面，没想到看到如此情况，也顾不了什么了，便冲上去帮姜贵的忙，他这辈子，面对暴力，这是第一次这么勇敢。但他这把年纪哪是人家的对手，那胖子翻过来一拳把姜敬良打倒在地上。

这时，只见小商贩们有的提扁担，有的拿扫帚，一边喊一边冲了过来，那两人见一群人冲上来，酒醒了一大半，拔腿就跑。

翠翠扶起还在流鼻血的姜敬良，姜贵也从地上爬起来，刚才他仿佛听到这老人说不准打我儿，于是敬佩地说："老先生真会用计谋!"

姜敬良中肯地说："我真是你爹，叫姜敬良。"翠翠难为情地说："这是真的，我是翠翠。"

姜贵这下明白了，他真不相信这是真的，更不愿意这是真的。他疯狂地吼道："这不是真的，你们是骗子!"说完发疯似的向大路跑去。

第四章

1

简老二安上假肢后扔掉了拐杖，起初他很不习惯，皮肤接触假肢的地方还有些痛。简老二深感刘总的大恩大德，没有休息几天，就非要上班。他强忍痛苦，在赖大勇、唐小壮的带领下来到车间。有时走路上坡时，他们两人都来扶他，他坚决不让。

刘总也到车间来了，一个技术员拿来了一些仪器、电表、电动机等，打开给简老二看，简老二惊讶了，心想我一个修表的，怎么会修这么大的仪器?

刘总看出了简老二的顾虑，耐心地说："小简，这些仪器的原理跟钟表的差不多，有的比钟表零件还大，修起很顺手，也有些跟钟表零件大小差不多，也有的还小些，我看过你的手艺，要不了两天你就会了。"

简老二头上冒着冷汗，仔细听着技术员的讲解，电动机有哪些部件，仪表有多少零件，只要搞懂它们谁连着谁，就能接通修好。

简老二毕竟是修钟表的行家，他一听就懂，就是这些仪表的名称一下记不了。在技术员的指导下，简老二很快认识了这些机器、仪表各个部件的名称，掌握了它们的结构，有些真的跟修钟表的难度差不多，甚至有的还简单些。不多久，简老二就能独立操作了，修好的设备跟新的一样好用，大大降低了成本，特别是在集成板上的点焊，点点大小均匀、光滑，跟买的新坂一模一样，受到技术员和工人们的高度赞扬，工人们都称他"精师傅"。反过来，他倒教起那些技工怎样修理、怎样用材料、怎样解决焊接中的难点了。有的仪表坏了不能修，往往都被当作废品处理，但简老二都要一一检查，能修的尽量修，有些不能修的，换上了新零件，也照样能使用，他这种精神感动了所有的工人。

简老二入迷地爱上了这份工作，他对每件电器仪表都了如指掌，手艺更是达到精益求精，无所不通的境界。

刘总十分看重简老二的手艺，更看重他的人品，为公司创造了这么多利润，从不向公司伸手，公司给他的特别奖金，他都是一分不少地送回财务部门。刘总也是个重情重义的人，把简老二创造的财富用来发展业务，同时单独作为简老二投股的资金。

刘总想给简老二安个总工程师的职务，简老二坚决不接受，说什么大字不识两个，当不了这个总工程师，倒还捆绑了自己的手脚，自己这样放手大干比什么都好，兴盛电器公司在简老二手里发展壮大起来。

市场经济竞争十分激烈，新兴的电器行业朝着高科技发展，兴盛电器公司面临着空前的挑战。

随着刘总年龄增大，身体渐渐支撑不住，加上无儿无女，他把自己的希望都寄托在简老二身上。

简老二经历了岁月的锤炼，有了一定的商业知识和经营经验。他看清了经济发展的形势，带着赖大勇、唐小壮两个得力助手到深圳去了一趟，学了不少经验，特别是增长了企业发展的知识，扩大了眼界，回来后人也变了，决心帮刘总大干一番事业，作为报答。

简老二大胆地向刘总提出自己的想法，只走电器行业这条路行不通，公司应开发新的项目。他在深圳看到的、学到的东西应该用起来，他建议刘总搞房地产，刘总听了大为震惊，十分欣赏简老二的魄力，也十分赞同简老二的想法，但这需要多少资金啊，刘总感到万分为难。他紧握着简老二的双手，严肃而谨慎地说："忠义同志，你给我出了个好大的难题啊！"简老二从来没有听到过刘总称他忠义同志，心里热乎乎的，信心更大了。这是一个上司和长辈对他的无限信任。

简老二感动地说："我大胆地向你建议，把厂房、库房、设备等全部抵押给银行贷款，成立兴盛房地产有限公司，这样有了钱，我们就可以大胆地干起来。同时向外建立分公司，我认为我们这里的四川人多，就在重庆开设个分公司，派赖大勇同志担任建立分公司的工作。"

刘总热泪盈眶，"啊，还是年轻人有胆量，这些事我这个老头子想都不敢想哟，我就先任命你为兴盛房地产有限公司总经理!”

简老二大吃一惊，“我怎么能担任这份总经理的职务啊!”刘总说：“非你不可，不然这个公司我就不同意你办。”

简老二感到压力很大，为了兴盛事业的发展，他勇敢地承担了这个重担。简老二说：“但我文化差，很多文字都不认得，搞文职工作是个问题。”

刘总笑了笑，“你不是有个儿子叫毛毛吗，在钢铁学院毕业不久，现在在哪里工作哟?”

简老二回答道：“你说的是简强吗？他才大学毕业几年，干不了什么。”

刘总说：“你有胆略，又有创业的经验，你儿子年轻有为有文化，这不刚好文武配齐了吗，让他当你的助手。”

简老二脸红了，笑了笑说：“哪有老子推荐儿子的。”

刘总一本正经地说：“古时候，有个叫祈黄羊的人，举贤不避亲仇，他同时推荐有才干的讨厌他的人做官，也安排自己有能力的亲属做官，你就收了你儿子为助理吧!”

简老二无话可说，要干翻大事业，应该抛弃一切顾虑，坚定有力地答应了刘总的条件。

事后，简老二要求刘盛担任兴盛房地产有限公司的董事长，刘盛欣然同意了。

简老二把赖大勇、唐小壮安排进了董事会，把简强安排到总经理办公室做助理，同时派赖大勇到重庆开设兴盛房地产有限公司重庆分公司。

2

翠翠见到了姜贵和叶桂花后，惊喜万分。

平日里常常挂念着家乡的亲人，但姜敬良倒是铁了心肠，不愿意回家去看看。人心都是肉长的，姜敬良做了这些缺德事，不敢回去。每次翠翠叫他回老家看看，他心里都十分矛盾，坚决不回去，感觉无脸见亲人们。但凡是遇到四川人，特别是广安人，他都要扭到人家那里摆谈家乡的事。没想到老天捉弄人，自己的儿子出现在身边，他却又不敢认，内心十分沉重，久久不能平静，但也想不出什么办法。

翠翠想到姜贵夫妇从这么远来做生意，十分不易。翠翠想了个主意，便与姜敬良商量，翠翠想在小街租个门面让姜贵他们做生意，以后就不必在路边摆摊，少晒些太阳，少受些劳累，更防一些流氓的骚扰。

姜贵毕竟是姜敬良的亲骨肉，见翠翠如此大度，感动万分，只是担心钱的问题。翠翠管家，平时省吃俭用，也存了一些钱，表示钱不是问题。

两人来到小街，东打听西打听，终于找到一家门面要出租，姜敬良和老板谈起租金来。店老板看到这两人急租门面，便琢磨着怎样敲他们一笔，店老板说：“一口价，保证金一万，租金每月一千五。”姜敬良一听，气得眼睛都红了，说“你心好黑哟，人家才七八百，你吃人呀！”

店老板装出一副可怜相，“我上有老下有小，一家七八口人，就靠这门面吃饭，我这门面当道，保证你能赚钱。”

姜敬良鼓起眼睛，“高了，人家是多少，你就应该是多少噻！”

那店老板也不相让，“你嫌贵了，别处去噻，我是一分不少的。”

翠翠一眼看出这个店老板是个敲竹杠的人，拉了拉姜敬良的衣袖，递了个眼色，“铺面多的是，我们也不急着要，走了。”

姜敬良向来听翠翠的，也故意显得无所谓的样子，“你慢慢租哈，拜拜了。”

这下店老板急了起来，忙叫道：“二位，好好说，好好商量，回来回来！”

翠翠接着说：“你比别人贵得多，位置又不好，不想租你的，门面到处都有。”

店老板急了，拦住二人，殷勤的一张脸，笑着露出两排错落不齐的黄牙说：“二位不生气，价格嘛是讲出来的，我喊的是价，你出的是钱，你们说好多少嘛，价格合理我就租嘛！”

翠翠来之前就已经打听好了价钱，心中有数，“保证金五千，每月房租七百。”

店老板一听是个行家，不让步地说：“我门面地盘好，一口价八百。”

姜敬良瞪了瞪眼睛：“你隔壁就是七百，你为啥要八百呢？”

翠翠又故意抛出一句话，“前面那家才六百五，我们去那家算了。”

两口子一唱一和，弄得店老板十分狼狈，行情都让人家说穿了，店老板也只有认了，双方把合同签了，保证金缴了，当月租金也缴了，翠翠和姜敬良心里轻松不少。

翠翠和姜敬良满怀喜悦，急急忙忙往小街走去，到了姜贵和叶桂花摆摊的地方一看，空空如也。他们去了哪里，这让二人感到茫然。

翠翠急着问旁边的摊贩，“老板，这个摊位的人到哪里去了？”那人回答：“这两天都没来，不晓得哪里去了。”

翠翠和姜敬良急了，跑了两个摊位市场都不见姜贵和叶桂花，问其他小贩，他们也不知道，只是听说有个了不得的“姜钟表”，好多人都找他修表呢。而今，他们去了什么地方，无人知道。

翠翠心里明白了，这娃娃是恨他们，故意逃走的。本想通过接触，慢慢化解双方心里的疙瘩，结果人不见了。姜敬良见门面保证金缴了，租金也缴了，真是耗子钻风箱——两头受气。姜敬良急着对翠翠说：“快回去找店老板，赶快把钱退回来，不然就亏大了！”

翠翠愠怒地说：“是钱重要还是你亲儿子重要？”

姜贵本不是她亲生的，但毕竟是姜敬良的亲儿子，翠翠如此大义，姜敬良感到很惭愧，十分佩服翠翠的人品。现在找不到姜贵他们，姜敬良感到很失望，倒劝起翠翠来：“算了，儿子都不认当老子的了，你再巴心巴肠地对他们也无用。”

翠翠寻找姜贵的决心已定，姜敬良也知道翠翠的脾气，说一不二，自己也没办法，只恨自己是一个窝囊男人，啥事都是翠翠出面在办。

翠翠决定来个守株待兔，她琢磨着，姜贵千里而来做生意，不会躲很久的，总还要出来做生意的，他在这一带又是出了名的修表师傅，我守在这个摊位上，总有人来修表，说不定问得到点什么，何况姜贵躲了几天，不挣钱怎么养家糊口呢。

翠翠站在姜贵以前修表的地方等着，姜敬良一会儿站，一会儿蹲，显得精神不振。接连两天，都有人来修表，问起翠翠修表的师傅去哪里了，翠翠一点也回答不了。

一天，一个戴草帽的贼头贼脑的人，站在远处朝修表摊这边看，姜敬良看到了，他一眼认出那是姜贵，姜敬良喊道：“姜贵，老汉在这里，快过来！”

此人正是姜贵，他是来探看地盘被别人占了没有，没想到翠翠他们守在这里，姜贵拔腿就跑，跑得比兔子还快。姜敬良拼命追上去，翠翠也气喘吁吁地跑过去，但姜贵早就无踪影了。姜敬良坐在地上大哭起来：“我的个儿呀，你不认我哟，你要说个明白噻！”

一个过路的好心人扶起姜敬良，翠翠也赶了过来。那好心人问：“大哥，姜钟表是你的儿呀？”姜敬良连连点头。

翠翠问："师傅，你认识姜贵？"

好心人说："我不晓得，哪个是姜贵，只晓得大家都叫他姜钟表，在这一带修表是出了名的。"

翠翠又问道："对，对，就是这个姜钟表，他住在哪里嘛？"

好心人想了想，回答道："他是四川人，有个亲戚在城南兴盛公司当老总，你去问一下，也许找得到。"

翠翠心里明白了一大半，谢过了好心人，准备明天一早到兴盛公司去找姜贵。

3

翠翠和姜敬良一早赶到兴盛电器有限公司，门卫有礼貌地敬礼，"请问两位找谁？"

翠翠爽快地回答："找你们公司的老总。"

"请问你们是公事还是私事？"

姜敬良有些慌，翠翠却很平静地说："说不上公事，也不算是私事，我们是简总的老乡。"

门卫一听是简总的老乡，他知道简总最讲家乡情，二话没说就让翠翠和姜敬良进了公司，一位工作人员把他们领到简总办公室。

简总从座位上起身，抬脚走过来，见是陌生人，发现两位还有些紧张，简总客气地说："二位请坐！"

翠翠还没坐定，急着问："简总，你好，我们来贵公司找一个人。"

"你们找哪位？"

"找一个叫姜贵的人。"

简总一听姜贵，哈哈地笑了起来："一个四川人，中等个儿，你们找他干啥？"其实简总一听找姜贵，就明白了三分。

翠翠说："这是他父亲，我们想和他见一面。"

简总沉思了一会儿："我知道姜贵这个人，但他不是我们公司的。"

自从姜贵没地方摆摊，就回到简总这里来了，把前前后后发生的事都向师傅简忠义讲了。姜贵也坦白地说不想见他们。简总知道内情后，劝了姜贵还是应该见面，毕竟是亲生父亲，但姜贵始终坚持不见。这下人家找到公司来了，简总是个从不说谎话的人，也知道姜贵不愿见面的原因，这事确实很难办。简总是有心促成他们父子相见，事情来得太突然了，他完全没想到这两人能找到公司来，一时不知怎么回答好。

此时，一位穿着工作服的男人疾步走来：“简总，办公室的材料都准备好了。”

翠翠一见此人，大吃一惊，不由自主地说道：“小壮！”

唐小壮转过身来，顿时惊讶万分，激动得话都说不清，“翠翠，翠翠！我来这里找你都快三十年了！”说完泪水直流。

翠翠万万没想到会在这里这样见到唐小壮，她像木头似的站在那里，唐小壮情不自禁地走向翠翠，伸出双手，可翠翠却不敢伸出手，她内心受到了很大的打击，她对不起这个男人，没有脸见这个男人，正想转身走掉，可唐小壮一把抓住翠翠，声嘶力竭地问道：“翠翠这是为什么呀？你告诉我呀！”

姜敬良听说这人是唐小壮，但他又记不得唐小壮了，气愤地上前拉开唐小壮：“有礼貌没有，讲点文明嘛，拉扯女同志，成何体统！”

唐小壮怒气冲天地问姜敬良：“你是谁？”

姜敬良理直气壮地说：“我是她丈夫姜敬良！”

唐小壮气急，一拳打在姜敬良的额头上，顿时起了一个大包，姜敬良连连后退。

翠翠压抑着心里的痛，面对唐小壮，“都是我的错，你打我好了！”

简总被搞糊涂了，呵斥唐小壮：“小壮，不准动手打人，打人是犯法的！”

翠翠掉着泪说：“小壮，我对不起你，当年你救了我，我十分感谢你，也曾答应嫁给你，这些事儿玉贤姐都是知道的，你也应该清楚。你说那个是封建婚姻不算数，但姜敬良毕竟是我丈夫，我们还有个儿子。姜敬良找到我，我一时也没想到后果，就和他远走他乡，没想到天意弄人，今天在这里相遇，你有气，就打死我好了。”

姜敬良大声号叫：“我们是扯了结婚证的，是合法夫妻！”

翠翠呆呆地说：“小壮呀，你何苦等我这么久，好女人很多，你应选一个比我好的，这几十年我没法回报你，只有向你说声对不起！”

唐小壮气消不下来，“对不起？三十年来，我找你好苦，我是真心爱你呀！”

翠翠无奈地说：“你想怎么样？”

唐小壮咬牙切齿地说："你必须跟他这种衣冠禽兽离婚，我们在一起！"

翠翠说："爱情要有感情基础，我和敬良青梅竹马，早已定终身，我负了你，向你赔罪。"翠翠向唐小壮行了个九十度的大礼。

简总耐心地对唐小壮说："小壮，你确实是一个重情的人，我们也不知道你这心事埋在心里几十年，不容易呀。事到如今，他们的婚姻已成事实，咱们做人明事理，放下个人感情，重新走自己的路。"

唐小壮听了简总的话，心里虽然平静了些，但无法消这口气，怒声对翠翠和姜敬明骂道："饶了你们这对狗男女，你们不得好死！"说完跑出办公室。

姜敬良摸着头上的大青包，对简总说："你的职工打伤了我，咋办？"

简总开玩笑似的说："哥们儿，你得了一个女人，一个青包算什么，过会儿到卫生所治疗一下。"

这时，姜贵和叶桂花被简总叫人请来了，姜贵忙躲在叶桂花背后。简总说："姜贵呀，你给师傅出好大的难题哟，咋个办哟？"

姜敬良见到姜贵，激动得两眼冒泪花，"贵儿，我是你爹！"

姜贵直摇头，"我不认识你，你不是我爹。"

翠翠说道："贵儿，打断骨头连着筋，血浓于水啊，我们错了，请原谅我们！"

简总拉过姜贵的手，笑嘻嘻地说："哪有老子给儿子道歉的哟，就说说你们今后怎么办嘛。"

姜敬良抢着说："贵儿，今天这个大青包算是老汉的报应，当年出走，也是我们上辈的事儿。你就原谅老汉，我对不起你娘，对不起你，现在我们租了间店铺，你们去做生意，家丑不外扬，有事好商量。"

叶桂花一听，又可以做生意了，顿时高兴起来，悄悄地在姜贵耳边咕哝起来。姜贵本身是个发财迷，听到有店铺，也有些动心了，但又想起亲娘，故意作态地要姜敬良答应他三个条件，姜敬良连连点头。

姜贵说："店铺我要了，这三个条件：1. 店铺一切费用你们负责承担；2. 我不能叫你爹；3. 逢年过节要给我娘寄钱。"

姜敬良听说不喊他爹，心里慌了，"爹还是要叫的哟！"翠翠一把抓住姜敬良让他别说了，然后冲姜贵连连点头，说："要得，要得。"

4

姜宝突然收到姜贵寄来的5000元，他感到十分惊讶，难道这小子真的在外面挣到大钱了？想到不对劲，这钱应该是寄给他娘的。

姜宝和胡兰英商量起这件事儿，胡兰英感到姜贵老是爱吹大牛，居然也挣了大钱。确实姜贵也是个胆大的人，他认为撑死胆大的，饿死胆小的。姜贵是真的挣了钱？胡兰英对姜宝的话也听进去了。姜贵怕娘不收，叫姜宝转送给娘，毕竟姜贵是娘的亲生儿子。

姜宝、胡兰英带着5000元到殷秀房里，殷秀正戴着老花眼镜看书。见姜宝和胡兰英进来，忙起身叫他们坐，给他们倒茶水喝。

姜宝把姜贵寄钱回来的事儿给殷秀讲了。殷秀一阵高兴，她并不是为这5000块钱，而是觉得儿子成人了，懂事了，能挣钱了。

姜宝说："娘，姜贵为什么不直接寄给你呢？你是老师，又识字。"

殷秀也感到纳闷，殷秀心里知道这两兄弟很亲，姜贵一定认为姜宝编席子赚不到钱，寄给他也是对的。姜宝不这么认为，他始终认为是姜贵寄错了，他固执地要把钱交给殷秀，但殷秀坚决不收。

殷秀说："都是亲兄弟，他把钱寄给你是叫你发展生意，兄弟之间相互支援是对的嘛！"

姜宝很爱面子，对殷秀说："娘，他一定是想叫我转交给你，给你养老用的。"

母子俩各执己见，胡兰英急了，说："不如打个电话问问姜贵，就明白了嘛！"

这句话倒提醒了姜宝，姜宝拨通姜贵的电话，对方的电话无人接听。姜宝又打了一次，仍然是无人接听。

姜宝生气地说："电话费都交不起，寄钱回来干啥，真想我手板心煎鱼给他吃！"

胡兰英也急了，心想是不是姜宝按错号码，胡兰英又打了一遍，也是无人接听，姜宝和胡兰英被搞糊涂了。姜贵没有钱那他还寄钱回来干什么呢？两人正胡乱猜测着，姜宝的电话突然响了，姜宝拿起一看，是个陌生电话号码，生气地按了。胡兰英问道："哪个的电话嘛，你这么大的气?"

姜宝说："认不得，估计是个诈骗电话!"

电话又响起来了，"还不放手，老子骂他两句。"

姜宝接通电话，开口骂道："你老子我分文没有，不看你那个啥子保健品!"

电话那头传来姜贵的声音，"老大，你无缘无故骂我做啥子，我又不是搞保健品的!"

姜宝一听乐了，"你娃是老二，我给你打了好多次电话，都是无人接听。"

姜贵说："那个是家里的电话，这个是店铺里的电话，今后就打这个电话。"

姜宝不高兴地说："你才用了不久哟，又有新的了。"

那头姜贵得意地回答道："当然了，说正事，我寄的钱收到没有?"

姜宝说："老二，你寄的钱是寄给娘的，写成我的名字，让我出洋相哟。"

姜贵说："没错，就是寄给你的，弟娃儿生意做得不错，又有人帮助，挣了些钱，寄点给你，支持你把生意搞上去。把屋头猪儿养肥点，今年我们要回来过年哟!"

姜宝毫不留情地说："你娃挣得到好多钱?各人留到，老老实实做生意，不亏本就算不错了。"

姜贵见姜宝误会了他，回答道："真的，这里生意好做，你编个席子能挣几多钱嘛，不如到我这里来合伙，保证财源滚滚来。"

姜宝知道姜贵说话花言巧语，做起生意来也是一套一套的，天上的麻雀都哄得下来。姜宝话不多，也就没说啥。

姜宝老实地对姜贵说："现在农村政策可好了，勤劳致富，大家都在奔小康，这钱我就转交给娘了，算是你的孝心。"说完就把电话挂了。

那头的姜贵看到姜宝拒绝，感到莫名其妙，但他又不敢说其实这钱是翠翠给的。

勤劳致富，姜宝尝到了甜头，他和胡兰英都是勤劳的人，几年下来也赚了不少钱，盖起了自家的楼房。楼房四周长满了绿油油的竹子，楼房前修了块水泥大坝，大坝四周栽满了鲜花，房子左右两边各种了一棵大黄桷树，像是两把大伞，遮了院坝一半的荫，左边的黄桷树旁置了一块方石板桌，夏天吃饭、摆龙门阵、打牌都在这里。大坝前还有几块小地，种上了蔬菜，一家人也够吃了，多余的还可以拿到市场上去卖。

姜宝两口子篾匠活做得很不错，编的席子细致柔软，特别是水竹席，可以卷成一个小卷，携带很方便。有单人床的，有双人床的，还有为人专门定做的，睡在上面凉快极了。姜宝还在冬水田里种上了水稻，一年收成还不错，水田里养了不少的鲤鱼和鲫鱼，长大了捞起来到市场上去卖。姜宝编的席子最有名气，因姜敬玉在重庆，姜宝也常带席子到重庆去卖，重庆炎热，夏天来了都要铺席子。有一家医院看上了姜宝的席子，订的单人床席子就有两百多张，姜宝还把邻居的席子购来送到重庆卖，赚的钱分文不少地给邻居，带领大家都富起来，农民的日子一天比一天好。

5

小街很热闹，每天人来人往，顾客很多，这是小街的特色。吃饭有馆子、剪头发有理发店、买花有花店、买茶有茶叶店，各种杂店也不少。姜贵和叶桂花的店铺生意很好，门面位置很当道，两口子一天忙得不可开交。

姜贵修表的生意却越来越差了，没有多少人来修表了，因为电子表出现了，姜贵也随大流更新，电子表不容易坏，有的就是来换个电池，姜贵看修表这个生意是做不下去了。叶桂花手脚勤快，一个人也做得下来日杂小商品生意，姜贵也帮不上什么忙，带着瑞儿和巧儿在店门口玩，有人叫修表时，才过来干会儿活，有时一天都没有人来修表。

姜贵心中也在寻找新的出路，他听说城南有家旅馆，主人是四川人，因家中父亲疾病，急于转让店铺。姜贵琢磨了一阵，他没做过旅馆生意，想到现在全国很多人都在东南西北走动，流动量大，住宿肯定是个好生意。天下哪里有学不会的东西，姜贵想先看看究竟如何。

姜贵牵着瑞儿、巧儿，慢步走向城南，问了一下有没有这么一个旅店，得知是在城南街上靠右边。姜贵一到城南口，就看见一座两楼一底的旅馆，墙上贴了一张要出租转让的告示，特别是最后一句话，他看得十分兴奋：价廉转让，特照顾家乡人。

姜贵这才明白，真是个四川人呢，姜贵跨步进了吧台，见到一个近五十岁的男人迎了上来，还没等姜贵开口，那人客气地说："对不起，客满了，还带两个娃娃，更住不下。"

姜贵拱手作揖，说着四川话，"老哥子，我们来看房子的。"

老板脸上带着微笑，表示欢迎，老板说：“刚才有人叫留到，不过见你是四川人，我感到特别高兴，老乡见老乡，做事要先帮，我就转让给你了。”

姜贵有点难为情，他是个讲义气的人，既然先有人叫留到，我何必夺他人之美呢。姜贵说：“老哥子，在外人面前讲的是信义，既然答应了给别人留到，先来后到，我就算了嘛。”老板倒急了，“老弟，你晓得那人是本地人，也是想开旅馆，他见我这里地势好，早就想插手了，我的条件他没答应，管他的，你答应我的条件我就转让给你。”

姜贵心想，这人肯定有啥子难处，不然这里生意这么红火，他都要转让，姜贵爽快地说：“老哥子，要得，只要条件合理，都是家乡人嘛，喝口水都是甜的。”

老板说：“我姓江……”

姜贵一听，“也，巧了，我也姓姜，同乡同姓，更亲热了哟！”姜贵这样说就是想一笔难写两个姜，达到少一点转让费的目的。

老板说：“我是三点水那个江，长江的江。”

姜贵尴尬地红了脸，“江、姜同音，反正是家乡人，不说两家话，说说你的条件嘛！”

江老板很客气，“我有个女儿叫江容，今年快二十的人了，正是挣钱的年龄，我信得过你，把她留在店里，吃住包干，工资嘛你看着拿，是外人我还不放心呢。”

“有啥不放心的嘛，自家人都好说。”姜贵爽快答应了。

江老板叫了声：“江容！”这时从吧台里出来一位姑娘，身高大约一米六，瓜子脸，皮肤白皙，樱桃小嘴，身材不胖不瘦，还真是一位美丽的姑娘。

姜贵都看入神了，“这么漂亮的妹儿，你还舍得留下呀！”

江老板说：“乡下人都穷，读了初中她就不想再读了，跑来跟我做生意，很会为人处世，好多回头客都是看她的面子来的，我可给你留了个活广告哟，不过先说好，三年后我还要回来的，咱们搭伙做，这个条件不高吧。”

姜贵一听江老板还要回来，很不高兴，“这么说你是出租三年，不是转让哦？”江老板为难地点了点头。

江容笑了，粉白的脸上露出一对酒窝，“大哥，这店生意好，三年你不晓得要赚几多钱了。”江容这脆生生、甜蜜蜜的话，听得姜贵全身都酥了。

姜贵满口答应下来，说他也有个条件。江老板和气地说：“请讲。”

姜贵说："除了你女儿留下来，其他人都放了，我负责招人。"

江老板有些为难，"人家都是附近的农民，出来找口饭钱，这样不好吧！"

姜贵不松口，"用人之道，我是行家，谁是老板，谁当家，你的女儿我一定当亲生女儿看待的。"

江容红了脸，"爬哟，想占便宜，你才多大哟，叫你姜哥，就对头了嘛！"

姜贵不好意思地说："好，好，叫哥儿还亲热些。"

江老板问了姜贵的情况，听到姜贵婆娘也在一起，更放心了，说："好，好，店就让给你了，一切听你的，不过需要你帮我照顾好江容，不准她乱跑。"

姜贵一听满口答应，江容努着嘴："一个星期去外面唱歌跳舞少不了。"姜贵也答应了。江老板心有余悸地对江容说："女儿大了，管不了了，但现在还不准耍男朋友，今后回四川再安家。"江容调皮地说："我才不那么早嫁人呢，我还没耍够，老爸你放心回去吧！"

江老板巴不得四川人接店，开口道："小姜啊，我老婆在江容三岁那年就死了，我一个人又当爹又当妈把她养大，把她惯坏了，脾气有点大，但她很仗义，也没和外边的人耍，是个好娃娃，我就交给你了，毕竟是家乡人，我就一口价两万转让给你。"

姜贵这几年挣了些钱，虽不多，这两万还是拿得出来的。看到江容的模样，他十分高兴，都说男人好色，姜贵也喜欢美人，他仅是饱饱眼福而已，没有其他什么行为，他还是懂法的，再说还有个美人叶桂花管着的。

姜贵连连答应，江老板叫江容写了份转让书，姜贵看都没看完，就盖了手印。江老板心想自己女儿写的肯定没问题，也盖了手印，没想到江容这姑娘聪明无比，竟把员工有外出唱歌跳舞的权利也写进去了。

姜贵告别了江老板，回到店铺，把这件事告诉了叶桂花。叶桂花很是不高兴，姜贵事先也没有回来商量就盖了手印，何况她现在的日杂小商店也还做得可以。

姜贵信心十足，认为小打小闹发不了大财，啥事不都是慢慢努力来的。叶桂花奈他不得，何况手印都盖了，只是有点为难地说："旅馆的生意，我们以前都没干过，一点经验都没有，还有这个小店日杂用品没卖出去，怎么办？"

姜贵说了他的想法，旅馆生意做起来后，大门两边还有空处，可以把这些小商品放两边，既可以卖小商品，又可以招揽住店的客人，叶桂花听完勉强答应了。

6

姜贵接下旅馆后，好像人也变了，虽然说话仍滔滔不绝，但吊儿郎当的行为没有了。他学会了沉思，冷静下来考虑问题。姜贵和江老板约定十日后来办交接，姜贵只有十天做准备工作，他想十天内先把杂货店铺退掉，押金还给翠翠。然后这里招家乡的亲人朋友，这样信得过些。江容虽然漂亮，又熟悉店里的工作，但毕竟是外人，当接待员最合适不过。唐彪在学水电工，把他招来，旅馆水电气方面的可以让他来，还可以兼个保安，旅馆总得有个身强力壮的男子。三叔姜敬福有个小女儿，也是十八九岁的姑娘了，叫姜红，长得也很标致，可以接待客人、整理房间，刚好和江容互换班。厨房王师傅会做本地菜，还是留着。油、盐、米、菜、肉就由叶桂花和自己来干，他听说过，外人干这些事都要抠钱出来，终究不能让外人当掌柜，吧台的收入也由叶桂花管，江容是信不过的，原来都是江老板亲自管的，这套班子在姜贵心中基本上形成了，姜贵心情也舒畅起来。

姜贵电话里告诉了翠翠这件事，请翠翠明儿来找老板退押金。翠翠听了一半惊喜，一半担忧，惊喜姜贵一下找了个大生意做，担忧他无经营旅馆的经验。翠翠也知道这是姜贵已决定下来的事，也不好多言，毕竟他们双方的关系还是比较紧张的。每次翠翠和姜敬良送好吃的，或给孙子买东西，姜贵都是爱理不理，鼻子“嗯”一下，表示晓得了。叶桂花倒也聪明，既不得罪姜贵，也不得罪翠翠和姜敬良。叶桂花叫翠翠为翠娘，叫姜敬良老辈子，还应酬得过去。两个小娃娃对翠翠和姜敬良很是亲热，一见到有吃的，高兴得又蹦又跳，爷爷婆婆叫个不停，乐得翠翠和姜敬良眼泪哗哗直流。

翠翠在电话里说道：“生意大了，更需要钱，这钱你们留着做生意。”姜贵巴不得，不要白不要，“好嘛，你们要的时候说一声就是了。”

姜贵又打通了姜敬福的电话。姜敬福正躺在姜宝给他做的大凉椅上，上等的楠木，按姜敬福的要求做的，比一般的凉椅大点，结实又美观大气，发了福的姜敬福特别喜欢这张大凉椅。椅子前放个小凳，一壶沱茶，一只精致的小茶碗，抽着烟，茶倒在碗，慢慢品味，回味悠长。他身后就是一个木料店，做木材生意，这是贞贞的一个亲戚在川康做生意，从那里拉来的木材，还有大圆木，都是做棺材用的，他请了个师傅专门在店后坝子做棺木，生意还不错。

这个时候他接到姜贵的电话，听说是要三女姜红到他那里打工，姜敬福很不高兴，心里早就盘算着再过两年，姜红就可以嫁人了，生个外孙就好了，再说一个女娃娃，跑到外省去，社会复杂，他也放不下心。

姜贵轻言细语地说："三叔，是我办的旅馆，吃住都跟着我们，工钱一个不少，有叶桂花管着，你怕个球哇!"

姜敬福有点动心了，但说话语气还是有些硬，"啥子球啊球的，信不信老子踢你两脚尖，我木材店生意还好呢，只不过女娃娃也做不了啥，我跟你三娘商量一下，你给老子等到。"

姜贵忙道歉："对不起，三叔，今后说话再不带把子了。"姜敬福其实早已挂了电话，姜贵的话怕是白说了。

姜敬福找到贞贞，说是向她汇报工作，姜敬福十分怕老婆，对老婆常常以汇报工作来谈家务事，贞贞听惯了也没当回事。

"这回又汇报啥子嘛，你一个猪脑壳，还有啥子好的主意吗?"

姜敬福把姜贵打电话过来说的内容添枝加叶地向贞贞汇报了。贞贞想了想，姜红快二十岁的人了，在家里也没那么多的事儿，跟着姜贵在一起干活，她也放心，况且叶桂花也特别喜欢姜红，女儿去了不会吃亏的，说不定还会找个好女婿，想到这里心里一阵高兴。

贞贞对姜敬福说："这件事还得问问红妹儿，娃娃大了，来不来就是民主、自由，我们也来个民主、自由，看看她的意见。"

贞贞叫道："红妹儿，来一哈哟，妈有话给你说!"姜红正在后院扫木屑，听到叫她，应声来了。

贞贞问："红妹儿，你想不想出去工作哟?"

红妹儿的脸瞬间拉了下来，上次来了个表叔，说要带她出去工作，走的时候还在她脸上揪了一把，说好喜欢她哟。她觉得外头的男人好不要脸，心里有些顾虑，但是青年人又渴望到外面的世界去看看。

姜红努着嘴对贞贞说："娘，是不是上回那个表叔哦?骚呵呵的，不是好人，我不去。"

姜敬福忙说："不是不是，是你姜贵哥儿，自己办了个大旅馆，吃住全包干，还有漂亮的工作服穿。"

姜红一听是姜贵，她又能见到桂花嫂子了，满口答应，兴奋得像小鸟一样，巴不得马上飞出去。

中华人民共和国成立后，在政府帮助下，姜敬福认真改造，重新做人，贞贞也不是大户人家的小姐了，和姜敬福认认真真劳动，日子一天天富起来了。

姜敬福的封建思想还是很重，重男轻女，第一个女儿叫姜菊，早已嫁人了，过了几年生了第二个女儿叫姜梅。姜敬福总想要个儿子，可已到了计划生育的年代了，生三个是要罚款的，谁知又怀上了，就偷偷到姜敬玉家躲起来，那时都穷，娃娃多了也不好养，结果第三胎又生个女儿，这个女孩便是姜红。姜敬福还是不甘心，贞贞又生了一个，结果还是女儿。两口子瞒着姜敬玉，把老四放牛角沱送了人，只在蓝布包里放了一串铜钱作为记号。一家好心人无儿无女，就收留了她。贞贞泪流满面，表示娃娃有口饭吃，有个家就行了，人家还怕是人贩子拐卖儿童。见姜敬福两口子所言确实困难，人也老实，还是给了五十块钱，相互报了姓名，姜敬福和贞贞便匆匆离去。

回到姜敬玉家，姜敬玉见没抱娃来，两口子支支吾吾地说不出话来，后来听贞贞说送人了，气得姜敬玉大骂，叫马上把娃娃要回来，两口子只好又出门去……

7

姜贵这几天正忙着简装旅馆，为了省钱，他只把外墙刷白了，房间换了新墙纸。姜贵又嫌弃老牌子“迎客松”不适合旅馆的名字，一幅迎客松图还很老旧。姜贵在吧台走来走去，他也住过旅馆，想想别的旅馆的装饰，自己也创新一下。姜贵在吧台正中墙上做了个供台，供台上放的是财神菩萨，两边还有红色的小电灯，照得财神红光满面。旅馆取名大众旅馆，言下之意就是为大众服务，就是为人民服务，大家都来，不就“赚”了。

人员前前后后都来齐了，要求都穿上工作服。江容、姜红长得漂亮，穿啥都好看，这衣服是叶桂花到裁缝店用专门的布料做的，很适合身，穿上显得身材很匀称，衣服胸前绣了“大众”二字。姜红脸红通通的，如果不说家乡土话，根本看不出是农村人。

大家都来到吧台间，唐彪穿着一身工作服很合身；姜贵穿一身西装，显得很精神；叶桂花今天也打扮得漂漂亮亮的，粉红底小白花的连衣裙，显得年轻漂亮。

姜贵清了清喉咙，高声地说：“今天大家都来齐了，我们也明确一下分工，各司其职干好活，我是老板，大家今后都叫我经理，叶桂花同志任财务部长……”

叶桂花一听，打断了姜贵的话：“好大个店店嘛，还兴部长部长的！”

姜贵被扫了面子，心里很不高兴：“那就叫收银员嘛。”

叶桂花又不同意：“我是老板娘，怎么一下变成了丘儿，再怎么说也是个头儿噻！当官不带长，打屁都不响。”

姜贵一时也想不出什么主意：“那你自己说当个啥？”

叶桂花想了想说：“叫老板娘，职务嘛，叫个财务长噻！”

大家哄堂大笑，都拍手说：“要得！”叶桂花听了也不管是讽刺还是奉承，总算掌握了经济大权。

姜贵严肃地说：“要遵守本店的各种规章制度，国家的法律法规，全部都讲普通话，不准讲家乡话，土里吧唧的，别人听不懂，也容易闹笑话。客人来了要满脸笑容说欢迎光临，客人走了要说欢迎下次光临，不能得罪顾客，顾客是上帝，是我们的饭碗。”

姜红胆怯地用“川普”说道：“贵哥，普通话啷个说得好吗？”

姜贵一听，马上纠正，“姜红，今后不能叫贵哥，叫姜经理，啷个、啥子、给老子，一切带把子的话，家乡土话不准说。”姜贵一口川普大伙笑得前翻后仰。

姜贵叫大家安静下来，又说：“我买了八个高脚花篮，要贴对联，看谁的毛笔字写得好，谁就来写。”

大家都不吭声，叶桂花知道请人写要花钱，出主意道：“叫娃儿他爷爷来写噻！”叶桂花不能叫姜敬良爹爹，会惹起姜贵冒火。

姜贵一听很高兴，他知道姜敬良写得一手好毛笔字。

姜贵每次有事找姜敬良，都是叫叶桂花打电话，叶桂花打通了姜敬良的电话，姜敬良感冒了正在喝药，一看是叶桂花的电话，猛地一口喝了下去，呛得直咳嗽。他气喘喘地拿起电话，兴奋地说：“桂花，有啥事儿？”

电话那头的叶桂花听到了姜敬良的咳嗽声，关心地问道：“娃儿他爷，是不是生病了哟？”

姜敬良故作镇静：“没有，刚才喝水呛了一下。”

叶桂花说：“姜贵的店要开张了，有八个高脚花篮，要写庆贺方面的对联，请老辈子来写一下。”

姜敬良听了满怀喜悦，巴不得有机会见到儿子和孙子，连忙答应马上就去。姜敬良马上告诉翠翠，翠翠说：“你去吧!”姜敬良急忙出门了。

姜敬良赶到大众旅馆，满头虚汗，他用手绢擦了擦汗。叶桂花端了一杯茶来给他喝，姜贵哼了一声：“来了，你看这个怎么写，笔墨红纸条都准备好了，一共十六条哟。”

姜敬良笑道：“好写好写，都是庆贺方面的词，不过每个花篮要落款哟，你这些是谁送的，就写谁的名字。”

姜贵有些犯难，街坊邻居又不熟，随便乱写又怕闹笑话。叶桂花出了个主意，“我们来拼凑些熟人嘛，姜贵也认为这个方法好。”

姜贵一边慢慢想着，一边念着：“兴盛公司，简总，唐小壮；桂花日杂店……给舅子的，平时那么多熟人，怎么想不出来了耶!”

叶桂花生气了，“你那些都是修表的，你记得到几个哟，我倒想起了城东批发部王经理，写出来反正又不要他出钱。”这倒点醒了姜贵，“那好，只要不是假的，不出事情就行，五个了，再加赖大勇、姜宝，还差一个。”

姜敬良立即接话道：“加我一个不就是八个了吗，我还要出钱来买花篮呢!”

姜贵“嗯”了一声，叶桂花听了也很高兴，问道：“娃儿他爷，写啥子耶?”

姜敬良说：“多得是，比如说开张大吉、恭喜发财、财源滚滚……”

姜贵直叫：“好!”

姜敬良第一次听儿子夸他，乐得心花怒放，提笔就写起来，那行书写得真漂亮，不一会儿就写好了。姜贵叫唐彪等几个青年人把对联贴在花篮上，立即放在大门前，又叫唐彪放鞭炮。

鞭炮噼啪作响，声音贯穿整条街。江容、姜红双手紧捂着耳朵，心情喜悦，面如桃花。

姜贵高声喊道：“鞭炮声声响，大众旅馆开业了，欢迎八方来客!”姜贵真不愧一个点子多的人，全体员工拍手欢庆大众旅馆开业。

8

旧貌换新颜，迎客松旅社改为了大众旅馆，但地方没有变，又增加了一个姜红，两个美女更是吸引了顾客的眼球。新老顾客源源不断地来，江容美丽活泼，说话大方；姜红漂亮稳重，不多言语。一个笑得大方，一个笑得腼腆，各有各的美。见到有客人来了，两人同声喊道："欢迎光临！"甜甜的语言，顾客听得如痴如醉，再加上姜贵的巧嘴，没有客人不来的，也没有客人讲价的，刚开张，二楼三楼都住满了，有的顾客退房时还买了大门前的日杂商品。

一天，一个大汉，穿着城管制服来到大众旅馆。脚刚跨进门槛，江容、姜红热情地招呼起来："欢迎光临！"

大汉看到两个美女服务员，严肃的脸增添了许多笑容，"小妹儿，你们老板呢？我是这段路的城管。"

姜贵在里屋听到城管来了，立即出来，"请城管领导光临！"说着抽出一支中华牌香烟，拿出打火机打燃了火。人常说，人不通气烟通气，大汉也客气了起来。

大汉问："老板贵姓？"

"免贵姓姜，叫我姜老弟就行了。"

"姜老板，不客气，我接到群众检举揭发，说你们店在门外摆摊设点卖东西，这是不允许的。"

姜贵解释道："我们以前是做小生意的，剩了一点就摆在门口卖，既然政府不准卖，我们拆了就是。"

大汉吸着烟，和气地说："你们做生意也难，这样办，你们把这些东西卖空了就算了，给你们三个月时间。"

姜贵连忙道谢，"一定照办，绝不拖延一天！"说着将这包烟塞到大汉的衣兜里。大汉高兴地说："不客气，好好做，我还要检查几家呢。"说完眼睛瞟了两个妹儿一眼，笑了笑便出门了。

姜贵高兴地跟在后面说："慢走哦，空了来喝茶！"

姜贵自言自语地说："真麻烦，管的婆婆太多，笑脸都难赔。"

"是啊，姜经理。"江容说道，"我看你人缘倒还好，就是软了一点，管的婆婆多哟，工商、税务、街道、城管、卫生防疫站、消防、派出所，还有搞不清的检查，说来就来了，弄不好还要罚款，停业整顿。"

姜贵一听，好多部门还没听说过，这个女娃娃还知道不少呢，姜贵说："江容，你是老本行了，知道这些部门是干啥子的，现在你就当大堂主管，平时多给我讲讲，也协助我干些事儿。"

江容很乐意地说：“姜哥，哦，喊错了，姜经理，管这么多事儿，得涨点工资噻!”

姜贵脸一沉，谈起钱就不亲热，姜贵回答说：“江容，你就是协助我一下，我多了解一下这些部门，你把大厅管理好了，才是你的正活路，少不了你的钱的。”

江容一脸不悦，不再说话了。这时叶桂花下楼来，昨晚她值了夜班，才睡了起来，姜贵把城管来的事儿给她讲了一番。

叶桂花两眼一鼓，生气地说：“不卖了，全部打给城东那个老乡，成本收回来就行了!”

叶桂花又考虑到员工，对他们说：“你们各自选一样东西，剩的我就卖了哟!”

姜贵急着说：“只选一样东西，多的要付钱哟!”

大家都知道姜贵财迷得很，对外人大方客气，好烟好茶伺候，对员工都很抠门，江容、姜红捂着嘴笑。江容心里明白，姜贵这个人不简单，这是他的生意经，天天练着，练得很精。姜贵也确实是个做生意的料儿，啥事儿要舍得，啥事儿要抠门，他心里明白得很，都为了赚钱。

旅馆厨房只有王师傅一人，管内部几个人的吃喝，客人的饮食问题早在江容的爸爸当老板时就解决了。旅馆左右两边有面馆、饭馆，客人要吃什么，只要说一声，江容一个电话就送来了。以前饭菜叫来都是江容送到房间，一些不正经的客人见江容如此美丽，都要说些下流话挑逗江容。江容生性有些野，但是个正经姑娘，受不了这口气，就不想再送了。当时江老板就着急了，生怕女儿吃亏，所以都是亲自送。这种客人，喜欢女人，看不惯江老板的奴才相，江老板生性软弱，这也是他开店生意受影响的原因之一。有次一个醉汉，为一壶开水扇了江老板一耳光，江老板还忍让着赔笑，所以他转让店铺就是这个原因。

江容怕姜贵也叫她送饭到房间，不等姜贵安排就主动提出不送吃的上去，也把以前发生的事情讲了。

姜贵心想，老板亲自送，好没有面子，姜贵是做不到的。姜贵想了许久，终于想出了一个办法，出了一个不成文的规定，客人用餐请到街上去，名小吃、地方特色菜都十分齐全，若有顾客需要送餐，必须交服务费五元。这一招真灵，顾客大多都想出去走走，逛逛街，寻地方名吃。也有不愿走动的，特别是老顾客，大街小巷都去过了，叫送餐来，五元也不算多，全图个方便。世上还是好人多，姜贵接手以来，还没有人来闹过事，只是一些人爱盯着两个美女看，但还是客客气气的，左一个美女右一个美女地叫，有的叫得听者肉麻。姜贵认为爱美之心人皆有之，多看几眼也无妨。

一天，一个青年男子来住店，江容正在值班，青年一见江容，眼都直了，口水浸在嘴边，暗地想，这小店居然有如此美若天仙的姑娘。江容主动热情地说："大哥，欢迎光临！"青年也十分友好地和她聊起天来，"你好美哟！"江容听了心里十分高兴，"大哥，住店吗？单间还有，先交押金，出示身份证我好登记。"

青年交出身份证，又交了一百元押金，交了单间费用一天八十元。故意找话与江容说："我很喜欢你！"女娃娃虚荣心都强，听人家说喜欢，心里也舒坦，江容给这个青年办好手续，叫他上 302 房间。

青年死皮赖脸地说："美女，你带我上去嘛，我第一次出门搞不懂。"江容毫不介意地领着青年走到 302 房间。青年说："我要喝水。"江容指了指热水壶说："你自己烧吧，桌子上有茶叶，你自己泡。"说完便要离开房间。那青年突然挡住门，笑得十分不自然，很下流地央求道："美女，我抱抱，亲个嘴噻！"江容顿时呆了。那青年在江容脸上揪了一把，正想抱江容，江容一耳光打了过去，青年一愣，又想抱江容，突然姜贵过来了，姜贵早就听到他们的对话，便尾随而来，见状立即前来制止。这青年一看，心里慌了，"这位大哥是老板吧，你们这位要好多钱吗?"姜贵发怒了，一拳头打在青年脸上，江容也拿起衣架打，青年直求饶，姜贵警告这青年："咱们是正规店，没有那种人，给我爬出去！"

姜贵叫江容退钱给这个青年，那青年灰溜溜地滚出了旅馆。

第五章

1

姜贵旅馆生意越做越火红，同行都很嫉妒，街巷出了不少闲言杂语，姜贵两口子也不在乎，人正不怕影子斜，不过这两个漂亮姑娘确实起了不少作用，不少顾客都是冲着这两个姑娘来的。江容、姜红确实长得好看，逗人喜欢，服务态度也好，顾客们住得舒服，一传出去，当然顾客就多了起来。

其实，人们没有看到的是姜贵做生意的能力。姜贵印了不少名片，店名、地点、电话都印得清清楚楚。姜贵和叶桂花还亲自到火车站、汽车站、码头等地方散发名片，不少外地顾客都是由名片带来的。有时，姜贵、叶桂花顶姜红、江容的班，叫她们去发名片，唐彪在一旁当保镖，也还真起了美人效应。旅馆常常客满，出了名后也不再发名片了，客人自然会上门的，好多顾客出门前还打电话叫姜贵把房间留着。

人怕出名猪怕壮，这下姜贵出名了，同行嫉妒得快要气死了，顿时谣言四起，说什么姜贵店里养了两个小姐，专门卖淫，说得活灵活现。这下，姜贵也不得不在乎了，这样坏了店里的名声，顾客哪里还敢来，来的都是些骚客，怎么抵挡。叶桂花满脸怒气，发起牢骚："找到那个造谣者，捶他个半死！"姜贵说："人海茫茫，哪里去找，你敢问那些店店，你们造我们的谣，岂不是自找苦吃？"

姜贵在大门口钉了块牌，上面写着：严打黄赌毒！人们嘲笑他是此地无银三百两。江容、姜红在店里上班，很少出去，没有听到这些谣言，照样热情接待顾客，只是对有些色眯眯的人故意冷淡，有时还叫唐彪一同安排。

这些事人们都当笑话摆，但也有人要管，管段的户籍陈警官十分重视这些传言。这个干了三十年民警的老同志很有经验，别看他人瘦个子不高，却一身功夫，多少小偷流氓都栽到他手里。这些街头新闻，陈警官早已耳闻，觉得有必要了解了解，调查调查。

陈警官穿上便衣，第一次到了大众旅馆，受到江容、姜红的热情接待。陈警官与这两位姑娘聊起天来，并未发现她俩有那种挤眉弄眼、卖弄风骚的言语和行为，江容的活泼大方、天真可爱；姜红的沉着稳重、和气热情都不像失足青年。

陈警官认为，她们俩是好姑娘，决定走了，主动与姜红握手，姜红脸一红，双手背在背后，挺认真地说："我们老板规定不准跟男顾客握手拥抱，请见谅！"

江容却不以为然，说："这种思想真封建，你看这老爷爷多慈祥，来我跟你握手。"正处于尴尬的陈警官的手被江容握住了，江容还说："她是农村来的，害羞，请多多见谅。"老江湖的陈警官这才发现今天没刮胡子，本来就显老，这胡子使他今天看起来更老。他真感谢这位不嫌弃他的江容姑娘，不由自主地发出朗朗笑声。

这笑声惊动了刚下楼的姜贵，姜贵忙伸出手来握住陈警官的手，"老同志，住店吗？我给你安排一间最舒适的。"

江容热情介绍道："老大爷，这是我们老板姜经理。"

陈警官伸出手来握住姜贵的手，说："姜老板，先不谈住房的事，我们私下聊聊。"

姜贵不知来者何意，勉强地说："老先生客厅请坐，洗耳恭听宝贵意见！"

姜贵带着陈警官来到客厅，摸出中华牌香烟，陈警官忙按住，"我不抽烟，我也不会抽烟。"

主客坐定，陈警官摸出警官证递给姜贵看，姜贵大吃一惊，是谁犯事儿了？忙把警官证递回给陈警官。

"陈警官，有何贵干，是不是我店里员工犯事儿了？"姜贵有些不安地问。

陈警官笑了笑，说："姜老板，你可能也听说了，外边议论你们店的事儿，我想了解一下是啥情况。"

姜贵一惊，但心里也平静了些，发誓般地说："陈警官，我店一向遵纪守法，那个造谣的不得好死，我们员工品行端正，从不干非法之事，请陈警官明鉴！"

陈警官故意问道："无风不起浪，外面说贵店靠卖淫发财，聚众赌博，可有此事？对政府要老实哟！"

姜贵很是愤怒，说："一些同行嫉妒，我也在悄悄调查，还没有结果，陈警官，你想想，姜红是我亲侄女儿，江容是前老板委托给我的女孩儿，还认了我老婆叶桂花为干妈，陈警官，你评评理，我能把她们推向火坑吗？何况我就讨厌那种见不得人的事，两个妹儿确实漂亮，很受看，但都是人品端正的好女孩，我平时也管得严，常常防范心术不正的男人来骚扰，何谈嫖娼卖淫呢？你看我店没设麻将室，客人都是到外边茶馆打牌，又何谈聚众赌博呢？"

陈警官听了姜贵这席话，又事先与江容、姜红谈过话，凭着多年的经验，他认为姜贵这个店是正常营业的店。姜贵能说会道，为人处世圆滑，今天说的话应该是没什么问题的。姜红是他亲侄女，江容又是前老板的女儿，这样的血缘亲友关系，姜贵是干不出那种事的。陈警官了解到，这两个女娃娃不是外面招来的，又觉得姜贵这人说的话也很有道理，还是一个比较懂法的人，陈警官相信了他们。

姜贵又带着陈警官到二楼、三楼参观了一下。姜贵很有礼貌地敲了敲顾客的门，正值中午，大多数旅客都在房间，准备去吃饭，陈警官向顾客们出示了警官证，看了看顾客们的证件，有礼貌地问候了大家几句。

陈警官对姜贵说："出来做生意不容易，为改革开放出点力，照顾好四面八方来的客人，你们还是做得好的，不过一定要警惕坏人，特别是通缉犯，要工作人员擦亮眼睛。"

姜贵回答："我们都很警惕，那些通缉犯的通告都贴在店里墙上的。"

陈警官又告诫姜贵："身正不怕影子斜，不要去调查别人了，调查人家的隐私会出问题的哟。"

姜贵连连点头，陈警官要走了，姜贵等人送到门口，陈警官挥了挥手便走了，店里传出一片整齐的声音，"欢迎下次光临！"

2

生意越来越好，日子越过越甜，江容的心里却难以平静，想起在"青春之歌"娱乐厅玩耍的事，心里蠢蠢欲动。由于以前江老板管得严，她也去不了。好几次朋友打电话，她都不敢去，后来朋友们便不给她打电话了。这天，江容想起去玩儿的事，试着给朋友打电话过去，打通了，传来一个女生的声音，"江妹儿，好久没听到你声音了，想姐妹们了呀？"

江容轻轻地说：“是的，杜姐，我一天像个囚犯关在这里，都出不来，现在我爸回老家去了，我们可以去唱歌、跳舞啊！”

杜姐鼓动着，说：“出来嘛，我们又不是犯人，一天都关着上班，一点自由都没有。”

江容说：“换了老板了，对我还挺好的，就是晚上不准出门，怕遇到坏人出事儿。”

杜姐兴奋地说：“我都耍了朋友了，有钱花，要啥买啥，一天快乐得很，你都二十出头了，还不耍朋友呀？”

江容害羞地说：“想啊，但我不想在歌舞厅找朋友，那些人……”

杜姐抢着说：“不耍就不耍，我们姐妹们耍嘛，后天有个舞会，我请客，不见不散哟！”杜姐没等江容答应便挂了电话。

江容感到很为难，但一想到那悦耳的歌声、欢快的舞蹈节奏，还有贴近男人的快感，心里就陶醉了几分。江容想到老爸不在这里，得想个办法出去，想了半天，她心想一个人出去是不行的，不如约姜红、唐彪一起去，这就容易多了。星期五正是叶桂花值班，肯定要好说话些。

星期五到了，江容悄悄给姜红、唐彪讲周五出去逛夜市，姜红、唐彪一听都十分乐意，但就怕姜经理不允许，江容说她自有办法。

晚饭后，叶桂花早早来到吧台，准备接姜红的班，只见江容、姜红、唐彪三个年轻人都站在她面前，叶桂花诧异地问道：“你们三个娃儿有啥事吗？”

江容笑眯眯地说：“干妈，我们想出去逛一下夜市，一会儿就回来。”

叶桂花摇了摇头，说：“你干爹不会同意的，外面坏人头上又没刻字，年轻人最容易上当。”

江容带着哭腔，撒娇道：“我们成天在店里，都没出去过，好闷哦，心情不好怎么能搞好工作？”叶桂花也觉得不准年轻娃娃出门去玩，是有点过分。

唐彪拍了拍胸膛，“还有我这个大男子呢！”

叶桂花被逗笑了，“你一个小屁娃儿，还算大男子呢，好吧，你们三个走一起，不要走掉了，一起回来。”

三人一听，顿时高兴不已，飞似的跑了出去。

江容带他们向“青春之歌”娱乐厅走去，杜姐正在门口等她，杜姐给了她一个飞吻，扑过来拥抱江容，江容向唐彪、姜红介绍道：“这是杜姐，今天请我们到这里来玩儿。”姜红、唐彪被这突然的变化给吓住了，姜红说：“江容，你不是说我们出来逛街吗?”江容说:“这儿唱歌跳舞这么好耍。”姜红和唐彪从没见过这种场面，根本不敢进去，江容和杜姐很热情地一人拉一个就往里走，唐彪从来没被女娃娃这样拉着走，感到十分狼狈。

到了舞厅里，只听歌声嘹亮，一对对男女跳得正欢，舞厅四周的桌椅坐满了喝酒的人，这时，一个男人迎了上来。

杜姐兴奋地介绍道:“这位就是我的男朋友张标。”江容一看大吃一惊，她一眼认出这个男人就是上次到店里来闹事的那个青年，指着张标，嘴里直说道:“你你你……”

杜姐感到奇怪，问江容:“怎么回事儿哟?”

江容说:“这个人是个人渣，上次到我们店里来闹过事。”

张标不慌不忙地说:“小妹儿，你认错人了哟，我是金辉大酒店总经理的儿子，我叫张标，我还不认识你呢!”

江容感到很难为情，她觉得自己不会记错，认定上次闹事的就是这个人。

杜姐听了很生气，指着张标说:“原来你是这种人，还标榜自己是大老板的儿子，赶快给江容道歉!”

张标哭丧着脸，说:“小杜，他们真的搞错了，你想嘛，我怎么会到他们那个地方去呢?”

杜姐为了圆场，忙说:“误会了，误会了，大家都是朋友，不要闹得不愉快。”

张标用手往前一挥，“你看我们座位都给你们留好了，我们一道去喝喝酒，唱唱歌，年轻人就要图个快乐嘛!”

江容这下也被搞糊涂了，到底是不是这个人，她头脑也一片空白。江容拉着姜红，张标热情地拉着唐彪，他们扭扭捏捏地坐了下来。

杜姐叫来了红酒和饮料，江容会喝点酒，姜红和唐彪坚决不喝酒，杜姐给他们倒了些饮料喝。

江容喝了些红酒后，两颊红润起来，显得更漂亮了。一个中年男子邀请江容跳舞，江容点了点头，两人便进入舞池。江容还真会跳舞，跳得是那么自如。姜红看了很羡慕，唐彪跟她讲话，她都心不在焉。这时一位穿着时髦的小伙，嘴里带着酒气，来到姜红面前，殷勤地说:“小姐，能请你跳个舞吗?”姜红害羞地说:“对不起，我不会跳。”这小伙笑着说:“没啥，我教你。”

姜红腼腆地说:“我不认识你，我真的不会跳舞。”小伙子热情地拉着姜红的手，姜红感到又欣喜又胆怯，不由自主地跟着小伙走进舞池。唐彪看了很生气，很嫉妒，只恨自己不会跳舞，无奈地坐在椅子上，无处出气，倒了红酒猛喝起来。

突然，姜红气冲冲地向他跑来，脸色煞白。唐彪问：“你咋个了?”姜红结结巴巴地说：“那人，那人摸我的屁股。”那小伙子跑了过来，对姜红说：“跳舞嘛，就是要搂搂抱抱的撒!”姜红气愤地问道：“你为啥要摸人家的屁股?”小伙子殷勤地说：“我很喜欢你。”说着硬拉着姜红入舞池。唐彪骂道：“流氓!”使劲儿拉着姜红。

小伙子怒气冲冲地说：“今天这个美人儿就是属于我的，小屁虫滚开!”姜红迅速地躲在唐彪后面，那小伙一拳打在唐彪脸上，唐彪连退了几步，小伙子不停地拳打唐彪。唐彪气急了，抓住桌上的一只高脚杯，向小伙子的头猛砸下去。顿时小伙子头上鲜血直流，那小伙摸到有血，惊恐地高声叫道：“杀人了，杀人了，标哥快来救我!”顿时舞厅一片混乱，杜姐、张标等人跑了过来，张标见兄弟伙被打破了头，他扯下了那斯文的假面，露出了凶神恶煞的狰狞，他一边骂一边不停地对唐彪拳打脚踢，唐彪经受不住，倒在地上。江容、姜红不知哪儿来的力气，猛扑向张标扭打着，张标的几个兄弟伙，就准备对这两个弱女子下黑手，幸亏杜姐一看不对，赶紧叫来了保安才制止了这场单向的斗殴。

3

不知是谁打了报警电话，很快警察赶来了，杜姐迎了上去，好像对警官很熟悉似的。杜姐说：“吴警官，他们都是我的朋友，喝了酒，打着玩，现在都停下来了，我来处理。”吴警官严肃地说：“我们接到的报警电话说是斗殴事件，还伤了人，我们要询问当事人。”

客人们七嘴八舌地说了起来：“几个流氓打这两个女娃娃，把一个小伙子打得好惨哦!”“他们不是好东西，要严惩……”

张标看到警察来了，理直气壮地指着椅子上的小伙子说：“警官同志，我的兄弟被他用酒杯砸得头破血流，我们是自卫反击。”

一个中年人站出来说：“警官同志，你看躺在地上这个小伙子，被姓张的一伙人拳打脚踢，人都站不起来了，这两位姑娘也被这群流氓打得鼻青脸肿的，我们都是见证人。”

吴警官等人在现场进行了初步了解，心中有了数，说道：“这几个受伤者，立即送到医院治疗，其他当事人立刻到派出所去!”

杜姐连忙说好话，“吴警官，他们真是我的朋友，这是张标的几个朋友，那是江容的几个朋友，都是闹着玩的。”

吴警官不给面子，“打成这个样了，还叫朋友，公众场所闹事，我们必管，小杜，你是领班，也得去派出所录口供。”

不管杜姐如何开脱，吴警官叫两个警察带着几个伤者去医院治疗，他和另一个警察把张标、杜姐等人带回警局。

吴警官办事向来雷厉风行，今天他察言观色，他不愿听这一边的人和杜姐的一面之词，等人来齐了再说。

吴警官招呼杜姐，让她带着张标等人到办公室等着。杜姐无奈，埋怨着张标：“你说过不再惹事了，今天又惹事!”张标横着脸：“我怕谁?谁惹到老子，老子就给他点颜色!”民警制止道：“不准讲话，自个儿反省，等吴警官回来有你们说的。”

大约过了一小时，所有人都到齐了，那小伙子跟唐彪两个的头上都包扎着严严实实的纱布，姜红和江容的脸上也贴着纱布，脸上、手上都上了药，显得狼狈不堪，分别在审讯室里录口供。

吴警官等人商量了一会儿，又把所有人叫到小会议室。吴警官神情严肃地说：“今晚的斗殴事件，我们基本上调查清楚了，张标等人和唐彪、江容、姜红并非事先认识，是由杜鹃引来才认识的；朱宏强行让姜红跳舞是非法的，并且先动手打了前来阻止的唐彪，唐彪用酒杯反击，砸伤了朱宏的头部，是防卫过当行为；张标等人毒打唐彪、江容、姜红已触犯了治安管理条例；‘青春之光’娱乐厅不止一次出现斗殴事件，张标是屡犯不改，因此我所决定‘青春之光’娱乐厅停业整顿一个月；张标聚众斗殴，扰乱社会公共秩序，拘留五天，罚款三千元，双方医疗费各自赔偿对方。”

杜姐顿时哭了起来，“吴警官，我仅是个领班，老板晓得了，我的饭碗就得丢了。”

吴警官说：“你管理不善，多次出这种事，我会通知你们老板的。”

张标仗着有人撑腰，大吼道：“警官，你处理不公，他们打伤我兄弟，为何不处理，我仅是帮兄弟的忙，为啥处罚这么严重?”这时张标酒全醒了，明白了事态的严重性。

吴警官严肃地说：“我已警告过你几回了，你不听，又聚众闹事，当然处理你为重点。”

张标丧着脸，要挟吴警官：“我要见我幺爸！”

吴警官冷笑了一下，“谁也保不了你，你不是要见你幺爸吗？他今天正好值夜班，我打电话请他过来。”张标一听，精神一下好了起来。吴警官拿起桌上的电话，拨通了所长值班室。

一会儿，一个人高马大的警官进来了，看上去非常威武，吴警官站起来敬了个礼，此人还了礼。吴警官对他说：“张标又在舞厅惹事了。”此人正是张标的幺爸，是该所的副所长。

张副所长说：“张标，你这小子真是屡教不改。”表情虽然严肃，却是轻声细语的。

张标看到幺爸来了，马上装出一副可怜相：“幺爸，我是见义勇为，打抱不平。”

张副所长听了吴警官的汇报后，又看了姜红、江容的伤，两个姑娘听张标喊这个警官喊幺爸，当时就吓得直哆嗦。

张副所长怜惜地说：“张标，你能啊，小姑娘你都舍得下手，你为谁打抱不平？我看你一点伤都没有，不成体统，好好接受所里的处罚！”

张副所长说完又对吴警官说：“我正在值班，就按你们的意见办吧。”说完就出门了。张标哭丧着脸，声嘶力竭地吼道：“幺爸，我是冤枉的，我怕遭关起来哟！”

吴警官打通了金辉大酒店张经理的电话，对方很快接了电话，吴警官说：“张经理，请你到派出所来一下，张标又惹事了。”吴警官又叫江容说出姜老板的电话，吴警官很快打通了姜贵的电话。姜贵正在和叶桂花吵架呢，姜贵埋怨叶桂花没经他同意就放这些小青年外出，出了事咋办；叶桂花不服气，觉得自己没有错，一天把这些小青年关在店里，人都发霉了。但是这三人到现在都没回来，他们也正准备打电话问。姜贵接过电话：“哦，哪个？我是大众旅馆的，什么？到派出所来一下，啊，出事儿了啊？好好，我马上就来？”

姜贵气得直抖，“这下好了，他们被抓到派出所去了，派出所叫我马上去。”叶桂花也惊了，这些娃娃平时乖乖的，怎么一出去就惹事了。两人立即向派出所赶去。

张经理见儿子又惹事了，马上开车到了派出所。张经理个头跟张副所长差不多，只不过不像张副所长那样斯文，张经理左看右看都是笑脸，张经理笑容满面地走进派出所，和吴警官握了握手。吴警官把事情的来龙去脉跟张经理讲了一遍。张经理两眉间形成了一个川字，但仍然笑着说："吴警官辛苦了，这娃娃该狠狠教育一下，都是他妈给惯坏了，我一教训，她就护短。"

这时，姜贵和叶桂花也赶到了，江容、姜红扑到叶桂花身上就哭了起来。叶桂花问是谁打的，她们指着张标。叶桂花愤怒地冲向张标，但被警察挡住了。吴警官又把事情的经过给姜贵、叶桂花讲了一遍。张经理笑着脸走过来，握住姜贵的手，"兄弟，还很年轻嘛，我们都是同行，娃娃不懂事，闹了点事儿出来，是我管教不严，见谅，见谅。"

姜贵甩开张经理的手，气愤地说："你们也太霸道了吧，打女娃娃都这样狠！"张经理皮笑肉不笑地说："姜老板，我一定狠狠地教育小儿，给你们赔个不是，医疗费我全部赔偿，再加营养费两千元。"姜贵也是个软心肠的人，看人家态度如此好，就不好说什么了。

张经理低声对吴警官说："我们负全责，罚款嘛就按你说的办，下不为例。"

吴警官为难地说："我们可以调解，看对方谅不谅解。"

张经理又好言好语地对姜贵和叶桂花说："我一定全部赔偿，请两位多多谅解。"叶桂花还不服气，姜贵把她拉到一边，轻声说："人家是大老板，强龙压不倒地头蛇，我看就调解吧。"

张经理和姜贵在调解书上签了字。

吴警官又对张标等人训斥一番，对姜贵说："姜老板，你把你的人带走，明天张经理把赔偿费交到派出所，你们来领。"又对张经理他们说："张标等人还得留下来。"

张经理赔着笑脸，送姜贵、叶桂花等人走出派出所。

4

金辉大酒店的总经理，一早把张标领回家，进到张标的卧室，张经理把门关上了，张标知道又要挨揍，吓得跪在地上。人称笑面虎的张总经理，名叫张万全，是全城赫赫有名的人物，因为计划生育，就只有张标这么一个独生子。为培养张标接管家业，他舍得钱，送张标去最好的学校读书，请最好的老师给张标教功课。可张标不争气，在社会上伙同一些混混，成天鬼混，少不了挨张万全的斥责打骂，谁知张标的母亲又十分溺爱张标，这家人真怪，张万全怕老婆，老婆怕儿子，真是一物降一物。

张标惊恐地望着张万全，他感到今天有些特别，不像往日他犯了错误，张万全那张凶恶的脸和那飞来的拳脚，而是一种难以捉摸的微笑。

张万全问："儿子，你是怎样认识这群人的?"

张标回答："爸，你不知那两个妹儿有多么漂亮哦，当我知道杜鹃认识她们时，就叫杜鹃弄她们出来耍。"

张万全斥责道："不要整天都想着耍，那杜鹃符合我家选儿媳妇的条件吗?"

张标尽管心里很不舒服，但还是辩解道："我这个年纪也得要朋友了，多认识几个好挑选。"

张万全教训道："当我家的儿媳妇当然要漂亮，主要是人品要好，不要是社会上的风流女子。"

张标见父亲关心他的婚姻大事，心里十分高兴，"爸爸，我一定给你找个人品好的。"

张万全摇了摇头，"算了，你那伙人能选得出好的？你说姜贵店里那两个姑娘都很漂亮，你们把别人打得鼻青脸肿的，我一点也没看出来。"

张标一听张万全提到江容、姜红，眼前一亮，兴奋地说："我见过真面目的，真是美得非凡，杜鹃连她俩一半都比不上，我们这的女的也没有一个比得上。"

张万全打起了鬼主意，盘算怎样把这两个美人儿搞到手，不过没见到她们的真面目，张万全还是半信半疑的，他知道张标爱撒谎，经常对自己喜欢的事儿不是夸大就是缩小。张万全想了想，等个把星期后，这两个女娃脸上的伤好了，就找个借口去见见。

再说姜贵这边，带着三个伤员回来，心里难受。这几个青年这副模样，怎么迎接顾客。叶桂花也不好说什么，因为人是她放出去的，她只能对着江容出气："都是你这个死女娃子惹的祸，你说出去逛街，结果把他们弄到娱乐厅去了，不看在你老汉的面上，今天非把你踢出去不可。"

江容哭得很伤心，忙认错："我是想年轻人娱乐一下，没想到发生这种事。"

姜贵压着气说："你本就不应该带他们到那种鬼地方去，下次再去全部开除!"

叶桂花叹起气来，焦头烂额的。姜贵也是有同情心的人，大家都是同样的心情，这让明天怎么开业哟。

突然，姜贵哇了一声，惊动了大家。叶桂花骂道；"你发神经，叫啥子叫?"姜贵神情显得十分懊悔的样子，说："我们好傻哟，那姓张的只赔了三个娃娃的治疗费，给了点补贴，我的店店无人上班的损失，也该叫他赔噻！”

叶桂花说：“真傻，过都过时了，他会认账吗？”

姜贵皱了皱眉，说：“我们的损失找他赔钱，这人老奸巨猾，肯定不得干，反正他店店大，员工多，老子去向他借两个人来顶班，算对我们店的补偿，这个道理应该说得通噻。”

江容说：“听说他们那个店里女的化妆化得妖里妖气的，不要弄坏了我们店的名声。”

姜贵说：“我才不管那么多，你看你们一个个，像花猫一样，能上班吗？到我这儿来了，都得听我的，你看我们店店损失好大，你们哪天才能上班嘛，我的个天。”

大家看到姜贵这副难过的样子，都心酸起来，唐彪闷着不作声，两个女娃娃又哭了起来。

叶桂花说：“不要哭了，我认为姜贵这个主意好，你们没法上班，是我们店的损失，这个该他赔，这个理儿也讲得过去。”

姜贵这下来了精神，叫叶桂花把他的西装拿出来，叶桂花进屋拿出西装，姜贵忙穿上，吐了点口水在手心，把头发抹了几下，壮着胆子雄赳赳地出了门。刚走了几步，又退了回来，悄悄对叶桂花说：“你悄悄跟在我后面，我一个人上去，我若喊打死人啰，你就打报警电话。”叶桂花点了点头。几个青年也急了，“祸是我们闯的，我们也要去。”姜贵心想人多力量大，也默认了他们一起去。

姜贵、叶桂花带着三个员工，像带着上过战场的伤兵，气鼓鼓地来到金辉大酒店。大酒店真气派，欧式风格，房顶最上边是个半圆形顶盖，设有各种彩灯，每层楼外又装有条形彩灯，一到晚上，彩灯齐明，半圆形屋顶上安的彩灯闪闪发亮，还缓缓转动着，金辉这个名字还取得不假。大楼共六层，一二三楼都是餐厅，每层都有主厅、副厅、小包房，能接纳大小会议、宴会、寿宴等。四楼会议厅、娱乐厅，共设大会议厅两个，可容纳两百多人开会，小的可以容纳五十多人开会。会客厅有四个，布置得很精致，可容纳十多个人商务洽谈。娱乐厅设有歌厅一个，棋牌室四个。五楼是各种类型的房间，有套房、标间等。六楼是各个部门的办公室，张万全的办公室和他家的住房。

看了这么大的酒店，门前还有两个高大的保安，一动也不动的，像庙里的煞神。姜贵等人看了都有些胆怯，姜贵闯荡江湖多年，是个天不怕地不怕的人，姜贵鼓动大家，“雄起，我们占理，就是要有胆跟这些人斗一斗，要回自己的损失。”

5

姜贵带头走在前面，刚要进大门，这时走出来一位英俊的男子，身穿笔挺的西装，一口标准的普通话，十分客气地迎上来，满脸笑容地问姜贵："先生，我是这里的大堂经理，您是来用餐的呢，还是订宴席的呢？恕十人以下不接待。"

姜贵见人家客气，自己也装着客气起来，"经理，我们是来找你们总经理张万全的。"

大堂经理愣了一下，又看了姜贵几个人的模样，认定是来闹事的，很有礼貌地说："对不起，张总经理不在店里，请回！"

姜贵心想难道要白来一趟，今天不管怎样都要找张万全讨个说法，姜贵提高嗓门："我有重要事情要和他商量，请你还是通报一下。"

大堂经理的脸沉了下来："你们是来闹事的吧，请离远一些。"两个高大的保安立即过来，机械性地挡在姜贵他们面前。

姜贵不吃这一套，使劲儿喊了起来："张万全，你给老子下来，我们还有好多事没说清楚！"这一喊惊住了大堂经理，他连忙制止道："不要喊，我给你们通报一下。"

大堂经理进了大门，拨通了张万全的电话，张万全正在办公室，坐在精致的总经理大靠椅上，听到电话响了，提起电话，一听是大堂经理的声音，忙问道："什么事儿？"

大堂经理把姜贵等人过来的事情讲了，张万全正要发脾气，又一想这不是个机会吗，忙说道："叫他们上来，不不不，把他们领到会客厅，我立即下来。"

大堂经理把姜贵等人带到了一间大约十来平方米的小会客厅，里面藤椅、沙发、茶几样样齐全，墙上挂了一幅国画牡丹图和一条幅，上面写着：这就是你的家。两个漂亮服务员身着白色衬衫，黑色长裤，笑盈盈地送来茶水，说了声："请喝茶。"很有礼貌地离开了会议厅。使姜贵等人本来想吵架的心情冷了一半，感到有一些温馨的气氛。姜贵看了，不得不佩服人家的气派，心想将来老子也要整个这么大的酒店。

张万全乘电梯下来，直接进入了会客厅，满脸堆笑，使姜贵他们感到有些难为情。姜贵对叶桂花说："不要被他们的假象迷倒。"

张万全主动握住姜贵的手，热情地说："欢迎姜老板光临，难得呀难得，请都请不来的贵客，我正准备带犬子到贵店道歉呢！"

姜贵倒显得有些拘谨，以礼相待，不出过分言语，把话说完了，看张万全的态度再说。叶桂花看不惯这种笑脸，总觉得这笑脸之后藏了一把刀似的。她在姜贵耳边轻声说道："莫要上当哈！"张万全已猜到他们来的目的，看了叶桂花一眼，便知这女人是姜贵的老婆，是个机灵的女人。张万全知道，对这种女人，一定要给她点甜头，不然她会让人下不了台。

张万全伸出手想跟叶桂花握手，叶桂花瞅了他一眼，说："我们乡下女人不会这一套。"张万全厚着脸皮说："女同志都是有些害羞的，那就喝茶嘛，姜老板你好有福气哦，娶这么漂亮的媳妇，真叫人羡慕死了。"叶桂花听到夸她漂亮，女人的虚荣心一下露了出来，心里乐滋滋的，脸也笑了，场内的尴尬局面消失了一半。

姜贵倒显得手脚无处安放，人家都把好话说尽了，自己也没什么好说的，姜贵露出从未有过的严肃神情，既来之则安之，为了个人利益，还是要讨个说法的。

姜贵说道："张经理，客气了，这次的事情总的来说还是办得好的，但还有些实质问题没谈到。"

张万全微笑地说："姜老板，我们不打不相识，有什么还没解决好的，你提出来，老弟你放心，没有我张万全办不到的事儿。"张万全心想，这小子又在想法子敲钱了，这些土包子心里就是个钱，说得在理，老子不过再舍几个钱。

姜贵接着说："事情都过去了，给我的员工治疗费，赔偿了他们的损失，但是我店里的损失更大，你看他们这个样子，能继续上班吗？不把客人吓走才怪，我们两口儿也干不了这么多活儿。"

张万全一听，仿佛明白了他们的意思，不就是想赔误工费嘛，张万全大方地说："姜老板，你要误工费嘛，你开个价。"

姜贵笑道："说起钱就不亲热了，他们起码要耽误半个月的工，我不可能去请人做半个月，何况请来的人又是生手，教都要教半天，我的意思是，请张经理派两个熟悉业务的员工，来我店顶半个月，江容、姜红脸上无疤痕了，你们的员工就可以回去了，这就不用花钱了噻！”

张万全一听，晓得姜贵的算盘打得够精，不过人家说得也有道理，这两个女娃娃被打成这个样子，确实无法上班。张万全内心十分高兴，没等开口，姜贵就掉进了自己的圈套，我派人到他店不就是个好办法吗，以换人的方式，把江容、姜红留在我这里。

张万全装作十分着急的样子，说道：“是啊，姜老弟，生意那么好，离开了这两个妹儿，又谁来迎接顾客呢？你看这样好不好，我派两个能干的妹儿到你店上班，你把这两个妹儿留在我这里，绝对不叫她们去当迎宾小姐，就收拾下房间，同时，也隔一天就到医院去治疗，费用由我负责，管吃住，干得好还给点奖金，姜老弟意下如何？”

这话正中姜贵心怀，没想到张万全这么大方地答应了他的要求，不过要留下江容和姜红，他有些不放心。

江容、姜红一听，马上表态反对，不愿留在张万全店里，叶桂花也不同意，怕两个女娃娃出事。

张万全装作不悦的样子：“这方法最好不过了，我又帮她们治了伤，只干点轻巧的事儿，何乐而不为呢，相互不给工钱，我又不是老虎，怕我把她们吃了不成？”说完哈哈地笑了起来。

姜贵为难地说：“张经理，治疗费你已经赔了，这乡下姑娘就是登不上大雅之堂，我还是带回去的好。”

这时张万全变脸了，说：“我白给你两个人，你也要给我一点面子，我保证两位姑娘在我这里吃好住好，工作轻巧，除了这方案，其他免谈。”

姜贵琢磨着，这方法还可行，过来两个人，顶江容、姜红的工作，总得给店里做活。姜贵看了江容、姜红她们不悦的脸色也感到为难。

唐彪突然说道：“老板，我留在这里照看两个姐姐，出不了事儿。”

张万全倒吃了一惊，没想到半路杀出个程咬金，张万全想了想，说：“也好，先说好，只管吃住，不给工钱。”

唐彪硬邦邦地顶了过去：“我是保卫两个姐姐的，不稀罕你那两个钱。”姜贵等人见唐彪留下，也不好再多语言，姜贵说：“那就这么办嘛，反正就是半个月。”

张万全皮笑肉不笑地说：“一言为定！”说完主动和姜贵握手。

6

江容和姜红被安排与四个清洁工住在一起，六人一间，上下铺，来的人安排好就走了。江容和姜红只好住在空下来的两个上铺，年轻人爬上爬下也不怕什么，就是有伤未愈，爬起周身有些疼痛。那四个清洁工显得很老实，也不招呼，也不同江容她们讲话。姜红最怕与陌生人打交道，那四个清洁工看这两个新来的员工这么多伤，都不怎么敢看她们，屋里一片沉寂。

还是江容胆子大，用亲切的口吻说道："四位大姐，我们是他们打伤了的人，临时到这里住几天，很快就会走的。我叫江容，她叫姜红……"

姜红忙拉住江容说："老板打了招呼，任何事都不能讲。"江容不服气地说："我们也是人，住在一起，大家不认识一下，都成了哑巴了，闷都要把我闷死。"

四人见江容和姜红没有什么恶意，不像社会上的女流氓。其中一个老大姐自我介绍道："两位小妹儿，我姓张，这里我最大，叫我张姐就行了；这位姓徐，比你们大，叫徐姐；这位姓李，叫李姐；这位姓刁，叫刁姐……"

姓刁的员工三十岁出头，看面相像个男人，她打断了张姐的话，"可别叫我刁姐，我哪配当这些人的姐哟，一天在男人中争风吃醋的，还打架，哼!"

张姐阻止道："小刁，别乱说，情况都不了解，出口伤人不好。"姓刁的连讽带刺说："我哪能跟这些人比，你们没看出纱布下面的美脸吗，那不是被争风吃醋的男人打伤的吗?"江容听了肺都气炸了，把事情的前前后后摆了出来。姜红哭了，江容也哭了。

四人听了很是同情，刁姐也感到愧疚。张姐忙说："两位小妹儿，我们不会讲的，都是出来挣钱的，他们这样作孽，丧尽了良心。"其他几人也来安慰她俩，江容、姜红受到安慰，倒哭得更凶了。张姐小心翼翼地说："让她们哭哭，把委屈哭出来，过会儿就好了。"

刁姐突然说道："徐姐，我们俩年轻些，人也瘦，把下铺让给她们，她们上下不方便。"说着就把被盖换了起来。

江容激动万分，感谢道"要不得，我们年轻得多，能住上铺。"刁姐笑着说："我是室长，我说了算，反正住不了几天，听从安排嘛。"其他三人听完也笑了起来，不知是谁给她封了个"室长"的官。张姐等人都笑了，"听室长的安排。”刁姐倒脸红了起来。

死一般的沉寂，突然变得活跃起来，房间里洋溢着一阵阵轻快的笑声。

唐彪被人带到一间员工宿舍，这人对一个大约五十岁的男子说：“高叔，这人就交给你了，上头说了，不让他做重活，给你打个下手。”高叔看了看唐彪，挖苦地说：“头还没打破哟，还可以做活！”屋里还有一人，姓王，他瞅了唐彪一眼：“看你娃是个打架的好手，我们可不会打架哟！”

唐彪等送的人走了，做出一副英雄汉的样子：“两位大哥，上头不准说，我偏要说，我是故意要求留下来的，保护我的两个姐姐。”高叔感到吃惊，这小伙身上有伤，还主动要来保护女人。唐彪见两人疑惑的样子，也忘了自己对张万全的承诺，一五一十地把全部经过讲了一遍。高叔听了很赞赏唐彪的勇敢。高叔说：“很高兴认识你，我是这里的电工，小王是管道工，就在我们这里住下，咱们也算有缘分，打什么下手哦，你好好养伤。”三人很快就相处得很融洽了。唐彪很感谢两位，泪水直流，弄得高叔和小王也感到难为情。

张万全也讲信用，每隔一天都派车送他们到医院去治疗、换药。三人的伤渐渐好了，没过几天江容、姜红脸上的纱布也揭下来了，露出两张美丽的面孔。江容、姜红对着镜子，左照右看，没有留下任何痕迹，两人高兴得抱在一起。

再说这边，姜贵带回去的两个女子，都是二十多岁，一个姓杜，一个姓朱。两人来之前，张万全就给她们打了招呼，工资这边是留好了的，表现好还有奖金，去了那边不得放肆，不能干本行，要是叫人知道了就把她们扔进大河中去喂鱼。

姜贵对小杜、小朱都很热情，她们来了，生意照旧开起。小杜、小朱也不敢不服从张万全的命令，只是感觉啥都没有大酒店好，特别是小杜，离开了男人，浑身都不自在。小朱还算安心，她很讨厌男人，接待客人都是张万全逼的，这里姜贵安排工作，她倒还显得自在。

小杜为了早日回去，巴不得江容、姜红伤好快些。小朱倒是还想留在这里，她俩心知肚明，两人语言上聊不来，也不常在一起。叶桂花更喜欢小朱一些，小朱做事踏实认真，小杜本性难改，见了帅气的男人会主动笑脸相迎，有时还说些过分亲热的话。

再说江容、姜红伤好了，立即要求回去。唐彪虽然没完全好，他是为江容、姜红而来的，也要求回去。江容、姜红到了总经理办公室，有两个服务员正在办公室里，江容把要回去的事对张万全讲了。张万全笑嘻嘻地说：“哦，我这里不好吗？再说之前说的时间是半个月哟。”

张万全这下才真的看清了江容、姜红的面目，真没想到正如张标所言，这两人美如天仙，如何留住两个美人儿，张万全在这方面是老手了，自认为有办法降服这两个女子。

张万全对两个服务员说："带她俩去换衣服。"

江容惊叹地说："我们都是穿的服务生装，还换什么衣服呢?"

张万全指了指两个女服务员，"跟她们一样，你俩穿一定很漂亮。"

江容、姜红这才仔细看这两人，衣着暴露，两条雪白的大腿都露在外面，脚上穿的是高跟鞋。

江容和姜红都反对这样穿，江容说："还有几天就回去了，不必这样打扮。"

张万全死皮赖脸地说："我很赏识你们两位，这是高级服务生的装束，你们升职了，每月工资至少一万，我会让姜老板把你们留下来的。"

江容、姜红气急了，江容几乎是带着怒吼的声音："我们不是你的员工，是为了治伤临时交换的，你也和我们老板商量好了的，我们绝不会留在这里。"

张万全话也硬了起来，"哪怕是一天，都得听我的安排!"

这时，唐彪不知从哪里蹦了出来，一手拿着个苹果，一手拿着一把锋利的水果刀，两眼怒视着张万全。张万全故作镇静地问："唐彪，谁叫你进来的?你想做啥?"

唐彪幽默地说："这刀既可以削苹果，也可以削人头，我带两个姐姐去干活了。"

张万全一时无可奈何，怕这小子来真的，狂叫道："给我滚出去!"

唐彪给张万全鞠了个躬，立即带江容和姜红走出总经理办公室。

7

翠翠身体虚弱，很多事情都强撑着干，学校缺教师，她又继续上课。姜贵两口子生意越来越忙，两个孩子一天天长大了，正愁不知怎么办。翠翠早已看出了他们的心思，她主动把瑞儿、巧儿弄到身边。瑞儿上小学一年级了，巧儿也上幼儿园了，上下学都是她和姜敬良换着去接送。姜敬良内心也感到很安慰，姜贵当面不叫他爸，但也以娃娃的名义叫"娃娃他爷"，这是变相地承认了他这个当爹的。姜敬良跟翠翠这么多年来，也学会了不少东西，学会了炒菜、蒸菜、熬汤等厨房里的事儿。大人娃娃都喜欢吃，他成为家务劳动的主力。姜敬良把带孙孙当作是对姜贵的补偿，对殷秀的赎罪，心情也好了一些，人也开始长胖了。

这天休息，姜敬良忙着出外买菜，瑞儿说道："爷爷，我要吃鸡腿！"巧儿也跟着说："爷爷，我要吃鸡翅，吃了能飞！"姜敬良笑着满口答应。

翠翠在床边，补着被单，瑞儿在做作业，巧儿要着玩具，玩得很高兴，竟然唱起翠翠教她的歌来：

花衣裳（呀），逗人爱，
小娃娃穿上心喜欢，
花衣裳（呀），从哪里来，
农民伯伯把棉栽，
工人叔叔织成布（呀），
婆婆又用剪刀裁，
婆婆缝衣真辛苦（呀），
一针一针缝起来（呀，哈，哈）。

瑞儿急着说："巧儿，你唱错了，是妈妈又用剪刀裁，妈妈缝衣真辛苦，你不能乱改哦。"

巧儿嘴一努，不服气地说："我看到的就是婆婆裁的、缝的。"

翠翠听了又喜又惊，感到婆孙的感情这样深厚，翠翠故意生气地说："巧儿，你真唱错了，你忘了我是怎么教你的？"

巧儿天真地问道："妈妈给我做过衣裳吗？"

翠翠说："你从生下来，就是你妈妈做衣裳，你人小，记不得，小娃娃衣裳都是妈妈做的，世上只有妈妈好。"

巧儿嘟着嘴，"我妈真凶，她骂我，还打我，人家叫她叶老虎。"

翠翠认真开导说："巧儿，你这就不对了，你妈骂你打你是为了你好，你妈把你带大多不容易哦，多辛苦啊，你知道吗，妈妈始终是爱你的。"

巧儿点了点头，"妈妈什么好吃的都给我吃，妈妈真好，我改过来唱。"

翠翠把巧儿紧紧抱在怀里，"好巧儿，真懂事，妈妈是真心喜欢你的，你一定要喜欢妈妈。"

巧儿嘴真甜，撒娇地说："我喜欢妈妈，也喜欢婆婆。"顿时翠翠泪水直流，滴在了巧儿脸上。

这时，传达室的老王师傅来了，老王师傅站在门口，说：“姜老师，你有一封信，我送来了。”翠翠放下巧儿，“王师傅，进来坐坐。”“不了，我还要送几家人呢！”翠翠还以为是姜敬玉的来信呢，仔细一看信封，歪歪倒倒的字，特别是落款：花桥灵王庙村。翠翠惊呆了，只有姜敬玉知道她的地址，这信是谁写的，她心里一下明白了，“宝儿，我的宝儿！”她激动得心都快跳出来了，颤抖的手揭开了信封，打开里面的信，一看正是姜宝寄来的。

娘：您好吗？

孩儿从姑姑那里好不容易要来了您的地址，但又没有勇气给您写信。娘，您给了孩儿生命，孩儿不孝，在这里给您磕头了。您的事儿，姑姑都给我讲了，我现在才明白您是一个很苦的母亲。我已结婚生子了，媳妇漂亮能干，川川已上大学了，我们的日子过得很好，您老放心，我一定找机会来看您。

娘，我的亲娘，孩儿十分想念您！

不孝之子：姜宝

××××年×月×日

翠翠眼中浸满了泪水，一串串泪珠顺着脸颊流下来。她看了一遍又一遍，不停地说道：“我的宝儿，我的宝儿，是娘对不起你……”

翠翠的哭泣惊动了瑞儿、巧儿，两个不知事的孩子，都很懂感情，跑了过来。

瑞儿说：“婆婆，谁惹你生气了？我去打他。”

巧儿说：“婆婆，乖，不哭，巧儿跟哥哥去打他。”

翠翠擦着眼泪，蹲了下来，抱着两个外孙说：“婆婆是高兴。”

瑞儿说：“婆婆你骗人，高兴还哭，我已经是大人了，给我讲，我帮助你。”

翠翠笑了，“傻孩子，有时人高兴也会哭的。”

姜敬良，买菜回来了，一进门看到这个场景，翠翠的状态引起了他的好奇。

瑞儿、巧儿立刻跑过来说：“我的鸡腿呢？”“我的鸡翅呢？”姜敬良忙从菜篮子里拿出鸡腿和鸡翅，递给两个孙孙。瑞儿、巧儿有礼貌地说：“谢谢爷爷！”

姜敬良叫他俩到饭桌边去吃，问起翠翠为什么事伤心，只见翠翠手里拿着信笺。姜敬良拿过信来，一看是宝儿寄来的，高兴得跳了起来，他激动地看完信，心里一下凉了，全身一阵发软，信从他手上掉了下来，信中没有一句话提到他，姜敬良发怒了，“这小子，还真不认老子了！”他气得说不出话。

翠翠安慰道：“敬良，慢慢来，宝儿会理解父母的心的，何况本来也是我们的过错，你要谅解宝儿。”

8

姜贵近来度日如年，张万全派来的两个员工很任性，特别是小杜，一天化妆化得浓浓的，嘴唇涂得鲜红；小朱好得多，只化了点淡妆。顾客来了，凡是带小孩的、有老年人的，小杜都不愿打招呼，只有小朱会勉强接待，但是帅哥、有钱的顾客来了，小杜就主动接待，小店再也听不到“欢迎光临”的亲切言语，老顾客都说姜老板换错了人，都喜欢江容和姜红两个小妹儿。姜贵有苦说不出来，这种丑事开不了口。好不容易熬过半月，叶桂花催姜贵去张万全那里要人，姜贵生气地说：“这三个人还真想留在大酒店吗？”其实，他并不知道张万全以养伤为借口，早就把唐彪他们三人“监视”起来，说等时间到了再还给他们。唐彪三人心想待不了几天了，也就没主动打电话，没想到苦了姜贵和叶桂花。

姜贵给张万全打了电话，张万全很乐意姜贵去他那里。当天下午，姜贵忙完事儿便急急忙忙朝金辉大酒店赶去。到了金辉大酒店大门，大堂经理迎了上来：“姜老板，都是老熟人了，你直接到总经理办公室去就行了。”

姜贵乘电梯上了六楼，走到总经理办公室，门是半开着的，姜贵轻轻推门一看，惊得不敢进去，看见两个妖艳女子，一个给张万全按摩肩膀，一个竟坐在张万全大腿上逗笑。

张万全见姜贵来了，知道这土包子不敢进来，张万全起身来到门口，很客气地把姜贵半推半拉地弄进办公室。两个女人，妖媚地笑着，迎了上来，“姜老板好，请坐，请喝茶。”

姜贵被张万全这一招弄得十分狼狈，看都不敢看这两个女人。姜贵只好埋着头，使劲儿地喝茶。张万全知道他是来要江容、姜红这两个姑娘的，若想留下这两个姑娘，就必须要把姜贵弄翻，让姜贵乖乖地朝他策划的路子走。

张万全奸笑着说：“天下哪有男人不爱美女的，人生苦短，吃喝玩乐，要会享受嘛！”一个女人给张万全捏着肩膀，另一个女人给姜贵按摩，姜贵显得十分尴尬，心一横，老子今天来了就享受一回。这女子按着姜贵的肩，姜贵像触电似的，“嗬嗬”地叫了起来，拒绝继续按摩。

张万全朝着门口叫了一声，“上菜。”立即又有几个同样打扮的女人端来了酒菜，摆到茶几上，菜也简单，一盘小虾、一盘油酥花生米、一盘卤肉片、一盘凉三丝、一瓶五粮液酒，然后这几个女人就出去了，并把门关上，屋里就只留下他们四人。

一个女人娇滴滴地说：“我们张总平时都吃得很节俭，这些菜都是为贵宾准备的。”

张万全客气地说：“姜老弟，咱们都是同行，现在又是好朋友了，请你吃个便饭，不成敬意。”

姜贵不知张万全要什么鬼把戏，心想只要不是女人按摩，喝点酒怕啥，今天老子就显示下我的酒量。

姜贵说：“张总，不客气了，喝就喝，不需要按摩，酒喝了我就带人走。”

一个女人往四只高脚杯里倒上了酒，靠依着张万全坐下。张万全手摸着那女人白皙的大腿，举杯对姜贵说：“男人嘛，要会过日子，对酒当歌，人生几何，又有美人相伴，何乐而不为哟!”

另一个女人靠着姜贵坐下，姜贵十分不自在，屁股往另一边挪了一下，那女人又紧贴过来，索性把大腿压在姜贵的腿上。姜贵吓得蹦了起来，引起了张万全的嘲笑。

姜贵趁着酒兴大声说：“男子汉，大丈夫，还怕几杯酒，来来来，喝喝喝!”张万全给两个女人递了个眼色，一杯一杯又一杯地灌着姜贵，不多会儿，姜贵已经醉得头晕眼花，终于扑倒在茶几上。张万全给两个女人传了个眼神，这两个女人会意地点了点头。

两个女人把姜贵扶到302房间，又把姜贵扶到床上，她们把姜贵脱得精光，一个女人悄悄走了。姜贵醉得不省人事，不知过了多久，姜贵慢慢醒了，一看自己脱得精光睡在床上，旁边还有个赤裸裸的女人，知道自己上了张万全的当了，吓得不知所措。

姜贵忙找自己的衣裤，找遍了整个房间都没找到。姜贵想：张万全做得好歹毒哦。他大胆地看了看床上裸着的女人，那女人可能是太疲倦了，睡得像个死猪一样，枕边放着她的衣裳。为了逃离这个地方，姜贵顾不了那么多了，披上了那女人的上衣，短裙套在腰间，遮住下身，姜贵轻脚轻手地走到门边打开门，伸出脑袋，只见过道静悄悄的，他像做贼一样打着赤脚跑出房间。他知道坐电梯容易被发现，于是他从楼梯往下走，汗水不停地流，他左望右看地下了一层楼，正想往下一层走，突然背后有人拍了他一下，姜贵吓得一抖，背后的人说："你这个丑婆娘，在干啥子?"姜贵一听声音很耳熟，这不是唐彪的声音吗？原来唐彪每天晚上都要出来暗自走动，只要听见江容、姜红的叫声，他都要去救，没想到会碰到这个打扮得奇奇怪怪的人。唐彪还以为是要害他两个姐姐的人。姜贵惊喜地叫道："唐彪，是我!"唐彪看到姜贵如此打扮，哭笑不得，他以为这是姜贵来找他们，"表叔，你来做啥?"姜贵如同落水的人抓到了救命稻草，正想说什么，突然听到了脚步声。唐彪很熟悉这里的环境，他一把拉住姜贵，说："表叔，跟我来。"唐彪把姜贵带进了自己的宿舍。

高叔和小王被惊醒了，看到唐彪带来一个老女人，感到很奇怪。唐彪忙告诉他们，这是他们店里的姜老板，两人一听差点笑出声来。

姜贵一看全是男人，也就安心了。唐彪向大家介绍了姜贵，高叔说："久闻姜老板大名，今天怎么搞得如此狼狈?"

姜贵也顾不了自己的狼狈相，把发生的事情如实给他们讲了。

姜贵叹气道："真倒霉，没想到张万全给老子拴个如此下流的套子，请各位兄弟想办法送我出去。"

高叔等人听了十分愤怒，高叔说："要尽快，不然他们发现了姜老板不在，一定会全楼搜查的。"很快高叔想了办法，拿了一套工作服让姜贵换上，又拿了一顶藤帽给姜贵戴上，叫小王留在宿舍，他和唐彪带着姜贵乘电梯到底楼。底楼是车库，一个值班保安高声问道："高叔，这么晚了你们还走哪儿去?"高叔愁着脸说："哦，是小李呀，真倒霉，车库外面水管子漏水了，我带小王和徒儿去抢修。"说完两个人迅速地跟着高叔从车库侧门出去了。

姜贵向高叔作揖道："大恩不言谢，请把那套女人的衣服保管好，将来就是证据，唐彪还不能走，跟高叔一起回去。"高叔和唐彪作揖与姜贵道别，姜贵很快消失在黑夜中。

第六章

1

张万全被突然打来的电话惊醒了，他拿起电话一看，是值班保安打来的，电话里传来惊慌的说话声："张、张总，302 房间门开着的，我看了一下，都不敢进去。"张万全一听，大事不好，本以为安排得一点风都不透的事儿，这下出问题了。他连衣服都没来得及穿，披着睡衣就来到 302 房间，那个保安立正迎接。张万全一进门，见那女的睡得很香，姜贵却不见人影。张万全使劲拍打那女的，那女的才醒了过来，看到只有她一个人在床上，又见怒火冲天的张万全，吓得忙找自己的衣服穿。床上的衣服不见了，她慌乱中抓起床单把自己裹了起来。

张万全瞪着眼问："姜贵跑哪里去了？"那女的说："我也不晓得哟！"张万全又问："我交给你的事情办成了没有？"那女的胆怯地回答道："他醉得像个死猪一样，怎么都弄不醒，那事没干成，我也喝多了，人很累，就睡着了。"

张万全对着那女的就是两耳光，"给我找！"那女人披着床单在床下、柜子，整个屋都找遍了，就是不见姜贵。那小姐只好跪下来求饶。此时张万全很清楚，姜贵的衣服是被他收走的。他一下明白了，姜贵很狡猾，一定是穿着女人的衣服跑了。他那打扮一定逃不出我戒备森严的大楼。张万全带着保安来到监控室，值班员正扑在桌上睡觉。张万全猛地给了他一脚，值班员"哎哟"一声醒了，见张万全来了，值班员浑身发抖。张万全骂道："老子养你们这些饭桶，赶快给我调监控找！"值班员立即坐到机前，按着鼠标，张万全眼睛死死地盯着屏幕，各楼层都没发现姜贵。张万全拍了拍脑袋，"查底楼车库！"车库光线很暗，只见一个保安，提着手电筒，三个头戴藤帽的人从车库侧门出去了。张万全神情镇静，真不愧是老江湖，他叫值班员把监控放大，仔细看着那三人，认出了一个是高叔，另一个是唐彪，还有一个不像小王。张万全肯定这人就是姜贵，心里一下明白了，张万全很快来到高叔宿舍，轻轻地敲了下门，不见应答，又连敲了几下，只听到屋里高叔伸懒腰的声音，“哪个这么晚了来敲门哟!”张万全说：“高叔，我是老张。”高叔一听张万全来了，想来事情暴露了，他拍了拍小王、唐彪，两人继续装睡，高叔拉开电灯，披上工作服把门开了。

张万全走进来，高叔端了张独凳请张万全坐，高叔问道：“张总，您啥事，半夜三更地来找到我这里?”

张万全恶狠狠地说：“别装了，叫他两个都起来!”

高叔回答：“装啥子装哦，我们去修理外管道才回来，刚睡下不久。”说完高叔叫醒小王和唐彪。两人都装着打哈欠，揉揉眼睛起了床。

唐彪故意问道：“啥事儿哟，瞌睡都不要人睡了?”小王低着头披上工作服坐在床边。

张万全笑了笑，露出一排不整齐的黄牙，两眼瞪着小王，说：“小王，给我抬起头来，你今晚干了些啥子?”

小王勉强抬起头，慢条斯理地说：“下午我发现车库外面消防水管阀在滴水，一时没弄好，就回来吃饭了，晚上想起了才给高叔讲了。高叔说这样漏水不好，三人就去修理，才回来不久呢!”

张万全冷笑道：“小王啊小王，你连谎都撒不来，你看他俩胶鞋都沾了水，你的胶鞋怎么一点水印子都没有呢?一个人装扮着你出去的，给我从实招来!”

唐彪见小王快招架不住了，抢着回答：“小王师傅感冒了，高叔叫他站在一边，我当下手，高叔修好的。”

张万全怒气冲冲，“高叔是电工，他去修什么管子?”

唐彪顶了回去：“高叔水电气样样精通，为啥修不来水管呢，再说是我们三个人去的，又没多一个人。”

张万全气得无话可说，高叔是个万能通，全酒店的人都知道，他们这里确实仅有三人，张万全很敏感，小王留在宿舍的可能性很大，姜贵就趁机被他们送出去了，但一时又无证据，心如火焚。张万全在他们房里翻箱倒柜，也没找到那女人的衣服，只好走了。谁也不知道那女人的衣服被唐彪塞到胶靴里面去了。

张万全灰溜溜地回到办公室，想到姜贵这么一走，计划全落空了，他还是不甘心，张万全打通小杜的电话，小杜正酣睡着，好一阵才醒，她接了电话，一听是张万全打来的，睡意全无，问：“张总，这么晚了，来电有何事儿?”

“姜贵回来没有?”

“我好像听到他们说话的声音了。”

“你去听听他们说的啥，然后向我汇报。”听完电话后小杜披上外衣，悄悄走出宿舍。

再说姜贵逃出金辉大酒店后，疾步回到大众旅馆，只见玻璃门里灯亮着，他推门进去。叶桂花正在值班，见姜贵打扮成工人，上前揪住姜贵的耳朵骂了起来：“老娘打了万百次电话找你，找不着。现在穿成这个样子，干啥子去了，是不是要女人遭别人暗算了?”

姜贵见到叶桂花，像十年八年没见过面似的，竟把叶桂花紧紧抱住，“桂花啊，老子遭张万全算计了!”姜贵把事情的经过一五一十地给叶桂花讲了。

叶桂花听了心里既气愤又紧张，说道：“你到底把那女人搞了没有?”

姜贵冷静下来想了想，说：“我醉得像死猪一样，感觉那女人使劲儿扑在我身上，我蜷成一团，醉得啥都不晓得，再说那女人也醉得不像样，我醒时她还在打呼噜，绝对没干那事儿!”

叶桂花还是不放心，说：“你们男人家，就是看不得这些东西，一个个骚乎乎的，你一定要好好回忆，干了那事儿就麻烦了。”

姜贵坚定地说：“绝对没有，张万全设计陷害我!”两口子在吧台里商量着对策，躲在一边的小杜把这些话全记在了心里。

2

次日清晨，张万全开着车朝大众旅馆驶去，开到大众旅馆门口停了下来。小杜第一个看到了张万全的车，高兴得快飞了起来：“张总的车来了!”

小杜这么一叫，把姜贵和叶桂花吓了一跳，两口子肯定认为张万全是找上门来算账的，叶桂花对姜贵说：“你赶快去躲起来，我就说你不在。”姜贵说：“我正要找他算账呢，怕他个啥!”

张万全笑容满面地下车走过来，后面跟着张标，张标手里提了一个精装礼品盒。

小杜扑了过来，撒娇地说：“张总，想死你了!”

张万全双手轻轻挡住小杜，“好，好，我也想大家了，姜老板在店里吗？”

只见叶桂花双手插在胸前，脸朝向一边，做出一副不欢迎的样子。

张万全知道这人不好惹，他轻声细语地问道：“弟妹，贵老弟在吗？昨晚喝酒喝过了性，闹了点小误会，今天特来赔个不是。”

张万全一套客气话，倒把叶桂花弄蒙了，看来人家不是来闹事的。

姜贵在里面一听，知道张万全这家伙两面三刀来阴招，我也不是吃素的，今天看你葫芦里卖什么药。姜贵出来作揖道：“张总来了，有请，屋里坐！”

张万全满脸堆笑，对姜贵说道：“姜老弟，我们借一步说话。”

姜贵横着脸，“借两步说话我都不怕你。”

张万全把姜贵拉到马路一边，说：“我昨天是真心请老弟来喝酒的哟，男人嘛，逢场作戏算啥，你咋个不道别就走了耶？”

姜贵回答：“张总，你设些圈套让我钻，还把我的衣服裤儿收了，还弄个女人睡在我身边，幸好我没上当哟！”

张万全厚着脸皮说：“老弟，你误会了，你的衣裤和手机我是怕别人给你弄掉了，专门给你放起的，就在你那个屋的柜子里，你自己没找到，要去穿女人的衣服，那衣服很贵重哦，你还是把它还给我。”

姜贵说：“你打胡乱说，我穿了哪个女人的衣服，你明说你想干啥子？”

张万全微笑着说：“姜老弟，事情都过去了，我还是真的为你好，你要想江容、姜红还在我手头哟！”

姜贵说：“我两个在这里扯不明白，我们到屋里去坐着谈，大家都听一听。”

张万全心里有点虚，但也故作镇静，估计姜贵也不敢把和女人睡觉的事情说出来，就跟着姜贵到了大众旅馆的会客室。

叶桂花、张标也跟着进去了。张标很有礼貌地对叶桂花说：“您看，今天我来给您认个不是，这点小礼物不成敬意，请您笑纳。”

叶桂花双手一背，“黄鼠狼给鸡拜年哟！”张标感到十分狼狈，只好把礼品盒放在桌上。

张万全说道：“我们是不打不相识，都是同行，要和睦相处，有事坐下来好好说，其实我们不是不想把人换回来，是因为犬子，对江容姑娘很是看重，我们很想和你结个亲家，让江容姑娘跟张标互相认识一下，多多了解，成为好朋友。”

叶桂花怒视着张万全，说：“你再有钱，我们不稀罕，你那个儿子是个啥子人，好多人都晓得，我们攀不起。”

张万全嘿嘿一笑，“不瞒你们说，江容姑娘基本上都同意了，她已经同意在我们店里工作，你们就不要过问了。”

叶桂花骂道：“你们把江容怎么了，你敢动她一根汗毛，老娘要跟你拼命！”

姜贵说：“张总，话不要说这么多，我还是按承诺书办事，江容和姜红必须回来，她们可当面对证，若江容真的要跟你儿子好，我们也管不着，还请张总把他们三人送回来，时间已经到期了。”

张标在一旁，脸色十分难看，认为自己有权有势，又长得周周正正，好多女娃儿都爱慕他，江容，他要定了。

姜贵、叶桂花坚决要求马上换人，面对面对质，这样才能把事情解决好。

小杜在一旁急了：“张总，我们在这里日子很难过，我要早点儿回去。”

张万全瞪了她一眼：“成事不足败事有余！”

姜贵在一旁很高兴地说：“好好好，我马上把这两位妹儿给你们一道送回去。”

张万全看软的不行，就来硬的，打了个电话。不一会儿，四个身穿全身黑色衣服的人冲了进来。张万全对叶桂花说：“我给你男人面子，你们却不要面子，姜贵昨晚搞了我店的女的，衣服也被他偷走了，今天我们要搜查这件衣服。”

姜贵和叶桂花大怒，“你们竟敢私闯民宅，凭啥子来搜查？小心我举报你！”

张万全手一挥，四个人便朝屋里扑去。姜贵和叶桂花死死扭住他们，却被这四人打翻在地。这四人冲了过去，到每个房间翻箱倒柜搜查着，张万全想，只要老子把这套衣服搜到了，你姜贵跳到黄河都说不清。

过了好半天，四个人出来了，都摇了摇头。张万全看没有搜到衣服，心里凉了半截。

这时，派出所的张副所长，带着管段的陈警官进来了。张万全一看自家弟弟来了，感到莫名其妙，他怎么知道这里出了问题呢？原来是小朱看不惯张万全等人的恶行，悄悄向派出所报了案。张副所长联系了管段民警陈警官，一起赶到现场。

张万全装作不认识自己弟弟，主动说：“我们也有案要报，姜贵侮辱了我店里的服务员，还偷走了一套衣服，我们是来索要衣服的。”

陈警官严肃地说：“我是这里的管段民警，我们接到举报后才来的，你们无权到人家店里搜查东西，私闯民宅是犯法的。”

张万全摸出承诺书，说：“我们之间早有承诺，相互有来往，是姜贵这个流氓惹的祸，我们才来的。”

张副所长看了看承诺书，叹了口气，说："张总经理，承诺书已到期了，我责令你立即放回唐彪、江容、姜红三人，至于你报的案，我们会调查处理。"

张万全走到张副所长面前，轻声地说："我是你大哥哟，你忘了是我把你养大的呀!"

张副所长叹了口气，说："大哥，这里不是讲亲情的地方，是讲法律，依法办事，我希望你好自为之。"

张万全气冲冲地带着他的人和小杜、小朱一起走了，小朱很不情愿地跟着他们，深情地望了望叶桂花："大姐，再见了，有空我来看你。"

不一会儿，唐彪、江容、姜红活蹦乱跳地回来了。

3

夕阳西下，大地上万物的身影都朝东边倒去。大众旅社的身影正好映在公路上，一串串汽车从影子上轧过去。一辆白色的小轿车正好停在大众旅馆的影子中，一对穿着时髦的男女下了车，男子好像喝醉了酒，女子吃力地搀扶着，他们向大众旅馆走去。

两人进了门，江容热情地招呼道："欢迎光临!"

男子色眯眯的眼睛看江容看得入神。江容大方地问道："二位住店吗？请出示身份证。"

那女子看上去长得漂漂亮亮的，带着本地口音说："你们有好点的套间吗?"

江容客气地介绍道："有套间、标间、单人间。"

男子满嘴酒气，阴阳怪气地说："我们是夫妻，要夫妻间。"

江容捂着鼻子说："有，有标准的夫妻包间，请出示身份证、结婚证登记。"

女子客气地说："让我们先看看再登记吧。"

江容知道遇到了刁钻的客人了，叫了一声："姜红，有客人来了，带客人上去看看。"

姜红下来，那男子又色眯眯地盯住姜红。姜红早已习以为常，说了声："请上楼!"姜红带客人到了最好的套间。房间很整洁卫生，大大的席梦思床、高档的沙发、茶几、电视，应有尽有。

女子看了看整个屋，撕下了文雅的面具，高声嚷嚷："就这些烂行头，也算高档包房，旧旧的床、破破的茶几，还有臭熏熏的卫生间，我们不住了!”说完拉住男子就走。男子还想摸姜红的脸，姜红早有准备，一闪就躲过了。

两人亲热非凡地走出大众旅馆，姜红还是按照老规矩说：“欢迎下次光临。”姜红把刚才发生的事情给江容讲了。“遇到这种人真倒霉!”

没过一会儿，又来一个喝得烂醉的中年男子，他一进来就要一个包间，江容很客气地端了茶水来，“先生，您喝得太醉了，先喝口茶吧。”中年男子淫笑着想抓住江容的手，江容一躲，茶水倒在了地上。中年男子狂笑着说：“我不要茶水，我要妹儿!”

江容愤怒地说：“我们这里没有妹儿，请先生出去!”

中年男子厚着脸皮说：“你不是妹儿吗？陪我睡一睡，老子有的是钱!”

江容十分生气：“先生请自重，我是服务员，你给我滚出去!”

这时，姜红拿起一把鸡毛掸子，猛打着中年男子，中年男子也不还手，跑了出去，高声吼着：“妹儿打人啦！三百块一回还嫌少，快来玩儿啊，这里的妹儿漂亮极了!”

气得江容、姜红大骂：“死流氓，快滚!”

接连几天，都有些不三不四的人来大众旅馆闹事。姜贵、叶桂花心里明白，这些人是有幕后主使的，想搞垮大众旅馆，这人肯定是张万全。

叶桂花对姜贵说：“我们本来也是想回重庆的，干脆关门回重庆，不跟这些恶人斗，也少受些气。”

姜贵硬着头皮说：“要回重庆，我也不能夹起尾巴灰溜溜地回去，这是法治社会，我不信张万全能一手遮天。”

从此，一到晚上，姜贵、唐彪、叶桂花、江容、姜红一起上阵，都来到吧台，有客人来分工去安排，有的人伸头缩脑，看这么多人也不敢进来，稍稍安宁了几天。街上已传出“大众旅馆组织失足女子卖淫”的谣言，一下子传得大街小巷无人不知无人不晓。大众旅馆的生意一落千丈，也有不相信的人，说姜贵两口子老老实实，干不出这种违法的事，江容、姜红两个姑娘长得美丽，但也不像谣言中那样是卖淫女子。

姜贵坚信政府不会冤枉一个好人，也不会放过一个坏人，坏人一定会受到惩罚。姜贵悄悄联系了金辉大酒店的小朱，小朱本来就不愿意继续在这肮脏的地方工作，把知道的所有情况都告诉了姜贵。唐彪也混入了金辉大酒店，找到了高叔、小王，探听到地下赌场的几个进出口并画了一张比较详细的图纸。姜贵把这些情况告诉了陈警官，并把图纸交给了陈警官，这些都是在陈警官预料之中的，他知道张万全的保护伞大，好多人还不敢动他，陈警官也不明白张万全的弟弟张宏副所长是什么态度。陈警官狠下心，把所有材料亲自送到市局。没过多久，金辉大酒店被查封的消息传开了，金辉大酒店是收容失足青年的卖淫窝、聚众赌博的黑店。听说执行任务的负责人就是派出所的张宏副所长，他早已略知他大哥干了一些不良之事，苦口婆心劝了多次，张万全都一口否认，还骂张宏不尽孝道，不感激他的养育之恩。

那天夜里，张宏副所长带了二十来个刑警，冲进金辉大酒店，当场抓了八名失足女、八名嫖客、十多个赌棍，随后将张万全夫妇也带入派出所立案侦查。

姜贵高兴得欢呼起来，“真是大快人心啊！”谣言已破，大众旅馆生意又红火起来。姜贵决定急流勇退，回重庆发展，但是放弃这么好的旅馆他又舍不得，于是他找到唐小壮商量此事。

姜贵把自己的想法全告诉了唐小壮，唐小壮很支持姜贵的做法，回到公司后向简总汇报了姜贵的情况。简总也舍不得这个徒弟，人各有志，他也希望姜贵回重庆发展，同时接受唐小壮的建议，把大众旅馆接手过来，改名为兴隆公司招待所。既可以接待客人，也可以接待来公司的业务人员。

大众旅馆换了招牌。晌午时分，姜贵在吧台简单摆了一桌酒席，唐小壮也代表简总来参加。江容突然发现，公路边站着一位衣着朴实的姑娘，仔细一看，那人正是小朱。

江容忙跑过去，拉住小朱的手，姜贵知道这位姑娘就是摧毁张万全黑店的功臣之一。

姜贵带头喊道：“欢迎小朱姑娘！”所有人都跟着欢呼起来，小朱听了热泪盈眶，江容拉着小朱的手进了屋。

4

姜贵等人准备回重庆了。简总、唐小壮、小朱等人到火车站送行。姜贵看了看这座发展起来的郑州城，回忆着在这里生活、奋斗的日子，离别的滋味涌上心头，不知说什么好。几个姑娘都依依不舍地哭了起来。小朱留在唐小壮身边，在兴隆招待所工作，她也十分舍不得江容、姜红。临别时摆不完的心里话。

简总握着姜贵的手说：“我的好徒儿，回去大胆地干，干出一番事业来！”

唐彪拉着唐小壮的手说：“幺爸，我真不愿意离开你，你一个人要保重好身体哟！”

唐小壮笑着说：“傻小子，你都是大人了，跟着姜贵好好干，我就放心了。”

姜贵等人挥手向简总、唐小壮等人告别。男人们眼圈红了，女人们泪花直滚。姜贵等人乘上了开往重庆的火车。

火车飞驰着，姜贵望着窗外。一条条河、一座座山、一排排树朝后掠过。姜贵冥思着，猜想重庆的变化，特别是将来旅社要怎么发展。江容的父亲来信中说，在朝天门附近租了旅社，面积和大众旅社差不多，每月租金两万元，两万元对姜贵来说不算什么，虽然这些年也挣了不少，但姜贵还是很有压力的，生意好不好做，每月都要交租金两万元，又还剩得了多少呢，能养活这批人吗？想来老江也是老搞旅社的人，他心里有底，姜贵也就懒得再想这件事了。

坐在一起的叶桂花愁着脸，一直没说话，她心里总是牵挂着瑞儿、巧儿。翠翠担心他们到了重庆人生地不熟，又要重开旅社，哪有精力照顾娃娃，于是翠翠把瑞儿、巧儿留在了身边，待姜贵他们安排好了工作，找到了学校再说。姜贵早已接受了翠翠，也十分相信她的为人，对姜敬良态度也好了一些，但还是不愿叫爹，说回去问了娘再说。姜敬良习惯了，也不在乎这些，有两个孙孙喜欢他，成天叫他爷爷，他就心满意足了。

开始，姜贵和叶桂花下定决心要带走两个娃娃，他们考虑到翠翠身体不好。见面后，翠翠把早就想好的方法讲了，确实还有一定道理，对姜贵的生意发展有好处。姜贵满口答应，叶桂花眼里含着泪水，抱着巧儿说：“妈妈要回重庆了，你想不想妈妈？”

巧儿说：“想，那就跟妈妈回重庆。”

巧儿看着翠翠，说：“婆婆也回重庆吗？”

叶桂花说：“婆婆要教娃娃读书，不回重庆。”

巧儿说：“那我就跟婆婆读书。”瑞儿很懂事，他知道重庆很远，爸爸妈妈走远了，不知哪天才能回来。瑞儿对巧儿说：“妹妹，爸爸妈妈去重庆挣钱给我们读书，就让他们去嘛。”

两个外孙一直都跟着翠翠，十分亲近，更舍不得离开翠翠。

叶桂花抱着巧儿心疼地哭了起来。巧儿乖巧地说：“妈妈乖，不哭，好好去上班，我听婆婆的话，好好读书。”

姜贵、叶桂花依依不舍地离开了儿女、离开了翠翠、离开了姜敬良。

车上，叶桂花惦记着两个娃娃，姜贵也找不到什么话来安慰她。姜贵回重庆是铁了心要干一番大事儿，不然枉为男人的。伤心的事儿他都压在心里，他知道叶桂花的脾气，不说话，让她自己安静地去想，是最好的办法，不然话多了，会惹来叶桂花的一顿臭骂。

火车到了重庆火车站，乘客们陆续下车，高大宽广的车站，无数条车轨伸向远方，好一派宏伟气象。姜贵等人在人流中有秩序地向车站出口走去。

接站的人也多，好多都举着牌子。江老板自知个子矮，挤到最前面，高举着牌子，牌子上大大写着：江容。

江容伸直了脖子朝出口望去，一眼就看到了她爸举的牌子，高兴地喊道："我爸爸来接我们了！"

大家一起向江老板走去。姜贵拉着江老板的手连连道谢，江老板打趣地说："我不是江老板了哟，早就下课了，你才是姜老板。我叫江一顺，你和江容一辈的，今后就叫我顺叔。"

姜贵咯咯笑着，"好，顺叔，我们全部都回来了，我把江容完整地交给你，我们还要去看我家姑姑。"

江一顺忙说："把事情办了来，那个老板挺弯酸，定好了今天办，不然他就不转让了。"

姜贵很了解这种人，生怕人家不干了，才催得急，为了江一顺的面子就答应了。江一顺见姜贵如此爽快，心里也踏实了。

江一顺带着大家乘车来到朝天门，看到高大美丽的朝天门。耸入云霄的高楼大厦，错落在江边。江中供旅客游玩的游船一只接一只地靠在江岸，几个码头都停得有船，大家看得眼花缭乱，都乐开了花。

江一顺把大家带到一栋楼前，指了指二楼的旅社，名字叫随缘旅社。姜贵努了努嘴，"这名字取得太俗了，住个旅馆还要随缘，无缘就不来咯？"姜贵下决心要更改这个名字。一群人上了二楼，一位服务员领着大家进了会客厅。只见一个五十来岁的人，秃顶发光，稀拉拉的几根眉毛，颧骨突出，一个鹰钩鼻子，脸上无肉，笑起来皮贴着骨，眼光射人，使人感到可怕，就像《智取威虎山》中的座山雕一样。

江一顺介绍道："这就是金老板，这是新来的姜老板。"

金老板干咳了一声，"幸会幸会！久闻姜老板大名，今日一见果不其然，年轻有为，看你身后都是帅哥靓妹，做生意一定有一本发财经。”

姜贵也客气道：“过奖了，金老板是前辈，我等怎能相比。”

金老板又干咳了一声，声音嘶哑地说道：“我这个人耿直，不转弯抹角，每月租金四万元人民币。”姜贵大吃一惊：“不是说好了两万元吗，怎么又说四万元呢？”姜贵疑惑的眼神看着江一顺。江一顺一时也蒙了的样子，走近金老板，弯下腰低声下气地说：“金老板，昨天我们都说好了的嘛，每月租金两万元，水电气自负。”

金老板干咳着说：“昨天是昨天，今天是今天，你没看行情呀！这么大个朝天门，一天人来人往，天天满客，我不是哮喘病严重要住院，我才不租出去呢。”说完金老板又干咳了一声。

江一顺再次哀求道：“金老板，这个价确实高了，我们事先讲好了的，人都回来了，往哪里搁嘛？”

金老板见目的已达到，假装慈悲的样子，“人都要吃饭，吃饭都要挣钱。我就让一点，三万八。”

姜贵一听肺都气炸了，吼了一声：“告辞，我们走！”

这下金老板倒惊住了，忙说：“老弟，有话好好说嘛，价格是讲出来的噻！”江一顺骑虎难下，他这个中间人当得有点窝囊，他把姜贵拉到门外，谨慎地说：“这确实是个好市场，给到三万元，我看行，一个月随便赚得到八万多毛利，先做到再说。”

姜贵人生地不熟，感到无奈，只有听江一顺的。江一顺回到会客厅，对金老板说：“做生意要讲信用，你说了又不算数，我们最多出三万元，多一分都走人。”

金老板见目的达到，干咳了一声，“哎，都是这病害的，看到朋友老江的面子上，三万元就三万元，明早来签合约，一手交钱一手交房。”

大伙儿不欢而散。

5

姜贵接下金老板的店后，闷闷不乐，无心来整修这半新半旧的旅社。

金老板走后留了三个人，都是二十岁出头，一男两女，男子叫小武，专管水电气；两女，一个姓金，一个姓张，听说小武是金老板的外侄，小金是金老板的侄女。这三个人都没有把姜贵当老板看，当面叫姜老板，背后叫土老包。

唐彪看不惯小武的懒惰，小武倒还指挥唐彪做事儿。唐彪初来乍到，不想理睬这些人。江容、姜红是熟手，很快熟悉了这里的环境，小金和小张很是欺生，认为姜贵是个土包子，根本不把他放眼里。姓金的还经常唠叨这里的吃住都比以前差了，姜贵都忍了下来。

叶桂花眼里容不得沙子，有时实在看不下去了，也会开口大骂几句："老娘是全承包的，我就是老板，不听话通通踢出去！"

小武不信这一套，连续三天跑到外边去耍，叶桂花扣了他三天的工资，还斥责道："下不为例，违者必须开除！"这三人倒是对叶桂花畏惧了三分。

姜贵不是不想管，他一直在想，在郑州和重庆，地盘都是人家的，算不得真老板，为了打出自己的天下，姜贵决心闯出自己的一番事业。

一只乌鸦在大门前的小槐树上叫着，正值班的江容心里烦透了，又奈何不了这个小东西。小武来了，他用小石头向乌鸦扔去，乌鸦飞走了。小武热情地进门与江容打招呼，江容瞟了他一眼，毫无表情地说："谢了，那东西叫得阴阳怪气的，烦死人了。"江容这话是双关语，也暗中骂了小武整天在她耳边讨好卖乖。小武自从见了江容，就被她的美貌吸引住了，被迷得神魂颠倒，时时找借口接近江容，却遭到江容冷言冷语对待，弄得小武茶不思，饭不想。但小武仗着金老板这个后台，总是缠着江容。他赶走乌鸦后，又厚着脸皮笑着找江容说话。

"江容妹妹，乌鸦我给你赶走了，你得谢我哟！"

"乌鸦嘴，还有一只乌鸦呢，赶都赶不走！"

小武知道江容在骂他，他就不明白，自己家大业大，有的是钱，女人没有不爱钱的，江容为何对他如此冷淡。小武满脑子都是江容，睡觉时想得睡不着，早上起来江容又浮现在他脑海，连晚上做梦都梦见他们两个结婚，好大的场面，小武抱着江容狂吻，惊醒过来，发现抱的是铺盖。

小武没想到这次又被江容冷嘲热讽地拒绝了，他忍住心中的恶气，非要把江容搞到手不可，只要生米煮成熟饭，你江容就跑不出我的手心了。可平时江容和姜红住在一起，几次闯进她们的住处，都被她们赶了出来，还把此事告诉了姜贵，姜贵也不想得罪他，只好在江容她们宿舍门前，立了个牌子：女人宿舍，男人不得入内。

这天，江容一个人值班，小武对她打起了主意，设法接触江容。以前是好话说尽，软的不行就来硬的。小武装作一副可怜样，“江容妹妹，我好爱你哟，我发誓……”

江容讨厌极了，说：“我给你说了一万多遍了，我不爱你！”说完江容就从吧台出来，往卫生间走。这时小武恶意顿生，他使劲儿拉门，门扣被拉掉了，江容吓得惊叫，忙拉上裤子，小武凶恶地扑上去，抓住江容的裤子，威胁道：“你必须嫁给我，不然我弄死你！”

江容死死抓住裤子，高喊：“来人啊！”

小武只好松手，一只手捂住江容的嘴，另一只手使劲儿朝江容裤子里伸，江容急了，用脑袋猛撞小武的头，小武这才痛得收了手。江容的呼声惊动了所有人，大家都跑来了。江容扑在叶桂花怀里痛哭起来，小武像乌龟一样缩在地上，双手抱头呻吟着。

唐彪高喊：“我要报警！”

姜贵马上说：“先不忙，了解一下事儿再说。”

小武来了个恶人先告状：“我给江容妹妹开玩笑，她生气了，她用头撞了我的头，看嘛，好大个青包。”

大家一看，小武额头上真的起了个大青包。叶桂花骂道：“你是个啥子人，跟女娃娃开玩笑开到厕所去了！”

姜贵顾及着店里的声誉，说：“江容，你说是怎么回事儿？”

叶桂花生气地说：“当着大家面江容怎么好开口。”姜贵会意，叫叶桂花带江容到宿舍里去说。姜贵在会议室里斥责着小武，小武可怜巴巴地说：“我真的好爱江容哦，我一定一辈子对她好！”

唐彪讥讽地说：“谁跟了你，是倒八辈子的霉，你好吃懒做，偷鸡摸狗，又赌又嫖，没有哪个女娃娃看得上你这个王八羔子！”

不多会儿，叶桂花带着江容出来了。叶桂花抓着小武就猛打，骂道：“你这个畜生、流氓，我打死你！”

原来江容在宿舍里抱着叶桂花大哭，说小武怎么侮辱了她。叶桂花轻轻拉开江容的裤子，肚子上出现一道道血红色的痕迹。小武求饶道：“我错了，我又没有强奸江容。”

姜贵拉开叶桂花，对着小武骂道：“你给我滚出去！再也不准跨进这道门！”

小武见事情不妙，但心里还怀着一线希望，他威胁江容说：“你是我的人，你爸也会答应我的！”

说曹操曹操到，江一顺正哼着小曲过来了，他心里正高兴着呢。江一顺是个典型的财迷，之前为租赁费一事，金老板给他出了个主意，叫他把租赁费再涨一万元，五五分成，江一顺见钱眼开，就默认了，他就这样得了五千元好处费。这次金老板听说江容不愿意跟小武好，又拿了三万元见面礼给江一顺，叫他给江容做工作。金老板认为，没有不爱钱的女人。

江一顺见这么多钱，财迷心窍，也答应了。

江一顺拿着钱高兴地向随缘旅社走来，他心里正打着鬼主意，给江容一万元，自己得两万元。进门一看，屋里气氛如此紧张，江容过来扑到江一顺肩上哭了起来。叶桂花把事情经过给他讲了一遍。

江一顺一看，这下好事变成了坏事，气急了，给了小武一耳光，“本来这事都搁平了，你娃倒起了坏心！”

说完把那三万元狠狠地向小武脸上砸去。

小武疯狂了，从腰间抽出一把匕首，猛地一下抱住江容，匕首压在江容脖子上，江容被吓得脸青面黑。

所有人都紧张起来，唐彪抓起一根扁担，姜贵装笑着说：“小武，不要任性，钱都送来了，好好说。”说着慢慢朝小武走去。江容大叫道：“我死也不嫁给他！”说完猛地一下挣脱了小武的手。这时，小武疯狂地向江容一刀刺去。江一顺见势不妙，猛扑过去，这一刀正中江一顺的胸膛，江一顺倒了下去，小武吓得想逃，姜贵脚一伸，小武被绊倒在地上，唐彪、叶桂花跑过来帮忙，把小武紧紧地压在地上，叶桂花使劲儿叫道：“姜红，拿根粗绳子来！”随后众人把费力挣扎着的小武捆了个结结实实。不一会儿，警察来了，小武被铐上手铐带走了。警官询问了众人，原来是姜红报的警。

江一顺倒在地上，鲜血直流，姜贵用大毛巾紧紧按住伤口，江一顺悔恨地说：“姜老板，都是我财迷心窍惹的祸，江容我就托付给你了。”说完就断了气。

江容扑到江一顺身上恸哭，哭声凄凉，震动了天空，落下纷纷细雨。

6

清晨姜贵起来，在大门口徘徊着，人瘦了许多，他望着随缘旅社，心里很不是滋味。江一顺把他带到这里，本是缘分，江一顺却把命丢了。金家势力强，姜贵过着提心吊胆的生活，派出所打了招呼，案子结束前，任何人不能离开原地，金老板又找人给姜贵说好话，拿一百万元给江容，拿二十万元给姜贵，希望私了，说成是过失杀人。姜贵感到很恶心，钱能买通一切吗？江容要为父报仇，钱不能消除她心中的仇恨。姜贵也做不到为了二十万元去出卖良心报假案，姜贵恨不得把随缘旅社的招牌砸个粉碎，另外去租房，还是人家的地盘，受人限制。姜贵整天都冥思着自己的出路。

一天，姜贵和一个顾客摆起龙门阵。那顾客说："重庆发展形势很好，何必在这里受别人的窝囊气，渝北区龙山镇一村那边开发了，房子多得很，自立门户才有出路。"顾客的话让姜贵极兴奋，要发展自己的事业，就得奋斗，奋斗就得大胆闯，闯出一片天地，才是自己的愿望。

夜里，姜贵夫妇刚睡下来，姜贵盯着天花板，眼睛都不眨一下，叶桂花还想跟姜贵欢喜一下，姜贵却一点兴趣都没有。叶桂花生气了，"啥事儿叫你这样发呆，你有半个多月都没碰我了，是不是在外面有女人了哟？"

姜贵叹了口气，说："外头有女人，你硬是门缝眼看人，把人看扁了哟！"

叶桂花说："那你在想啥子呢，未必你不扁还圆吗？"

姜贵又叹了口气："我是癞蛤蟆想吃天鹅肉哟，想干也干不成，钱都是你掌着的。"

叶桂花说："我还不是为了这个家，多存点钱，有什么不好。"

姜贵见叶桂花口气软了，大胆地说："你说得对，挣更多的钱，才是我们的想法，我们常年都租别人的，给别人挣房租，我们为啥不自己买房子，啥都是自己的，不用看人家的眼色做事。"

叶桂花心里明白了，这些年吃苦也给别人挣了不少钱，还有受不完的气，不如舍了，拼了出去。叶桂花说："姜贵，你说怎么办，我们手头也存了不少钱，我跟你干！"

姜贵大喜，从来都把钱看得紧的叶桂花，竟如此大方，他把打算在龙山镇一村买房自己办旅社的事儿给叶桂花说了。叶桂花也听得心动了，姜贵说："老子做赔了本，大不了回去当农民！"

叶桂花起身从柜子里拿出一个红木盒，里面装的定期存折，存折上有三十万元，姜贵成天在外面忙，相信老婆管钱，还真不知存了这么多。叶桂花说："全给你，这是我两口儿的血汗钱，你要睁起眼睛看一下！"

姜贵一阵狂喜，嘴里连叫道："好老婆、好婆娘、好堂客！"万分兴奋和感动的姜贵就把叶桂花给压在了身下……

次日一早，姜贵乘着公共汽车，向龙山镇一村去。姜贵到了一村，四处瞧了瞧，一个宽敞的十字路口，东西南北四条宽宽的大马路，马路边修着高高的房子。西面是一个大大的建材市场，这里是刚开发的地区，人并不多，住的基本上是本地的拆迁户、农转非，姜贵看了心里有些凉。他看了看东面马路边，有个友友旅社，这里底楼多是门面，姜贵上了两层楼，走到了友友旅社。两栋高楼间，有一块大坝子，底楼都有人办了住宿店。姜贵见友友旅社门前坐着一位五十岁左右的微胖男人，旁边站着一个二十岁出头的姑娘，姑娘热情地迎上来，“先生，住店吗?”姜贵笑了笑不说话，确实也不知说什么好。

胖老头倒是个见过世面的人，问：“是来问事儿的吧？过来坐坐!”

姜贵点了点头，坐在胖老头旁边，问道：“老板生意好噻?”

“将就。”胖老头回答道。

“老板贵姓?”

胖老头有点不耐烦了，说：“你是来查户口的呀，有话就直说嘛!”

姜贵感到有些失礼，说：“老板对不起，我就直说了，我也是搞旅社的，想到贵地买点房子，办个小旅社，养家糊口。”

胖老头一听，高兴起来：“我姓顾，开店不久，房子倒是有，别看现在生意不咋个，将来肯定有前途。”

姜贵也是个直性子，把自己的想法给胖老头摆了出来，“顾老板，你是前辈了，请多多指教，我们乡下人，又无文化，有得罪之处请多多谅解!”

顾老板的小眼睛瞅了瞅姜贵：“听你口音像是广安人?”

“是的，广安人，顾老板是哪里人，这么熟悉广安口音?”

“我是本地人，农转非的，老家是广安，过年都要回家看看老娘。”

姜贵笑道：“大孝子，中国人都是讲孝道，这么说我们还是老乡嘛，老乡见老乡两眼泪汪汪哟!”

顾老板听到夸他是孝子，很是高兴，说：“你这个人嘴巴甜，看起来也像个老实人，你刚才把想法给我讲了，我就给你出个主意，我在这里做不了多久了，我把我旁边这套三室两厅卖给你，你先做到，把对面的两套三室两厅买下来，还可以去买门面，这样的价格要买到，过了这个村就没这个店了，你也可以叫你亲戚朋友来这里买，还可以迁户口，人多势大，也没有人再敢欺负你了。”

姜贵听了十分高兴，遇到顾老板真是三生有缘，起身向顾老板道了谢就回家了。

姜贵回到家，把这事给叶桂花一讲，叶桂花迟疑起来：“世上有这么好的人，自己的店都卖一半给我们，是不是有诈哟?”

姜贵说：“走一步看一步嘛，干了再说，现在大家手头都有钱，有钱就要叫它生钱，放在那里就是死钱，我马上通知各户当家的都来，都在一村安家立业。”

姜贵先给姜宝打电话，叫他来一村买房，姜宝听了一脸不高兴，家里的房子够多了，还到重庆买房干啥，胡兰英却很赞同姜贵的意见：“钱不拿出来用就不叫钱，川川在重庆读大学，将来在重庆安家；再说买个门面，自己也可以做生意，也可以租出去；再说娘老了，买新房，也让她老人家享享福。”姜宝十分敬重殷秀，马上表示完全支持胡兰英。

唐彪给唐小壮打了电话，说了买房一事，将来接他回来养老。唐小壮听说是姜贵的主意，心想翠翠老了也会回来的，今生成不了夫妻，老了能在一起见见面，摆摆话也是好的。唐小壮一口答应了，需要多少钱他都愿意给。

姜贵怕姜敬福不愿意，就直接给贞贞打了电话，贞贞一听说要买房子，姜红就成了城市人，便满口答应。

姜贵买了顾老板的半个旅社，挂上了大众旅社的牌子，另买了一间二十多平方米的门面，两套三室两厅的房子，马上改成小旅社。姜红在父母的帮助下也买了一套三室两厅的房子和一间三十多平方米的门面，姜红钱不够，还在银行贷了一点款。这一下几家人都在城市安了家，皆大欢喜。

唐彪在唐小壮的帮助下，也买了一套两室一厅和一间十多平方米的门面。

7

听说一村这个地方，原来是丘陵，住了不少农民和街道市民。经过大改造，地整得平平的，十字路口，宽宽的四条大马路四通八达。公路两旁栽的是黄桷树，整整齐齐绿油油一排，显得美丽大气。随着社会经济的发展，这个地方的人口多了起来，来来往往的人也多了。

姜贵为了扩大经营范围，在旅社两边各租了一套房子，隔成大大小小的房间，共计四十间。入住率一天天上升，生意一天天好了起来。顾老板真的走了，还把他的友友旅社的生意转给了他的堂妹顾莲。顾莲虽然中等的个儿，但身体健壮，性格十分强势，带着家里的人管理起友友旅社。

姜、顾两家门对门地干起同行生意，开初关系还不错，但很快为争夺客人，两家逐渐产生了不少矛盾，双方都不顾脸面地抢客源，客人一上楼来，两边都高呼：欢迎光临。江容、姜红比对面店的两个姑娘漂亮得多，大多数顾客都往这边走。顾莲很生气，有一天，顾莲直接叫服务员在楼梯口拉顾客。江容、姜红气急了，使劲儿叫："客人这边来！"有的顾客见有美人儿喊，也跟了过来，一时间两家矛盾越来越大。

一天，顾莲叫她弟弟顾斌带几个社会上的小伙来旅社，挡在江容、姜红的前面，留下的路只能走友友旅社。顾斌调戏江容、姜红道："两个美女，到我这边来上班工资双倍。"江容、姜红奈何不了顾斌等流氓，开口骂道："二流子，二流子！"顾斌露出凶相，"骂得好，哥们儿就是二十几，不是二流子，你这两个我们还看不上！"顾斌等人要起流氓来，拉扯着江容、姜红，满嘴的龌龊话，顾莲在一旁笑得很猖狂。江容、姜红挣扎着，也挨了不少耳光和拳头。

唐彪刚买菜回来，看到如此场面，大吼道："干啥打人，干啥子打人？"江容、姜红急忙躲在唐彪后面。旁边的二流子见只有唐彪一人，更加猖狂起来，围着唐彪打。唐彪哪是人家的对手，顿时被打得鼻青脸肿，他挣脱众人，跑进屋，顾斌等人哈哈大笑，顾斌讥笑道："崽儿，你没种！"

这时，只见唐彪提起一把菜刀出来，满脸杀气。

顾斌有点胆怯了："你崽儿真敢砍人？"

唐彪怒吼道："兔子惹急了还要咬一口！"说着挥刀冲过去。顾斌忙躲在一个小伙儿身后，唐彪一刀下去，正砍在那小伙的肩膀上，那小伙痛得哇哇大叫："杀人了，杀人了！"

顾莲也被吓得全身发软，有气无力地叫："报警，快报警。"

此时，在外寻找旅馆基地的姜贵两口子回来了。姜贵一看这种情况，冲了过去，紧紧拉住唐彪，夺下菜刀。唐彪喘着粗气，杀气未消。

江容、姜红把事情的经过讲了出来。

姜贵叹气道："他们做得太过分了，唐彪也太冲动了，打归打，怎么能动刀嘛！"

不多会儿，来了四名警察，见停止了打斗，就把两边当事人找来谈话，领队的王警官把姜贵、顾莲叫了过来，"你们两家，群众反映的意见不少，经常吵架，今天又发生这么严重的斗殴事件，现在我警告你们，你们严重违反了治安管理条例，两边当事人我们要带回去录口供，你们必须停业整顿，等候我们的处理意见。”

姜贵、顾莲两人不敢反对，只好停业等上面处理。

姜贵在家里闷得发慌，心中老是想发展事业，出于无奈，他和叶桂花商量了一下，去找姜敬玉姑姑谈谈心里话，帮他们出出主意。

两口子来到姜敬玉家，姜敬玉很喜欢这小两口，责怪地说：“你们好久都没来了，硬是挣钱比看姑姑重要!”

姜贵两口子显得有些尴尬，赖大全忙出面圆场，说：“你姑姑想你们了，开个玩笑莫当真。”姜贵最信任赖大全，说话也无顾虑，把近来发生的事情都讲了，又说：“我们乡下人没文化，也不懂啥法，经常出纰漏，请姑父给我们指条明路。”

赖大全摸了摸花白的胡子说：“我倒想起一个人，也是你们的堂兄弟，他叫姜才，好像是在猫儿石教书，自从 20 世纪 60 年代姜敬明调往灌县，我们就没啥来往了。姜才读过大学，很有见识，何不去找找他?”

姜贵挠了挠头，难堪地说：“只是小时候见过面，现在人家是城市人，认不认我们这些乡巴佬哦?”

赖大全说：“你这就不对了，亲不亲故乡人，何况你们还是堂兄弟，人人都平等，不要那么自卑。”

姜敬玉说：“那些年我们经常来往，我还有点印象，嘴巴就是路，问一问不就找到了吗?”

姜贵两口子高兴起来，催着要立即到猫儿石去。姜敬玉说：“心急吃不了热豆腐，吃了中午饭，下午我就带你们去。”

晌午时分，姜敬玉、姜贵、叶桂花在化龙桥渡口坐上渡船来到猫儿石，上岸后，全是石板铺的上坡路，走起来很吃力，三人累得气喘吁吁。

他们走到猫儿石小学，姜敬玉问门岗，“你好，我们找姜才老师。”

门岗摇了摇头说：“我校没有姜才老师，好像在中学那边，你们去问问。”

三人又爬了一阵坡，半山腰上有座中学，姜敬玉问门岗，“我们找姜才老师。”门岗客气地说：“他不在，听说生病在家。”姜贵抢着问：“他家住在哪里?”门岗想了一会儿，在造纸一村 72 号。三人很快找到 72 号，但这栋房子都是 72 号，三人蒙了，正好遇到一位出门倒垃圾的老婆婆，姜敬玉有礼貌地问：“婆婆，请问姜才老师在哪里住哟?”老婆婆指了指：“那边三单元 4

号。”他们又来到三单元4号，门是关着的。姜敬玉敲了敲门，门内传来一阵轻微的声音：“门没锁，请进来嘛。”姜敬玉推开门，三人进了屋。从沙发上站起来一个人，瘦长的个儿，戴着眼镜，白净的脸上带着微笑，“哦，是姑姑来了，这两位是……”

姜贵兴奋不已，说：“才哥，小时候我俩还在一起打过架哟！”

姜敬玉拉了拉姜贵：“好事记不到，净说些调皮的事。这是姜贵，这是姜贵的媳妇叶桂花。”

姜才听了，说：“稀客，从广安来的吧，快坐，我正害痔疮，不方便。”说着自己便坐了下来。

三人坐定，姜敬玉主动为大家倒开水，姜贵显得坐立不安，叶桂花见姜才生病，也不知从何说起。姜贵鼓了鼓气，说：“我们在渝北开旅馆，昨天好不容易找了一层清水楼，很适合做宾馆，价格也便宜，我们钱不够，一共要两百多万元，想请才哥出个主意，贷一下款。”

姜才一听叫他帮忙贷款，顿时脸色大变，由白变青，如青菜叶似的，大呼道：“不行，不行，我是发了誓的，永远不给任何人贷款。”

姜贵急了，说：“才哥，你不晓得，我们现在发展很好，就是没有文化人帮忙，写写东西，出出主意。”

叶桂花有点生气：“才哥，你现在是城市人了，就瞧不起农村人了！”

姜才难为情地说：“不是，不是，我有难言之隐。”

姜贵给叶桂花使了个眼色，说：“才哥，你不信马上去看看。”

姜才拒绝道：“我行动不方便，改日登门拜访。”

姜贵不管姜才怎么不愿意，对叶桂花说：“老婆，才哥行动不便，我们一边一个扶着他走。”姜才被迫无奈，姜贵和叶桂花一边一个扶着姜才就走，姜敬玉忙关上门，他们到了公路边，正好一辆出租车开来。

8

大家上了车，见姜才十分不高兴，姜敬玉也觉得这种方法不妥，暗示姜贵把姜才送回去。姜贵骑虎难下，恳求姜才道：“才哥，就这么一回，算老弟绑架你了嘛，看在兄弟分儿上，就帮兄弟这么一回。”

姜才叹了口气说："不是我不帮你，是我发过誓不再帮任何人贷款。"

姜敬玉听出了画外音，"姜才，你讲明白，姜贵也不是非得要你帮忙的。"

姜才又叹了口气，说："那我就讲讲我不愿帮人贷款的原因。"

前些年，姜才的侄儿姜峰打来电话，说他的表姐杨振瑛要来买两万元的铜版纸。姜才想买个纸有什么难的，当即就答应了。不多会儿，杨振瑛来了。姜才认识杨振瑛，在她那里买过挂历。此时的杨振瑛微黑的脸上显得无精打采，黑眼圈衬得更加疲倦，瘦高的个儿像风都能吹倒似的。上身穿的黑色衬衣，下装皂色宽边裤，看起来像穿的裙子似的，唯有那条金项链发着光，显得人还有点精神。

姜才关心道："小杨啊，生意要做，身体也要保重哟！"

杨振瑛不多言多语，显得很老实。杨振瑛说："姜叔叔，小峰打电话了吗？"

姜才爽快地回答道："打了，买纸嘛，不难，我带你去销售科，一说就准。"

杨振瑛哭丧着脸说："姜叔叔，现在我好多账一时收不回来，你帮我赊两万块钱的纸，我保证一周之内还给你。"

姜才真不相信小峰嘴里所说的富表姐，有车有房，居然到了要赊账的地步，姜才说："公家怎么能赊账呢，你找你做生意的朋友借一点嘛。"

杨振瑛着急地说："挂历印晚了就卖不出去了，姜叔叔，你帮我这回忙嘛！"

姜才摇了摇头，"我一个穷教书的，哪儿来那么多钱，你还是想其他办法嘛！"

杨振瑛流着泪说："姜叔叔，救个急，保证七天还清。"

姜才见不得女人哭，加上又沾亲带故的，大着胆儿把岳父两万多元的债券请朋友找了个中介公司抵押贷款，利息高达每月五百元。杨振瑛满口答应，这样两万元就贷下来了。姜才叫杨振瑛写了张借条，注明七天内还清，杨振瑛也认真写了借条，拿着钱高兴地迅速离开了。

第二天，姜才等杨振瑛来买纸，却迟迟未到，姜才急了，打电话问杨振瑛，杨振瑛回道："纸现在解决了，钱我暂时用几天，反正七天内归还。"

七天过去了，杨振瑛没有来还钱，姜才打电话，结果对方电话停机，好在杨振瑛拿钱时，姜才叫她交了两个月的利息，姜才只好等着。两个月后仍不见杨振瑛来，姜才慌了，姜才只好朝杨振瑛居住的上清寺某小区 701 室赶去。敲了一阵门，出来一个老太婆。姜才说："我是来找杨振瑛的。"老太婆很不高兴地说："她都欠了我几个月的房租了，被我赶走了。"姜才耳朵嗡了一声，知道上当了，姜才有气无力地在上清寺走来走去，突然看见一个美美发廊，有个女人在理发，像是杨振瑛，姜才闯了进去，杨振瑛大吃一惊，“哦，姜叔叔，你来啦！”帮她弄头发的是一个漂亮的少妇。杨振瑛介绍道：“这是我们姜叔，这是我闺蜜秀秀姐。”接着又说：“我有点急事，你帮姜叔理个发，过会儿我就回来。”说完不等姜才答应就匆匆走了。

秀秀拉住姜才，把他按在理发椅上，很客气地说：“老辈子，你的发型都过时了，好土哦！”姜才猛起身，说：“我来找杨振瑛是有事的！”

“啥事哦，听说你很有钱，是来帮杨妹儿还钱的吧！”

“杨振瑛两个月前骗我给她贷了两万元钱，现在利息都是我在交，把我整惨了。”

秀秀惊呆了，突然哇的一声大哭起来：“杨振瑛这个害人精，借了我七万多元都一年多了，说有个姜叔是个大款，我才答应借钱给她，哎呀，我上当了！”

姜才这下才晓得杨振瑛是个骗子，姜才对秀秀说：“我是个老师，啥子大款哦！”说完要去追杨振瑛。秀秀拉着姜才说：“莫追了，她来无影去无踪，不晓得住哪里，本来她的挂历生意是赚了钱的，还买了车、买了房，可是她老公吸毒，生意垮了，车子也抵掉了，还欠了一屁股债，其实我们是多年的朋友，遇到这个可恶的女人，咋个办嘛！”

“姜叔，你都来了，看你的头发乱蓬蓬的，理个发嘛！”

姜才哪有心思理发，迅速回到猫儿石，用座机打通姜峰的电话，姜峰也不信，事到如今，姜峰并不知情。其实杨家人都知道这个女人跟着坏人学坏了，杨家亲友一分钱也不会借给她的。

贷款利息每个月是要付的，无奈之下，姜才把杨振瑛告上法庭，正开庭时，杨振瑛不到庭，电话也停机。

姜才和法院审判员、律师来到杨振瑛家。杨振瑛父母一个唱红脸，一个扮黑脸，杨振瑛的父亲黝黑的脸上一条条横肉，说话粗鲁：“娃儿的事，老子管不到，我不信你把老子抓了。”杨振瑛的母亲满脸赔笑，又倒水又叫坐：“小姜，杨振瑛是个讲信用的人，哪有小辈借了老辈的钱不还的道理，过两天她回来我一定叫她来还。”

审判员讲了很多关于法律的事儿，叫他们把字签了，这老两口都很狡猾，说什么不识字，签不来。这时姜才发现门口有杨振瑛穿过的皮鞋。大声叫道：“杨振瑛，你有啥子困难出来讲嘛！”杨振瑛的母亲轻声细语地说：“她不在家，我们都不晓得她到哪里去了。”

审判员悄悄地说："我们没有带搜查证，不能贸然进屋，只有姜才你多观察，我们立即拘传到法院。"大家无奈地扫兴而归。

两万元在当时是一笔巨款，对姜才这样的工薪家庭犹如泰山压顶。姜才的朋友们一起凑足了两万元，先把本金还了再说。姜才时常跑杨家，不是被粗暴的杨父拒绝开门，就是被杨母口蜜腹剑地劝走，从此杨振瑛杳无音讯，姜才过着艰难的日子，除了给孩子保住点营养费，两口子每天都是小菜、咸菜过日子，让本有心脏病的姜才病情也更加重了。

一朝被蛇咬十年怕井绳，从此姜才发誓不给任何人贷款、借款。

众人听了非常气愤，姜贵骂道："世上真有这样的女人，连亲戚都要骗！"叶桂花也骂道："这种女人不得好死！"姜敬玉说："骂有什么用，今后大家要小心点。"

车到了姜贵家，姜贵扶着姜才上了楼，看了看他的旅馆，大大小小四十间，很适合低收入的人群住。姜贵又扶着姜才到大马路边的二楼去看，大约有一千多平方米的清水房，底楼都是商店，临正街，地势好，人流量也大，适合建宾馆，问题是要两百多万元，姜贵现在才筹到五十万元，感到万般无奈。姜贵认为机不可失，确实很难得。明天就是和开发商马老板约定的洽谈时间，过了他就不卖了。姜贵认为自己没文化，谈不过城里人，又怕上当，非叫姜才出面谈判不可。姜才想了想，姜贵靠居民用房，将来肯定发展不起来，若真买下这层楼，是有发展前途的，他想到自己发的誓，绝不愿意贷款，表示谈判他可以参加。

不是尾声的尾声

翌日，姜贵和姜才来到观音桥，姜贵在新月茶楼要了个包间，点了一杯五十元的龙井茶。姜才说他只需要白开水，姜才又要了一壶茶水，要了几个茶杯，这杯龙井茶是专门为马老板点的。

不多会儿，楼下停了一辆奔驰小车，下来几个人，他们来到姜贵所在的包房。姜贵立马请马老板上座，这马老板五短身材，体胖，戴着一副黑墨镜，穿着黑夹克，显得很神气，自命不凡。

姜贵介绍道："这是我家才哥。"

马老板仅是鼻子哼了一声，姜才早已打听好了，姓马的就是一村的一个农转非，心狠手辣，在本地搞了一片土地，修了房子和门面，成了暴发户。姜贵要的二楼，确实什么都好，但太宽了，所以三年多来都没有人来买，谁知姜贵看中了，是办旅社的好地方，两人一见面就一拍即合。马老板带了一个人，叫姜贵在写好的合同书上签字盖手印，机灵的姜贵知道自己没文化，但闯荡多年，社会经验还是比较丰富的。姜贵客气地接过合同书，递给了姜才。

姜才逐字逐句地看着，看完后很不客气地说："马老板，你这个是霸王合同。"

马老板脸上的横肉跳动着，"你凭什么说是霸王合同?"

姜才说："我方先付了人民币五十万元，还剩一百五十万元，你每月要利息四万八，纯属高利息，再说结尾，合同应以公平公正诚信为基础，而合同上写的是产生任何法律责任均由乙方负责，合同双方都应负同等法律法规责任。"

马老板见姜贵请了个懂法的人来，自己的如意算盘落空了，这楼层空置了三年多，也急于卖出去，马老板瞪了姜贵一眼，说："你到底买不买?"

姜贵说："预付金都交了，当然要买，不过刚刚才哥说得也不无道理，你总不能欺负我这个农民噻!"

马老板皱着眉头，心想遇到懂行的了，说："姜贵，我们都是老朋友了，我吃点亏也不大，利息就算低点嘛，每月三万元，不能再让了，法律责任嘛，我干了一辈子，也对得起朋友，那就改过来嘛，双方共同承担。”

姜才说：“这每月三万元都算高利息了，可不可以再协商一下？”

马老板气急，起身要走，姜贵看已降到三万元了，咬咬牙答应了马老板，“好好好，就照马老板的意思办。”当即修改合同，双方签字画押盖章，马老板作出很大气的样子，和姜贵、姜才握手告别。

房子弄到手了，姜贵却高兴不起来，要装修，每月还要给马老板利息，他急得像热锅上的蚂蚁，只好厚着脸皮又找姜才想办法贷款。姜才给姜贵出主意，让所有在一村买了住房和门面的亲友来开个会，共同帮忙。姜贵看到一线希望，决定召开亲友会议，来解决贷款问题。姜贵立即通知姜敬福夫妇、姜宝夫妇、姜红、唐彪、江容等人来家里商量借房产证贷款一事。

大圆桌上，摆上了鸡汤、红烧肉、脆皮鱼、回锅肉、腊肉、香肠，还有几样素菜。叶桂花忙着给大家舀鸡汤，姜贵热情地向大家敬酒。酒过三巡，姜敬福开口道：“这酒怕不好喝哟，姜贵你想办啥事，给老子说。”

姜贵趁着酒兴说：“我买了一层楼，准备办宾馆，请长辈和兄弟姐妹们把房产证借给我贷款。”

话未说完，姜敬福猛地一下把酒杯向姜贵扔去，骂道：“你拿老子的东西去发财，门都没有。”说完起身想走，贞贞拉住他，“你听完了再说嘛！”

姜贵看着姜才，姜才知道姜贵是求他来讲。事到如今，姜才便壮着胆，起身说道：“一家有难，还得姜氏家族共同出力来帮助姜贵渡难关。这贷款一事，单靠姜贵的三套房子一个门面是办不到的，求助大家也不是不给报酬的，现需贷款两百万，可还清马老板的款项，抵掉了马老板每月三万元的利息，银行贷款连本带息每月还不到两万元，十五年期还完，这是办得到的。每家每户按你们房产的贷款金额，姜贵到期以国家最高利息付给大家，比如说幺爸姜敬福的房产贷款了五十万元，你是长辈，先把你的房产证取出来，按年给你们国家最高利息，家家如此。”

大家听明白了，姜宝说：“我是长兄，我愿把房产证拿出来。”

江容说：“我也不是外人，我也愿意把房产证拿出来。”

唐彪自从上次用菜刀砍伤了人，属防卫过当，关了五天后，人也长醒了，显得稳重，他一字一句地说：“我愿意，我幺爸还借给你十万元。”此话一出，引来一片叫好声，姜贵使劲儿作揖道谢。

贷款真不容易，这么大笔款还需行长批。姜才托了好朋友，向银行行长汇报了情况，行长终于同意了贷款，并由姜才做担保。接着就是会计师事务所到家家户户核实调查，还要到市级的会计师事务所审批同意。姜贵和姜才跑这几个主管部门累得够呛，好在手续都办齐了。最后贷款还要到银行去，除了产权证等有法律效力的证件外，结了婚的还必须带结婚证、身份证、照片，如实填表。皇天不负有心人，姜贵和姜才经过了两个多月奔走，终于将贷款贷下来了，那高高的一摞房产证交给了银行，想到何时能取出来，姜贵不由得惊出了一身冷汗。

姜贵把一百五十万元付给了马老板，马老板想不到这小子通了什么天，居然把钱贷下来了。马老板十分紧张，因为他没想到姜贵一下子还清了所有款项和利息，如此自己就违约了，因为他把这层楼的房产证拿到别的银行贷了款，现在资金紧张，一时拿不出来。房产证在银行抵押着，他一时无法交给姜贵，经会计律师事务所核算，马老板倒欠姜贵二十余万元。马老板拿不出现金，低声下气地求姜贵宽限几天。姜才认为，马老板虽然没有现金，但他在北碚修了一批商品房，可以以物抵现金，免得耍赖。姜贵提出用商品房来抵押，马老板只好同意，由姜贵自选一套二十多万元的房子，东拼西凑地把钱还给了银行，这才把房产证取出来交给了姜贵。此时，房价又涨了，马老板后悔不已。

姜贵一边加强对大众旅社的管理，增加收入，争取在十五年内还清银行贷款和利息，做一个有信誉的客户，银行是十分高兴的。姜贵一边又加快大众宾馆的装修。装修还差近十万块钱，姜贵心急如焚，这时，姜宝来了，递给姜贵一包手绢包的东西，姜贵打开一看是钱，姜宝说是娘给的，姜贵拿着手直发抖，“这两万元钱是妈的养老钱，我不能收！”姜宝说：“娘说，你不收这个钱，就不认你这个儿子。”姜贵热泪滴在手绢上，姜宝又摸出一个蓝布包的东西，递给姜贵，姜贵打开一看，又是两万元，他惊讶地看着姜宝，姜宝说：这是姜花姑姑找人带下来的钱。还没等姜贵回过神来，姜宝又从衣袋里取出一张汇款单，叶桂花拿过来一看是人民币六万元，寄款人：姜翠翠。姜贵、叶桂花两人泪流满面地说不出话来。

三个月后，一个崭新的宾馆出现在一村北路上。姜贵、叶桂花流着热泪，“我们总算有了自己的家业了！”姜才微笑着对他们说：“加快业务步伐，把生意搞上去，勤劳致富，决不能拖欠银行，我看呀，明年这房价会翻一番。”

清晨九点整，姜敬福夫妇、姜宝夫妇、姜红、江容、唐彪都欢欢喜喜地来到宾馆，大众宾馆那块匾四周安了两排彩色的灯，姜贵、叶桂花齐呼：“开业了！”唐彪点响了一排鞭炮，鞭炮声中，彩灯照耀着“大众宾馆”四个字闪闪发光……

后　记

我是一个喜欢阅读文学作品的人，一个普普通通的文学爱好者。在从教的四十年里，也写了不少作品。不管是发表了的，还是没有发表的，都很喜欢，就像喜爱自己的儿女那样，自娱自乐，其乐无穷。我乐于接受他人的评论和建议，听取文友们的意见。不论文友地位高低，我都乐意与他们交朋友，喜欢听他们的评论。

在文学耕耘的园地里，受到许多老师的帮助和指点，常推荐点评和修改我的作品，获益匪浅，如万龙生老师、杨开显老师、姜孝德老师，周其伦老师、易刚老师等良师益友，在此，对他们的指导和帮助表示深深的谢意。

《花桥》几易其稿,也得到许多文友的帮助，由于自己写作能力较差，难以驾驭长篇小说的写作。因此，作品的水平极差，请广大文友们多多指出不足。

《花桥》本是三卷，只用了上卷和下卷，中卷正是我所处的特殊年代，我难以下笔，故中卷就不写了。

上卷和下卷也存在不少问题，故事反映的年代大约是20世纪30年代末至21世纪初，很多故事的细节，甚至脉络都靠传说和揣摩，当成小说来看，倒也不必纠结。当然，限于所知所能有限，尝试写作长篇，有其辛苦处，但写作态度还好，不当之处望读者们谅解，也望广大读者斧正。

《花桥》的完成，与家人的支持是分不开的，特别是得到老伴方玲、侄孙女蒋小慧的大力支持和北国风光文学社经有学的帮助，在此表示诚挚的谢意。

此书的出版承蒙重庆市江北区文联、江北区作家协会的鼎力支持，谨致真诚的申谢！

蒋　毅

2021年10月10日